Hubertus Borck, geboren 1967 in Lübeck, ist Kabarettist, Texter, Theater- und Drehbuchautor. Er schrieb u. a. für «Gute Zeiten, schlechte Zeiten», «Wege zum Glück» und die NDR-Produktion «Rote Rosen». Hubertus Borck lebt in Hamburg. In der Thrillerserie mit Franka Erdmann und Alpay Eloğlu erschienen bisher «Das Profil», «Die Klinik» und «Die Strafe».

HUBERTUS BORCK
DIE GUTE TAT

THRILLER

Rowohlt Taschenbuch Verlag

1. Auflage

Originalausgabe
Veröffentlicht im Rowohlt Taschenbuch Verlag, Kirchenallee 19,
20099 Hamburg, Juni 2025
Copyright © 2025 by Rowohlt Verlag GmbH, Hamburg
Redaktion Tobias Schumacher-Hernández
Die Nutzung unserer Werke für Text- und Data-Mining
im Sinne von § 44b UrhG behalten wir uns explizit vor.
Covergestaltung ZERO Werbeagentur, München
Coverabbildung Shutterstock
Satz aus der Minion
bei Pinkuin Satz und Datentechnik, Berlin
Druck und Bindung CPI books GmbH, Leck
ISBN 978-3-499-01078-1

Kontaktadresse nach EU-Produktsicherheitsverordnung:
produktsicherheit@rowohlt.de

Für Oli.

Prolog   Freitag, 3. Oktober

Als sie langsam in der Dunkelheit erwachte, fühlte Lilly sich völlig schwerelos. Sie genoss den unbekümmerten Zustand, doch schon im nächsten Augenblick begriff sie, dass sie weder auf einer weichen Matratze lag noch von einem warmen Sonnenstrahl auf der Nase wach gekitzelt worden war.

Der Instinkt hatte sie auf brutale Weise geweckt. In ihrem Kopf hämmerte ein Schmerz, der ihr das Denken unmöglich machte, und sie zitterte vor Kälte.

Lilly begriff erst langsam, warum sie fror – offensichtlich war sie umgeben von … Wasser? Um sich zu vergewissern, ruderte sie im Sitzen mit den Armen. Panisch schlug sie immer wieder mit den Händen auf die Wasseroberfläche.

Es war dunkel, sie konnte nichts sehen, aber sie spürte nun, dass ihr der Pegel bis zur Brust reichte. Sie hatte keine Ahnung, wo sie sich befand. Die Panik schnürte ihr die Kehle zu.

Ruhig bleiben, ermahnte sie sich. Sie befühlte die Wand in ihrem Rücken, die kalt und glatt war wie Metall. Langsam richtete sie sich daran auf, griff etwas weiter nach links, etwas weiter nach rechts. Bloß nicht hinfallen. Vorsichtig tastete sie ins Dunkel, dort, wo sie das Gegenüber vermutete. Doch da war nur eine weitere kalte Wand.

«Hallo?», rief sie zaghaft in die Dunkelheit, doch sie erhielt keine Antwort. Wie war sie hierhergekommen? Ihre Gedanken überschlugen sich. Wie spät war es überhaupt? Sie tastete nach der Smartwatch an ihrem Handgelenk, aber die Uhr fehlte.

Krampfhaft versuchte sie, sich zu erinnern. Nach dem Unterricht am Abend hatte sie mit Tamika, Jala und der immer gut gelaunten Armari die Stühle im Klassenzimmer zurück an die Tische geschoben, aber … nein, Moment. Danach, auf dem Weg zum Auto, war schon wieder eine Straßenlaterne auf dem Parkplatz kaputt gewesen. Sie sah das Licht zittern und hörte den Kurzschluss. Dann war da nichts mehr, nur ein großes schwarzes Loch in ihrer Erinnerung.

Sie hob die Arme, spürte den vollgesogenen Stoff ihrer Bluse.

Im Stehen reichte ihr das Wasser bis knapp über die Knie. Plötzlich hörte sie ein Brummen wie von einem Motor. Sie spürte eine leichte Vibration unter ihren nackten Füßen, dann stieg das Wasser sachte sprudelnd bis zur Hüfte an. Sie schrie, bis nach wenigen Augenblicken der Motor wieder aussetzte. Hatte man sie gehört? In absoluter Finsternis vernahm sie nur das leise Tropfen ihrer nassen Ärmel.

Sie war hier eingesperrt, das wurde ihr immer bewusster. Wieder befühlte sie die metallenen Wände um sich herum. Vielleicht steckte sie in einer Art Tank oder in einem Bassin. Sie schrie noch einmal aus voller Lunge, wobei sie erneut hilflos mit den Händen um sich schlug. Dann begann sie zu weinen. Was war das hier? Das Wasser, die Dunkelheit. Ein Albtraum. Moment. Da war ein Geräusch.

«Ist da jemand? Hal-lo!», schrie sie nun. Einem Impuls folgend, streckte sie die Arme nach oben aus, stellte sich auf die Zehenspitzen und erfühlte eine gewölbte Decke. Lilly war eingesperrt. Ihr Herz schaltete noch einen Gang höher. Die Enge und der Gedanke, gefangen zu sein, das steigende Wasser, die Kälte, das alles nahm ihr die Luft.

«Herr, wende dich mir zu und errette mich, um deiner Güte willen bring mir Hilfe», hörte sie sich leise flehen, um im nächsten Moment wütend zu schreien: «Verdammte Scheiße, ich will hier raus!» Noch einmal stellte sie sich auf die Zehenspitzen und schlug mit ganzer Kraft gegen die Decke, die ein wenig nachgab. Plötzlich drang auf Augenhöhe Licht durch einen feinen Schlitz zu ihr ins Dunkel. Sie schaute sich blinzelnd um. Wie in einer dunkelblauen, fast schwarzen Kugel stand sie bis zur Hüfte im Wasser. Tatsächlich war das ein Tank, keine zwei Meter hoch. Der Umfang ließ sich hingegen schwer schätzen. Über sich erkannte sie eine Art Deckel. Welcher Perverse hatte sie hier eingesperrt?

Wieder hörte sie dumpf den Motor, es vibrierte unter ihren Füßen, und das Wasser stieg erneut an! Um besser nach draußen schauen zu können, machte sie einen vorsichtigen Schritt nach vorne und erschrak, als ihr Körper sanft von den Füßen geholt wurde, weil er Auftrieb erhielt. Bäuchlings hielt sie sich mit Schwimmbewegungen oben.

«Hilfe!», schrie Lilly, wobei sie versuchte, kein Wasser zu schlucken. Vor Kälte klapperte sie mit den Zähnen. Trotzdem spähte sie durch den winzigen Spalt nach draußen und glaubte, eine dunkel gekleidete Gestalt vorbeihuschen zu sehen. Wo war sie hier nur gelandet? Undeutlich erkannte sie, dass der Typ eine Schaufel in der Hand hielt und versuchte, ein Fass mit einem Deckel zu verschließen.

«Bitte. Helfen Sie mir!», flehte sie durch den millimeterdünnen Spalt, doch der Mann verschwand aus ihrem Sichtfeld. Kurz darauf hörte sie schwere Schritte über sich. Kam er ihr zu Hilfe? Doch gefolgt von einem Ruck, verschwand der feine Spalt aus Licht und raubte ihr die letzte Hoffnung. Sie weinte und versuchte vergeblich, an den glatten Wänden Halt zu finden. Um ihre Kräfte zu sparen, drehte sie sich auf den Rücken, floatete mit zur Seite ausgestreckten Armen und bemühte sich, ihre Angst in den Griff zu bekommen.

Der Motor setzte erneut ein, und der Wasserspiegel stieg weiter an. Rücklings trieb sie nach oben – Zentimeter um Zentimeter dem Deckel entgegen! Lilly spürte plötzlich den eigenen Atem auf ihrem Gesicht. Sie wollte nicht ertrinken, sie wollte leben! Panisch riss sie die Hände nach oben, stemmte sich gegen den Deckel, wobei sie sich versehentlich unter Wasser drückte. In ihrer Todesangst kratzte sie mit den Nägeln über das Metall ihres Sarkophags. Sie tauchte ein letztes Mal auf, schnappte nach Luft und hustete, schlug wieder panisch gegen den Deckel und reckte verzweifelt Mund und Nase in die immer kleiner werdende Luftblase über sich. Unter ihr das Motorengeräusch, drückte sie das Wasser nun mit der Stirn gegen das kalte Metall. Sie dachte an ihre Familie, an die Einschulung ihrer Enkeltochter, die sie nicht mehr erleben würde.

Und während ihr das Wasser schließlich in die Nase stieg, atmete sie es reflexartig ein. Das Letzte, was sie registrierte, war das Salz, das ihre Speiseröhre hinunterlief.

1   Freitag, 31. Oktober, vormittags

Der Herbstwind hatte aufgefrischt, als die Trauergemeinde die Fritz-Schumacher-Halle auf dem Friedhof in Hamburg-Ohlsdorf verließ. Franka hatte ganz hinten gesessen und stand nun etwas abseits auf dem Vorplatz aus Waschbetonplatten. Sie schnäuzte sich. Martin war mehr als ihr Chef gewesen. Das war ihr erst mit seinem Tod bewusst geworden.

Sie schaute zu Alpay hinüber, der schweigend neben seiner Kollegin Ina Reitzenbach die Halle verließ und dann auf Martins Witwe zuging. Er kondolierte Hilde, die tapfer lächelte und Alpay über die Wange strich. In ihrer Trauer tröstete sie andere. Ihre Stärke beeindruckte Franka und hätte Martin sicher stolz gemacht. Sie hatte Hilde immer bewundert, die früh eine Dreiecksbeziehung mit dem LKA akzeptiert und stets für Martins Polizeiarbeit zurückgesteckt hatte.

Menschen wie Hilde waren selten. Die Tatsache, dass Franka mit einundsechzig Jahren Single war, hatte wohl auch damit zu tun, dass die Männer in ihrem Leben Frankas psychische und physische Belastung im Dienst nicht lange auffangen konnten – oder wollten.

Über zweihundert Menschen, viele wie Alpay und Ina in Polizeiuniform, hatten sich nun auf dem Vorplatz versammelt. Sie alle warteten darauf, den Sarg zu seiner letzten Ruhestätte zu begleiten.

Franka wurde übel. Sie hatte vor der Trauerfeier kaum etwas herunterbekommen. Vielleicht lag es aber auch am Weihrauch, der, wie Ina ihr erklärt hatte, die Kostbarkeit des Lebens ehrt. Franka hingegen hatte dabei unweigerlich an die jahrelange Diskussion zur Legalisierung von Cannabis gedacht.

Sie entdeckte ihre Kollegin Sybille Wischmeier, die mit zwei anderen zusammenstand und Papiertaschentücher verteilte. Auch einige Ärzte aus dem Rechtsmedizinischen Institut waren gekommen, bis auf den Chef, der war auf Kur.

Nach der vielen Heulerei tat die kühle Herbstluft gut. Auch Alpay hatte sich während der Trauerfeier ständig über die Augen gewischt. Irgendwann hatte er die Tränen dann nicht mehr zurückhalten können. Schwäche zu zeigen, dachte Franka, war Alpays eigentliche Stärke. Es musste hart für ihn sein, mit Martin eine seiner wichtigsten Bezugspersonen im Dezernat zu verlieren, jemanden, dem er so viel zu verdanken hatte. Sie erinnerte sich, wie Alpay vor drei Jahren direkt nach dem Studium von Martin in die Abteilung für deliktorientierte Ermittlungen geholt worden war. Vielleicht hatte Martin zu wenig Feingefühl an den Tag gelegt, indem er Alpay ausgerechnet Franka an die Seite gestellt hatte. Kurz zuvor hatte sie ihren langjährigen Partner verloren und wenig Geduld für einen Frischling wie Alpay aufgebracht, der null Praxiserfahrung hatte und sein Temperament nicht im Zaum halten konnte. Martin hatte damals wörtlich zu Franka gesagt, dass sie und *der kleine Türke* so etwas wie ein Paar abgelatschte Schuhe seien, die man nur neu besohlen musste. Damals hatte sie sich über Martins Spruch geärgert. Heute hätte sie ihm gerne noch einmal gesagt, dass er nicht so falsch damit gelegen hatte, Alpay und sie zusammenzubringen. Denn trotz des Altersunterschieds von dreißig Jahren und ihren gegensätzlichen Persönlichkeiten waren sie über die teils spektakulären Fälle der letzten drei Jahre zu echten Partnern geworden.

Pit klopfte Franka im Vorbeigehen tröstend auf die Schulter. Sie alle wussten aus Erfahrung, dass der Tod ein ständiger Begleiter war. Doch wenn er so unvermittelt jemanden aus ihren eigenen Reihen riss, wurde auch Franka wieder einmal klar, wie groß die Lücke anschließend sein konnte.

Sie ging zu Alpay hinüber.

«Geht's wieder?» Aufmunternd schaute sie ihn an, obwohl sie selbst mit ihrer Trauer zu kämpfen hatte.

«Er war erst dreiundsechzig. Ich kann das immer noch nicht fassen», sagte er und schaute verwundert an Franka herunter. Im Gegensatz zu den meisten Besuchern trug sie weder Uniform noch Trauerkleidung. Zumindest hatte sie ihre alte Lederjacke mit einer schwarzen Jeans und dunklen Sneakern kombiniert.

«Was denn? Ich hab Bereitschaft», sagte sie eine Spur zu harsch, was Alpay ihr hoffentlich nachsah.

Ein Akkordeon setzte ein, und als der Sarg, geschmückt mit einem einfachen Kranz aus Heidekraut, angeführt vom Pfarrer und geschultert von sechs uniformierten Polizisten aus der Halle getragen wurde, begann der Polizeichor *Mein Hamburg* zu singen. Sofort trieb es Alpay erneut die Tränen in die Augen und auch Franka schluckte. Bei der Textzeile *Wo so mancher Seemann seine Heimat fand, liegt mein Hamburg an der Waterkant*, legte sie ihm kurz die Hand auf die Schulter.

Dicht hinter dem Sarg schritt Martins Witwe, begleitet von ihren drei erwachsenen Kindern. Familie, Freunde und Weggefährten reihten sich in den Trauerzug ein. Franka erspähte

Polizeidirektor Helmut Lindgens. Er hatte einen seiner wichtigsten Männer beim LKA verloren. Der Weg zum *Revier Blutbuche*, der Ehrengrabstätte der Hamburger Polizei, war lang. Martin Suttmann war als Dezernatsleiter der Abteilung 4 des LKA Hamburg über die Landesgrenzen hinaus bekannt und geschätzt gewesen.

Schweigend ging Franka neben Alpay und dachte an all die spektakulären Fälle, die sie in den Jahren unter Martins Führung gelöst hatte, sein donnerndes Lachen, seine fürsorgliche Art. Ihre lautstarken Auseinandersetzungen im Präsidium waren legendär. Aber immer getragen von gegenseitigem Respekt und Leidenschaft für die Aufklärung eines Falls. Niemand hatte sich jemals getraut, dem Chef so stark Paroli zu bieten wie Franka. Sie wusste, dass sie dafür bewundert wurde, auch wenn manche, insbesondere männliche Kollegen, sie für verschroben hielten – wäre sie ein Mann, hätten sie Franka vermutlich als «engagiert» und «gradlinig» gewürdigt.

Der Tod kommt unangemeldet, dachte Franka. Vor knapp einer Woche hatte Hilde ihrem Mann wie jeden Morgen einen heißen Kaffee ans Bett gestellt. Als sie Martin wecken wollte, war er bereits kalt. Franka war nur drei Jahre jünger als Martin.

«Na, ihr zwei», sagte Sybille leise. «Darf ich?» Sie schob sich zwischen Franka und Alpay und die Erklärung gleich hinterher. «Ich vertrage das viele Testosteron da vorne nicht.» Sie nickte in Richtung der Kollegen Hendrik Wahl und Jörg Scharnke, die ständig die Köpfe mit der Oberstaatsanwältin Monika Moro zusammensteckten. Ausgerechnet Frankas Spezialfreundin, die ihr oft das Leben schwer gemacht hatte, war im letzten Jahr befördert worden. «Die diskutieren gerade Martins Nachfolge», legte Sybille nach. «Offensichtlich sehen die drei Jörg bereits als neuen Abteilungschef.»

Franka schwieg und dachte sich ihren Teil, den Alpay aussprach, weil er mal wieder nicht an sich halten konnte.

«Ich könnte kotzen. Sieht Jörg ähnlich. Martin ist noch nicht mal unter der Erde.»

«Es laufen bereits Wetten», sagte Sybille.

«Worauf?»

«Wie, worauf? Hat das noch keiner von euch gecheckt?» Sybille schaute überrascht von Alpay zu Franka. «Die meisten von uns setzen natürlich auf dich, Franka. Pit ist ausgebrannt, und Kurt Möhring steht kurz vor der Frühpensionierung, auch wenn er die Abteilung jetzt interimsmäßig leitet.»

«Leute. Bitte …» Franka hob abwehrend die Hände, doch Sybille ließ nicht locker.

«Wie ich dich kenne, hast du noch keinen Gedanken auf diese Möglichkeit verschwendet.»

«Sybille hat recht», schob Alpay hinterher. «Du hättest die Beförderung nicht nur wegen deiner Dienstjahre verdient. Ach Scheiße, Mann. Du weißt doch ganz genau, warum.»

«So, Leute. Ist gut jetzt», sagte Franka schließlich harsch. Diese ganze Diskussion war pietätlos.

«Ob da wieder was geht zwischen der Moro und Jörg?» Sybille ließ sich nicht beirren. «Ich bin überzeugt, die Frau Oberstaatsanwältin wird sicherlich beim Polizeidirektor ein gutes Wort für ihre Ex-Affäre einlegen.»

Der Zirkus hätte Martin gefallen, dachte Franka, als sich zehn Minuten später die riesige Trauergesellschaft im kreisrunden Ehrenhain *Revier Blutbuche* zu seiner Beisetzung aufgestellt hatte. Ein Gedenkort mit besonderer Geschichte für im Dienst ums Leben gekommene Polizeibeamte. Oder für Männer wie Martin, denen die Stadt Hamburg viel zu verdanken hatte.

Der Pfarrer segnete die Grabstelle mit Weihwasser und Kreuzzeichen und schien dabei selbst sichtlich bewegt. Franka kannte den Mann aus Martins Erzählungen. Er hatte, wenn sie das richtig erinnerte, die drei Suttmann-Kinder nicht nur getauft und gefirmt, die beiden Ältesten hatte er bereits getraut. Obwohl seit Kurzem in Pension, hatte der Geistliche dieser Messe auf Hildes ausdrücklichen Wunsch zugestimmt. Das hatte sie erzählt, als Franka ihr nach Martins Tod persönlich kondoliert hatte. Nun hielt sich Hilde mit jedem bisschen Trost tapfer aufrecht. Martin war bei Gott.

Franka hingegen hatte mit Kirche wenig am Hut. Jedwede Form von Religion hielt sie für gesellschaftlichen Sprengstoff. Schaute sie sich auf der Welt um, hatte sie das Gefühl, dass religiös begründete, gewalttätige Auseinandersetzungen zu einer großen Bedrohung des Friedens geworden waren. Außerdem brauchte Franka keine Gebote, um ihren Mitmenschen zu helfen und anderen nichts zuleide zu tun. Sie setzte sich auch so für die Schwachen ein, kämpfte für Gerechtigkeit und hatte auch noch nie jemandem den Mann ausgespannt.

Diese Art der Beerdigung erschien ihr wie ein gut geprobtes Spektakel aus ferner Vergangenheit. Die Kyrierufe in der Halle hatte sie als düster empfunden, der mittelalterliche Gesang *Zum Paradies mögen Engel dich begleiten* war ihr als seltsam aus der Zeit gefallen erschienen. Trotzdem hatten sie die einfühlsamen Worte des Pfarrers in Bezug auf Martin sehr berührt. Jedenfalls mehr als die distanzierte Rede des Polizeidirektors, in der

Martins jahrzehntelange Verdienste als Chef im Vordergrund gestanden hatten.

Als die erste Schaufel Erde auf den Sargdeckel prasselte, hörte man vereinzeltes Schluchzen. Das *Vaterunser* murmelte Franka zwar mit, aber eher, um zu sehen, ob sie es noch zusammenbekam. Bei *Dein Wille geschehe* zog sie ertappt die Hände aus den Jackentaschen.

Mit Alpay hatte sich Franka nie über Religion unterhalten. Sein Vater war türkischstämmig, seine Mutter Deutsche. Bekannten sich die Eloğlus eigentlich zum Christentum oder zum Islam? Oder würde Alpay ihr bei einer solchen Frage alltäglichen Rassismus unterstellen und sie wüsste nicht, ob er sie damit mal wieder auf den Arm nahm?

Die Beisetzung war beendet, und Franka wandte sich schon zum Gehen, da winkte Hilde sie zu sich herüber.

«Wie schön, dass du gekommen bist.» Die Witwe umarmte Franka. «Martin hat mal erzählt», flüsterte Hilde ihr ins Ohr, «wie sehr du so einen Zirkus hasst.» Wie in einer kitschigen Filmszene riss ausgerechnet in diesem Moment der herbstliche Himmel auf, und die Sonne trat hervor.

«Siehst du, und Martin freut sich auch», sagte Hilde tapfer. «Franka, ich möchte dir kurz Pater Remigus vorstellen. Er ist ein enger Freund der Familie.»

Der Geistliche reichte ihr mit festem Druck die Hand. «Ich habe schon einiges über Sie gehört, Frau Erdmann.» Die Sonne ließ seine weißen Haare leuchten. Er lächelte ihr verschmitzt zu, was Franka kurz irritierte. Vielleicht hatte Martin sich seinem katholischen Freund gegenüber beklagt, wenn er sich im Dienst wieder mit ihr gekabbelt hatte, dachte sie.

«Ich sehe dich zu Kaffee und Kuchen im *Seehof*. Und nicht,

dass du dich drückst.» Hilde klang bestimmt, als würde sie keinen Widerspruch dulden. Dann nahm sie tapfer weitere Beileidsbekundungen entgegen.

Frankas Handy vibrierte in der Lederjacke. Sie ging zu einer kleinen Buchsbaumhecke hinüber.

«Erdmann.»

«Hartwig mein Name. Polizeiwachtmeister vom Polizeiposten Altengamme. Guten Tag», sagte ein Mann, in dessen junger Stimme Nervosität mitschwang. «Bei uns im Schwemmland der Elbe wurde eine Leiche angetrieben.»

2 Freitag, 31. Oktober, nachmittags

Immer wieder versank Franka mit ihren Gummistiefeln bis zu den Knöcheln im aufgeweichten Boden. Der Regen der letzten Wochen hatte die ohnehin feuchte Borghorster Elblandschaft zusätzlich aufgeweicht.

«Sieh dir meine Uniformhose an», fluchte Alpay und schaute genervt an sich herunter.

«Es hat dich niemand gezwungen, mich zu begleiten», gab sie ungerührt zurück und folgte dem Kollegen, der sie über den Leichenfund informiert hatte.

«Sie haben es gleich geschafft», sagte er und deutete zum Fluss. «Sehen Sie die Kollegen da vorne am Ufer?»

Franka wischte sich den Schweiß von der Stirn und erkannte in einiger Entfernung nicht nur die beiden Schlauchboote der Feuerwehr auf der Elbe, sondern auch einige Gestalten in weißen Schutzanzügen im Schilf stehen. Wie sie vom jungen Streifenpolizisten erfahren hatte, hatten die Kollegen der Spurensicherung den Fundort bereits freigegeben. Bernhard Bruhns, der Leiter der Abteilung, den alle Poppy nannten, wartete am Ufer. Jeder in Hamburg gefundene Tote wurde zunächst an das LKA gemeldet. Dann rückten Franka und ihre Kollegen aus, um zu entscheiden, ob eine Ermittlung notwendig werden würde.

Für Franka gehörten solche Begehungen zu einer ersten Fallanalyse dazu, auch wenn sich durch immer bessere Techniken Todesermittlungen in erster Linie auf Gutachten, Fotos und Zeugenaussagen konzentrierten. Aber dort unten war ein Mensch ums Leben gekommen, kein Aktenzeichen. Jeder Leichenfund setzte einen automatisierten Ablauf in Gang, und Wasserleichen waren oftmals eine besondere Herausforderung für alle Beteiligten. Sie überlegte, ob Alpay vielleicht deswegen Kaffee und Kuchen nach Martins Beisetzung gegen seine erste Wasserleiche getauscht hatte. Die Zeiten, in denen Alpay beim Anblick von Toten regelmäßig schlecht geworden war, waren zum Glück vorbei.

«Moin, ihr zwei.» Poppy Bruhns zog sich die Gummihandschuhe aus und hob eine Hand zum Gruß. «Tut mir leid, dass wir euch von Martins Trauerfeier weggeholt haben.» Ein kurzer Augenblick des Innehaltens entstand. Dann ging Bruhns zu Frankas Erleichterung zur Tagesordnung über.

«Kommt, es ziehen Wolken auf. Aber ich warne euch. Das da unten sieht heftig aus.» Die Techniker hatten Laufwege aus Lochblechen bis zum Fluss gelegt. Bruhns ging voran. «Es handelt sich um eine Frau, vermutlich um die fünfzig. Aber sonst lässt sich kaum noch was feststellen. Wäre der Körper auf der anderen Uferseite angespült worden, müssten sich die Kollegen aus Hannover drum kümmern. Die Grenze zu Niedersachsen verläuft mitten im Fluss. Eins kann ich euch aber schon sagen: Auch wenn bei diesem Untergrund jeder Fußabdruck wieder versickert, die Auffindesituation ist definitiv nicht die Stelle, an der der Körper ins Wasser gelangt ist. Um die Leiche herum ist kein einziger Halm abgeknickt. Ihr seht selbst, die Stelle ist kaum gescheit zu erreichen.»

«Wer hat sie dann gefunden?» Franka schaute einem Zug Kraniche nach.

«Ein Sportbootfahrer, vom Wasser aus. Die Kollegen haben die Personalien aufgenommen.»

«Ich könnte jetzt bei Kaffee und Kuchen im *Seehof* sitzen», sagte Alpay mehr zu sich selbst, und Franka fragte sich, ob er Witze machte oder sie seinen Abhärtungsgrad doch überschätzt hatte.

«Ob die Frau überhaupt ertrunken ist», sagte Bruhns, «wird euch Dörfler hoffentlich nach der Rechtsmedizinischen sagen können. Identifizierung wohl nur noch über DNA.»

«Dörfler ist auf Kur.»

«Irgendwas mache ich falsch.» Bruhns zog die Augenbrauen zusammen und ging weiter über die Lochbleche Richtung Ufer. Bei jedem Schritt machte es ein schmatzendes Geräusch.

«Kannst du sagen, wie lange der Körper schon im Wasser liegt?» Eine zweite Gruppe Kraniche zog über den Fluss hinweg.

«Ich schätze mal, einige Wochen wird sie in der Elbe schon unterwegs gewesen sein. Der Körper hat durch die Gase bereits Auftrieb. Auch dazu wird euch die Rechtsmedizin mehr sagen können. Ihre Klamotten sind jedenfalls schon ziemlich zerschlissen. Nix Teures. Irgendeine Modekette.»

«Die Elbe ist lang», sagte Alpay. «Vielleicht stammt die Tote nicht unbedingt aus Tschechien, aber … zwischen Dresden und hier kann der Körper überall ins Wasser gelangt sein.»

«Ich weiß nicht, wie viele Schleusen die Elbe hat», überlegte Franka, «aber hätte der Körper nicht spätestens in dem Werk in Geesthacht auftauchen müssen?» Die Beschilderung zur Schleuse war ihr auf dem Weg über die Bundesstraße aufgefallen. «Vielleicht ist sie auch erst hinter dem Werk ins Wasser gelangt.»

Sie erreichten die Stelle im Schilf. Poppys Assistentin Sophie van Ackern war mit einer Wathose bekleidet und stand wenige Meter von ihnen entfernt bis zur Hüfte im Wasser und machte Fotos.

«Boah, nee, Leute! Echt jetzt?» Alpay drehte sich angewidert ab. «Das ist doch nicht euer Ernst! Fuck!»

«Ich hab euch gewarnt.» Bruhns wandte sich an Franka. «Wir tippen auf Schiffsschraube.» Er deutete auf das kaum noch erkennbare Gesicht der Toten. «In diesem Teil der Elbe sind viele Sportbootfahrer unterwegs. So wie das Gewebe aussieht, denke ich, post mortem.»

Bei Alpays trockenem Würgen fragte sich Franka, wie er im vorletzten Jahr allen Ernstes die Tatortbegehung mit bis zur Unkenntlichkeit verbrannten Opfern bewältigt hatte. Aber auch ihr zog es kurz den Magen zusammen. Denn vor ihnen im Wasser dümpelte, zwischen Schilf und Plastikmüll, etwas, das nur noch sehr entfernt an einen Menschen erinnerte. Die langen Haare, vermutlich blondiert, hatten sich in filzigen Strähnen um ein Gesicht gewickelt, dessen untere Hälfte verstümmelt war. Die zerrissenen Klamotten bewegten sich um den aufgedunsenen Körper im sanften Takt der Wellen.

«Gibt es Beifunde, die bei der Identifizierung helfen können?»

«Papiere hatte sie nicht in den Klamotten. Auf den ersten Blick gibt es auch keine Tattoos. Mehr kann euch die Rechtsmedizin sagen, wenn die Frau in Eppendorf auf dem Tisch liegt. Aber beim Zahnschema … na ja, ihr seht ja selbst, wie das Gesicht aussieht.» Die Bugwelle eines vorbeifahrenden Schiffes hob den Körper sanft an. Auf surreale Weise schien die Tote lebendig, als würde sie winken.

3   Montag, 3. November, morgens

Um Punkt 8.oo Uhr fuhr Franka den Computer in ihrem Büro hoch, gespannt, ob endlich die Gutachten von Spurensicherung und Rechtsmedizin vorlagen. Eine DNA-Analyse würde mehrere Tage dauern, das wusste sie, und Dörfler war auf Kur. Die Entscheidung, ob die Staatsanwaltschaft die Wasserleiche zu einem Fall erklärte, war in erster Linie von den Gutachten aus Rechtsmedizin und KTU abhängig, auf denen Frankas Einschätzung basieren würde.

Noch am Freitag hatte sie sich mit dem Wasserstraßen- und Schifffahrtsamt Elbe-Nordsee in Verbindung gesetzt. Eine Mitarbeiterin hatte erklärt, dass die Elbe vor Geesthacht mit bis zu viereinhalb Stundenkilometern floss, was mit der vorgelagerten Elbinsel und dem Schleusenkanal zusammenhing. Eine Leiche wäre demzufolge in nur wenigen Tagen von der Schleuse bis zum Fundort getrieben. Die Expertin des Schifffahrtsamtes brachte allerdings eine ganz andere These ins Spiel. Konnte es sein, dass die Tote vielleicht unbemerkt auf dem Ruderwerk eines geschleusten Schiffs gehangen hatte und so in den Kanal gelangt war?

Wenn der lahme Computer auf Frankas Schreibtisch endlich einsatzbereit wäre, könnte sie hoffentlich auf Grundlage der Gutachten eine Anfrage bei INPOL stellen. Die Datenbank der Polizei speicherte zudem auch die Fotos vermisster Personen. Vielleicht war eine Frau in Hamburg und Umgebung als vermisst gemeldet worden, auf die Alter, Körpergröße und Gewicht der Wasserleiche passten.

Wegen des entstellten Gesichts schieden Presse und Social Media als Optionen aus, um die Identität der Toten zu klären.

Aus der Praxis wusste Franka, dass in Deutschland täglich bis zu dreihundert Menschen als vermisst gemeldet werden. Kinder und Jugendliche tauchen dabei meist ebenso schnell wieder auf wie Senioren oder aus Krankenhäusern verschwundene Patienten. Die Frau aus der Elbe hätte wahrscheinlich zu den drei Prozent vermisster Personen gehört, die länger als ein Jahr verschwunden bleiben, wenn die Strömung der Elbe sie nicht angetrieben hätte.

Der Computer rödelte immer noch. Franka ging nach nebenan ins Großraumbüro und kochte Kaffee. Auf Ina Reitzenbachs Schreibtisch sah sie zwei kleine blaue Schlümpfe stehen. An einem Becher voller Kugelschreiber und mit abgeschlagenem Henkel lehnte die Trauerkarte für Martin. Es würde wohl noch eine ganze Weile dauern, dachte Franka, während sie das Kaffeepulver in den Filter löffelte, bis sein Tod bei allen im Dezernat wirklich angekommen war. Ihren alten Nissan vor dem Präsidium neben dem freien Chefparkplatz abzustellen, hatte Franka auch heute Morgen wieder traurig gestimmt.

Sie goss Wasser in die Maschine. Auf dem Weg zurück in ihr Büro wurde sie von Pit begrüßt, der zum Dienst erschien. Dann setzte sie sich an ihren Schreibtisch. Was war das für ein Mist? Hatte sich die Kiste etwa aufgehängt? Der PC machte merkwürdige Geräusche, und der Bildschirm war immer noch schwarz. Genervt machte sie einen Neustart.

Wie fest Martin die Zügel im Dezernat in der Hand gehalten

hatte, wurde Franka erst jetzt bewusst, da Kurt sich interimsmäßig kümmerte und sich eine unterschwellige Nachlässigkeit im Team breitgemacht hatte. So kam es Franka zumindest vor. Natürlich brauchte man eine gewisse Strenge, wenn man auf dem Chefsessel saß. Da war der ständige Druck der Staatsanwaltschaft, dazu Personalengpässe, Urlaubsanträge und Krankschreibungen. Dabei einer erwarteten Aufklärungsquote gerecht zu werden, nein, das wäre kein Job für Franka, da konnten noch so viele Wetten hinter ihrem Rücken laufen. Die wenigen Jahre bis zu ihrer Pension würde sie als Ermittlerin durchziehen und sich über ihren alten Computer ärgern, ob nun mit Jörg als neuem Chef oder einem fremden Kollegen, vielleicht aus einem anderen Bundesland, weil in Hamburg eine Planstelle besetzt werden musste. Doch über die seit Langem überfällige Beförderung zur Ersten Hauptkommissarin, darüber würde sie sich freuen.

«Guten Morgen.» Alpay lehnte im Türrahmen und riss sie aus ihren Gedanken. «Pit sagt, du wolltest Kaffee aufsetzen. Ich hab dann auch mal die Maschine angestellt. Gibt's Neuigkeiten?» Er nickte in Richtung ihres Computers, der mit einer kleinen Fanfare endlich seine Einsatzbereitschaft verkündete und mit einem leisen *Pling* über neue E-Mails informierte.

\#

Alpay schenkte Franka noch eine Tasse Kaffee nach und lehnte sich schließlich mit der leeren Kanne in der Hand wieder gegen das Fensterbrett. Sie hatte immer noch keinen Ton gesagt. Konzentriert las sie die Mail aus der Rechtsmedizin, machte sich Notizen, scrollte, murmelte, und wenn Alpay nur den Versuch unternahm, etwas zu fragen, bremste sie ihn mit erhobener Hand. Schließlich hielt er es nicht mehr aus.

«Soll ich doof sterben, oder was?»

Sie lehnte sich wippend in ihrem Bürostuhl zurück und warf ihren Kugelschreiber vor sich auf die Kladde. «Na, das ist ja mal ein Ding», sagte sie und schob sich die Lesebrille ins Haar.

«Also ist die Frau nun ertrunken oder nicht?»

«Wegen der starken Fäulnis der Leiche wohl nicht mehr mit Sicherheit zu sagen.» Franka richtete ihren Blick wieder auf den Bildschirm. «‹Dreischichtung des Mageninhalts und Flüssigkeit in Nasennebenhöhlen durch die lange Liegezeit im Wasser nicht mehr zu bestimmen›, schreibt ein Dr. Johanson.» Sie verzog das Gesicht. «‹Tierfraß an den Gliedmaßen›.»

«Dann werden wir also nicht mehr erfahren, wie die Frau zu Tode gekommen ist.»

«Ob es ein Lungenödem wie beim Ertrinken gegeben hat», Franka zuckte mit den Schultern, «ist wohl nicht mehr wirklich festzustellen. Das Gewicht der Frau lässt sich nur noch schätzen, um die siebzig Kilo, nimmt der Arzt an. Sie war knapp eins siebzig groß. Die äußeren Verletzungen sind tatsächlich alle post mortem entstanden. Waschhaut durch die Liegezeit im Wasser, circa vier Wochen. Augenfarbe durch die postmortale Irisverfärbung braun und nicht bestimmbar, Haare blond, aber gefärbt. Sechs abgebrochene Fingernägel. Spuren von Aluminium darunter. Hat vielleicht versucht, sich irgendwo festzuhalten, was wiederum für Ertrinken spricht. Alter, wie schon von Bruhns geschätzt, um die fünfzig. Gebissabdruck nur noch oben möglich, Fotos sind auch beigefügt. DNA-Ergebnis frühstens morgen. Die versuchen, Material aus dem Beckenkamm zu gewinnen.»

«Und warum hast du eben gesagt: *Na, das ist ja ein Ding*?»

«Darum.» Franka drehte den Bildschirm zu Alpay. Aber er wurde aus dem Foto darauf nicht schlau.

«Das ist die Vergrößerungsaufnahme vom Hals der Toten. Das hier ist die hintere linke Seite auf Höhe des C7. Und genau darum geht's.» Franka tippte mit dem Kugelschreiber auf eine kleine Stelle auf der Vergrößerung. «Der Frau steckte ein Haken im Hals, kleiner als ein Fingernagel. Und zwar einen Zentimeter tief. Genau daneben befindet sich noch ein Loch in der Haut.» Nun öffnete Franka ein weiteres Foto. «Und das ist das Teil, das die Rechtsmedizin sichergestellt hat.»

Alpay pfiff durch die Zähne. «Ein Widerhaken vom Projektil einer Taserpistole?»

Franka nickte. «Nicht schlecht. Und zwar von einem solchen Modell.» Sie klickte auf einige Fotos, die ihr Poppy Bruhns von zwei Distanz-Elektroimpulsgeräten geschickt hatte. Die Rechtsmedizin hatte sich zuvor mit der KTU in Verbindung gesetzt. «Gerade du weißt, wie dich ein Taser von den Füßen holen kann», sagte Franka und nahm einen Schluck aus ihrem Becher.

Alpay kannte die schmerzhaften Muskelkrämpfe, die ein solcher Schuss verursachte, und er wusste auch, dass manche Menschen infolge eines Elektroschocks ohnmächtig werden konnten. Im letzten Jahr hatte er zu der Gruppe LKA-Beamter gehört, die ein solches Gerät in der Versuchsphase getestet hatte. Zuvor waren nur das SEK und besonders geschulte Beamte der Bereitschaftspolizei damit ausgerüstet worden. Die Meinungen der Kollegen über den Gebrauch solcher Pistolen gingen auseinander. Alpay war gegen die Verwendung dieser Geräte, die unter anderem für Herzkranke lebensgefährlich sein konnten.

«In unserem Fall», fuhr Franka fort, «ist einer der nadelför-

migen Widerhaken abgebrochen. Wenn du nach so einem Taserschuss ins Wasser fällst, war's das.»

«Also hat bei der Frau jemand nachgeholfen.»

«Offensichtlich.» Franka deutete auf den Drucker, der ein
Blatt Papier einzog. «Mit den wenigen Parametern der Toten
über Größe und Gewicht habe ich mir mal die Vermisstenan-
zeigen der letzten Monate angeschaut. Da kommen drei Frauen
in Betracht.»

Alpay nahm das noch warme Papier aus dem Ausgabefach.

«Lilija Girdauskas, geboren 1973, wurde am 4. Oktober von
ihrer Tochter in Hamburg-Rahlstedt als vermisst gemeldet.»

«Die Mutter ist am Abend zuvor nicht ans Telefon gegangen», übernahm Franka das Briefing. «Laut Protokoll hat sie
auch nicht auf SMS ihrer Tochter reagiert. Vor ihrem Verschwinden wurde Frau Girdauskas zuletzt von ihren Schülern
gesehen. Das war am 3. Oktober, abends. Die Frau hat sich in
Hamburg in der Geflüchtetenhilfe engagiert und einmal in der
Woche Deutschunterricht in Tonndorf gegeben.»

Im Großraumbüro nebenan bekamen sich Sybille und Jörg
in die Haare. Alpay versuchte, den Disput auszublenden. Es
klang so, als habe Jörg sich aufgespielt und Sybille irgendwelche
Instruktionen gegeben, als wäre er bereits Chef der Abteilung.
Total unangemessen und auch unangenehm, wie wohl auch
Franka fand, denn sie erhob sich und schloss die Glastür.

«Lies weiter», forderte sie Alpay auf.

«Die zweite ist Franziska Roicke, Jahrgang 83. Sie wurde von
ihrem Ehemann am 26. September in Wandsbek als vermisst
gemeldet. Sie ist irgendwo in den Walddörfern verschwunden, nachdem sie sich mit einer Freundin zum Essen getroffen hatte.» Er schaute auf. Franka setzte sich auf eine Ecke ihres

Schreibtisches und verschränkte die Arme vor der Brust. «Bleibt die dritte Kandidatin. Melanie Lilienberg, Jahrgang 79, vermisst seit dem 9. Oktober in Schwinde, gemeldet am nächsten Tag in Winsen.»

«Das ist in Niedersachsen.» Alpay deutete auf das Papier in seiner Hand. «Selbst um bei den Angehörigen eine DNA-Probe einzusammeln, benötigen wir das Okay aus Hannover. Antrag auf Amtshilfe?»

«Frau Reitzenbach soll sich darum kümmern», sagte Franka. «Der Wohnort der Frau liegt übrigens nur wenige Kilometer vom Fundort der Leiche entfernt, auf der gegenüberliegenden Seite der Elbe.»

«Okay. Also Roicke, Lilienberg und Girdauskas. Denkst du, es ist eine von denen?»

«Möglich. Irgendwo müssen wir ja ansetzen.»

«Haben die Kollegen, die diese Vermisstenmeldungen erfasst haben, Handyortungen veranlasst?»

«Ja, die letzten Funkzellen liegen vor.» Franka scrollte durch die geöffneten Dokumente auf ihrem Bildschirm und stutzte. Dann griff sie zu Stift und Zettel und notierte etwas. Schließlich ging sie zum großen Hamburg-Stadtplan, der an der Wand über dem Drucker hing. Alpay konnte schon ihrem Rücken ansehen, wie sehr es in ihr arbeitete.

«Franziska Roicke verschwand am 25. September in den Walddörfern und wurde einen Tag später von ihrem Mann in Wandsbek als vermisst gemeldet. Ihr Telefon sendete aber in der Funkzelle, in der die Frau das letzte Mal gesehen wurde, noch bis zum 27. September.» Franka schaute zu Alpay. «Ich frage mich, hat niemand nach dem Telefon gesucht? Was ist denn das für eine Sauerei?»

Sie setzte sich zurück an ihren Schreibtisch. «Hier. Auch bei Lilija Girdauskas. Das Telefon sendet nach ihrem Verschwinden in Tonndorf noch etliche Stunden weiter.»

Alpay wusste, wie sehr die Suche nach Vermissten die ohnehin dezimierten Kräfte der Polizei beanspruchte. Die Schilderungen der Angehörigen bildeten die Grundlage für eine Beurteilung der Gesamtsituation. Nach allen drei Frauen war lediglich anlassbezogen und strategisch gesucht worden. Da man in keinem der Fälle von einer Gefahr für Leib und Leben ausgegangen war, wie zum Beispiel bei einer schweren Erkrankung einer vermissten Person, waren für Girdauskas, Roicke und Lilienberg keine groß angelegten Suchaktionen durchgeführt worden.

Alpay kratzte seinen Dreitagebart. «Unmöglich zu sagen, ob die Tote aus dem Schilf wirklich eine von denen hier ist. Was schlägst du also vor?»

«Sag du es mir.» Franka setzte sich wieder auf ihren Bürostuhl, wippte vor und zurück und schaute ihn erwartungsvoll an. Immer öfter überließ sie ihm die Vorgehensweise, ohne ihn zu beeinflussen. Nur so konnte er sich weiterentwickeln.

«Na ja. Wir haben zumindest den Abdruck des Oberkiefers. Wir könnten Marcel oder Ina bitten, sich mit den Angehörigen in Verbindung zu setzen, um die Zahnarztpraxen zu erfragen, in denen die Frauen behandelt worden sind. Und es sollte bei den Familien DNA-Material zum Abgleich mit der Toten angefordert werden. Haar- und Zahnbürsten, die ganze Rutsche eben.»

Franka stand auf und zog kommentarlos ihre Lederjacke an.

«Wo willst du hin?»

«Du hast doch selbst erklärt, was zu tun ist», sagte sie und schrieb einige Telefonnummern aus der elektronischen Akte. Dann kramte sie ein Kaugummi aus ihrer Schreibtischschublade, und bei Alpay fiel der Groschen. «Dir geht es doch um was anderes. Für die DNA hättest du jemanden schicken können. Du willst vielmehr abklopfen, ob es im Umfeld der vermissten Frauen einen Grund für eine Gewalttat geben könnte. Stimmt's?»

Franka steckte sich das Kaugummi in den Mund. «Weißt du, ich muss gerade an den Chef denken», sagte sie und schaute an Alpay vorbei aus dem Fenster hinunter auf den Parkplatz. «Der hat in dir schon Potenzial gesehen, als du mir noch gehörig auf den Senkel gegangen bist.»

Alpay wusste nicht, was er darauf sagen sollte, und schon schnappte sie sich ihre Umhängetasche und verließ das Büro.

Wenn Franka menschelte, brachte sie ihn immer aus dem Konzept.

Nachdem Alpay Ina Reitzenbach gebeten hatte, sich um ein Amtshilfeersuchen bei den Kollegen in Niedersachsen zu kümmern, folgte er Franka über den Flur zu den Fahrstühlen. Ungeduldig drückte sie den Rufknopf.

«Vielleicht ist eine der drei Frauen unsere Tote aus dem Schilf, und das Projektilteil in ihrem Hals zeigt ganz klar, dass da jemand nachgeholfen hat, nur das interessiert mich – und die Staatsanwaltschaft.»

«Aber Roicke ist erst dreiundvierzig, die Frau aus Niedersachsen auch, und die Tote wurde auf um die fünfzig geschätzt.»

«Ich führe lieber eine Befragung zu viel als eine zu wenig durch.»

Die Fahrstuhltüren öffneten sich in Frankas Rücken. «Auch

wenn mir die Moro nach ihrer Beförderung nicht mehr direkt im Nacken sitzt, kann ich gut darauf verzichten, dass sie mir als Oberstaatsanwältin einen ihrer profilierungssüchtigen jungen Kollegen vor die Nase setzt.»

Alpay schaute auf und hielt die Luft an. Kein gutes Timing. «Guten Morgen, Frau Erdmann», sagte die Moro freundlich, als sie mit mehreren Personen aus dem Fahrstuhl trat und an ihrer Perlenkette spielte. «Darf ich Ihnen unseren neuen Kollegen Julian Forster vorstellen. Ihm berichten Sie im Fall der Toten aus der Elbe. Schon Neuigkeiten?» Sie schaute auf ihre Armbanduhr. Die Frau wusste, wie man Druck aufbaute, dachte Alpay, während Franka die beiden Juristen knapp auf Stand brachte.

In der Kabine auf dem Weg nach unten zeigte Franka dann ihr Pokerface, aber Alpay konnte sich ein Schmunzeln nicht verkneifen.

«Verrätst du mir den Grund für deine gute Laune?», fragte sie genervt.

«Ich musste nur gerade an meine allererste Ermittlung mit dir denken.» Er machte eine Kunstpause, vielleicht kam sie ja von allein drauf.

«Die toten Influencerinnen.» Offensichtlich hatte sie keinen Schimmer, worauf er anspielte.

«Ich habe mich damals in einer Kanzlei mit dem Rücken zur Tür über einen Anwalt aufgeregt», fuhr er fort, «der uns vor seiner Befragung ziemlich lang hatte warten lassen. Ausgerechnet in dem Moment hat er den Raum betreten.» Der Fahrstuhl hielt im Erdgeschoss, sie stiegen aus und steuerten auf den Ausgang des Präsidiums zu. «Du hast mir dann im Auto einen ordentlichen Einlauf verpasst, von wegen, ob man das auf der Polizeischule lernt oder im Studium …»

Franka blieb in der geöffneten Schiebetür des Foyers stehen und schaute ihn überrascht an. «Ich finde, du hast mittlerweile ein bisschen sehr viel Oberwasser, mein Freund.»

4   Montag, 3. November, morgens

Das Gewicht der letzten Obstkisten zog ihm noch immer ins Kreuz. Sieben davon hatte er in den Lieferwagen gewuchtet, gestapelt und mit einem Spanngurt gesichert. Im Laderaum roch es verführerisch nach frischem Brot und Brötchen, obwohl die Ware, die er vorhin beim Bäcker in der Schanze abgeholt hatte, bereits vom Vortag war.

«Ich habe auch noch Birnen, Herr Meyer. Wollen Sie?», fragte ihn die junge Obstbäuerin auf dem Hof im Alten Land. Unweit der Elbe sorgte der fruchtbare Marschboden auf einer riesigen Fläche für eine ertragreiche Ernte. Sie deutete auf einen Stapel neben dem alten Klinkergebäude, das den Hofladen beherbergte. «Geschmacklich sind die prima, nur die Form …», sagte sie und schüttelte verständnislos den Kopf. «Sie wissen ja, wie zielsicher die Kundschaft an Produkten vorbeigreift, die nicht der Norm entsprechen.»

Vorsichtig stieg Harry aus dem Sprinter. Die Zeiten, in denen er mit einem Hops von der Ladefläche heruntergesprungen war, waren schon lange vorbei. Das Angebot der Landwirtin nahm er im Namen des ehrenamtlichen Vereins Johannes-Brot dankend an und war ebenso erfreut, als sie auf Fingern pfiff und einen jungen Mann herbeiwinkte. «Djadi, pack mal bitte mit an.» Dann wandte sie sich wieder an Harry. «Sagen Sie mal, wie lange arbeiten Sie eigentlich schon für den Verein?» Sie öffnete ihm wie jedes Mal eine Flasche Apfelsaft. Seine Arbeit war schweißtreibend.

«Seit zehn Jahren. Ich bin quasi von Anfang an dabei.» Der süße Saft rann ihm die Kehle hinunter. «Ich hab ja schon vor meinem Ruhestand als Fahrer gearbeitet.» Dankbar schaute er dem jungen Mann dabei zu, wie er flott die Kisten auf die Ladefläche hob und fachgerecht vertäute. Harry streckte sich. Er spürte mal wieder die Schwachstelle im Lendenwirbelbereich. «Aber so was hier», er zeigte auf die volle Ladefläche, «kann ich wohl nicht mehr lange machen.»

Es wurde Zeit. Der Verkehr zurück in die Stadt war um diese Uhrzeit immer zäh fließend, und wie jeden Tag erwarteten seine Kollegen im kleinen Lager in der City Nord die Spenden gegen Mittag. Dort wurden sie sortiert und anschließend zum Verteilen wieder zusammengestellt. Außerdem gab der Verein Secondhandkleidung und -möbel ab. Anders als bei der Tafel, bei der sich deutschlandweit an die neunzigtausend Freiwillige engagieren, waren die Johanner, wie sie sich selber nannten, ein überschaubarer Haufen, der das Ehrenamt direkt in den Stadtteilen ausübte. Es war schon beschämend, dachte Harry. In einer reichen Kaufmannsstadt wie Hamburg mit seinen feinen Bezirken rund um die Außenalster, mit den teuren Geschäften am Jungfernstieg und dem Mäzenatentum, das auch den Bau der Elbphilharmonie ermöglicht hatte, wurden die Schlangen Bedürftiger an den Ausgabestellen auf St. Pauli oder in Hammerbrook von Jahr zu Jahr länger.

Harry fuhr über die Landstraße Richtung Autobahnauffahrt Waltershof. Für ihn, der als Hotelkaufmann eine ausreichende Rente bezog, die ihm zwar keine großen Sprünge, aber ein sorgloses Leben ermöglichte, war diese Arbeit etwas Wunderbares.

Harry konnte Dankbarkeit zeigen und der Gesellschaft etwas zurückgeben. Behandele andere so, wie auch du behandelt werden möchtest, das war sein Credo.

Er stellte das Radio an. Seine Finger trommelten im Beat einer Soulnummer, die aus den Boxen tönte, auf das Lenkrad. Ihm wurde warm ums Herz. Zu diesem Song hatte Harry immer mit Riccarda im *Trinity* getanzt, wenn er sie in Hamburg besuchen kam. Was waren das für herrliche Zeiten kurz nach dem Mauerfall. Wenn um Mitternacht der Nebel über den beleuchteten Dancefloor der Diskothek in Eimsbüttel kroch, gab es bei Wiener Walzer kein Halten mehr. Heute hatte Harry Rücken, das *Trinity* war seit 1993 geschlossen und Riccarda schon seit zehn Jahren tot. Ihren Ehering hatte er weiten lassen und trug ihn seitdem vor seinen gesteckt.

Die dunklen Gedanken als Witwer, nach fünfundzwanzig Jahren Ehe, hatten Harry manches Mal die Frage nach dem *Warum* stellen lassen. Und vielleicht war sein Engagement bei den Johannern eine Antwort darauf. Aus dem persönlichen Verlust, der sein eigenes Leben infrage gestellt hatte, war etwas Gutes erwachsen. Das Ehrenamt brachte nicht nur Struktur in seinen Rentneralltag, sondern auch neue soziale Kontakte. Und der Verein sorgte nicht zuletzt dafür, dass Harry seinen Kindern weniger auf die Nerven ging. Auch das war ihm schnell klar geworden.

Drei Stunden später, Harry hatte mit Alexandra und Katharina in der kleinen Halle des Vereins in der City Nord alle Spenden sortiert, machte er sich mit Dieter auf dem Beifahrersitz des vollgepackten Sprinters erneut auf den Weg. Dieses Mal zur Abgabestelle in Hammerbrook.

Auf der Ladefläche transportierten sie nicht nur eine Kleiderstange voller gebrauchter, aber noch tadelloser Herrenoberhemden, sondern auch Obst und Gemüse, Backwaren und H-Milch. Erwartet wurden sie meist von Sozialhilfeempfängern und Obdachlosen. Einige von ihnen waren schwer drogenabhängig.

Zweimal in der Woche stellte der Bezirk die «Piazza» zur Verfügung, wie sie das ungemütliche Atrium mit dem von Tauben vollgekackten Glasdach vor dem Stadtteilzentrum nannten, in dem einige Yuccapalmen ein trostloses Dasein fristeten.

Harry und Dieter waren ein eingespieltes Team. Zügig hatten sie das Sortiment auf faltbaren Markttischen aufgebaut, über die sie vorher abwischbare Tischdecken in Italo-Optik drapiert hatten. Die Johanner versuchten alles, den Menschen nicht das Gefühl einer Armenspeisung zu vermitteln.

«Schau mal», sagte Dieter leise, nachdem er die Kleiderstange mit den Hemden aufgestellt hatte. Mit einem Kopfnicken deutete er zu einem Mann um die dreißig, der sie beobachtete und nervös von einem Fuß auf den anderen tippelte. «Tourette-Peter ist auch wieder da.»

Das Verhalten des jungen Mannes war so unberechenbar, dass sie sich vor seinen Ausbrüchen fürchteten, die wohl weniger mit einer neuropsychiatrischen Erkrankung zu tun hatten als mit dem Konsum von Crack. Harry hatte sich informiert. Der Typ lebte auf der Straße und drohte gelegentlich anderen Gewalt an. Doch meist saß er apathisch auf einer der Bänke und starrte böse zu ihnen herüber. Sein verkniffenes Gesicht strahlte trotz der sedierenden Drogen eine solch unbändige Wut aus, dass Harry und Dieter einen Bogen um ihn machten und direkten Augenkontakt vermieden. Manchmal wurde er von der

Polizei ermahnt, sich zusammenzureißen, manchmal nahmen sie ihn mit, aber zuverlässig tauchte er immer wieder auf.

«Grüß dich, Merle», sagte Harry nun freundlich zu der jungen Frau, die ein kleines Mädchen in einem Kinderwagen schob. «Die Lütte ist ja ordentlich gewachsen.» Merle lächelte verlegen und suchte sich einiges an Obst und Backwaren aus. Jedes Einzelschicksal berührte Harry auch noch nach vielen Jahren der sozialen Arbeit.

Die Gruppe Bedürftiger war heute besonders groß. Einige neue Gesichter waren auch darunter, wie der Mann mit der groben Strickmütze und dem sehr alten Schäferhund an der Leine. Oder die Frau, die am Eingang der Piazza neben einer vertrockneten Yuccapalme saß und Dieter und ihn die ganze Zeit verstohlen beobachtete. Alle Ehrenamtlichen wissen, wie groß die Hemmschwelle anfangs ist, sich hier einzureihen.

«Fickt euch alle!», schrie Tourette-Peter plötzlich. Er war von seiner Bank aufgesprungen, pumpte seinen Brustkorb auf und reckte die rechte Faust gen Himmel. «Satan wird herniederfahren und euch *alle* ficken!» Betreten schauten die Anwesenden zu Boden. Die in seiner Nähe suchten das Weite. Auch Harry und Dieter machten hinter ihrem Tisch automatisch einen Schritt zurück. «Grundgütiger», entfuhr es Dieter. «Der ist doch gemeingefährlich.» Noch bevor Tourette-Peter weitere Flüche ausstoßen konnte, kam das Sicherheitspersonal des Gemeindezentrums herbeigeeilt, griff den Mann links und rechts unter den Armen und führte ihn unter dessen wütendem Protest und weiteren Flüchen Richtung Ausgang. Dort trat er gegen einen Pflanzkübel, der in zwei Hälften zerbrach, und riss sich los. Die Frau auf der Bank schrie vor Schreck kurz auf, was Tourette-Peter veranlasste, sie als gottlose Schlampe zu beschimpfen, von der er ganz genau wisse, dass sie Böses im Schilde führe. Satan habe sie geschickt! Der Mann war wirklich gemeingefährlich.

Bisher hatte Harry immer geglaubt, dass Hunde, die bellen, nicht beißen. Doch bei dem Typen musste er unweigerlich an die Bibel denken, die sagt, man solle sich eigentlich vor Hunden hüten.

5   Montag, 3. November, morgens

Sie erschrak heftig, als die beiden Hälften des Pflanzkübels krachend neben ihr zu Boden fielen. Die Yuccapalme blieb allerdings stehen, nur etwas braunes Granulat rieselte aus dem Pflanzballen und über die Fliesen vor ihre Füße. Das Sicherheitspersonal drehte dem Mann beide Arme auf den Rücken. Der Irre spuckte vor ihr auf den Fußboden, und es lief ihr heiß und kalt den Rücken hinunter, denn er schrie erneut. «Seht, die gottlose Schlampe führt Böses im Schilde!» Dabei traten ihm die Adern aus dem Hals. Sein kalter Blick aus grünen Augen ging ihr durch und durch, als könnte der Mann direkt bis tief in ihre Seele blicken und ihren Plan erkennen. Ihr Puls beschleunigte ähnlich schnell, wie wenn sie kurz davor war, den Abzug des Tasers zu betätigen.

«Ihr Pisser! Ihr verdammten Drecksäcke nehmt eure versifften Daddeln weg!», schrie er nun aus der Entfernung. Sie beobachtete, wie er sich auf der Straße losriss, den beiden Sicherheitsleuten den Mittelfinger zeigte und irgendwo im Gewusel des Stadtteils verschwand.

Sie versuchte sich zu beruhigen, auch wenn die Worte des Mannes eine unbändige Wut in ihr triggerten. Sie waren abwertend und verletzend gewesen und hatten sie im Innersten getroffen, dort, wo ein Schmerz saß, den nichts heilen konnte.

Doch sie war besser als der Verrückte. Mit Gedanken an Vergebung, Barmherzigkeit und Nächstenliebe brachte sie sich zur Ruhe.

Sie setzte sich zurück auf die Bank, von wo aus sie die Ehrenamtlichen weiter beobachtete.

Auch heute gaben sie sich große Mühe. Die rot-weiß karierte Tischdecke auf dem abgeranzten Klapptisch wirkte dabei allerdings wieder extrem lächerlich, wie sie fand. Glaubten die beiden wirklich, das Elend dieser Welt ließe sich damit kaschieren?

Barmherzigkeit wärmte das Herz, dachte sie bitter. Sich einreihen zu müssen, um etwas Gutes zu empfangen, was die Gesellschaft als etwas Schlechtes empfand und darum in den Müll warf, machte sie mittlerweile extrem sauer. In ihrer Definition von Gut und Böse machte es sich die Allgemeinheit etwas zu einfach. So wie die Wahrheit immer hell und freundlich erscheint, verdunkelt die Lüge angeblich den Himmel. Sie schnaubte verächtlich bei dem Gedanken einer so simpel gestrickten Moral.

Der Mensch sagt im Schnitt bis zu zweihundertmal am Tag die Unwahrheit. Vielleicht fragt er sich dabei allzu oft, was daran schlecht sein soll, ist die Wahrheit doch oft unbequem.

Fest steht nur, dachte sie, während sie die beiden Männer vom Verein nicht aus den Augen ließ, dass der Mensch Gut und Böse zu gleichen Teilen in sich trägt. Wie zum Beweis bekamen sich gerade zwei junge Männer in die Wolle, die nach demselben Hemd gegriffen hatten. Sie zankten sich, keiner wollte den Bügel hergeben, bis einer der beiden Ehrenamtlichen schlichtete.

Aggression ist eine Spielart des Bösen, dachte sie. Und Gewalt folgt meist auf dem Fuß. Sie war das eigentliche Übel und die damit verbundene Lüge, und das Bigotte, und der Verrat

und der Schmerz. Sie spürte, wie ihre Hände zu Fäusten ver-
krampften und ihr ganzer Körper von einem Zittern erfasst
wurde, das bis hinunter in die Zehenspitzen reichte. Unweigerlich musste sie an die Frau Anfang Oktober denken. Als sich die
Widerhaken der Taserpistole tief in ihre Haut gebohrt hatten,
hatte sie so grotesk gezappelt, dass sie sich dabei mehrmals mit
dem Autoschlüssel in der Hand auf die Stirn geschlagen hatte. Dann war sie an der Beifahrertür ihres Wagens herunter-
gerutscht und wimmernd auf dem Parkplatz liegen geblieben.

Nun predigte sie sich, ruhig zu bleiben. Es würde alles glatt-
laufen. Sie hatte ihre Hausaufgaben gemacht.

6   Montag, 3. November, vormittags

Franka bedankte sich bei Kristine Girdauskas, die im Treppenhaus eines Winterhuder Altbaus sichtlich nervös die Tür zur Wohnung ihrer Mutter aufschloss. In der Hand hielt sie einen Stapel Post, den sie unten aus dem Briefkasten genommen hatte.

«Seit der Vermisstenanzeige vor vier Wochen haben meine Schwester und ich überhaupt nichts mehr von der Polizei gehört.» Der Studentin in Jeans und Regenjacke war die Furcht davor anzusehen, dass man ihr gleich die Nachricht vom Tod ihrer Mutter überbringen könnte. «Bitte.» Sie deutete in Richtung der Küche am Ende eines Flures mit hellem Dielenboden. Dort füllte sie an der Spüle ein Glas mit Wasser, das sie dann in einem Zug leerte. «Diese Ungewissheit macht uns fertig. Meine Schwester und ich wechseln uns ab, um hier einmal die Woche zu lüften, nach dem Rechten zu sehen und die Post aus dem Briefkasten zu holen.» Sie deutete auf die vielen Umschläge auf dem Tisch, die in vier Wochen bereits zu zwei stattlichen Haufen angewachsen waren. «Jedes Mal klopft uns das Herz bis zum Hals. Wir sterben vor Sorge um unsere Mutter. Es *muss* etwas passiert sein. Sie kennen Sie nicht, aber … Sie ist die liebste, zuverlässigste Mutter der Welt.» Kristine riss sich ein Stück Küchenpapier von der Rolle und entschuldigte sich für ihren Ausbruch. «Und diese Wohnung hier … meine Schwester und ich studieren. Wir wissen überhaupt nicht, wie wir das alles bezahlen sollen.»

Franka hätte gar nicht in Worte fassen können, wie sehr ihr die junge Frau leidtat. Eine solche Ungewissheit auszuhalten, musste grausam sein. Wie die Angst vor einem heranrasenden Tornado, von dem man nicht wusste, ob er vorüberzog oder einen mitriss.

«Frau Girdauskas», sagte Franka einfühlsam, «ich habe Sie heute Morgen unter anderem deswegen angerufen, weil wir einige persönliche Dinge Ihrer Mutter benötigen, wie einen Kamm, oder die Zahnbürste.»

«Sie wollen einen DNA-Abgleich machen.»

Franka nickte.

«Sieht man doch in jedem Krimi.»

«Reine Routine.»

Kristine setzte sich sichtlich verängstigt an den Küchentisch, an dem nun auch Franka und Alpay Platz nahmen.

«Frau Girdauskas …», sagte Franka.

«Sie können ruhig Kristine zu mir sagen», unterbrach sie die junge Frau nervös.

Franka nickte knapp. «Ich möchte ehrlich zu Ihnen sein, Kristine. Wir haben am Freitag eine tote Frau aus der Elbe geborgen.»

Kristine schloss die Augen und atmete zweimal tief ein und aus. Anzunehmen, dass sie erst jetzt die ganze Tragweite der Situation begriff. Dann straffte sie sich.

«Ich hole Ihnen die Sachen aus dem Bad.» Sie war schon fast von ihrem Stuhl aufgesprungen, als Alpay einen frischen Asservatenbeutel aus der Tasche seines Parkas zog.

«Ich begleite Sie. Wo geht's lang?» Er zog sich Einweghandschuhe an, und die junge Frau begriff anscheinend, dass sie die Spuren ihrer Mutter nicht verunreinigen sollte. Gemeinsam verließen sie die Küche.

Franka schaute sich um. Soweit sie das von ihrem Platz aus beurteilen konnte, war das eine gemütliche Küche in einer sehr gepflegten Wohnung. Am Kühlschrank klemmten eine Postkarte von Amrum und private Fotos. Unter einem *Welcome to New York*-Magneten war Lilija mit ihren Kindern unter der Freiheitsstatue zu sehen. Ein bunter Eiffelturm aus Keramik hielt ein Foto, auf dem Lilija Girdauskas mit Blumen in der Hand von applaudierenden Menschen gefeiert wurde. Vielleicht eine größere Geburtstagsfeier, dachte Franka. An der Wand daneben hing ein kleines Kreuz, und die Strickjacke über dem freien Küchenstuhl erweckte den Eindruck, als würde die Frau jeden Moment zur Wohnungstür hereinkommen.

«Natürlich konnte Mama schwimmen. Sie war sehr sportlich», sagte Kristine, als sie mit Alpay in die Küche zurückkehrte und er den Asservatenbeutel in seiner Jacke verstaute. «Im Sommer geht sie regelmäßig ins Stadtparkbad.»

«Der Abend, an dem Ihre Mutter verschwunden ist», hakte Franka ein, «der 3. Oktober. Sie war ehrenamtlich tätig, ist das richtig?»

«Meine Mutter unterrichtet seit zwei Jahren Geflüchtete in Deutsch. Einmal die Woche.» Während Kristine langsam etwas gefasster erschien, gab sie einen Abriss über das Leben ihrer Mutter. Lilija Girdauskas hatte in den Neunzigerjahren Pädagogik studiert, geheiratet, zwei Kinder bekommen, war geschieden worden und hatte einen guten Job als Personalerin in einem Großkonzern. Weil sie sich immer als privilegiert betrachtet hatte, engagierte sie sich zeitlebens karitativ. Sie war

beliebt und hatte einen großen Freundes- und Bekannten-
kreis.

«Wissen Sie, meine Mutter ist vor über vierzig Jahren mit ihren Eltern aus Lettland gekommen. Sie wollte der Gesellschaft
etwas zurückgeben.» Das erste Mal benutzte Kristine in Bezug
auf ihre Mutter die Vergangenheitsform.

Auch wenn man in einen Menschen nicht hineinschauen
kann, hatte Franka einen Suizid schon beim Betreten der liebevoll eingerichteten Wohnung ausgeschlossen. Und wenn sie
tatsächlich die Frau aus der Elbe sein sollte, konnte sie auch ein
Zufallsopfer gewesen sein. Auf den ersten Blick klang das Leben
der Frau nicht danach, als könnte es jemanden in ihrem priva-
ten Umfeld geben, der ihr mit einer Taserpistole in den Hals
geschossen hätte.

«Scheiße», sagte Kristine, wischte die Tränen mit dem Handrücken ab und griff nach einem der Poststapel. Vermutlich eine
Übersprungshandlung, um nicht wieder zu weinen. Wie beim
Mischen eines Kartenspiels sah sie die Briefe noch einmal zügig
durch.

«Gut, Kristine. Bis hierher erst einmal Danke für Ihre Hilfe»,
sagte Franka und nickte Alpay zum Aufbruch zu. Auch die junge Frau erhob sich, wobei sie die Strickjacke ihrer Mutter vom
Stuhl nahm. Sie drückte ihr Gesicht in die Wolle und holte tief
Luft. Es gab Situationen, da hasste Franka ihren Beruf.

«Entschuldigen Sie, Frau Erdmann. Das kommt immer so in
Wellen.» Die Studentin legte sich die Strickjacke nun schwung-
voll über die Schultern, wobei sie hinter sich einige Magneten
vom Kühlschrank fegte.

Sofort bückten sich die drei und sammelten die Fotos wieder
auf. Die Postkarte von Amrum war unter den Kühlschrank ge-

rutscht. Kristine winkte ab und ließ sie dort liegen. Der Keramik-Eiffelturm war in vier Teile zersprungen.

«Das ist jetzt ein Witz, oder?» Alpay hockte noch auf dem Fußboden und starrte auf das Foto in seiner Hand, das Lilija mit einem Strauß Blumen in der Hand zeigte. Ihr Geburtstag, wie Franka vermutete.

«Was ist los?», fragte sie.

«Ich bin mir nicht ganz sicher, aber ...»

«Wissen Sie, wo das aufgenommen wurde?»

Franka kannte den Alarm in seiner Stimme. Hatte sie selbst etwas übersehen?

«In Berlin. Letztes Jahr.»

«Ist das der Geburtstag Ihrer Mutter?», wollte Franka wissen.

Kristine verneinte. «Das war der *Tag des Ehrenamtes*. Meine Mutter ist im letzten Jahr für ihr soziales Engagement ausgezeichnet worden.»

Konzentriert scrollte Alpay durch sein Telefon, bis er fündig wurde. «Hier.» Er wandte sich an Franka und tippte mit dem Finger auf eine Frau auf der Aufnahme, die neben Lilija Girdauskas in die Hände klatschte und lachte. Daneben legte er nun sein Handy, auf dessen Bildschirm das Foto der vermissten Melanie Lilienberg aufleuchtete.

Durch Franka ging ein Ruck. «Lilija Girdauskas und die Frau aus Niedersachsen kannten sich?»

Und plötzlich hatte auch Franka das untrügliche Gefühl, dass es hier um weit mehr ging als um eine tote Frau in der Elbe.

7 Hamburg, 1994, Frühling

Betty stand vor dem Spiegel und performte mit dem runden Federmäppchen als Mikrofon in der Hand einen Hit aus den Charts. Sie hatte die kleine Stereoanlage unter der Dachschräge ihres Zimmers fast bis zum Anschlag aufgedreht, war textsicher und hatte für eine Dreizehnjährige ziemlich coole Moves drauf, wie ihr ihre Freundinnen regelmäßig versicherten. Wie im Jazztanzkurs hatte sie ihre langen weißblonden Haare zu einem Pferdeschwanz zusammengebunden.

We belong together
And you know that I'm right
Huhuhu

Ertappt ließ Betty plötzlich das Federmäppchen sinken, als sie durch den Spiegel hinter sich die Zimmertür aufgehen sah. Sofort drehte sie die Musik leiser.

«Mäuschen», sagte ihre Mutter lächelnd. «Kommst du runter? Tischdecken. Mittagessen ist gleich fertig. Und sammle auf dem Weg bitte deine kleine Schwester ein.» Die Tür ging wieder zu. Voll peinlich, dachte Betty, musste aber grinsen, denn noch peinlicher wäre es gewesen, wenn ihr fünfzehnjähriger Bruder Jan sie als vermeintlichen Popstar erwischt hätte.

Wenige Minuten später betrat sie mit ihrer Schwester Marieke die Küche und war erstaunt, weil Moni Jensen im Türrahmen zum Esszimmer lehnte. Die Freundin ihrer Eltern aß mit der Familie zu Mittag, um anschließend mit Mama und ihrem Hund Willi zu irgendeinem Altenheim in Eidelstedt zu fahren, wo das Tier tüddeligen alten Menschen die Erinnerung an ihre Kindheit zurückbringen sollte. So ganz hatte Betty diese Besuche nie verstanden, aber die Promenadenmischung war jedes Mal total platt hinterher und verzog sich bis zum nächsten Morgen in ihr Körbchen.

Betty deckte mit ihren beiden Geschwistern den Tisch. Sie erzählten durcheinander von ihrem Vormittag in der Schule, zogen sich gegenseitig auf und wurden von ihrer Mutter hin und wieder ermahnt, nicht so laut zu sein, Moni und sie würden ihr eigenes Wort ja nicht verstehen.

«Wie du das immer machst», hörte Betty Moni leise zu ihrer Mutter sagen und die Bewunderung war kaum zu überhören. «Ich würde durchdrehen bei der Lautstärke.»

Betty hingegen mochte den Trubel zu Hause und das tägliche gemeinsame Mittagessen.

«Bettina, holst du bitte noch schnell eine Flasche Sprudel aus dem Keller? Papa müsste gleich da sein.» Vergebens versuchte sie, den Botengang auf Jan abzuwälzen, aber der zeigte ihr hinter dem Rücken der Mutter den Mittelfinger.

«Jan!», sagte die Mutter streng, obwohl sie gerade am Spülbecken den Reis abgoss. «Bei deinem Vater hättest du dir eine gefangen.»

Moni lachte und wusch für die Mutter einige benutzte Töpfe ab.

«Hä? Was denn?», wehrte sich Jan. «Ich habe doch gar nichts gemacht.»

«Du sollst nicht lügen.» Gespielt streng drehte sie sich zu ihren Kindern um. «Ihr wisst doch, ich habe das Extraauge hinten.»

Als sie klein war, hatte Betty wirklich geglaubt, ihre Mutter habe hinten im Kopf ein Extraauge. Mittlerweile war Betty aber groß genug, um zu checken, dass ihre Mutter sie einfach alle extrem gut kannte.

Das Telefon klingelte.

«Schätzchen, gehst du, bevor der Anrufbeantworter anspringt?»

Betty hob auf dem kleinen Tischchen im Flur den Hörer vom weinroten Tastentelefon. Es war Frau Hänel, die im Kirchenbüro der Sankt-Abundus-Kirche als neue Sekretärin für den Sozialdienst katholischer Frauen arbeitete und unter anderem die verschiedenen karitativen Einsätze koordinierte. Eigentlich wollte sie Bettys Mutter sprechen, trug nun aber Bettina auf, *die Mutti* an den heutigen Besuch auf der Demenzstation zu erinnern, den die in der letzten Woche vergessen hatte. Nächstenliebe wurde in der Familie nicht nur gepredigt, sondern auch praktiziert. Daher spannte Bettys Mum sogar den Hund mit ein.

Natürlich gab es ein großes Gejohle unter den Kindern, als Betty zurück in die Küche kam und die Bombe platzen ließ. Die Geschwister amüsierten sich, weil ausgerechnet die Mutter, die alle Termine der Familie koordinierte, einen ihrer ehrenamtlichen Termine vergessen hatte.

«Ausgerechnet bei der Hänel einen Termin zu versemmeln ...», sagte Moni und verkniff sich ein Lachen, «kein Wunder, dass du bei der in Ungnade gefallen bist.» Aber auch Bettys Mum nahm die Schadenfreude am Tisch mit Humor.

Betty hatte ihre Mutter und ihren Vater sehr lieb und fand daran überhaupt nichts komisch. Auch wenn sie langsam in das Alter kam, in dem ihre Mitschüler in ihren Elternhäusern Randale machten, die Eltern scheiße, uncool und spießig fanden, ließ Betty die Tür zu ihrem Zimmer unter dem Dach meistens offen. Der Gedanke, ihre Mum könnte eines Tages plötzlich nicht mehr da sein, so wie die von Tatjana, machte sie total traurig. Die war vor zwei Monaten an Krebs gestorben, und Bettys Freundin hatte sich seitdem total zurückgezogen.

«Wo bleibt denn Papa?», fragte Jan. Bettys Mutter zuckte mit den Schultern. «Vielleicht steht er wieder im Stau.»

«So krass», sagte Bettys Bruder. «Der Vater von meinem Kumpel hat jetzt eins von diesen Mobildingern. Damit könnte Papa einfach von unterwegs aus anrufen und sagen, ob wir mit dem Essen auf ihn warten sollen oder nicht.»

«Die Krögers wohnen an der Alster, Jan.» Die Mutter schob das Essen zum Warmhalten in den Ofen. «Was meinst du, was eine Minute telefonieren mit so einem Ding kostet?»

«Man soll jetzt angeblich auch Textnachrichten verschicken können», sagte Moni und goss allen am Tisch Wasser in die Gläser. «Ist 'ne neue Technik und wohl um einiges billiger.»

«Prima», sagte die Mutter und Betty erkannte den Spott in ihrer Stimme, «da kommen dann zu Politikern und Geschäftsleuten noch weitere Gruppen von Angebern dazu.»

Moni lachte. «Du meinst, wie Maximilian Klumpe? Der hat jetzt auch so ein Ding.»

«Trotzdem furchtbar, das mit seiner Frau. Die armen Kinder», sagte Bettys Mum mitfühlend.

Moni wandte sich an Betty. «Geht die Melanie nicht in deine Klasse?»

«Nein, die ist bei Bettina in der Jugendgruppe», korrigierte die Mutter und schaute erneut auf die Uhr. «Ich halte Uwe einen Teller warm. Kinder, wir fangen jetzt an.»

Dann endlich hörten sie einen Schlüssel im Schloss, die

Haustür würde geöffnet und Marieke und der Hund flitzten dem Vater entgegen. Mit ihr auf dem Arm betrat er die Küche und begrüßte seine Frau mit einem abgehetzten Kuss.

«Entschuldigt, ich wasch mir schnell die Hände, dann können wir essen.» Er verschwand in Richtung der Gästetoilette. «Ich glaube, ich sollte mal über die Anschaffung eines Mobiltelefons nachdenken!», rief er über das Geräusch des Wasserhahns hinweg. Die Kinder johlten, und ihre Mutter rollte mit den Augen.

Kurze Zeit später saßen sie alle am Tisch. Die Hähnchenpfanne roch so lecker, und Betty hing der Magen mittlerweile sonst wo.

«Wer ist heute dran?», fragte der Vater in die Runde.

«Marieke», sagte Jan.

«Nei-en. Ich war gestern», nölte Marieke und zeigte auf Betty. «Mama ist dran.»

Ihre Mutter nickte in die Runde. «Also gut.» Sie schloss die Augen und faltete die Hände. Am Tisch kehrte Ruhe ein. Betty liebte die sanfte, warme Stimme ihrer Mutter.

«Komm Herr, sei unser Gast ...»

8 Montag, 3. November, mittags

Als Alpay den Dienstwagen vor dem Einfamilienhaus der Roickes in Farmsen-Berne parkte, war es bereits 13.00 Uhr. «Also Zufall?», fragte er. Auf der gesamten Fahrt war er immer skeptischer geworden. Er stellte den Motor aus, blieb aber noch angeschnallt sitzen. «Zumindest lässt es einen doch hellhörig werden, wenn Lilija Girdauskas und Melanie Lilienberg beide auf dem *Tag des Ehrenamtes* in Berlin gewesen sind und nun offiziell vermisst werden. Oder etwa nicht?»

«Mal schauen, was Franziska Roickes Mann uns erzählen kann», sagte Franka und löste ihren Sicherheitsgurt.

«Was für ein Freak schießt jemandem bitte mit einem Taser in den Hals?», fragte Alpay und stieg aus dem Auto. Eine gepflegte Nachbarschaft, dachte er, als er sich umschaute. Frei stehende Häuser mit großen Gärten, die nun im Herbst etwas Trostloses ausstrahlten. Im Sommer lud man sich untereinander bestimmt zu Grillfesten ein und half sich gegenseitig mit Zucker und Salz aus.

«Gediegen», sagte Franka.

«Du meinst *spießig*?» Er schmunzelte, bediente die Zentralverriegelung und ging zum Gartentor voraus. Franka ließ Alpay das Gespräch mit Richard Roicke führen. Unter dem Carport standen zwei offensichtlich frisch geputzte Mittelklassewagen. Einer davon mit Anhängerkupplung.

Alpay klingelte. Von drinnen war eine Männerstimme zu hören, und durch das kleine Fenster in der weißen Eingangstür sah Alpay im Halbdunkel eine Gestalt. Aus den Protokollen erinnerte er, dass Richard Roicke achtundvierzig Jahre alt und von Beruf Bauingenieur war.

Die Tür öffnete sich. Entschuldigend deutete Roicke auf die Bluetooth-Kopfhörer in seinen Ohren. «Gut, Frau Dederich. Jetzt muss ich *wirklich* Schluss machen. Ja, für Sie auch. Wiederhören.»

Roicke nahm die Kopfhörer heraus. Sein Gesichtsausdruck verriet Anspannung. «Guten Tag. Ich hatte am Telefon ja gesagt, dass ich Homeoffice mache. Bitte.» Er bat ins Haus. Wie Alpay fand, passte die Wohnzimmereinrichtung zu Grillfesten mit der Nachbarschaft. Alles hier drinnen wirkte etwas steif. Zwei identische Sofas standen sich gegenüber. Vor der großen Fensterfront zum Garten lud ein moderner Lesesessel mit Fußhocker zum Entspannen ein, und in dem großen Sideboard an der Giebelseite des Hauses stand eine Armada von Flaschen zur improvisierten Hausbar arrangiert.

«Sie sagten vorhin, dass Sie mich wegen meiner Frau sprechen wollten? Also ... haben Sie Franziska ...» Richard Roicke schluckte.

Alpay übernahm das Gespräch. «Der Grund unseres Besuches ist folgender: Am vergangenen Freitag wurde eine weibliche Leiche aus der Elbe geborgen.»

Roicke weitete entsetzt die Augen. Kurz fragte sich Alpay, ob mit der Tür ins Haus zu fallen doch nicht die richtige Strategie gewesen war. Verunsichert schaute er zu Franka, die allerdings in diesem Moment ihren Blick aufmerksam durch den Raum schweifen ließ.

Betont unaufgeregt kam Alpay zum Punkt. «Wir benötigen zum DNA-Abgleich einige persönliche Gegenstände Ihrer Frau.»

Richard Roicke schloss die Augen. «Ich wusste es. Sie haben …» Seine Stimme, im geschäftlichen Telefonat eben noch kräftig und bestimmt, versagte.

«Herr Roicke», versuchte Alpay den Mann zu beruhigen. «Noch ist ja gar nicht gesagt, dass es sich bei der Toten um Ihre Frau handelt.» Er merkte selbst, wie ungelenk sein Versuch klang.

Roicke kam nicht gegen die aufsteigenden Tränen an. Er weinte plötzlich so heftig, dass Alpay für einen kurzen Moment überfordert war. Dass der Mann so unter Strom stand, war kein Wunder. Seit sechs Wochen war seine Frau spurlos verschwunden. Die Zeit der Ungewissheit musste für ihn und seine Familie ebenso die Hölle sein wie für Kristine Girdauskas und ihre Schwester.

Roicke stand auf, ging zum Panoramafenster hinüber und schaute in den Garten. Nur sehr langsam beruhigte er sich wieder. «Ihr *muss* etwas zugestoßen sein», murmelte er. «Ich spüre das.»

«Bei der Vermisstenmeldung vom 26. September haben Sie angegeben, dass Ihre Frau am Abend zuvor nicht zur verabredeten Zeit nach Hause gekommen ist. Sie war mit einer Freundin zum Essen in einem Restaurant in den Walddörfern, heißt es im Protokoll.»

Er nickte. «Ich weiß noch, dass ich ganz erstaunt war, weil sie die Verabredung nicht abgesagt hat. Eigentlich ging es ihr nicht so gut, wissen Sie. In letzter Zeit hatte meine Frau ziemliche Kreislaufprobleme. Jedenfalls ist sie nach der Verabredung wohl auch dort losgefahren. Ihren Wagen hat man dann aber zwei Tage später in Ohlstedt gefunden.»

«Die Freundin Ihrer Frau ... Aus der Vermisstenanzeige geht nicht hervor, ob sie von den Kollegen befragt worden ist. Wissen Sie etwas darüber?»

«Das nehme ich mal an.»

«Das wissen Sie nicht? Also ist das keine enge Freundin Ihrer Frau.»

Roicke schaute fragend.

«*Sie* haben also keinen Kontakt mit ihr?»

Roicke schnäuzte sich und wischte sich die Tränen aus den Augen. «Ich kenne die Frau eigentlich gar nicht. Franzi hat mit ihr regelmäßig in der Kleiderkammer der Caritas alte Klamotten sortiert.»

Alpay schaute alarmiert zu Franka.

«Seit wann hat sich Ihre Frau dort engagiert?», klinkte sie sich ein. Auch ihr war die Anspannung plötzlich anzuhören.

«Seit vier oder fünf Jahren. Warum ist das so wichtig?»

«Sagt Ihnen der Name Lilija Girdauskas etwas?», überging Franka die Frage. «Oder Melanie Lilienberg?» Sie reichte Roicke ihr Smartphone und zeigte das Foto von Girdauskas. Plötzlich bekam dieser Fall eine völlig neue Dynamik.

«Wer soll das sein?»

«Kommt Ihnen irgendjemand bekannt vor?»

«Tut mir leid.»

«Wissen Sie, ob Ihre Frau im letzten Jahr in Berlin war, beim *Tag des Deutschen Ehrenamtes*?», setzte Alpay die Befragung weiter fort.

«Franzi war nicht der Typ für Vereinsmeierei, wissen Sie. Meiner Frau ging es um die gute Sache, aber sie sagte immer

‹Tue Gutes und rede nicht darüber›. Viele Leute sehen das aber genau andersrum.»

«Herr Roicke, hat es vor dem Verschwinden im persönlichen Umfeld Ihrer Frau irgendwelche Probleme gegeben?»

«Was denn für Probleme?»

«Zum Beispiel Ärger auf der Arbeit.»

Er schüttelte den Kopf. «Sie war arbeitssuchend. Ihre Firma wurde vor drei Monaten liquidiert.»

«Was hat sie beruflich gemacht?»

«Franziska ist Ingenieurin für Umweltschutz.»

«Hatte sie vielleicht Stress mit Freunden? Gab es jemanden, der sie vielleicht bedroht hat?»

«Bedroht? Himmel, was reden Sie denn da, Mann? Ich sagte Ihnen doch, meine Frau war der liebevollste Mensch auf diesem Planeten.» Er atmete durch, und Alpay spürte erneut die Anspannung Roickes.

«Um eine Sache müssen wir Sie noch bitten.» Alpay zog einen Asservatenbeutel aus der Tasche und lächelte bemüht. «Wo befindet sich das Badezimmer?»

«Badezimmer? Ach so, ja. Ich begleite Sie nach oben. Da muss ich erst selbst schauen.»

Zu Alpays Verwunderung folgte ihnen Franka die Treppe hinauf.

#

Als Franka und Alpay das Haus der Roickes verließen, war die Luft draußen abgekühlt. Sie öffnete die Beifahrertür, doch bevor sie zu Alpay in den Dienstwagen stieg, schaute sie sich noch einmal nach dem Haus der Roickes um. Anfangs hätte Franka nicht sagen können, was sie gestört hatte. Es war auch nur so ein komisches Gefühl gewesen. Und das, obwohl sie lieber Fakten vertraute. Aber oft war es ihre Intuition, die den Blick auf etwas Nebensächliches lenkte, das dann den Ausschlag gab. Irgendwie hatte sie das Gefühl, im Haus der Roickes stimmte etwas nicht.

«Scheiße», hörte sie Alpay sagen und stieg nun zu ihm in den Wagen. «Drei Frauen, die sich für die Gesellschaft engagieren, verschwinden», sagte er angespannt und startete den Motor. «Tu Gutes und werde dafür getötet, oder was? Haben wir es hier etwa mit einem Serientäter zu tun?»

Alpay fuhr los, und Franka öffnete ihr Fenster einen Spaltbreit. Im Rückspiegel sah sie die beiden geputzten Autos unter dem Carport immer kleiner werden. Für den Fall, dass Franziska Roicke doch wieder auftauchte, wartete zumindest ein sauberes Auto auf sie.

«Der Mann hat mir voll leidgetan», sagte Alpay. «Ich habe mich tierisch erschrocken, als der plötzlich diesen Heulkrampf gekriegt hat. Der ist ein totales Wrack. Ich bin Single, aber die Vorstellung, meine Freundin verschwindet spurlos, und dann steht das LKA vor der Tür und braucht DNA-Proben, weil die eine Leiche aus der Elbe gezogen haben …»

Franka fuhr ihre Lehne ein Stück zurück.

«Hat es einen Grund, dass du heute so schweigsam bist?», fragte er und fädelte auf den Friedrich-Ebert-Damm Richtung Innenstadt ein.

«Dein Eindruck von Roicke?»

«Wie, mein Eindruck? Der ist so fertig, ich hab gedacht, wir müssen das abbrechen.»

Ihm war also kein Unterschied zwischen dem Zuhause von Lilija Girdauskas und Franziska Roicke aufgefallen. Und damit meinte Franka nicht den Vergleich zwischen einer Mietwohnung in Winterhude und einem Eigenheim mit Garten und Carport in Farmsen-Berne. «Dich hat es also nicht stutzig gemacht, dass der Mann uns ins Badezimmer begleiten musste?»

«Wieso? Ich hätte nicht gewusst, in welchem der vielen Körbe die Sachen seiner Frau liegen. Kristine Girdauskas hat mich doch auch ins Badezimmer ihrer Mutter begleitet.»

«Aber sie musste nach den Sachen ihrer Mutter nicht so lange suchen wie Richard Roicke nach den Toilettenartikeln seiner Frau.»

«Ich weiß jetzt nicht, worauf du hinauswillst, Franka. Wäre doch blöd gewesen, wenn ich irrtümlich *seinen* Kamm ins Labor geschickt hätte.»

«Sag mir, was du gesehen hast, Alpay.»

Er hielt an einer roten Ampel. «Komm, hau raus, Franka. Ich hasse das, wenn du immer so tust, als wäre ich noch der Dummi von der Uni.»

Dass ihr sein Humor jemals auf den Keks gegangen war, konnte Franka heute selbst kaum noch glauben.

«Okay. Bei Frau Girdauskas stand noch alles genau so im Bad herum wie an dem Tag, als ihre Mutter zum letzten Mal das Haus verlassen hat.»

«Und?»

«Herr Roicke musste erst mal selbst einige Schubladen aufziehen, bis er uns Kamm und Bürste seiner Frau aushändigen konnte.»

Alpay zuckte mit den Schultern. «Kein Wunder. Er hat seine Frau im September als vermisst gemeldet. Mittlerweile sind sechs Wochen vergangen. Da hat er sich vielleicht nicht gleich erinnert, wo er ihren Kamm hingeräumt hat.»

«Genau, Alpay. Aber er hat nicht nur ihren Kamm weggeräumt. In diesem Badezimmer stand kein Parfümflakon, keine Wimpernzange, keine Watte, keine Tampons, keine dekorative Kosmetik, dafür hingen an dem Haken neben der Tür ein Pyjama und ein Herrenbademantel. Nichts, was daran erinnerte, dass seine Frau dieses Badezimmer jemals benutzt hätte.»

Nun schwieg Alpay. Vielleicht ärgerte er sich, weil ihm das nicht selbst aufgefallen war. Vielleicht war er aber auch zu sehr mit Roickes Befragung beschäftigt gewesen. Der emotionale Ausbruch des Mannes hatte ihn ganz schön angefasst, das hatte Franka bemerkt.

«Ich habe mich im Wohnzimmer umgeschaut», fuhr sie fort, «und mich gefragt, was mir so Unbehagen bereitet. Im Badezimmer hat es dann plötzlich *Klick* gemacht.» Sie fuhr das Fenster wieder rauf. «Im gesamten Haus lag kein Gegenstand herum, der einem das Gefühl vermittelte, hier wohnt auch eine Frau. Richard Roicke hat gesagt, dass er Franziska liebt. Sie war der tollste Mensch und so. Und dann räumst du alles aus dem gemeinsamen Zuhause, was dich an diesen geliebten Menschen erinnert? Selbst im Vorflur keine Schuhe von ihr, kein Mantel. Irgendwann räumst du das aus, ja. Klar. Wenn die Trauer abebbt. Aber sechs Wochen nach ihrem Verschwinden sieht es in diesem Haus so aus, als hätte Franziska Roicke nie existiert.»

Wie gerne hätte Franka in diesem Moment eine Zigarette geraucht, wie eine Art Denkhilfe beim Kombinieren. Auch wenn sie wusste, dass sie sich in Wirklichkeit damit in die Tasche log. «Vielleicht liegen wir falsch, und das Verschwinden der Frauen hat überhaupt nichts mit ihrem sozialen Engagement zu tun. Millionen Menschen engagieren sich in unserem Land. Vielleicht Zufall, was weiß denn ich.»

Alpay hielt an einer Ampel.

«Ob die DNA von Franziska Roicke jetzt mit der Wasserleiche übereinstimmt oder nicht, ich will wissen, warum ihr Ehemann, sechs Wochen nach dem Verschwinden seiner Frau, alles aus dem Haus geräumt hat, was auch nur im Ansatz an sie erinnert. Irgendwas ist da faul.»

9   Montag, 3. November, abends

Harry Meyer genoss den kleinen Abendspaziergang an der frischen Luft. Der Herbst erweckte fast den Eindruck, als beeilte er sich, ein Winter zu werden. Die kleine Lulu schien zu frieren. Als er sie heranpfiff, zitterte sie. «Alles klar, mein Schätzchen?» Er bückte sich und leinte den Hund am blinkenden Halsband an. Die Cockerhündin ausgerechnet im Dunkeln aus den Augen zu verlieren, er hätte nicht gewusst, wie er das Frau Siemers hätte erklären sollen.

Jeden Montag und Mittwoch holte Harry die kleine Lulu bei seiner Nachbarin für einen Abendspaziergang ab, die mit ihrem Frauchen auf derselben Etage wohnte wie er. Er liebte das weiche braune Fell mit dem weißen Lätzchen am Hals und dass sich der Hund jedes Mal vor Freude im Kreis drehte, wenn er ihn sah. Nur einen Steinwurf entfernt vom Stadtpark, mit seinem alten Baumbestand und dem See mit dem Freibad, das vor sechs Wochen die Saison beendet hatte, war Harry nach Riccardas Tod in eine kleine Neubauwohnung im Pergolenviertel gezogen.

Wenn Lulu schwanzwedelnd mit Harry mitging, wenn sie im Stadtpark beim Schnuppern einen Nasenflash bekam, dann war sein anstrengender Tag vergessen. Das Tier erdete Harry auf ganz berührende Weise und lenkte ihn ab von dem gesellschaftlichen Elend, dem er sich freiwillig aussetzte.

Harry hörte ein Klirren hinter sich. Er blickte zurück und spähte in die weite Dunkelheit des Parks. In einiger Entfernung entdeckte er eine Gestalt, die schwach beleuchtet gegen eine der wenigen Laternen lehnte und sich an einem Einkaufswagen aus dem Supermarkt festhielt. Selbst der Hund war stehen geblieben und spitzte die Ohren. Harry beschlich das unwohle Gefühl, beobachtet zu werden. Als sich die Gestalt mit dem Einkaufswagen voller leerer Flaschen lärmend in Bewegung setzte, zog sie das rechte Bein nach.

Lulu begann zu kläffen und wechselte nach wenigen Sekunden in ein kehliges Knurren. Der Hund ließ sich kaum beruhigen. Harry musste unweigerlich an Tourette-Peter denken, der heute Morgen ausgerastet war.

Obwohl Harry sich für keinen sonderlich ängstlichen Menschen hielt, verlor sein Mut in diesem Moment gegen seinen Instinkt. Ein dunkler Park, ein obdachloser Flaschensammler, das reichte Harry, um einen Schritt schneller zu gehen. Erst die in der Dunkelheit auf ihn zu tanzenden Stirnlampen einiger Jogger ließen ihn erleichtert durchatmen. Wie zum Beweis, dass einem in diesem Park nun wirklich überhaupt nichts passieren konnte, radelte auch noch eine Streife der Hamburger Polizei an ihm vorbei und grüßte freundlich. Er kam sich wirklich saublöd vor. Ein bisschen schämte er sich.

Wie immer spazierte Harry auf dem Rückweg mit Lulu auf Höhe des Kinderspielplatzes Richtung Jahnring, bog nach rechts in das stark bewaldete Areal mit dem Ententeich ein und ging durch die mit Birken und Eiben bewachsenen Wege unweit der Open-Air-Bühne. Plötzlich hielt er inne. Deutlich hörte er Schritte auf dem Kiesweg. Der Hund hob in Alarmbereitschaft die Rute. In diesem Teil des Stadtparks war ihnen seit einigen Minuten niemand mehr begegnet. Der Wind trug das Rauschen des Verkehrs vom sechsspurigen Jahnring durch die kahlen Bäume. Der Hund blieb stehen, hielt die Schnauze witternd in die Luft, und sein kehliges Knurren vibrierte bis in die Schlaufe der Leine hinauf.

Harrys Telefon klingelte. Fast erleichtert begrüßte er Katharina, mit der er heute Morgen im Lager die Lebensmittelspenden sortiert hatte.

«Sag mal», legte die gleich los, «wo steckst du, und was ist das für ein Krach?» Telefonierend setzte Harry seinen Weg fort. Ihre Frage, ob er mit ihr und einigen Kollegen nächste Woche ins Theater gehen wollte, beruhigte ihn insgeheim.

Als er endlich den stark befahrenen Jahnring erreichte, verabschiedete er sich von Katharina, freute sich auf den bevorstehenden Theaterbesuch und betätigte am Fußgängerüberweg den Ampelknopf.

Freundlich nickte er einem Paar zu, das ebenfalls auf Grün wartete. Der arme Mann saß im Rollstuhl. Seine Frau schien ihm irgendwas von einer Reise nach Amrum zu erzählen, aber Harry hörte überhaupt nicht richtig zu. Vielmehr überlegte er, ob er sich für den Theaterbesuch ein neues Hemd kaufen sollte. Katharina, ja, wenn er ehrlich war, mochte er sie sehr.

Plötzlich zitterte die Straßenbeleuchtung vor seinen Augen und er hörte ein leises Surren, wie bei einem Kurzschluss. Wie tausend Nadelstiche traf ihn ein Schlag, der seinen ganzen Körper zu einem einzigen heftigen Krampf zusammenzog, der ihm die Luft raubte und ihn die Besinnung verlieren ließ.

#

Sofort fuhr sie ihm mit dem Rollstuhl in die Kniekehlen, und wie ein gefällter Baum kippte ihr der Mann zitternd entgegen. Seine Schreie schluckte der Verkehr. Gerade noch rechtzeitig schaffte sie es, den Schlafsack unter ihm wegzuziehen, den sie zuvor im Rollstuhl so drapiert hatte, dass er in der Dunkelheit wie ein menschlicher Körper ausgesehen hatte. Blitzschnell schnürte sie dem Mann Hand- und Fußgelenke mit Kabelbindern zusammen. Den Oberkörper fixierte sie mit dem Gurt am Rolli. Dann öffnete sie den Reißverschluss des Schlafsacks und hüllte ihn bis zu den Schultern darin ein wie in eine Decke. Schließlich setzte sie ihm eine Lotsenmütze auf den Kopf. Keine dreißig Sekunden hatte sie in der Dunkelheit für dieses Manöver gebraucht, das sie unzählige Male zuvor mit einer Schaufensterpuppe geübt hatte.

Sie schaute sich um. Hinter ihr der dunkle Park, vor ihr der konstante Stadtverkehr. Noch immer zeigte die Fußgängerampel Rot. Wie sie es sich vorher ausgemalt hatte, nahm wirklich niemand auf der viel befahrenen Straße Notiz von ihnen, von der liebenden Ehefrau, die ihren Mann im Rollstuhl durch die Gegend schob. Unaufhörlich rauschten Autos an ihnen vorbei.

Die Taserpistole hatte sie mittlerweile im Einkaufsnetz hinter der Rückenlehne verstaut. Eine der beiden Elektroden hatte sie ersetzt. Erst nachdem sie vor Wochen eine der Frauen in der Elbe entsorgt hatte, war ihr aufgefallen, dass sie einen Widerhaken beim Entfernen aus der Haut abgebrochen hatte. Vermutlich hätte sie bei den vielen Schießübungen zur Handhabung der Pistole nicht auf Bäume zielen sollen.

Für den Fall, dass sie einen weiteren Impuls abfeuern musste, ließ sie die Haken in der Haut des Mannes stecken, die über zwei feine Drähte mit der Pistole verbunden waren. Bei diesem

Pistolenmodell hatte sie noch einige Schuss frei. Doch sie wusste, dass mehrfaches Tasern gefährlich sein konnte. Durch das wiederholte Auslösen einer Impulsfolge wurde die Schwelle für einen Herzinfarkt gesenkt – aber sie wollte diesen Mann lebend.

Der Verkehr übertönte sein leises Stöhnen, weil sein Körper immer noch heftig krampfte. Der Hund hatte sich so erschrocken, dass er sich brav neben den Rollstuhl gesetzt hatte. Sie musste sich beeilen. Die Fußgängerampel würde jeden Moment umspringen, und sie wollte nicht Gefahr laufen, dass der Mann vollständig wieder zu sich kam, bevor sie den Lieferwagen erreicht hatte.

Autos hielten bei Rot. Die Fußgängerampel sprang endlich um. Zügig schob sie den Rollstuhl über die Straße, doch der Hund blieb auf dem Bürgersteig sitzen. Scheißköter. Sie nahm die Leine und zog das Tier einfach hinter sich her. Wenn sie Glück hatte, würde niemand sein Fenster herunterfahren und sie als Tierquälerin beschimpfen. Der Hund knurrte, der Mann kam langsam zur Besinnung.

Die ersten drei Spuren des Jahnrings hatte sie überquert. Als sie die Fußgängerinsel zwischen den Fahrstreifen erreichte, sprang ihre Ampel wieder auf Rot. Scheiße, dachte sie, wer soll das denn schaffen?

«Was ist passiert?», hörte sie den Mann plötzlich im Rollstuhl aufstöhnen. «Bin ich tot?»

Noch nicht, dachte sie und erspähte zu ihrer Erleichterung in einiger Entfernung den Kleintransporter. Auf der gegenüberliegenden Seite hielt ein junger Mann mit fetten Kopfhörern auf den Ohren mit einem Elektroroller. Auch er wartete, dass die Ampel umsprang. Knappe zwölf Meter trennten sie auf dieser gut beleuchteten Kreuzung voneinander. Jetzt bloß nicht die

Nerven verlieren, ermahnte sie sich. Mit offenem Mund kaute der Typ Kaugummi und wippte ständig mit dem Kopf, während ihr Opfer im Rollstuhl so langsam zur Besinnung kam. Aber sie konnte nicht riskieren, dass ihr Plan scheiterte. Nein, dafür war sie längst zu weit gegangen, das wusste sie. Der Abendverkehr rauschte vorbei.

Mit klopfendem Herzen und fast euphorisch setzte sie alles auf eine Karte. Sie griff nach der Taserpistole im Einkaufsnetz, und als ein Lkw vorbeidonnerte, jagte sie ihrem Opfer einen weiteren Schuss in den Hals. Der Mann bäumte sich auf, zuckte und sackte nach einigen Sekunden wieder in sich zusammen.

Beruhigend sprach sie auf ihn ein, so laut, dass der junge Mann es auf der anderen Straßenseite mithören konnte. «Alles wird gut», sagte sie zärtlich. Dann strich sie ihm sanft über die Wange und zog den Schlafsack noch etwas enger um seinen Körper. Ihre Anspannung setzte Endorphine frei.

«Alles okay mit ihm?», rief der junge Mann über die Straße, und noch bevor sie den Satz «Mein Mann ist Epileptiker. Kein Grund zur Sorge» beendet hatte, war er surrend bei Rot auf seinem Roller an ihr vorbeigeheizt. Immer wieder erschreckend, dachte sie bitter, wie wenig sich Menschen füreinander interessierten.

10   Dienstag, 4. November, morgens

Um 8.00 Uhr betrat Alpay das Foyer des Präsidiums in Stadtparknähe. Der Regen tropfte von seinem Parka, aber selbst bei diesem Sauwetter hatte er am frühen Morgen seine Laufrunde um die Außenalster durchgezogen. Zu Hause im Karoviertel war er anschließend unter die Dusche gesprungen und hatte des Wetters wegen ausnahmsweise aufs Fahrrad verzichtet und die U-Bahn genommen.

«Warte», hörte er Jörg Scharnke rufen. Alpay hielt die Hand in die Lichtschranke des Fahrstuhls.

«Danke. Morgen.» Betont lässig beeilte sich Jörg an Alpay vorbei, lehnte sich gegen die Fahrstuhlwand und gähnte. Überhaupt sah er ziemlich fertig aus, dachte Alpay, und das lag nicht nur an seinem ungepflegten Bart, der längst über eine akzeptable Dreitageslänge hinausgewuchert war.

«Du lässt nach, Junge», sagte Jörg, obwohl Alpay gerade dasselbe über den Kollegen gedacht hatte. Aber Alpay ahnte, worauf Jörg anspielte. Für gewöhnlich nahm er nämlich die Treppe hinauf in den dritten Stock, den Fahrstuhl hingegen nur in Begleitung von Franka.

«Du, wegen Martins Nachfolge, da wollte ich mal mit dir sprechen, Alpay.» Jörg kam schnell zum Punkt. Unverhohlen nutzte er die Fahrt für Lobbyarbeit. «Ich werfe meinen Hut in den Ring und baue dabei ganz fest auf deine Unterstützung, Kollege.»

Alpay versuchte, sein Lächeln nicht allzu frostig wirken zu lassen. Er war jetzt seit drei Jahren beim LKA, und es hatte nicht lange gedauert, dass er Frankas Antipathie Jörg gegenüber teilte. Was anfangs vielleicht Jörgs damaliger Affäre mit der ehrgeizigen Staatsanwältin Monika Moro geschuldet war, hatte nun eher mit Jörgs fehlendem Teamgeist zu tun. Nur weil man Arbeit delegierte, dachte Alpay, war man noch lange nicht befähigt, ein Team zu führen, mit allem, was dazugehörte.

«Da drücke ich dir ganz fest die Daumen», sagte er diplomatisch. Anscheinend kam Jörg nicht der Gedanke, dass Franka ebenso für Martins Sessel infrage kam. Warum sonst bat er Alpay um Unterstützung, wohl wissend, wie eng Alpay mit Franka mittlerweile zusammenarbeitete – und wie erfolgreich.

Eine Stunde später traf sich das gesamte Team zur Sitzung im Aquarium, wie sie den verglasten Konferenzraum des Präsidiums nannten. Seit Martins Tod waren die ersten Minuten immer etwas unangenehm, wie Alpay auch heute Morgen wieder feststellte. Kurt Möhring, der auf seine Frühpensionierung wartete und die Abteilung interimsmäßig leitete, hatte auch heute wieder darauf verzichtet, sich auf den angestammten Platz des verstorbenen Chefs zu setzen. Der Stuhl blieb leer und selbst Jörg wagte es nicht – noch nicht, da war sich Alpay sicher.

«Gut, Leute.» Kurt klatschte in die Hände. «Herr Reuter, bitte, kurzer Abriss.» Und während Marcel über den Stand der Dinge bezüglich der Drogenrazzia in der Speicherstadt informierte und Hendrik Wahl einen Einblick in die Raubserie in Langenhorn gab, beobachtete Alpay Franka. Er wusste, dass ihr die Teamsitzung gerade heute wichtige Ermittlungszeit raubte. Immer noch hatten sie keine Rückmeldung aus der Rechtsmedizin erhalten. Weder über die Todesursache noch über die Identität der Frau aus der Elbe. Die DNA-Proben von Franziska Roicke und Lilija Girdauskas hatten sie gestern Abend persönlich in Eppendorf abgegeben. Freundlich hatte Franka versucht, bei dem jungen Arzt Druck zu machen, und war dann kurz mit ihm aneinandergeraten, weil er der Meinung gewesen war, sie könne ihm die Priorisierung seiner Untersuchungen getrost selbst überlassen.

«Und bei euch, Franka?» Kurt schaute interessiert zu ihr herüber. «Alpay hat mir auf dem Flur bereits erzählt, dass ihr gestern die Angehörigen zweier vermisster Frauen befragt habt. Aber mit der Identifizierung der Toten aus der Elbe seid ihr nicht weiter?»

«Nein», sagte sie.

Alpay kannte ihre Einsilbigkeit bei schlechter Laune.

«Nein?»

«Heute ist schon Dienstag», mischte sich ausgerechnet Jörg ein, und Alpay hatte das Gefühl, dass selbst Sybille leise die Luft durch die Zähne zog. Er wusste, auch sie wollte Jörg als neuen Abteilungsleiter verhindern.

Franka ließ sich nicht provozieren. Erhob sich stattdessen ruhig von ihrem Stuhl, ging zum Fenster hinüber und schaute hinaus in den bewachsenen Innenhof. «Seit Dr. Dörfler zur Kur ist, macht in Eppendorf jeder, was er will», sagte sie. «Der zuständige Arzt spielt sich auf, als würde er die Rechtsmedizin leiten.»

Alpay war nicht ganz klar, ob Franka indirekt auf Jörg angespielt hatte, der sich in diesem Moment räusperte, als hätte auch er ihre Aussage dechiffriert. Dann drehte sie sich mit verschränkten Armen vor der Brust wieder zu den Kollegen um.

«Okay, was wir bisher wissen und was nicht: Die Rechtsmedizin hat den Widerhaken einer Taserpistole im Hals der Toten gefunden.» Ein Raunen ging durch den Raum. «Aller Wahrscheinlichkeit nach ist sie also nicht einfach beim Spazierengehen vom Deich gerutscht. Alpay und ich haben gestern die Angehörigen zweier Frauen besucht, die bei INPOL als vermisst registriert sind und deren Parameter ungefähr auf die Tote aus der Elbe passen. Wir haben DNA-Proben eingesammelt und gestern Abend nach Eppendorf gebracht. Es gibt aber noch eine dritte Vermisste, die in unser Raster passt. Allerdings stammt die aus Niedersachsen. Wenn wir das Okay für die Amtshilfe haben, reden wir auch mit deren Angehörigen.»

Ina Reitzenbach meldete sich zu Wort. «Ich hab mich gleich gestern gekümmert, Frau Erdmann. Die Mail aus Niedersachsen kam heute Morgen. Habe ich Ihnen kurz vor der Sitzung weitergeleitet.»

Franka bedankte sich mit einem knappen Nicken. «Und jetzt kommt's: Eine der beiden in Hamburg verschwundenen Frauen kannte offenbar die Frau aus Niedersachsen. Ein Foto zeigt die beiden gemeinsam im letzten Jahr auf dem *Tag des Ehrenamtes* in Berlin. Eine Lilija Girdauskas hat in Wandsbek Geflüchteten Deutschunterricht gegeben und wurde für ihr Engagement ausgezeichnet. Was Melanie Lilienberg aus Niedersachsen gemacht hat, wissen wir noch nicht. Aber es ist anzunehmen, dass auch sie sich sozial engagiert hat.»

«Und was ist mit der dritten Frau?», fragte Kurt. «Hat die auch irgendeine soziale Arbeit gemacht?»

«Franziska Roicke hat in einer Kleiderkammer der Caritas gearbeitet», sagte Alpay.

«Also hängen die Fälle zusammen?» Kurt lehnte sich in

seinem Stuhl zurück und verschränkte die Hände hinter dem Kopf. «Es gibt nichts, was es nicht gibt.»

«Ganz so einfach scheint mir die Sache nicht», sagte Franka. «Mal abgesehen davon, dass wir noch nicht sicher sein können, dass die Tote aus der Elbe überhaupt eine der drei Vermissten ist, scheint mir die Sache im Fall Franziska Roicke anders gelagert.»

«Aha.» Kurt unterdrückte ein Gähnen.

«Ich möchte, dass wir uns den Ehemann mal etwas genauer ansehen.»

«Und auf welcher Grundlage?» Wieder hatte sich Jörg eingeklinkt, dem Kurt offensichtlich kampflos das Feld überlassen hatte. Vielleicht wollte er sich auf seinen letzten Metern vor der Pensionierung nicht mehr groß verausgaben. «Du hast doch gerade gesagt, dass ihr keine Ahnung habt, ob die Tote aus der Elbe überhaupt eine der vermissten Frauen ist?»

«Wir könnten durch Zufall auf eine Beziehungstat gestoßen sein. Richard Roicke weint um seine Frau, hat aber nach wenigen Wochen alles aus der Wohnung geräumt, was an sie erinnert. Das finde ich höchst merkwürdig.»

«Das finde ich nicht, Franka. Jeder geht mit Trauer anders um», sagte Jörg, und Alpay kam nicht umhin, ihm in diesem Punkt zuzustimmen.

«Pass auf, Jörg», sagte Franka, und Alpay bewunderte sie für ihre professionelle Freundlichkeit. «Wir Polizeibeamte, ähnlich wie Juristen, sind keine Psychologen, die sich mit dem Aussageverhalten befragter Personen auskennen. Trotzdem müssen wir alle Möglichkeiten abwägen, und für mich bestehen Zweifel an der Glaubwürdigkeit von Richard Roicke. Ich möchte also wissen, wie es um seine Ehe bestellt war.»

Jörg flippte seinen Kugelschreiber vor sich auf den Tisch und stieß Luft durch die Nase. «Aha. Und wer von uns soll deiner Meinung nach die ganze Recherche übernehmen? Ich meine, wir alle stecken bis über beide Ohren in anderen Fällen, und du hast noch nicht mal irgendein Indiz, das rechtfertigen könnte, so viele Kräfte zu bündeln.»

Franka blieb die Antwort schuldig, und Jörg bekam weiter Oberwasser. «Franka, da hätte ich dich jetzt aber professioneller eingeschätzt.»

Ganz mies, dachte Alpay. Jetzt versuchte Jörg auch noch, ihre Arbeitsweise vor den Kollegen zu dissen. Wie durchschaubar – hoffentlich auch für die anderen aus dem Team.

Alpay hörte Jörg mit Kurt tuscheln, der sich nun räusperte und an Franka wandte. «Ich könnte dir höchstens noch Marcel zur Seite stellen.»

«Gib uns wenigstens noch Sybille», versuchte Franka zu handeln, während Alpay Jörg beobachtete, der sich zufrieden auf seinem Stuhl zurücklehnte. Doch Kurt schüttelte den Kopf. «Nein, Franka. Tut mir leid. Ich habe zu wenig Leute.»

#

Als Marcel Reuter um 10.00 Uhr im Türrahmen zu Frankas Büro auftauchte, hatte sie sich einigermaßen wieder im Griff. Kurt war so ein Waschlappen, dachte sie. Hatte sich von Jörg beeinflussen lassen. Aber wie so oft ließ sich Franka nicht herunterziehen. Im Gegenteil. Solche Situationen setzten von jeher einen Ehrgeiz in ihr frei, von dem ihre ältere Schwester Susanne immer behauptete, Franka habe schon als Kind selten ein Nein akzeptiert.

Marcel erkundigte sich, welche Recherchearbeiten er Franka und Alpay abnehmen könne, und sie bat ihn, sich als Erstes einen Eindruck von der finanziellen Situation der Familie Roicke zu verschaffen. «Die nötigen Beschlüsse besorgt Alpay gerade beim Untersuchungsrichter», sagte Franka. Sie selbst würde Kontakt zu den Angehörigen von Melanie Lilienberg im niedersächsischen Schwinde aufnehmen. Marcel verabschiedete sich nach nebenan und zog die Glastür hinter sich zu. Nur noch dumpf hörte Franka das geschäftige Treiben aus Telefonklingeln und Stimmengewirr aus dem Großraumbüro. Durch die Scheibe sah sie Alpay an seinem Schreibtisch telefonieren. Er wirkte hoch konzentriert. Sie wusste, wie schwierig ein Beschluss zur Kontenüberprüfung zu bekommen war, aber sie vertraute Alpay, dass er in der Lage war, den Antrag gut zu begründen.

Sie trat ans Fenster und schaute auf den Parkplatz hinunter. So, wie Martins Stuhl im Konferenzraum leer geblieben war, verhielt es sich auch mit seinem Parkplatz, neben dem Franka ihren alten Nissan geparkt hatte. Wie es wohl Hilde erging? Vor vier Tagen erst hatte sie ihren Mann zu Grabe getragen. Sollte Franka einmal anrufen und sich erkundigen?

Gerade heute vermisste Franka Martin. Vielleicht, weil sie eben erst so richtig begriffen hatte, wie schnell sich der Wind in diesem Dezernat gedreht hatte. Jörgs unkollegiales Verhalten hatte Franka nicht wirklich überrascht, dafür war er bekannt. Aber sein Versuch, ihre Arbeit vor dem Team zu diskreditieren, das nahm sie ihm übel.

Erneut schaute sie nach unten auf den Parkplatz. Auch wenn sie immer öfter mit den Öffentlichen ins Präsidium fuhr, weil auch sie mittlerweile erkannt hatte, dass sie so schneller durch die Rushhour kam, fragte sie sich, was Jörg wohl sagen würde, wenn er ihren Nissan eines Tages auf Martins altem Parkplatz entdeckte? Sie schmunzelte.

11 Dienstag, 4. November, mittags

Die Scheibenwischer mühten sich auf der schnellsten Stufe gegen den Starkregen ab, der sich über die Windschutzscheibe ergoss. Das Prasseln auf dem Schiebedach war ohrenbetäubend, und Franka war erleichtert, dass Alpay am Steuer saß und den Blick konzentriert auf den Verkehr gerichtet hielt. Die Hälfte der Strecke ins fünfunddreißig Kilometer entfernte Schwinde, in dem die Lilienbergs einen der zahlreichen Campingplätze direkt an der Elbe betrieben, hatten sie bereits zurückgelegt.

Franka studierte auf ihrem Telefon den Bericht des LKA Hannover. Normalerweise wurde ihr beim Lesen im Auto immer schlecht, doch aufgrund des Regens war Alpay gezwungen, langsam zu fahren.

Melanie Lilienberg, Jahrgang 79, verschwunden am 9. Oktober, wahrscheinlich in Winsen. Die Daten der TKÜ, der Telekommunikationsüberwachung, hatten ergeben, dass das Handy der Vermissten zuletzt in einer Funkzelle registriert worden war, in der sich auch das Einkaufszentrum Luhe Park befand, in dessen Parkhaus man schließlich das Auto der Frau sichergestellt hatte.

«Und du findest es nicht komisch», sagte Alpay völlig unvermittelt, «dass Jörg heute in der Teamsitzung dicke Eier hatte? Ausgerechnet, nachdem die Moro gestern im Präsidium aufgekreuzt ist.»

«Alpay, bitte.»

«Sorry. Dass Jörg *auf Chef macht.*»

«Wir sind gleich da», sagte Franka, weil sie hoffte, so das leidige Thema zu Martins Nachfolge abzubiegen. Sie deutete auf das große Hinweisschild am Straßenrand mit der Werbung für den Campingplatz.

«Ich habe auch Augen im Kopf, Franka. Sag mir lieber, was du von dieser Sache mit der Moro hältst.»

Natürlich hatte er sie durchschaut. «Alpay, die Frau hat im Präsidium einen neuen Kollegen vorgestellt. Auch wenn ich in der Vergangenheit so meine Probleme mit ihr hatte, das finde ich jetzt erst einmal eine kollegiale Aktion. Kommunikation, darum geht es ihr. Dass man weiß, mit wem man es auf der anderen Seite zu tun hat.»

Alpay schnaubte verächtlich. «Jetzt tu doch nicht so.»

Sie wusste, worauf er abzielte. Aber die Frau leitete die Staatsanwaltschaft und war nicht die Polizeidirektorin. «Alpay, die Moro hat das mit Martins Nachfolge doch überhaupt nicht zu entscheiden.»

«Sybille meint auch, da könnte vielleicht wieder was laufen zwischen Jörg und ihr. Jedenfalls sind die immer noch so.» Er nahm die rechte Hand vom Lenkrad und kreuzte zwei Finger.

«Von mir aus kann Jörg gleichzeitig auch noch eine Affäre mit Kurt am Laufen haben. Leute, was macht ihr euch alle für einen Kopf?»

«Aber wenn die eine Empfehlung für Jörg ausspricht? Ihr Wort hat mittlerweile Gewicht.» Alpay beschleunigte den Dienstwagen. «Ist dir das egal, wer unsere Abteilung leitet? Mir nicht. Aber ich bin ja auch erst dreißig und hab dann noch für

Jahrzehnte so jemanden wie Jörg vor mir sitzen. Da kotz ich, Franka. Das sag ich dir.»

Sie fuhr ihre Rückenlehne ein Stück zurück und schaute aus dem Fenster in die nasse Herbstlandschaft. Jemanden wie Jörg hielt sie die verbleibenden Jahre bis zu ihrer Pensionierung auch noch aus. Vermutlich hatte er sogar größere Probleme mit Franka als sie mit ihm. Einzig, um sich an Jörgs Gesichtsausdruck zu erfreuen, das musste Franka zugeben, reizte sie eine Beförderung auf Martins Sessel. Aber dann hörte es auch schon auf. Keine guten Voraussetzungen also, sich ernsthaft um eine Beförderung zu bemühen, die sie zudem an den Schreibtisch fesseln würde. Damit hätte sich ihre Laufbahn als Ermittlerin erledigt.

Aber was Franka im Moment wesentlich mehr Sorge bereitete als Martin Suttmanns Nachfolge, waren die vielen losen Enden in ihrem Kopf. Im Moment ließen sie sich zu keinem roten Faden spinnen.

Kurz darauf bog Alpay in Schrittgeschwindigkeit von der Stover Straße Richtung Stover Strand ab. Durchfahrt nur für Anwohner. Hier warb ein buntes Schild von *Nagel-Nadine* für schöne Hände und Füße in fünfzig Metern Entfernung, und bei *Gemüse-Gronau* konnte man den Kohlrabi in der Saison direkt vom Feld pflücken. Zum Glück hatte der Regen nachgelassen, als sie den Deich zu ihrer Rechten entlangfuhren. Dann erkannte Franka einige wenige Wohnwagen. Die offensichtlich zum Überwintern abgestellten Ungetüme wirkten wie Einfamilienhäuser. Die meisten Stellplätze waren allerdings verwaist. Das gesamte Areal mit seinen geteerten Wegen und leeren Stellplätzen wirkte wie ein nach einem Tornado von Trümmern geräumtes Wohnviertel. Trostlos im bevorstehenden Winter.

Als Alpay den Dienstwagen geparkt hatte, kam ihnen ein mit Schal und Mütze vermummter Hüne in schwarzen Allwetterklamotten auf einem Fahrrad entgegen. Auf der rechten Schulter ruhte ein Vorschlaghammer. Ein Bild wie aus einem schlechten Horrorfilm, dachte Franka. Sie stieg aus dem Wagen, und im nächsten Moment riss ihr der Wind die Haare aus dem kurzen Zopf.

Der Mann stieg vom Rad. «Ich nehme an, wir sind verabredet?» Er deutete mit dem Hammer auf den Dienstwagen. Franka erkannte einen starken Raucher, wenn sie einen hörte. Er schien wohl ihren Blick auf das schwere Werkzeug in seiner Hand bemerkt zu haben. «Ich hab gerade eine Anhängerkupplung eingeschlagen. Ich bin Markus Lilienberg. Kommen Sie.» Franka und Alpay folgten dem Mann. Vor einem Bungalow aus rotem Backstein mit Flachdach lehnte er sein Fahrrad an einen Mülleimer. Über dem Eingang war eine gebogene pinke Leuchtstoffröhre angebracht, die Besuchern auch nachts den Weg zur Rezeption wies. Er hielt ihnen die Tür auf. Das kleine Bürogebäude war überheizt. Es roch nach kaltem Rauch und verfilzter Auslegware.

«Sind die Energiekosten jetzt auch in der kleinen Pauschale mit drin?» Hinten am Fenster saß eine ältere Dame mit kurzen grauen Haaren an einem Schreibtisch. Sie trug eine Lammfellweste und hielt den Blick weiter auf ihren Computer gerichtet. «Ich finde das im System nicht.»

«Später, Mama. Die Polizei aus Hamburg ist hier.»

Nun hob die Frau den Kopf, nickte, murmelte «Die Polizei aus Hamburg, soso» und konzentrierte sich wieder auf den Bildschirm. Franka musste keinen Blick mit Alpay wechseln, um zu wissen, dass auch er die Reaktion von Melanie Lilienbergs Schwiegermutter befremdlich fand.

«Und Sie glauben also, meine Frau ist die Tote, die Sie am Freitag drüben aus dem Borghorster Schilf gezogen haben?» Markus Lilienberg fragte so beiläufig, als hätte man einen seiner Campinggäste aufgegriffen, der ihn zuvor um die Platzmiete geprellt hatte. «Wollen Sie vielleicht auch einen Kaffee?» Er deutete auf die kleine Küchenzeile mit der gluckernden Maschine neben einem vollen Aschenbecher.

«Sie wissen von dem Fund?», überging Alpay die Frage. Ihm war die Verwunderung darüber anzuhören, und Franka hoffte, dass es einen Grund für Lilienbergs betont cooles Verhalten gab.

«Die Leute quatschen. Ist ja nur einmal über die Brücke.» Er setzte sich mit einem Becher in der Hand an seinen Schreibtisch und deutete auf die beiden Besucherstühle. Der Aufsteller vor seinem Computer warb für Einzelwaschkabinen im Sanitärbereich und den morgendlichen Brötchenservice.

«Herr Lilienberg», begann Franka ohne Umschweife, «Sie wirken nicht sehr … angefasst, wenn ich das mal so vorsichtig formulieren darf. Wir stehen noch ziemlich am Anfang unserer Untersuchungen, also können wir im Moment auch nicht ausschließen, dass es sich bei der Toten vom Freitag vielleicht um Ihre Frau handelt.»

«Glaub ich nicht.» Obwohl der Kaffee heiß aus seinem Becher dampfte, nahm er, ohne eine Miene zu verziehen, einen kräftigen Schluck. «Hier ist die Strömung so stark, wer auf unserer Seite ins Wasser fällt, taucht vielleicht irgendwo im Harburger Binnenhafen wieder auf, aber ganz sicher nicht auf der gegenüberliegenden Seite im Schwemmland der Elbe.»

«Ich werde jetzt das Finanzamt anrufen», sagte seine Mutter, die hinten in ihrer Schreibtischecke zum Telefonhörer griff. «Ich lass mir doch von denen nicht auf der Nase herumtanzen.»

«Ja, Mama. Mach das. Ich bin hier jetzt aber beschäftigt.»
Er wandte sich wieder an Alpay und Franka. «Sind Sie wirklich wegen der Frau da drüben hier? Ganz den weiten Weg aus Hamburg?»

«Wir benötigen einige persönliche Gegenstände von Melanie für einen DNA-Abgleich.»

«Kann ich Ihnen gerne raussuchen. Ich hab zwar keine Ahnung, was das bringen soll, aber bitte ...»

«Herr Lilienberg», fuhr Franka unbeeindruckt fort. «Hat Ihre Frau sich karitativ engagiert?»

Er schaute sie überrascht an. «Was soll denn das heißen?»

«War sie in irgendeiner Weise ehrenamtlich tätig? Vielleicht bei einer Tafel oder ...»

«Sie war in jedem Scheißverein, den Sie sich vorstellen können.» Franka wechselte einen Blick mit Alpay. Auch diese Frau passte also ins Muster. «Aber das alles hab ich doch schon mal erzählt.»

«Ja, den Kollegen in Winsen», klinkte sich Alpay ein, und seiner Stimme war anzuhören, dass ihm die Gleichgültigkeit des Campingplatzpächters gegen den Strich ging.

Franka hatte sich wie immer besser im Griff und hakte betont neutral nach: «Ihre Beziehung zu Melanie, Herr Lilienberg. Würden Sie sagen, dass Ihre Ehe in Ordnung war?»

«Welche Ehe?» Markus Lilienberg leerte seinen Kaffeebecher. «Um jeden hat sie sich gekümmert, nur nicht um mich. Hören Sie sich mal um hier in der Gegend, falls Sie das nicht eh schon getan haben. Melanie war sehr beliebt, wenn Sie verstehen, was ich meine.» Er lächelte süffisant.

«Sie deuten an, dass Ihre Frau Sie betrogen hat?»

«Ich deute gar nix an. Das ist ein offenes Geheimnis.»

Franka schaute sich in dem überheizten Büro um. Trostlos, dachte sie, und das lag weder an der fleckigen Auslegware noch am Herbst. «Ihre Frau ist seit fast einem Monat wie vom Erdboden verschluckt, und Sie erwecken den Eindruck, als kümmere Sie das herzlich wenig.»

Anscheinend begriff er plötzlich, welchen Gedanken er bei Franka ausgelöst hatte, blieb aber ruhig. «Ganz sicher würde ich meiner Frau nichts tun. Falls Sie das meinen.»

«Das habe ich nicht gewollt!», rief plötzlich die alte Dame hinten aus der Ecke. «Wo ist denn Melanie? Ist Melli zurück?» Sie stützte ihren grauen Schopf in die Hände und schluchzte. «Oh Gott, oh Gott, es muss etwas passiert sein!» Sofort sprang Markus Lilienberg von seinem Platz auf und kümmerte sich um seine Mutter, die sich weinend an ihn klammerte wie ein kleines Kind. So kalt und abgebrüht er eben noch reagiert hatte, so einfühlsam und fast zärtlich sorgte er sich nun um seine offensichtlich verwirrte Mutter. «Britta!», rief er, und schon im nächsten Moment öffnete sich eine Tür, die hinter einer mannshohen Büropflanze versteckt zu sein schien. Eine Frau eilte herein. «Mama, was ist denn los? Ist doch alles gut.» Die verwirrte Frau ließ sich von Markus Lilienbergs Schwester nach nebenan führen.

Dann setzte sich Lilienberg zurück an seinen Schreibtisch.

«Demenz», sagte er und wirkte nun weniger ruppig. «Sie sitzt dahinten an einem Computer und telefoniert mit ihrem alten Leben. Der Apparat ist allerdings nicht angeschlossen, verstehen Sie? Unsere Gäste lieben unsere Mutter, und sie liebt es, hier *Büro* zu spielen. Das war Melanies Idee. Sie hat immer gesagt, wir schieben Mutter nicht ins Heim ab, nur weil sie uns irgendwann vergessen wird.»

Markus Lilienberg schaute aus dem Fenster. «Meine Ehe mit Melli war kompliziert. Aber ich weiß, dass ihr nix passiert ist.»

«Es gab aber immerhin eine groß angelegte Suchaktion in der Gegend.» Das hatte Franka der Akte aus Hannover entnommen.

Lilienberg zuckte mit den Schultern. «Vergebene Liebesmüh. Das hab ich sofort gewusst. Am Tag, an dem sie aus Winsen nicht nach Hause gekommen ist, haben wir uns morgens gezofft. Ich hatte dem Fred von *Gemüse-Gronau* die Fresse poliert, weil der nicht aufgehört hat, meine Frau anzubaggern. Deswegen hat Melli ein Riesenfass aufgemacht.»

«Und warum erzählen Sie das erst jetzt? Auch in der Akte aus Winsen steht davon nichts.»

Er schwieg einen Moment und knibbelte an seinen Nägeln. «Ich bin mit dem Thomas Wirts zur Schule gegangen. Das ist der Beamte, der die Anzeige aufgenommen hat», sagte er leise. «Ist nicht so ganz einfach hier in der Gegend, verstehen Sie? Außerdem habe ich gedacht, die Melanie taucht schon wieder auf. Hören Sie, meine Frau ist sauer auf mich. Die will mir eins auswischen. Hat sie schon mal gebracht. Da war sie bei einer Freundin im Wendland.»

«Und blieb auch einen Monat verschwunden?»

«Nee, nur eine Woche.» Markus Lilienbergs Blick wanderte von Franka zu Alpay und dann hinaus aus dem Fenster, an dessen Scheibe von außen matschiges Laub klebte. Das erste Mal wirkte der Mann nervös.

12 Hamburg, 1994, Frühling

Betty saß an ihrem Schreibtisch und versuchte sich auf die Mathe-Hausaufgaben zu konzentrieren. Nicht ihr Lieblingsfach, das war mal sicher. Vielleicht verzweifelte sie am Dreisatz, nicht weil sie zu blöd war, sondern weil es sie so richtig gar nicht interessierte, dass die Stufen einer Treppe eine Steighöhe von vierundzwanzig Zentimetern hatten und ihre Mathelehrerin bis morgen wissen wollte, wie viele Stufen die Treppe hätte, wenn die Steighöhe nur sechzehn Zentimeter betragen würde.

«Be-ttii-na!», rief ihre Mutter von unten, und obwohl sie diesen Befehlston hasste, war Betty für jede Unterbrechung dankbar. Wahrscheinlich sollte sie mal wieder einen Botengang erledigen. Egal, Hauptsache, weg von Mathe. Sie flitzte nach unten.

«Moni ist krank», sagte ihre Mutter, die den Hund auf der Terrasse bürstete und ihn genervt dazu aufforderte, stillzustehen.

«Ja, und?»

«Wir müssen eine Lösung für Willi finden.» Wie auf Kommando schüttelte sich der Hund.

Betty beschlich ein böser Verdacht.

«Ich bin heute mit dem Hund wieder auf der Demenzstation», fuhr die Mutter fort. «Und danach muss ich zum Judoturnier deiner Schwester ans andere Ende der Stadt. Eigentlich wollte Moni für mich den Hund nach Hause bringen. Ich kann

Willi ja schlecht mit in die Turnhalle nehmen. Und wenn ich den Hund alleine im Auto lasse, kaut er mir wieder die Kopfstützen an.» Sie winkte ab und sprach stattdessen mit dem Tier. Auch wenn es immer so lieb zu den alten Leuten war, die sich freuten, lachten und Geschichten von früher erinnerten, das ginge dann doch zu weit. Sollte Betty ihr Vergnügen wirklich vor das der alten Menschen stellen, die, wie Mums Freundin Moni mal gesagt hatte, in diesem trostlosen Heim zum Glück vergessen hatten, worauf sie in Wirklichkeit warteten? Nämlich nicht auf Willi, sondern auf den Tod?

«Mama, ich bin heute Nachmittag mit Tatjana und den anderen zum Kino verabredet.» Betty versuchte, nicht allzu quengelig zu klingen. Sie wusste, dann war der Ofen sofort aus. Aber Enno kam auch mit ins Kino am Gänsemarkt, und er war der eigentliche Grund, warum Betty sich nicht von ihrer Mutter einspannen lassen wollte.

«Du kommst bitte mit und bringst Willi anschließend nach Hause. Nicht auszudenken, was Frau Hänel vom Gemeindesekretariat sagen würde, wenn ich so kurzfristig abspringe.»

«Ganz bis nach Eidelstedt?» Nur nicht anfangen zu heulen, dachte Betty. Seit einer Woche freute sie sich aufs Kino. «Mama, bitte.»

Eine halbe Stunde später trottete Betty mit Willi an der Leine ihrer Mutter in ein Gebäude hinterher, das Betty an ihre alte Grundschule erinnerte. Dann stiegen sie im zweiten Stock aus dem Fahrstuhl. Im Gemeinschaftsraum des Heims roch es nach frischem Kaffee. Trotzdem lag auch etwas Saures in der Luft. Als wenn jemand ein Gurkenglas fallen gelassen hätte. Überall an den Wänden hingen von den Insassen gemalte Bilder und gebastelte Sterne aus Bast. Bettys Mutter hatte sie bereits zweimal darum gebeten, nicht *Insasse*, sondern *Bewohner* zu sagen, auch wenn kaum einer der Alten freiwillig hier war.

Sie wurden von einer jungen Pflegekraft begrüßt, die die Hundebesuche organisierte. Nicht jedes Tier war dafür geeignet, und die Frau war happy, weil Willi immer so liebevoll mit den Bewohnern umging. Der Hund hatte weder Scheu vor Fremden, noch schien er müde zu werden, sich von jedem anfassen zu lassen. Um einen Tisch mit bunter Tischdecke und Blumenvase hatten sich sieben Senioren versammelt. Niemand sprach. Nur eine Dame summte leise vor sich hin. Irgendwie ganz schön gruselig, fand Betty. Am Fenster saß eine weißhaarige Oma in einem Rollstuhl. Sie hielt ihre Hände im Schoß gefaltet, der Kopf hing vornüber, die Augen hielt sie geschlossen.

«Das ist Frau Rudolf», sagte Bettys Mum. «Sie ist schon ganz weit weg. Sie erkennt nicht mal mehr ihre eigenen Kinder.» Die Pflegerin wandte sich an die Frau und sprach ziemlich laut. «Frau Rudolf! Schauen Sie mal, wer uns heute wieder besucht!»

Bettys Mum leinte Willi ab, und der Hund lief schnurstracks zu der alten Dame hinüber, wedelte mit dem Schwanz und beschnupperte ihr Gesicht. Betty war total überrascht zu sehen, wie die Frau aus ihrer Starre erwachte, als hätte jemand auf einen Knopf gedrückt. Sie war sogar in der Lage, sich vorzubeugen und Willi auf den Kopf zu küssen. Sie lachte, klatschte in die Hände, lachte wieder und sagte: «Du bist mein feines Mädchen.»

Und plötzlich war Bettys ganzer Ärger, weil sie das Kino hatte knicken müssen, verflogen. Dieser Moment, einem fremden, hilfsbedürftigen Menschen etwas Freude zu schenken, bereitete ihr selbst ein gutes Gefühl. Betty war alt genug, um zu kapieren, dass die meisten Familien mit der Pflege ihrer Angehörigen überfordert waren. Sie verstand aber auch, dass ein Leben in so einer Einrichtung furchtbar sein musste. Vielleicht war es in so einem Fall ganz gut, dass man seine Erinnerung verlor.

Der Hund brachte Stimmung in die Bude, wie es der alte Herr am Gehwagen ausdrückte. Plötzlich schien der ganze Raum aus seiner Starre zu erwachen. Die alten Menschen sprachen mit Betty, hielten sie abwechselnd für ihre Enkelin, die Mutter oder eine alte Schulfreundin, die in den Sechzigerjahren auf einem Schulausflug in Scharbeutz aus einem Tretboot gefallen war. Betty kannte das komische Verhalten der Alten bisher nur aus den Erzählungen ihrer Mutter. Aber plötzlich begriff sie, was der Hund bei den alten Menschen bewirkte, dass er nämlich Emotionen weckte, unscharfe Erinnerungen aufflackern ließ und die Alten, zumindest für einen kurzen Moment, ins Leben zurückholte.

«Wie wäre es eigentlich», hörte sie die Pflegekraft Bettys Mum fragen, «wenn Sie in diesem Jahr an unserer Veranstaltung zum *Tag des Ehrenamtes* teilnehmen würden?»

«Ich?», fragte sie überrascht.

«Sie machen so eine tolle Arbeit. Ich weiß, dass Sie sich in ganz vielen Bereichen engagieren. Nicht nur hier bei uns.»

Nach einer halben Stunde zeigte Willi erste Ermüdungserscheinungen und legte sich nach weiteren zehn Minuten unter den Desinfektionsspender neben der Tür. Wie eine Batterie hatte der Hund den alten Menschen Energie zugeführt, so hatte es ihre Mutter einmal erklärt.

Als sie sich verabschiedeten, hatte Betty eine Idee.

«Gibt's so was eigentlich auch für Kinder?»

«Was meinst du, Mäuschen?»

«So was Soziales. Anderen Menschen zu helfen.»

«Da hätte ich tatsächlich eine Idee», sagte ihre Mutter und schaute auf die Uhr, weil sie zu Mariekes Judowettkampf nicht zu spät kommen wollte. «Das hat auch was mit dem Glück älterer Menschen zu tun.» Betty schaute ihre Mutter neugierig an. «Mäuschen, wenn du zu Hause nicht immer alles rumliegen lassen würdest, würdest du deine alten Eltern sehr glücklich machen.» Sie zwinkerte und küsste ihre Tochter auf die Stirn.

Als Betty mit Willi zur Bushaltestelle ging, wusste sie, dass auch sie später Menschen helfen wollte.

13   Dienstag, 4. November, abends

Erdmann. Guten Abend, Herr Dr. Johanson», hörte Alpay Franka nebenan mit dem Rechtsmediziner telefonieren. Er selbst saß im Großraumbüro an seinem Schreibtisch und fertigte das Protokoll zum Gespräch mit dem Campingplatzbetreiber Markus Lilienberg an. «Keine Ahnung, ob Sie vielleicht gerade Ihrem Chef in die Kur gefolgt sind», fuhr Franka genervt fort, «aber bezüglich der von uns gestern in der Rechtsmedizin abgegebenen DNA-Proben habe ich immer noch kein Ergebnis vorliegen … Sie waren in einer Sektion, ja, das sagte man uns. Mein Kollege und ich haben vor ungefähr zwei Stunden einen weiteren Asservatenbeutel bei Ihnen abgegeben mit den persönlichen Gegenständen einer Melanie Lilienberg … Aha. Dann nehme ich an, dass Sie den noch nicht einmal geöffnet haben.»

Sybille Wischmeier, die sich ihren Mantel anzog, wandte sich an Alpay. «Kommt ihr nicht weiter?»

«Wir sind nur zu dritt.»

Franka hatte Marcel am Vormittag mit der Recherche zu Richard Roicke beauftragt.

«Bitte, Herr Dr. Johanson», sagte Franka nebenan bemüht freundlich, «das sagt mir die Verkäuferin in der Bäckerei auch immer, und auch bei uns im Präsidium sieht es nicht anders aus, aber ich kann das mit dem *Wir sind unterbesetzt* langsam nicht mehr hören.» In Frankas Büro sprang der Drucker an.

«Hast du jetzt mal mit ihr geredet wegen Martins Nachfolge?» Sybille sprach mit gesenkter Stimme. «Ich habe die Moro gestern in der Kantine mit dem jungen Mann gesehen, den sie uns als neuen Kollegen der Staatsanwaltschaft vorgestellt hat. Aber jetzt halt dich fest: Sie war zum Mittagessen mit Helmut Lindgens verabredet.»

«Dem Polizeidirektor?», fragte Alpay entgeistert, der seine Befürchtungen bezüglich einer Einflussnahme auf die Wahl der neuen Dezernatsleitung bestätigt sah.

Sybille nickte. «Was geht da, frage ich dich?»

«Herrgott, Herr Doktor, ich will Ihnen doch nicht Ihren Job erklären.» Franka war nebenan immer noch auf Zinne.

«Sie hat wirklich keinerlei Ambitionen, Sybille. Ich hab's vorhin auf der Fahrt probiert.»

«Ich danke Ihnen, Herr Dr. Johanson, aber Feierabend habe ich noch lange nicht. Wiederhören.» Nebenan wurde unsanft das Telefon auf die Ladestation geknallt. «Wie kann jemand, der in der Rechtsmedizin arbeitet, nur so empfindlich sein!» Sie tauchte im Türrahmen auf. «Herr Reuter. Sind *Sie* wenigstens so weit?»

Alpay staunte nicht schlecht, als er Frankas Büro betrat. Sie hatte nicht nur zwei Whiteboards mit Fotos der vermissten Frauen vorbereitet, die sie einem Zeitstrahl zugeordnet hatte, daneben waren auch die Personen vermerkt, die die Vermisstenmeldungen für Lilija Girdauskas, Franziska Roicke und Melanie Lilienberg aufgegeben hatten. Franka hatte auch ein Blatt Papier mit einem Ausrufezeichen angehängt. Darunter schien verschwommen das Foto der Wasserleiche hindurch. Sehr rücksichtsvoll, wie Alpay fand.

«Was denkst du?», wollte sie wissen, als der Drucker auf dem Regal erneut ansprang.

«Dass Markus Lilienberg heute Mittag sehr offen über seine Eheprobleme gesprochen hat. Und wie hat er gesagt? ‹Sie war in jedem Scheißverein, den Sie sich vorstellen können.›» Alpay schaute sich die Fotos der vermissten Frauen genau an. «Die haben sich alle sozial engagiert, bevor sie von der Bildfläche verschwunden sind. Also ich glaube nicht an Zufall.»

«Sorry. Ich musste noch einen letzten Rückruf abwarten», sagte Marcel, als er Frankas Büro betrat und neben Alpay vor den Whiteboards stehen blieb. Neugierig schaute er unter das Blatt Papier mit dem Ausrufezeichen.

«Leute, geht's noch?» Er setzte sich auf den Stuhl vor Frankas Schreibtisch. Alpay selbst ging zum Fenster hinüber, lehnte sich gegen die Fensterbank und schaute Franka dabei zu, wie sie einige Fotos aus dem Drucker aufhängte, die sie vorhin auf dem Parkplatz unterhalb der Schleuse Geesthacht mit dem Handy aufgenommen hatte. Nach dem Besuch bei Markus Lilienberg hatte sie Alpay auf der Rückfahrt zur Autobahn gebeten, den Parkplatz unterhalb der B404 in Sichtweite der Schleuse anzufahren. Gemeinsam hatten sie sich das Gelände genau angeschaut, auf dem am späten Nachmittag kein einziges Auto geparkt hatte. Vielleicht lag es am wieder einsetzenden Regen, dass sich nicht einmal ein Gassigänger hierherverirrt hatte. Gerade bei Dunkelheit musste es ein Leichtes sein, mit dem Heck in Richtung Ufer zu parken und einen toten Körper unbemerkt durch den Grünstreifen bis ans Wasser zu tragen oder zu ziehen, von wo er dann in Richtung Hamburg trieb und im ungünstigsten Fall, wie bei der am Freitag entdeckten Toten, schon nach wenigen Hundert Metern im Schilf hängen blieb.

Marcel Reuter hatte eine Menge Informationen über Richard Roicke zusammengetragen. Mit dem von Alpay am Morgen beantragten Beschluss des Untersuchungsrichters hatte er sowohl einen Überblick über die finanzielle Situation des Paares erhalten als auch über deren Versicherungen.

«Es gibt eine verbundene Risikolebensversicherung über zweihundertfünfzigtausend Euro, die im Juli von beiden Roickes abgeschlossen wurde.»

«Also zwei Monate bevor Franziska verschwunden ist.» Franka setzte sich zurück auf ihren Bürostuhl und wippte mit der Rückenlehne.

«War die Versicherung überhaupt schon in Kraft?»

«Klar, Alpay. Der Schutz beginnt mit dem Tag, an dem die Police unterschrieben wird.» Marcel reichte ihm die entsprechende Kopie. «Trotzdem, viel zu dünn für einen Durchsuchungsbeschluss.» Marcel blätterte durch seine Unterlagen. «Auf dem Haus der Roickes lastet noch eine Hypothek von knapp einhunderttausend Euro. Interessant daran: Die Raten zur Tilgung gehen von Richards Konto ab, im Grundbuch steht aber seine Frau als alleinige Eigentümerin. Vielleicht aus steuerlichen Gründen, keine Ahnung, wie die das intern geregelt haben, aber auf dem Papier gehört das Haus jedenfalls Franziska.»

«Oder ihm, wenn sie stirbt», sagte Franka.

«Wahrscheinlich hilft euch dieser Bankauszug. Auch von seinem Konto. Ich habe die Buchung, um die es mir geht, markiert.» Marcel schaute zögernd zwischen Franka und Alpay hin und her, als wisse er nicht, wem er den Zettel reichen sollte. Schließlich nahm ihm Alpay die Kopie aus der Hand. «Eine Überweisung in Höhe von sechshundertfünfundvierzig Euro an eine Praxis Dr. Ruth Muchow?»

«Eine Psychologin aus Wandsbek, die sich auf Paartherapie spezialisiert hat. Nur Privatpatienten.» Marcel legte Franka die Notiz mit den Kontaktdaten der Praxis auf den Schreibtisch. Sie warf nur einen knappen Blick darauf. Dann erhob sie sich von ihrem Platz und schrieb das Wort EHEPROBLEME in Druckbuchstaben neben den Namen von Franziska Roicke.

«Ich habe es geahnt», sagte sie leise.

«Aber Schwierigkeiten in der Beziehung hatten Markus und Melanie Lilienberg auch», sagte Alpay, obwohl er mal wieder insgeheim Frankas Menschenkenntnis bewunderte.

«Aber im Gegensatz zu Roicke hat Herr Lilienberg über das Verschwinden seiner Frau keine Krokodilstränen vergossen, sondern mit offenen Karten gespielt.» Sie wandte sich an Marcel. «Haben Sie in Roickes Auszügen verfolgt, wie lange es schon Zahlungen an diese Therapeutin gibt?»

«Mindestens seit sechs Monaten.» Marcel blickte auf seine Kladde. «Das ist der Zeitraum, den ich überprüft habe. Aber jetzt kommt's. Alle Überweisungen an diese Frau Dr. Muchow sind von Franziska Roickes Konto getätigt worden.» Marcel präsentierte weitere Kopien. «Bis auf eben die letzte Rechnung, die von ihrem Mann beglichen wurde.»

Alpay schaute die Buchungen noch einmal genauer an. «Der Betrag wurde am 29. September überwiesen.» Franka tippte auf das Datum auf dem Whiteboard. «Der Tag, an dem Frau Roicke nach dem Essen mit einer Freundin nicht mehr nach Hause gekommen ist.» Sie schaute von Marcel zu Alpay. «Ich will wissen, was ihr Mann an besagtem Abend gemacht hat.» Dann ging sie zu ihrem Schreibtisch zurück, warf einen Blick auf die Kontaktdaten der Psychotherapeutin und tippte die Nummer in den Dienstapparat.

Alpay hörte das Freizeichen. Dann sprang der Anrufbeantworter an. Knapp hinterließ Franka eine Rückrufbitte. Sie betonte die Dringlichkeit der Sache, hielt sich aber mit näheren Informationen zurück. Als sie ihre Telefonnummer hinterließ, knackte es aus dem Lautsprecher.

«Muchow. Guten Abend.»

«Frau Dr. Muchow», sagte Franka überrascht, und auch Alpay und Marcel horchten auf.

«Ich mache gerade die Quartalsabrechnung. Das geht nur am Abend.» Die Ärztin räusperte sich. Der Stimme nach zu urteilen, schätzte Alpay die Frau so alt wie Franka. «Worum geht es denn genau, Frau Erdmann?»

«Im Moment untersuchen wir den Fall einer Frau aus Farmsen-Berne.»

«Aha.»

«Sie ist bei Ihnen in Behandlung.»

«Ich habe immer vollstes Verständnis, wenn sich Strafverfolgungsbehörden bei uns Ärzten melden, Frau Erdmann, aber die Bestimmungen für eine Verletzung der Schweigepflicht sind klar geregelt und dürften Ihnen bekannt sein.» Die Ärztin klang freundlich, aber bestimmt. Durch den Lautsprecher der Telefonanlage hörte man immer wieder Papier rascheln. Alpay sah eine erfahrene Ärztin vor sich, die sich bei ihrer Quartalsabrechnung auch nicht durch einen Anruf der Kriminalpolizei aus der Ruhe bringen ließ. Einmal mehr bewunderte er Frankas Geduld in Situationen, die freundliche Hartnäckigkeit erforderten.

«Es handelt sich um Franziska Roicke, Frau Dr. Muchow.»

Das Rascheln verstummte abrupt.

«Ist ihr etwas zugestoßen?»

«Wir wissen aus unseren Nachforschungen», fuhr Franka fort, «dass es regelmäßige Zahlungen an Sie gab, Frau Dr. Muchow. Laut unseren Unterlagen über mindestens ein halbes Jahr. Die letzte Überweisung wurde allerdings vom Konto des Ehemanns getätigt. Ist das richtig?»

«Hat sie ihn also endlich angezeigt?»

Alpay traf Frankas überraschter Blick.

«Wer? Frau Roicke?»

«Deswegen rufen Sie doch an?»

Franka schien wie elektrisiert. «Nein, Frau Dr. Muchow. Eigentlich wollte ich mit Ihnen über das Verschwinden von Franziska Roicke sprechen.»

«Sie ist verschwunden?»

«Seit ungefähr sechs Wochen. Haben Sie sich nicht gewundert, warum sie nicht mehr zu Ihnen kommt?»

«Sie kam sporadisch. Manchmal habe ich sie einen Monat nicht gesehen, dann kam sie wieder regelmäßiger. Je nachdem, wie akut die Probleme in der Ehe waren.»

«Was meinten Sie eben, als Sie gefragt haben, ob Franziska ihn angezeigt hat?»

Am anderen Ende der Leitung trank die Ärztin einen Schluck. Sie räusperte sich erneut, vielleicht um zu überlegen, inwieweit sie ihre Schweigepflicht noch weiter verletzen konnte.

«Franziska Roicke ist in ihrer Ehe nicht nur psychischer, sondern auch physischer Gewalt ausgesetzt gewesen.»

Alpay pfiff tonlos durch die Zähne. Er wusste, dass häusliche Gewalt auf vielfältigste Weise ausgeübt werden konnte. Sie reichte von Beleidigungen über Kontaktverbot zu Freunden und Familie bis hin zu verschiedensten Formen körperlicher Gewalt.

«Sie meinen ...?»

«Ja, Frau Erdmann. Es kam wohl auch zu Vergewaltigung in der Ehe.»

«Und weil Sie nun befürchten», fuhr Franka fort, «dass der Frau etwas zugestoßen sein könnte, verletzen Sie Ihre Schweigepflicht? Das dürften Sie uns doch gar nicht erzählen.»

«Ich verletze meine Schweigepflicht nie. Frau Roicke hat mich schriftlich davon entbunden.»

«Wie bitte?» Frankas schaute entsetzt zu Alpay.

«Sie hat befürchtet, ihr könnte etwas zustoßen.»

Langsam beschlich Alpay das Gefühl, dass sie hier durch Zufall einer Beziehungstat auf die Spur gekommen waren. Vielleicht gab es doch keinen Zusammenhang zwischen den Schicksalen der drei vermissten Frauen.

«Einige Tage nach ihrem letzten Besuch bei mir», fuhr die Psychologin fort, «stand Frau Roicke ganz überraschend in meiner Praxis. Ein solches Hämatom im Gesicht, so etwas sieht man für gewöhnlich nur nach einem Unfall oder einem schweren Sturz. Ich habe versucht, auf sie einzuwirken, ihren Mann endlich anzuzeigen. Ich habe ihr gesagt, wenn sie nicht bei Freunden unterkommen kann, dann zumindest in einem Frauenhaus. Aber vergeblich. Hören Sie, Franziska hatte eine dependente Persönlichkeitsstörung. Es gab Phasen, da war sie nicht in der Lage, allein Entscheidungen zu treffen, ohne ihren Mann zurate zu ziehen. Sie hatte immer große Angst, verlassen zu werden und für sich selbst sorgen zu müssen. Deswegen hat sie diese Ehe ausgehalten. Dabei hat sie in den letzten Monaten eine solche Angst vor Richard entwickelt, dass sie wie das Kaninchen vor der Schlange gesessen hat.»

14   Mittwoch, 5. November, nachts

Um 2.30 Uhr sprang auf dem Armaturenbrett die Kontroll-
leuchte zur Glatteiswarnung an. Das Thermometer zeigte
null Grad und die Straße glänzte vom Raureif. Sofort nahm sie
den Fuß vom Gas des Lieferwagens. Nicht auszudenken, wenn
sie ausgerechnet jetzt von der Landstraße abkam. Dem Ab-
schleppdienst oder der Polizei erklären zu müssen, wie der tote
Rentner im Rollstuhl in den Laderaum geraten war, wo sie ihn
mit Spanngurten an der Wand gesichert hatte, hätte das Schei-
tern ihres Plans bedeutet. Dabei lief sie sich gerade erst warm.

Das Lenkrad hielt sie fest umklammert. Die Kratzer auf beiden Handrücken, die er ihr bei seinem Kampf vor zwei Tagen
zugefügt hatte, waren zum Glück verschorft.

Nachdem seine dumpfen Schreie und das Geheule im Tank
endlich verhallt waren, weil ihm die Kraft im ansteigenden Wasser ausgegangen war, hatte sie noch einmal bis sechzig gezählt.
Dann erst hatte sie den Deckel geöffnet, unter dem sein Körper
am Schluss vergeblich nach dem letzten bisschen Sauerstoff geschnappt hatte. Bis zu diesem Zeitpunkt war bei seiner Tötung
alles so reibungslos gelaufen wie bei der Frau, die sie vor einigen
Wochen gefangen und anschließend in der Elbe entsorgt hatte.

Um den Körper des alten Mannes aus dem Tank zu heben,
war sie über die Leiter hinaufgestiegen und hatte sich nach dem
Bedienteil der Hubvorrichtung gebückt, als er sie plötzlich an

ihrem Fußgelenk gepackt hatte. Sie wäre fast vom Tank gefallen, hatte ihm aber mit dem anderen Fuß ins Gesicht treten können. Er hatte furchtbar aufgestöhnt, als ihn der Hacken ihres schweren Arbeitsschuhs getroffen hatte, und war zurück in den Tank gerutscht. Wasser war herausgeschwappt.

Bei ihrem panischen Versuch, die Luke zu verschließen, hatte er ihr dann beide Handrücken zerkratzt. Doch letztendlich hatte sie nicht nur die Verriegelung geschlossen, sondern auch die Pumpe bedient, die erneut Wasser in den Behälter drückte. Dann hatte endlich Ruhe geherrscht.

Wasser diente dem Erhalt des Lebens, aber sie benutzte es zu dessen Auslöschung. Ihre Opfer hatten den Tod verdient, und endlich sorgte sie dafür, dass deren Scheißgutmenschengetue ein Ende fand. Sie hatte sich gefragt, wo die Körper, die sie auf diese Weise entsorgte, wohl eines Tages auftauchen würden. Mit den Strömungen der Elbe kannte sie sich nicht aus, stellte sich aber mit Genugtuung vor, wie die Toten im Wasser trieben und bei ihrer Entdeckung eine enorme Aufmerksamkeit erzielten.

Die Temperaturanzeige auf dem Armaturenbrett zeigte nun drei Grad an. Die Glatteisgefahr war also gebannt, als das Gähnen des Hundes ihre Aufmerksamkeit weckte. Sie konnte nicht widerstehen, streckte den rechten Arm zum Beifahrersitz aus und streichelte das Tier, das schon vorgestern Nacht ihr Herz erobert hatte. Als die Schreie seines Dogwalkers dumpf aus dem Tank zu hören gewesen waren, hatte sie die Cockerhündin beruhigen müssen. Die Idee, auch sie zu töten, hatte für sie überhaupt nicht zur Disposition gestanden.

Und dann passierte es. Blitzschnell.

Die Lichtkegel des Lieferwagens erfassten ein Reh, dessen Augen ihr wie zwei Taschenlampen in der Dunkelheit entgegenleuchteten. Sie trat auf die Bremse, die Räder blockierten, der Wagen rutschte, sie hielt die Luft an. Bitte nicht! Ein dumpfer Knall, etwas Dunkles flog über den Kühler, der Cockerspaniel jaulte auf, vielleicht war es auch der Motor, der Wagen drehte sich um seine eigene Achse, und nur der Gurt hielt sie auf dem Sitz. Eine gefühlte Ewigkeit verging. Dann kam der Wagen zum Stehen. Der Straßengraben hatte ihre Vollbremsung aufgefangen, so ergab auch die leicht schräge Sitzhaltung einen Sinn.

Es war still. Das Albtraumszenario war eingetreten. Scheiße. Sie fluchte und schlug mit beiden Händen auf das Lenkrad ein. Zum Glück war ihr nichts passiert. Auch die Scheibe war heil geblieben, und keiner der Airbags hatte ausgelöst. Ob die Spanngurte im Laderaum gehalten hatten?

Der Hund war auf der Beifahrerseite in den Fußraum gerutscht und hechelte gestresst. Sie schaute sich um: rechts Wald, links Feld unter milchigem Mondschein. Irgendwo in der Peripherie von Hamburg war sie von der Straße gerutscht. Was für eine Scheiße. Sie öffnete die Tür, stieg aus und untersuchte das Auto. Bei näherer Betrachtung hatte sie mehr Glück als Verstand gehabt. Der Wagen war zwar in die Böschung gerutscht, hatte aber nicht so viel Schlagseite, als dass sie da nicht von allein wieder herauskam. Zumindest hoffte sie das. Die vordere Stoßstange war eingedellt. Anhand der Blutspuren und der Fellbüschel sah man, dass sie das Reh erwischt hatte. Hoffentlich lag es nicht stark verletzt auf dem Feld. Nein, ganz bestimmt war es auf dem aufgeweichten Boden gelandet, hatte sich geschüttelt und war zurück in den Wald gelaufen. An das Gute wollte sie glauben, auch wenn in ihrer Welt das Schlechte immer gesiegt hatte. Zügig setzte sie sich zurück ans Steuer, startete den Motor und gab vorsichtig Gas. Der Wagen bewegte sich sachte vor und zurück. Sie hing fest. Noch etwas mehr Gas. Gerade so viel, dass die Räder den nötigen Grip bekamen, ohne dass der Wagen aus dem Graben schoss und sie gleich wieder die Kontrolle verlor. Der Motor drehte hochtourig. Komm schon, motivierte sie sich selbst. Wieder ruckelte der Wagen vor und zurück, bis sie zu ihrem Entsetzen im Rückspiegel plötzlich ein Scheinwerferpaar erkannte.

Ein Taxi hielt hinter ihr. Der Warnblinker wurde eingeschaltet. Im Gegenlicht des Fahrzeugs kam eine Gestalt auf sie zu. Mann oder Frau? Ruhig bleiben. Sie öffnete das Fenster.

«Ist Ihnen etwas passiert?», fragte ein junger Mann, als er sich zu ihr herunterbeugte.

«Nein, nein. Mir geht's gut. Glück gehabt. Da stand plötzlich ein Reh.» Sie musste nicht einmal lügen. Der Typ zog sein Handy aus der Tasche. «Brauchen Sie einen Krankenwagen?»

«Ich sagte doch, es geht mir gut. Die Polizei habe ich bereits informiert», log sie, «Abschleppwagen auch. Um diese Uhrzeit in der Pampa, das dauert, haben die gesagt.» Sie setzte ihr unverfänglichstes Lächeln auf. Auch wenn der Puls raste, die Situation hatte etwas Euphorisierendes. Die Gefahr vermittelte ihr plötzlich das Gefühl, dass ihr rein gar nichts passieren konnte, dass sie unbesiegbar war. Der Mann leuchtete mit der Taschenlampe seines Handys den Kühler ab und kratzte sich am Kinn. «Da muss auch der Revierförster eingeschaltet werden. Sollte immer abgeklärt werden, ob so ein armes Tier verletzt durch die Gegend rennt.» Schlauberger, dachte sie, als er ihr mit der Taschenlampe mitten ins Gesicht leuchtete. Sofort drehte sie sich weg. Das fehlte noch.

Und trotz aller Coolness blieb ihr plötzlich fast doch das Herz stehen! Im Rückspiegel erkannte sie die geöffnete hintere

Tür des Lieferwagens, die sachte im Wind wippte. Shit. Blitzschnell stieg sie aus und ging mit klopfendem Herzen auf der Fahrerseite entlang zum Heck des Sprinters. Vom Scheinwerferlicht des Taxis dramatisch beleuchtet, lag der Tote mitsamt des Rollstuhls so ungünstig direkt hinter den Türen auf der Pritsche, dass die Finger seiner linken Hand wenige Zentimeter über die Ladefläche hinausragten. Während sie den Taxifahrer vorne fragen hörte, ob sie ganz sicher sei, dass er nicht mit ihr auf Hilfe warten solle, schob sie die Hand des Toten zurück in den Wagen, doch die Tür wollte sich einfach nicht ins Schloss drücken lassen. Wahrscheinlich hatte sie sich beim Aufprall verzogen.

«Haben Sie vielleicht Hunger?» Der Taxifahrer schaute plötzlich auf der Beifahrerseite um den Lieferwagen herum.

Sie erschrak.

«Ich hab noch 'ne Stulle mit Schinken und Gurke im Wagen.»

«Nein, alles gut. Sie können wirklich fahren. Der Abschlepper muss ja gleich kommen.»

Er bemerkte die Tür, die sie so unauffällig wie möglich zuzuhalten versuchte.

«Schließt die nicht richtig?»

Gleich war sie geliefert.

«Warten Sie.»

Ihr Puls beschleunigte.

Mit einem kräftigen Ruck drückte der Taxifahrer die Tür ins Schloss. Es knackte.

15   Mittwoch, 5. November, morgens

Der Regen pladderte auf Frankas Schirm, als sie um 7.35 Uhr zu ihrem Auto lief. Mit einem Sechser im Lotto war der Dienstag zu Ende gegangen, und damit meinte sie nicht den freien Parkplatz direkt vor ihrer Haustür, sondern den entscheidenden Hinweis im Fall Roicke, der ihr für den heutigen Tag einen Durchsuchungsbeschluss beschert hatte. Schnell war der diensthabende Untersuchungsrichter Frankas Argumentation gefolgt. Die Informationen der Psychologin stützten Frankas Vermutung, dass es um die Ehe der Roickes anders bestellt gewesen war, als es Richards Tränen vorgestern hatten glauben machen sollen. Die Frau hatte um ihr Leben gefürchtet. Franka kannte die Statistiken, nach denen jedes Jahr mehr als einhundertfünfzig Frauen von ihren Partnern und Expartnern getötet wurden. Die Gewalt geschah meist im Verborgenen, wodurch die Dunkelziffer vermisster und schwer verletzter Frauen um ein Vielfaches höher war.

Heute Morgen würde ein Team aus Kriminalbeamten und Bereitschaftspolizisten nach Farmsen-Berne ausrücken sowie eine Gruppe Kriminaltechniker unter der Leitung von Bernhard Bruhns. Ein Beschluss zum Abtransport der beiden Pkw des Paares in die KTU lag ebenfalls vor. Franka befürchtete, dass das Haus der Roickes nicht nur von Franziskas persönlichen Gegenständen geräumt worden, sondern auch vom Keller bis zum Dach einmal durchgeputzt worden war.

Seit vorgestern war Richard Roicke vom Ehemann, der um seine spurlos verschwundene Frau trauerte, zum Verdächtigen geworden, der sie mutmaßlich grün und blau geschlagen hatte.

Franka öffnete die Fahrertür ihres Wagens und warf ihre Umhängetasche auf den Beifahrersitz, klappte den Regenschirm zusammen, wobei ein feines Rinnsal in den Ärmel ihrer Lederjacke lief, und stieg ein. Dann schob sie den Zündschlüssel ins Schloss, doch außer einem leisen Klack tat das Auto keinen Mucks. Sie fluchte. Ausgerechnet bei diesem Wetter musste sie zur U-Bahn laufen, oder sollte sie ein paar Minuten warten? Vielleicht ließ der Regen gleich nach, dann käme sie zumindest einigermaßen trocken zur U-Bahn Osterstraße. Bis zur Einsatzbesprechung im Präsidium hatte sie noch etwas Zeit. In ihrer Umhängetasche kramte sie vergeblich nach einer Schachtel Zigaretten. Und beim Griff unter ihren Sitz fischte sie lediglich eine zerknüllte leere Packung Nikotinkaugummis hervor. Auch egal. Den heimlichen Tabakkonsum hatte sie zumindest so reduziert, dass sie nicht sofort zum nächsten Kiosk rennen musste. Sie öffnete das Fenster einen Spaltbreit und lehnte sich zurück.

Die Nacht war unruhig gewesen, zudem hatte sie lange wach gelegen und über die vermissten Frauen gegrübelt. Musste sie sich also von ihrer Theorie verabschieden, dass die Fälle zusammenhingen? Zumindest der Fall Roicke sah im Moment eher nach einer Beziehungstat aus. Aber Lilija Girdauskas und Melanie Lilienberg kannten sich. Das wussten sie seit dem Foto vom *Tag des Ehrenamtes*. Gehörte Franziska Roicke vielleicht doch dazu? Konnte es sein, dass sich Franziska den anderen beiden anvertraut hatte, dass sie zu Hause misshandelt wurde? Hatte Richard Roicke vielleicht nicht nur seine Frau getötet, sondern auch ihre beiden Freundinnen?

«Hast mal 'ne Zigarette, Süße?»

Franka zuckte zusammen. Durch den Fensterspalt schob sich eine gelbe, schmutzige Hand mit gebogenen schwarzen Fingernägeln. Alkoholisierter Atem beschlug die Seitenscheibe und raubte ihr fast den Atem. Automatisch wich sie auf ihrem Sitz ein Stück zurück.

«Tut mir leid.» Franka meinte das tatsächlich so. Ausgerechnet jetzt waren ihr die Kippen ausgegangen.

«Mal'n Euro? Gehen auch zwei.» Sein Lachen klang wie das Wiehern eines Gauls. Unmöglich, sein Alter zu schätzen, er konnte ebenso gut vierzig oder siebzig Jahre alt sein. Irgendwie tat er Franka leid, und sie bemühte sich, ihre Befangenheit mit Freundlichkeit zu überspielen. Augenscheinlich lebte der Mann auf der Straße und benötigte eine Menge Alkohol, um diesen Umstand zu ertragen. Sie kramte in der Mittelkonsole nach etwas Kleingeld und reichte ihm ein Zweieurostück durch den Spalt, was sie genauso beschämte wie der umständliche Versuch, seine schmutzige Hand nicht zu berühren. In einer reichen Stadt wie Hamburg war die steigende Zahl an wohnungslosen Menschen für Franka zwar eine alltägliche Erfahrung, aber immer wieder schwer auszuhalten. Schließlich schob der Mann mit seinem Einkaufswagen ab. Erst jetzt bemerkte sie, dass er ein Bein nachzog.

Zwei Stunden später, sie war mit den Öffentlichen ins Präsidium gefahren und bei der Lageplanbesprechung mit Jörg zusammengerasselt, weil der die Notwendigkeit einer Durchsuchung bei Roickes für übertrieben gehalten hatte, stand sie neben Alpay auf deren Fußmatte in Farmsen-Berne. Die notwendigen Beschlüsse trug sie zusammengerollt in der Innentasche ihrer

Lederjacke. Knapp erkundigte sie sich bei Alpay, ob die Hörgarnitur richtig funktionierte. Der Knopf im Ohr und das Mikro unter dem Kragen seines Parkas hielten ihn mit den acht Beamten des Einsatzteams verbunden sowie mit den Kollegen um Poppy Bruhns von der Spurensicherung. Auch der Mitarbeiter eines Schlüsseldienstes wartete prophylaktisch in einem der beiden Kleinbusse, die außer Sichtweite des Hauses am Ende der Straße parkten.

Franka klingelte.

Aus gutem Grund stand sie zunächst mit Alpay allein vor der Tür. Sie wollte Richard Roicke die Chance geben, sich zu erklären, und zwar, ohne dass er dichtmachte, weil eine Armada von Beamten sein Haus belagerte. Wie passte die Angst um seine Frau zu Franziskas Angst vor ihm?

Niemand öffnete. Sie legte ein Ohr an die Tür. Klapperte da jemand mit Geschirr?

«Vielleicht nimmt er manchmal das Fahrrad», sagte Alpay, der zum Carport schaute, unter dem die beiden Autos der Roickes parkten. Sie hatten auf Franka schon vorgestern wie die Insignien eines stolzen Besitzers eines Eigenheims gewirkt, das allerdings nicht Richard, sondern Franziska gehörte.

Franka wollte gerade erneut klingeln, da öffnete Richard überrascht die Tür. Im Bademantel, barfuß und unrasiert. «Nanu, waren wir verabredet?» Sein Unwillen darüber, dass die Polizei um 10 Uhr vormittags unangekündigt mit ihm reden wollte, stand ihm ins Gesicht geschrieben.

«Guten Morgen, Herr Roicke», sagte Franka und war im Begriff, das Haus zu betreten, doch er schob die Tür ein kleines bisschen zu.

«Das passt jetzt nicht, Frau …»

«Erdmann.» Wie oft merkte man sich ihren Namen nicht.

«Mir geht's heute nicht so gut. Der Magen.» Er sprach leise und setzte ein gequältes und – wie Franka sicher war – falsches Lächeln auf. «Sie sehen ja, wie ich aussehe. Vielleicht am Nachmittag?»

«Herr Roicke, mein Kollege und ich haben noch einige Fragen.»

«Bitte, Frau Erdmann … Ich rufe Sie an, ja?»

«Richard!», rief eine weibliche Stimme aus dem Hintergrund. «Wie geht noch mal Milchschaum?»

Hinter Roicke tauchte eine blonde, sportlich gekleidete Frau im Flur auf, die wohl in diesem Moment kapierte, dass Franka und Alpay keine Pakete auslieferten. Ohne weitere Gegenwehr schob Franka die Haustür auf. Wahrscheinlich ahnte Roicke, dass es besser für ihn war zu kooperieren. Sie trat an ihm vorbei und folgte der vielleicht Vierzigjährigen in die Küche. Immer wieder griff die sich ins noch feuchte Haar, das ihr dezent geschminktes Gesicht wie ein Theatervorhang einrahmte.

«Guten Morgen», sagte sie selbstbewusst und drückte ungeduldig einige Knöpfe einer teuer aussehenden Kaffeemaschine.

«Und Sie sind?» Franka war auf die Antwort gespannt, die allerdings Richard lieferte.

«Sabine Achilles. Meine Physiotherapeutin.»

Vermutlich war sie das wirklich. Roicke musste davon ausgehen, dass die Polizei das überprüfen würde. «Die Herrschaften sind von der Polizei», sagte Richard, und Franka empfand seine Vorstellungsrunde als indirektes Signal an die Frau, den wahren Beziehungsstatus der beiden für sich zu behalten. Sabine Achilles wirkte weniger abgebrüht als er. Nervös stellte sie einen Tetra Pak Milch zurück in den Kühlschrank.

«Tut mir leid, Sabine. Wie gesagt, ich habe vergessen, den Termin abzusagen. Ich melde mich, wenn ich wieder auf dem Damm bin.» Franka empfand diese Farce als Beleidigung ihrer Intelligenz. Die Frau war im Begriff gewesen, sich einen Kaffee zu machen. Ihre feuchten Haare ließen darauf schließen, dass sie vor Kurzem erst aus der Dusche gestiegen war. Und auch Alpay hatte sicherlich die beiden Champagnergläser in der Spüle bemerkt, eins davon mit einem fetten Lippenstiftabdruck.

«Gut, dann ...», sagte Sabine Achilles etwas verunsichert an Richard gewandt, «ruf mich doch an, wenn es dir besser geht.» Auf Alpays Bitte reichte sie ihm noch ihre private Visitenkarte mit einer Adresse in der Großheidestraße in Winterhude, dann verließ sie das Haus. Wie Franka durch das Küchenfenster beobachten konnte, stieg sie in einen kleinen roten Sportflitzer.

Ohne sich mit weiterem Geplänkel aufzuhalten, wandte sich Franka nun an Roicke. «Sie sagten uns vorgestern, dass sich Ihre Frau nie im Leben etwas antun würde, Herr Roicke. Unter Tränen beteuerten Sie, dass ihr etwas zugestoßen sein müsse.»

Der Mann schien zu überlegen, wie er aus dieser Nummer möglichst unbeschadet wieder herauskam. «Das ist nicht so, wie Sie denken, Frau Erdmann.»

«Was denke ich denn?»

«Sabine ... das ist ... also ... Hören Sie, ich bin im Moment sehr allein. Die Sorge um meine Frau ... Aber ich habe Bedürfnisse ...»

Franka musste sich stark zusammenreißen, ihrem eigenen Bedürfnis nach Unprofessionalität nicht freien Lauf zu lassen und Roicke an den Kopf zu werfen, dass sie ihn für einen Drecksack hielt, der hinter der weiß gestrichenen Fassade seines Hauses seine Frau misshandelt hatte.

«Wir wissen», fuhr sie ruhig fort, «dass sich Franziska therapeutische Hilfe gesucht hat.»

«Das ist richtig. Meine Frau litt seit vielen Jahren an Depressionen.»

Franka schaute ihn unbeeindruckt an und war gespannt, ob er ihr noch weiter ins Gesicht log.

«Wissen Sie, Franzi stammt aus einem sehr verkorksten Elternhaus. Sehr gläubig, sehr … dogmatisch, was Erziehung angeht.» Zwar tat er cool, doch Franka spürte die leichte Nervosität in seinem Blick, auch wenn er davon ausgehen konnte, dass der Polizei das gesamte Drama seiner Ehe eigentlich nicht bekannt sein durfte.

«Franzi ist der wichtigste Mensch in meinem Leben. Das mit Sabine … Ich bitte Sie, Frau Erdmann. Ich liebe meine Frau.»

«Nur haben Sie eine merkwürdige Art, das zu zeigen, Herr Roicke. Sie haben Franziska geschlagen.»

Er kniff die Augen zusammen. «Wer sagt denn so was? Das ist doch absoluter Unsinn.» Franka hielt seinem Blick stand. Roicke schien zu begreifen, dass die Polizei mehr wusste, als ihm lieb war. «Ja, gut. Wir hatten Probleme», fuhr er fort und zog den Gürtel seines Bademantels enger. «Welches Paar hat die nicht? Aber bevor meine Frau verschwunden ist, hatten wir eine ganz gute Phase.»

Franka hatte genug von seinen Ausflüchten. Sie zog den Durchsuchungsbeschluss aus der Tasche und nickte Alpay zu, der über Funk das Einsatzteam informierte.

«Moment, Moment.» Roicke hob abwehrend die Hände. «Sie wollen doch nicht ernsthaft mein Haus auseinandernehmen!»

«Ich kann Sie beruhigen, Herr Roicke. Herr Eloğlu und ich nehmen hier gar nichts auseinander. Das erledigen unsere Kollegen.» Sie reichte ihm die Kopien der Beschlüsse, die sie dazu befugten, nicht nur das Haus zu durchsuchen, sondern auch die Autos abzutransportieren.

«Ich rufe sofort meinen Anwalt an.» Er nahm sein Handy vom Küchentresen, während Alpay im Flur verschwand, um den Kollegen die Haustür zu öffnen.

«Ja, tun Sie das, Herr Roicke. Das wäre wohl der richtige Zeitpunkt. Ich würde Sie aber bitten, das Festnetz zu benutzen. Denn ich habe auch noch einen Beschluss zur Beschlagnahme Ihres Mobiltelefons sowie sämtlicher im Haus befindlicher Speichermedien wie Tablets oder Laptops. Aber eine Frage hätte ich noch vorab: Wo waren Sie eigentlich am Abend des 25. September?»

16 Mittwoch, 5. November, nachmittags

Eine halbe Stunde später wurden Alpay und Franka in den Keller gerufen. Alpay staunte nicht schlecht. Hier unten war eine Vielzahl professionell aussehender Gartengeräte in einem Regal aufgereiht. Neben einer Heckenschere, einem Rasenmäher, einem Laubbläser und diversen Aufladestationen für Akkus standen vier große Müllbeutel mit Damenschuhen, zwei Säcke mit Jacken und Mänteln, ein Karton mit Handtaschen, alles ordentlich beschriftet. Auch die Medikamente seiner Frau hatte Roicke anscheinend aus dem Badezimmer zusammengeräumt. In einem alten Schuhkarton waren die Blister einer Antibabypille ebenso zu finden wie einige Kreislauf stärkende Mittel und Tabletten gegen Eisenmangel. In einem Sakko von Richard hatten die Kollegen zuvor die Quittung eines Geschäfts für hochwertige Secondhandmode gefunden. Die guten Stücke seiner Frau hatte Roicke dort versilbert, die weniger hochwertigen Klamotten hatte er laut seinem Kalender vor vierzehn Tagen an die Kleiderkammer gespendet, für die seine Frau jahrelang ehrenamtlich tätig gewesen war. Das Zeug im Keller schien der Rest zu sein. Die Kleiderschränke im Schlafzimmer waren leer geräumt und enthielten lediglich Richards Klamotten. Bei BH und Stringtanga, die eine Beamtin unter dem Ehebett gefunden hatte, würden Untersuchungen wahrscheinlich ergeben, dass es sich um Sachen von Sabine Achilles handelte.

Alpay öffnete einen Karton mit aussortierten Büchern. Darunter die Trilogie einer Liebe am Gardasee, diverse Kochbücher und zwei Ausgaben des Alten Testaments. Das Schicksal von Franziska Roicke ging ihm unter die Haut. Dass ihr Mann die Durchsuchung im Wohnzimmer vom Sessel aus beobachtete und auf seinen Anwalt wartete, war sein gutes Recht. In Begleitung eines Beamten hatte er sich zuvor anziehen dürfen.

«Herr Eloğlu, Frau Erdmann!», rief eine Beamtin in den Keller. «Herr Bruhns will Ihnen was zeigen.»

Oben im Wohnzimmer durchsuchten die Kollegen immer noch Aktenordner, Quittungen und persönliche Gegenstände. Bruhns kam Ihnen mit einem Asservatenbeutel in der Hand auf der Treppe ins Erdgeschoss entgegen.

«Ich glaube», sagte er leise, «das hier wird gleich ziemlich übel.» Alpay hatte keine Ahnung, was Poppy meinte, aber Franka entfuhr ein *Bitte nicht*. «Das haben wir im Badezimmer gefunden.» Er drückte Alpay einen kleinen Plastikbeutel in die Hand. Der Inhalt, hart und braun, war so winzig, dass man genau hinschauen musste. «Das ist Watte mit eingetrocknetem Blut. Das Badezimmer ist picobello sauber, aber das hier klemmte in der Ritze zwischen Revisionsklappe und Fußboden. Sophie hat die Abdeckung entfernt. Ich kann euch das jetzt leider nicht zeigen, sonst schleppt ihr mir noch mehr Fremdspuren da oben rein, aber hinter der Klappe ist alles voll mit getrocknetem Blut.»

Alpay und Franka standen gegen den Dienstwagen gelehnt. Es dämmerte bereits. Hinter ihnen hatte ein Abschleppwagen auf der Zufahrt geparkt, um die Pkw aus dem Carport herauszuziehen. Während die Durchsuchung der Wohnräume und des

Kellers so gut wie abgeschlossen war, untersuchte die Spurensicherung noch das Badezimmer. Alpay schaute zum Fenster hinauf, das von innen schwarz abgeklebt worden war und hinter dem Poppys Team mithilfe von Luminol nach maskierten Blutspuren suchte, die erst unter forensischen Lichtquellen sichtbar wurden.

Hätte Alpay im Nachhinein seine Gefühle in Bezug auf den Fall Roicke beschreiben müssen, es wäre wohl Fassungslosigkeit gewesen. Er wusste, dass Kränkung und Verletzung des Selbstwertgefühls zu den häufigsten Motiven bei Tötungsdelikten zählten. Er fragte sich, was für eine Art von Beziehungsdrama sich unter diesem Dach abgespielt und wie lange es angedauert hatte.

«Roickes Alibi ist ja wohl ein Witz», sagte Alpay. «Nie im Leben hat der Typ den Abend des 25. September mit Sabine Achilles verbracht.»

«Zumindest kannst du mal davon ausgehen, dass die Frau genau das bezeugen wird», sagte Franka, die auf ihrem Handy scrollte. «Der fühlen wir mal auf den Zahn.»

Alpay beobachtete den Pkw mit der Anhängerkupplung, der nun vom Abschleppwagen auf die Ladefläche gehoben wurde. «Wäre jetzt nicht das erste Mal, dass ein Mann gemeinsam mit seiner Geliebten die verhasste Ehefrau aus dem Weg räumt», sagte er. «Leute haben schon für weniger getötet als für eine Lebensversicherung und ein Einfamilienhaus.»

Alpays Telefon klingelte. Die Rechtsmedizin. Er nahm das Gespräch entgegen.

«Herr Eloğlu, Doktor Johanson hier.»

Alpay schaute irritiert zu Franka, die sich einen Kaugummi in den Mund schob. Wahrscheinlich hatte ihre Ansage gestern

Abend dazu geführt, dass der Rechtsmediziner lieber Alpay anrief. «Das Ergebnis der DNA-Analyse der Wasserleiche liegt vor. Habe ich Ihnen und Frau Erdmann in dieser Sekunde auch gemailt.» Alpay schaltete den Lautsprecher ein und gab Franka mit einer Geste zu verstehen, nicht gleich wieder loszupoltern. «Sagen Sie mal, Ihre Kollegin ist doch lang genug im Geschäft. Die muss wissen, je weniger von einem Menschen übrig bleibt, desto aufwendiger die Identitätsklärung. Mit der Frau Erdmann haben Sie aber auch Ihr Päckchen zu tragen, was?» Johansons Lachen klang fröhlich. Franka zog die Augenbrauen zusammen, und Alpay ahnte, sie würde dem Mann bei passender Gelegenheit eine Antwort darauf geben.

«Okay, Herr Doktor. Schießen Sie los.»

«Also, bei der Toten aus der Elbe handelt es sich um Lilija Girdauskas, geboren 1. Mai 1973 in Riga. Was die Todesursache angeht, tja, wir gehen immer noch von Ertrinken aus, wahrscheinlich infolge eines Schusses aus einer Taserpistole, können das aber aufgrund der wochenlangen Liegezeit im Wasser nicht mit hundertprozentiger Sicherheit bestimmen. Zumindest können Sie die Angehörigen jetzt verständigen.» Alpay bedankte sich für die Informationen und legte auf.

Die Tote aus der Elbe war also nicht Franziska Roicke, die angeblich so sehr von ihrem Mann vermisst wurde, dass der sich mit einer Geliebten über seinen Schmerz hinwegtrösten musste.

«Ich kriege das alles nicht in meinen Kopf.» Franka schlug mit der flachen Hand auf das Autodach. In diesem Moment rief Poppy Bruhns etwas aus dem geöffneten Badezimmer und winkte sie nach oben.

Wenige Augenblicke später betraten sie das Haus. Auch

wenn sich die Beamten bei Durchsuchungen von Privaträumen bemühten, das Chaos in Grenzen zu halten, standen im Wohnzimmer Schranktüren und Schubladen auf. Roicke schoss von seinem Sessel am Fenster hoch. «Und wie lange dauert das hier bitte noch? Was für ein Dreck.» Er vergriff sich im Ton. Seine Nerven lagen blank, vielleicht weil sein Anwalt immer noch nicht aufgetaucht war. «Das Chaos darf ich dann hinterher selbst aufräumen, oder was?»

Alpay ermahnte ihn, sich zu mäßigen, und ging mit Franka in den ersten Stock hinauf. Sophie von Ackern kam ihnen mit zwei Kollegen entgegen. Sie zog die Kapuze ihres Spurensicherungsanzugs vom Kopf.

«Wir machen mal Platz, sonst wird's eng da drin.» Dann händigte sie Alpay und Franka jeweils eine Schutzbrille und einen verpackten Mundschutz aus. «Das Zeug wird zwar verdünnt aufgesprüht, aber reizt trotzdem manchmal Augen und Atemwege.»

Als Alpay, gefolgt von Franka, das weiß gefliese Badezimmer betrat, bemerkte er zuerst das lichtdicht abgeklebte Fenster. Abgesehen vom Equipment der Kollegen, wirkte der Raum unter den Scheinwerfern der Spurensicherung zunächst wie ein normales, etwas zu grell erleuchtetes Badezimmer. Ein scharfer Geruch lag in der Luft.

Bruhns schloss die Tür hinter den beiden, in der anderen Hand hielt er eine Sprühflasche. «Ich habe gerade noch mal alles eingenebelt. Ihr wisst, mit dem Zeug lässt sich getrocknetes Blut selbst auf gewaschenen Klamotten nachweisen.»

«Blutvortests habt ihr gemacht?»

Er nickte. «Und genug Spurenmaterial für eine DNA-Analyse haben wir auch vorher gesammelt.»

Alpay wusste, dass es Haushaltsreiniger gab, wie Schimmelentferner und Hygienereiniger, die auch eine Lumineszenzreaktion zeigten. Um die leuchtenden Blutspuren tatsächlich als solche erkennbar zu machen, mussten zuvor aufwendige Blutvortests durchgeführt werden, bei der eine vermeintliche Blutprobe mit einer speziellen Lösung aufgenommen und mittels eines Abstrichs auf einen Teststreifen gegeben wurde. Fiel der Test positiv aus, handelte es sich um Blut und nicht um Haushaltsreiniger. Mit einer solchen Untersuchung lässt sich auch menschliches Blut von tierischem unterscheiden.

Poppy schaltete zwei Scheinwerfer an, dafür das bisherige Licht aus. Das Bild, das sich Alpay bot, verschlug ihm die Sprache, während Franka ein «Um Himmels willen» herausrutschte. Auf dem weißen Fußboden schimmerte im forensischen Licht eine blau phosphoreszierende Blutlache in der Größe eines Toilettendeckels. In der Badewanne und an der ganzen Wand hinauf bis zur Decke leuchteten Blutspritzer. Als hätte ein Maler mit einem Quast voller Farbe mit dem Arm ausgeholt, war das Blut bis hinauf zur Lampe gespritzt. Was auch immer Franziska Roicke über all die Jahre in ihrer Ehe hatte ertragen müssen, dachte Alpay, das hier musste der Höhepunkt an Grausamkeit gewesen sein, hier hatte sie ihr Ende gefunden.

«Ich möchte, dass ihr eure Aufmerksamkeit einmal auf den Fußboden vor der Tür richtet», sagte Poppy und lenkte Alpays Blick zu dem schwach leuchtenden Abdruck einer rechten Schuhsohle. Etwas versetzt dahinter war eine linke Hacke zu erkennen.

«Ich denke mal, Größe sechsundvierzig», sagte Bruhns, und Alpay erinnerte sich an Roickes nackte Füße, als er ihnen heute Morgen die Haustür geöffnet hatte.

«Kannst du was zum Tathergang sagen?», wollte Franka wissen. Die Stimmung im Raum war gespenstisch.

«Wer so viel Blut verliert, dem müssen heftige Verletzungen zugefügt worden sein. Ich denke mal, das ist mehr als ein Liter Blut. Das schaffst du nur mit einem Messer, wenn dir die Sicherung durchbrennt und du x-mal zustichst. Oder mit einer Axt. Ich glaube aber nicht, dass er die Frau zerlegt hat. Da geht im Affekt oder im Rausch auch mal ein Hieb daneben. Aber hier ist nicht eine Fliese angeschlagen.»

«Kannst du mir schon ein Foto von dem Sohlenabdruck mailen?» Alpay wandte sich von Poppy an Franka. «Dann können die Kollegen noch die Schuhe von Roicke checken. Die sollen alle im Keller zusammentragen. Ich nehme an, der hat gedacht, nach der Tat wischt er einmal ordentlich durch, meldet Franziska als vermisst und gut ist.»

«Wir nehmen Roicke mit», sagte Franka, als Poppy das normale Licht wieder anschaltete. «Diese Spuren hier gehen jetzt weit über einen Anfangsverdacht hinaus.»

Als Roickes Anwalt das Haus betrat, eine große Welle aufgrund der Hausdurchsuchung machte und seinem Mandanten riet, sich zur Sache nicht einzulassen, wurden Roickes Schuhe an ihm vorbei in den Keller getragen. Die Panik, die diese Aktion in ihm auslöste, verpackte er in wütende Pöbeleien.

«Sind Sie bescheuert? Darf ich mal fragen, was Sie mit meinen Schuhen machen? Was ist das hier für eine Sauerei!» Roicke konnte seine kurze Lunte nicht verbergen, und Alpay bekam eine Ahnung davon, wie sehr seine Frau sich Tag für Tag gefürchtet haben musste. Sie überließen den Mann seinem Anwalt und gingen in den Keller hinunter. Wie bei einem Memoryspiel versuchte Alpay zusammen mit Franka, den blutigen

Sohlenabdruck einem der zwölf Paar Schuhe zuzuordnen. Die teuren Schnürschuhe mit Ledersohle schieden ebenso aus wie die grauen Hausschuhe mit Korksohle oder die dunkelblauen Freizeitschuhe mit hellem Sand unter der Sohle. Schließlich verpackte Alpay zwei Paar Sneaker in einem Asservatenbeutel, deren Profile auf den ersten Blick zu den Abdrücken im Badezimmer passten. Dann gingen sie wieder nach oben.

Hatte Alpay in früheren Zeiten auf Frankas Go gewartet, verständigte er sich nach drei Jahren enger Zusammenarbeit nur noch mit einem Blick mit ihr. «Herr Roicke», kam Alpay direkt zum Punkt. «Aufgrund des dringenden Tatverdachts gegen Sie, Ihre Ehefrau Franziska getötet zu haben oder an der Tat beteiligt gewesen zu sein, nehmen wir Sie vorläufig fest. Sie haben das Recht …»

Roicke flippte aus und unterbrach Alpays Belehrung. «Sie sind doch nicht ganz dicht, Mann. Ohne einen Haftbefehl, oder was?»

Während der Anwalt seinem Mandanten die rechtliche Grundlage erklärte, auf der ihn die Polizei in Untersuchungshaft nahm, pumpte er sich aggressiv auf, fuchtelte immer wieder wild mit den Armen und hielt die ganze Sache für eine lächerliche Aktion, die sich bald aufklären würde. Vor Wut trat er gegen einen herumstehenden Karton. Roicke war zwar gut einen Kopf größer als Alpay, aber schon auf der Polizeischule war er einer der sportlichsten Anwärter gewesen. Blitzschnell umfasste er den rechten Unterarm des Mannes, drehte ihn auf den Rücken und drückte den Bauingenieur nach vorne gegen die Schrankwand. Das Überraschungsmoment zählte. Die Handschellen zu schließen – da war Alpay weit von Neutralität entfernt –, empfand er in diesem Fall als Genugtuung.

17 Mittwoch, 5. November, abends

Langsam kroch ihr die feuchte Herbstluft in den Kragen, und die Kälte zog von unten durch die dünne Sitzfläche des Rollstuhls. Einzig der Hund auf ihrem Schoß spendete ihr etwas Wärme. Seit knapp einer halben Stunde, mittlerweile war es 18.16 Uhr geworden, saß sie nun neben einer kaputten Parkbank in dem verwilderten kleinen Grünstreifen im Münzviertel, das sich vom Museum für Kunst und Gewerbe am Hauptbahnhof bis hinunter zum Nagelsweg und zur Spaldingstraße erstreckte.

Der Herbst hatte den Blick durch die Bäume freigegeben, hinüber zum Rotklinkergebäude, in dem sich das Büro der kleinen Kirchengemeinde Sankt Abundus befand. Um sich besser vor Dealerei, Prostitution und den Junkies zu schützen, die vom Drob Inn am August-Bebel-Park hinunter ins Viertel schwappten, hatte man vor einigen Jahren einen fast zwei Meter hohen eisernen Zaun um das Gelände der Kirche errichtet. An ihm hatte man Schilder aufgehängt, die wegen der Renovierungsarbeiten im Inneren der Kirche auf eingeschränkte Gottesdienst- und Beichtzeiten hinwiesen.

Im Kirchenbüro wurde nun das Licht gelöscht. Ihr Blick wanderte zum Eingang des Gebäudes. Dabei bemerkte sie ihren ansteigenden Puls und die einsetzende Euphorie, die sie jedes Mal empfand, wenn die Jagd begann. Vielleicht war sie keinen Deut besser als die Junkies, die in diesem Grünstreifen unter

Plastikplanen Zuflucht suchten, dachte sie. Hielten die sich durch den Konsum von Crack und Heroin für unbesiegbar, vermittelte ihr das Töten ein Hochgefühl. Und wie die Einnahme harter Drogen, bei der sich die Gier nach dem nächsten Rausch in immer kürzeren Abständen meldete, empfand auch sie nach jeder ihrer Taten ein immer schneller wiederkehrendes Verlangen. Hatte sie zwischen den ersten Morden noch einige Wochen verstreichen lassen, hatte der Wille nach der nächsten guten Tat die Schlagzahl erhöht.

Nachdem sie den Lieferwagen in den frühen Morgenstunden mit einem beherzten Tritt auf das Gaspedal aus der Böschung zurück auf die Landstraße befördert hatte, war sie zum ersten Mal nicht wie gewohnt zum Parkplatz unterhalb der Schleuse in Geesthacht gefahren. Dieser Ort erschien ihr nicht mehr sicher. Weil sie längst damit rechnete, dass die Polizei ermittelte, hatte sie weit im Westen Hamburgs, abseits des luxuriösen Altenheims am Museumshafen von Övelgönne geparkt. Perfekter hätte ihre Tarnung gar nicht ausfallen können. Vermutlich hatte sie wie eine Angehörige ausgesehen, die ihren Vater zu sehr früher Stunde im Rollstuhl spazieren fuhr. Es hatte ihr einen Kick gegeben, den Alten zügig bis zum Ende des Stegs zu schieben, wo sie an der Kante abrupt stehen geblieben war und die Griffe des Rollstuhls fest in den Händen gehalten hatte. Wie eine Fuhre heimlich verklappter Müll war er nach vorne ins Wasser gekippt und strudelnd von der Elbe verschluckt worden. Das Herz hatte ihr vor Aufregung bis zum Hals geschlagen, aber die Genugtuung, die sein Fall ins Wasser in ihr ausgelöst hatte, war das Risiko wert gewesen. Da das Hochwasser der Elbe nun seinen Scheitelpunkt erreicht hatte, würde der Körper mit dem ablaufenden Wasser Richtung Nordsee treiben.

Immer noch hielt sie ihren Blick konzentriert auf den Eingang des Gemeindehauses gerichtet. Sie spürte die Zunge an ihrem trockenen Gaumen kleben und bemerkte den kalten Schweiß, der ihr auf die Stirn trat. Komm schon, mach hinne, dachte sie.

Irgendwo im Park krakeelte eine Frau. Vielleicht war der Stoff gestreckt gewesen, den sie inhaliert, durch die Nase gezogen oder gespritzt hatte. Vielleicht hatte die Wirkung aber auch gerade nachgelassen.

Das Licht im Kirchenbüro ging wieder an. Ihre Vorfreude wurde auf eine harte Probe gestellt.

Sie war so konzentriert, dass sie erschrak, als aus dem Halbdunkel der Grünanlage plötzlich eine Gestalt auftauchte. Mit kleinen schlurfenden Schritten näherte sich ein junger Mann. Der Geruch von Kot und Urin zog ihr in die Nase.

Die Hose des Jungen war ihm unter die hervorstehenden Beckenknochen gerutscht. Er war schwer zu schätzen, aber vermutlich noch keine dreißig Jahre alt. Sein Bauch ausgemergelt und fleckig, ließ er sich wie ein gebrechlicher alter Mann auf der Bank nieder, neben der sie in ihrem Rollstuhl saß. Mit zitternden Händen zog er ein Briefchen Alufolie aus seiner Jackentasche. Bitte nicht, dachte sie, als er auch noch einen Löffel und eine Spritze auspackte. Müsste sie seinetwegen etwa die ganze Sache hier abblasen?

«Willst du auch?», fragte er und lächelte mit abgebrochenen gelben Zähnen. «Ich habe heute Geburtstag. Glaube ich zumindest. Komm, ich lad dich ein.» Er bog das Briefchen Alufolie auseinander und ließ das Pulver vorsichtig auf den Löffel rieseln, den er auf die Bank gelegt hatte.

«Danke», sagte sie ablehnend und hoffte, dass er ihr nicht die

Jagd versaute. Immer noch brannte das Licht drüben im Gemeindebüro.

«Hab dich jetzt schon öfter gesehen. Pennst du hier irgendwo?» Sie wusste, dass er ihr nichts tun würde und in seinem erbarmungswürdigen Zustand dazu auch gar nicht in der Lage gewesen wäre. Als der Junge den linken Ärmel seiner Jacke hochschob, wandte sie den Blick ab und schaute zu den erleuchteten Fenstern auf der anderen Seite des kleinen Parks. Sie hörte ein Feuerzeug zippen, irgendwo hupte ein Auto, dann stöhnte der junge Mann neben ihr auf. Eine unfassbare Erleichterung schien seinen ausgezehrten Körper zu erfassen. Dabei hatte der arme Kerl nur seine Angst mit einer trügerischen Dosis Euphorie betäubt.

Sie beobachtete, wie er die Augen schloss und den Kopf in den Nacken legte, unfähig, vorher noch die Gummischlaufe um den abgebundenen Arm zu lösen. Dann rutschte er langsam zur Seite weg und kauerte sich auf die Parkbank, wobei nicht nur das Fixerbesteck zu Boden fiel, sondern auch eine Menge Kleingeld aus seinen Hosentaschen, das er sich vermutlich erbettelt hatte. Sie wusste, sie konnte nichts weiter für ihn tun, als die Münzen aufzusammeln und zurück in seine Tasche zu stecken. Dann löste sie das Gummiband um seinen Arm mit der zerstochenen Beuge. Seine Lider flatterten.

«Ich bin heute dreiundzwanzig geworden», sagte der Junge leise. «Oder zweiundzwanzig.» Dann ging er auf die erste Etappe seines Trips.

Im Einkaufsnetz ihres Rollstuhls lag neben der geladenen Taserpistole auch noch eine halbe Stulle mit Schinken und Gurke, die ihr letzte Nacht der Taxifahrer aufgezwungen hatte. Die andere Hälfte hatte sie bereits an ihre vierbeinige Begleiterin verfüttert.

«Alles Gute zum Geburtstag», sagte sie sanft, steckte dem jungen Mann das belegte Brot in die Jackentasche und strich ihm eine Haarsträhne aus dem Gesicht.

Dann endlich. Im Schein der Laterne trat Barbara Hänel gemeinsam mit dem Hausmeister aus der Tür des Gemeindebüros, und während der Mann das Gelände verließ, ging Hänel über den beleuchteten Kirchenvorplatz zu ihrem Fahrrad. Ihr dunkler Faltenrock und die Ballerinas hatten schon vor dreißig Jahren eher wie eine Uniform gewirkt. Erst als sie ihren Korb auf den Gepäckträger klemmte, bemerkte sie den platten Reifen.

Die Jagd war eröffnet.

Um am Hauptbahnhof in die U3 Richtung Hoheluftbrücke zu steigen, würde Hänel vermutlich die Abkürzung durch die Grünanlage nehmen. Sie war schon früher hart im Nehmen gewesen und so war auf die Frau auch jetzt noch Verlass. Denn wenige Minuten später betrat sie den kleinen Park, durch den sich um diese Uhrzeit kaum noch ein normaler Mensch wagte. Doch die Frau war schon immer unerschrocken gewesen, und auch kurz vor ihrer Pensionierung verlor sie anscheinend den eigenen Vorteil nie aus den Augen. Engagierte sich Hänel offiziell in der Betreuung von Obdachlosen, ließ sie die vor dem Zaun der Kirche herumlungernden Männer und Frauen regelmäßig vom Hausmeister vertreiben. Jetzt wollte sie anscheinend nur die nächste U-Bahn erwischen.

Sie saß in ihrem Rollstuhl und befühlte den kühlen Griff der Taserpistole, als die Frau den Weg durch die Grünanlage einschlug. Der Rausch des Junkies auf der Parkbank verlieh der ganzen Szenerie eine traurige Tarnung.

Anscheinend spürte auch der Hund, dass jetzt nichts schiefgehen durfte. Er hob die Rute, und seine Nackenhaare stellten sich zur Bürste auf.

«Entschuldigung», sagte sie in ihrem Rollstuhl vornübergebeugt, als Hänel vorbeiging. «Mein Hundi und ich haben Hunger. Haben Sie vielleicht etwas Kleingeld?»

«Scher dich zum Teufel», zischte die Frau und blieb vor dem Rollstuhl stehen. «Ich habe es so satt, wie ihr hier überall im Viertel herumlungert. Tja, das haben wir den feinen Herren vom Senat zu verdanken», Hänel deutete auf den Jungen auf der Parkbank, «dass sich im Münzviertel der Abschaum der Hansestadt versammelt. Aber eins sage ich dir, mein Mädchen …»

Mit jeder weiteren Beschimpfung entlarvte Barbara Hänel ihre wahre Gesinnung. Jede Tirade gegen die missglückte Drogenpolitik des Senats zielte in Wirklichkeit ab auf die schwer abhängigen Männer und Frauen, die schon so oft verscheucht worden waren.

«Warum fällt von euch eigentlich nicht mal jemand auf die Bahngleise», sagte die Hänel, dann stutzte sie. «Nanu. Dich kenn ich doch …» Sie tippte sich mit dem Zeigefinger ans Kinn. «Von irgendwoher kenne ich …»

Und noch bevor der Groschen gefallen war, zischten ihr auch schon die beiden Projektile der Pistole aus kurzer Distanz von unten in den Hals. Sie kam nicht mal mehr dazu, sich an die Stelle zu fassen, an der die Widerhaken sich durch die Haut gebohrt hatten. Stattdessen riss sie nur die Augen weit auf. Durch die elektrische Spannung, die ihr mit achtzehn Impulsen in der Sekunde durch den Körper jagte, zitterte sie wie Espenlaub, während der junge Mann ausgerechnet jetzt unbeholfen auf der Bank den Kopf hob. Er schielte unter flatternden Lidern. Und während Barbara Hänel sich nicht mehr auf den Füßen halten konnte und vor der Bank zu Boden stürzte, lächelte er. «Ich habe die alte Kuh nie gemocht.» Dann dämmerte er zurück in die Waagerechte.

Sie musste sich beeilen. Flink sprang sie aus dem Rollstuhl, fesselte der Frau blitzschnell Hände und Füße mit Kabelbindern, wobei sie die Projektile des Tasers im Hals stecken ließ. Auch bei ihr konnte man nicht sicher sein, dass sie nicht noch eine zweite Ladung benötigte. Mit ganzer Kraft wuchtete sie die Frau in den Rollstuhl, die stöhnte, als sie unter dem geöffneten Schlafsack versank.

Mit einem Blick hatte sie den Park gescannt. Niemand hatte von dem Vorfall Notiz genommen, und das Geburtstagskind würde sich hoffentlich an nichts erinnern, wenn es nach seinem Drogenrausch wieder zu sich kam. Zügig schob sie den Rollstuhl zum Ausgang der kleinen Grünanlage und blieb abrupt stehen. Wo war denn ihr kleiner vierbeiniger Begleiter abgeblieben?

18 Mittwoch, 5. November, abends

B itte rufen Sie mich zurück, Kristine. Ich würde mich gerne morgen noch einmal mit Ihnen treffen. Wir haben noch einige Fragen.» Franka beendete die Nachricht auf der Mailbox der Studentin mit einer Notlüge. Dass man die Tote aus der Elbe zweifelsfrei als ihre Mutter identifiziert hatte, würde sie der jungen Frau ganz sicher weder über die Mailbox noch in einem Telefonat überbringen. Egal wie hektisch Frankas Arbeitsalltag auch war, Todesnachrichten überbrachte sie seit jeher persönlich.

«Wir haben das Tablet geknackt.» Der IT-Forensiker von der KTU lehnte im Türrahmen, als sich Franka gerade zu Alpay stellen wollte, der das Whiteboard mit den drei vermissten Frauen betrachtete. «Das Gerät ist eindeutig Franziska Roicke zuzuordnen», führte Matze aus. «Alle Daten hochgeladen in die Cloud. Morgen früh habt ihr einen Überblick über E-Mails und WhatsApp-Nachrichten. Die Fotogalerie kann ich euch gleich überspielen. Gib mir fünf Minuten. Ich schick euch einen Link.»

«Danke», sagte Franka, als das Festnetztelefon auf ihrem Schreibtisch klingelte, neben dem zwei Tagebücher von Franziska Roicke lagen. Die Fassade ihres gepflegten Eigenheims passte so gar nicht zu einem Leben, das für die Frau im letzten Jahr zur Hölle geworden war. Bei der Hausdurchsuchung hatte man ihre handschriftlichen Aufzeichnungen in den Küchenschränken gut versteckt hinter Mehl, Zucker und Backpulver gefunden. Seit dem Nachmittag überschlugen sich die Ereignisse.

«Erdmann.» Franka schaltete den Lautsprecher ein und sah, dass es bereits 20.45 Uhr war.

«Julian Forster, Staatsanwaltschaft Hamburg. Guten Abend.» Im Hintergrund räusperte sich jemand. Vielleicht, dachte Franka, saß seine Chefin Monika Moro neben dem Juristen. Alpays skeptischem Blick nach zu urteilen, hatte er anscheinend denselben Gedanken. «Herr Roicke hat vor dem Ermittlungsrichter keine Angaben gemacht», sagte Forster.

«Überrascht mich nicht.» Sie setzte sich zurück auf ihren Bürostuhl und krickelte mit einem Kuli auf einem Stück Papier. Manchmal konnte sie sich so besser konzentrieren. «Sein Anwalt hat ihm ja schon bei der Hausdurchsuchung am Nachmittag abgeraten, sich zur Sache einzulassen. Der Haftbefehl ist aber ergangen, nehme ich an?»

«Der Richter hat meinen Entwurf so übernommen, ja. Wir gehen allerdings davon aus, dass Roickes Anwalt Beschwerde gegen die Untersuchungshaft einlegen wird.»

Franka sah zu Alpay hinüber, der gegen die Fensterbank gelehnt stand und die Augen verdrehte.

«Frau Erdmann», fuhr er fort. «Wenn Roickes Rechtsbeistand Akteneinsicht verlangt, sollten besser alle Tatvorwürfe und Beweismittel darin eingeflossen sein.»

Am liebsten hätte Franka sich direkt an Forster vorbei an Monika Moro gewandt und gefragt, für wie naiv sie Franka und Alpay eigentlich hielt. Doch auch zu später Stunde blieb sie professionell freundlich.

«Was ist mit den Ergebnissen der Technik?», hakte Forster nach.

«Die Autos der Roickes werden im Moment untersucht. Und die IT-Forensik hat eben das Tablet der Frau geknackt.» Franka rieb sich die brennenden Augen. «Das Handy ihres Mannes haben die Kollegen bereits ausgelesen. Natürlich ist Sabine Achilles *nicht* seine Physiotherapeutin. Die beiden haben seit sechs Monaten eine ziemlich heftige Affäre. Einige der Chats sind jedenfalls nicht ganz jugendfrei. Morgen sind wir schlauer. Was wir aber jetzt schon mit Sicherheit wissen, ist, dass das Blut und die ausgerissenen Haare aus dem Badezimmer zweifelsfrei von Franziska stammen. Die Frau hat so viel Blut verloren, wir gehen davon aus, dass sie vor Ort verstorben ist.»

«Aber bei der Leiche von Freitag handelt es sich nicht um Frau Roicke?»

«Richtig.» Nun massierte sich Franka die Schläfen. «Laut Rechtsmedizin haben wir am Freitag die am 3. Oktober verschwundene Lilija Girdauskas im Schilf geborgen. Wir überprüfen gerade, ob es einen Zusammenhang zwischen den drei vermissten Frauen gibt, die alle innerhalb weniger Wochen verschwunden sind.» Franka schaute zum Whiteboard hinüber, auf dem Alpay Verbindungen zwischen Lilija Girdauskas und Melanie Lilienberg eingetragen hatte. «Morgen werden wir die Lebensläufe der drei Frauen nebeneinanderlegen und systematisch nach Überschneidungen suchen.» Franka baute auf die Daten aus Franziskas Tablet.

«Gut, Frau Erdmann. Dann danke ich Ihnen bis hierher. Gute Nacht.»

«Wiederhören.»

Bevor der Staatsanwalt auflegte, klang es aus dem Lautsprecher, als würden Murmeln über seine Schreibtischplatte rollen – oder als sei jemandem eine Perlenkette gerissen.

«Warum ruft die Moro nicht gleich selbst an?» Alpay schüttelte verständnislos den Kopf, während Franka ihre Lesebrille vor sich auf den Schreibtisch warf.

«Wir brauchen dringend mehr Leute …» Sie rieb sich erneut die Augen. Dann schaute sie zu dem Wort EHEPROBLEME auf dem Whiteboard, das sie neben Franziskas Namen geschrieben hatte. «Mit dieser Frau Dr. Muchow müssen wir auch noch mal reden.» Franka öffnete am Computer den Link zu den Bildern von Franziskas Tablet. Als Erstes sah sie ein Selfie von Franziska, dem Hintergrund nach zu urteilen aufgenommen in ihrem Wohnzimmer. Die Frau hatte nicht nur eine geschwollene Lippe, sondern auch ein blaues rechtes Auge. Laut Metadaten war das Foto am 21. September um 22.48 Uhr aufgenommen worden, also vier Tage vor ihrem Verschwinden. Hatte Franka nicht vorhin etwas in Franziskas Aufzeichnungen gelesen, was dazu passte? Sie blätterte in einem der beiden Tagebücher und fand einen entsprechenden Eintrag vom 22. September. Während Franka daraus vorlas, leuchtete das übel zugerichtete Gesicht der Frau auf dem Computerbildschirm: «… *hatte Richard gestern lediglich gebeten, sich mit dieser Frau nicht mehr bei uns zu Hause zu treffen. Hat mich daraufhin als frigide Schlampe beschimpft. Musste weinen, was ihn so wütend gemacht hat, dass ich mir eine gefangen hab. Bin über den Staubsauger gestolpert und auf den Wohnzimmertisch gefallen. Der Herrgott steh mir bei. Richard hält mein ‹Geheule› nicht mehr aus und wünscht sich, ich wäre tot. Habe Angst. Er ist so voller Hass. Was habe ich getan? Gisela hat angerufen, mich zum Essen eingeladen. Lichtblick in drei Tagen.*»

«Scheiße», sagte Alpay. «Warum hält eine Frau das aus?»

Franka schaute irritiert auf. Gerade bei Alpay hätte sie angenommen, dass er die vielfältigen Gründe dafür kannte. Er war jung und empathisch, begriff zudem komplexe psychologische Mechanismen.

«Guck nicht so. Das war eine rhetorische Frage», sagte er. «Natürlich weiß ich, dass viele hoffen, die Gewalt hört auf, aber nicht die Beziehung. Scham, wirtschaftliche Abhängigkeit oder die Angst vor noch mehr Gewalt und so.»

Franka nickte. «Und im Fall von Franziska wissen wir durch ihre Therapeutin, dass sie sich generell im Leben sehr passiv und unterwürfig verhalten hat.» Franka klappte das Tagebuch zu. «Machst du bitte mal eine Notiz? Ich will, dass sich jemand mit der Freundin unterhält, dieser Gisela.»

«Ich klebe Ina ein Post-it auf ihren Computer», sagte Alpay und schrieb eine Notiz. Franka unterdrückte ein Gähnen. «Und ich will mit Richard Roicke sprechen.»

«Aber er nicht mir uns.»

«Was hat der Mann mit der Leiche seiner Frau gemacht.» Franka rieb sich die Augen und stützte sich mit beiden Händen auf dem Schreibtisch ab. «Ach, Scheiße.»

«Komm, wir machen Schluss», sagte Alpay und zog seinen Parka an. «Ich weiß nicht, wie es dir geht, aber ich kann kaum noch klar denken. Wir sind seit zwölf Stunden im Dienst.»

Sie lehnte sich in ihrem Bürostuhl zurück und atmete tief durch. So vieles, was ihr gleichzeitig durch den Kopf ging.

«Na los.»

Vielleicht hatte er recht. Oft fiel es ihr schwer, einen Schlussstrich unter den Tag zu ziehen, auch wenn sie wusste, dass es manchmal einfach mehr Sinn machte, eine Nacht über die Dinge zu schlafen. Der morgige Tag würde nicht weniger anstrengend werden. Gerade weil die Leiche von Franziska Roicke fehlte, musste die Indizienkette lückenlos sein. Franka schielte kurz zu ihrem Klappbett hinter der Tür hinüber. Für lange Ermittlungsnächte hatte sie vorgesorgt.

«Denk nicht mal dran», sagte Alpay und nahm ihre Lederjacke vom Garderobenhaken. Ergeben ließ sie sich von ihm hineinhelfen. Dann schaltete sie das Licht auf dem Schreibtisch aus und verließ gemeinsam mit ihm die Abteilung durch das Großraumbüro, in dem sich Ina Reitzenbach und Marcel für die Nachtschicht mit einer Kanne Kaffee rüsteten.

«Soll ich dich nach Hause fahren?», fragte Alpay und griff statt nach seinem Fahrradhelm nach dem Schlüssel des Dienstwagens. Wie nett, dachte sie. Er hatte sich also gemerkt, dass ihr Nissan am Morgen nicht angesprungen war.

«Das würdest du tun?»

«Klar, ist doch keine große Sache.»

Als sie über den Flur zu den Fahrstühlen gingen, überkam sie eine Ahnung. «Wenn du allerdings glaubst, mich auf der Fahrt wegen Martins Nachfolge bequatschen zu können», Franka drückte auf den Fahrstuhlknopf, «nehme ich die U-Bahn.»

«Frau Erdmann?» Ina Reitzenbach winkte am Ende des Flurs mit einem Telefon in der geöffneten Bürotür. «Ich meine, Sie haben Feierabend, aber Frau van Ackern ist dran. An den Landungsbrücken wurde eine Frauenleiche aus dem Wasser gezogen.»

#

Bei der Menschentraube, die sich um 23.00 Uhr hinter der Polizeiabsperrung an Brücke 1 gebildet hatte, handelte es sich neben den üblichen Schaulustigen um eine Gruppe Touristen, geschockte Mitarbeitende einer Firma aus Nordrhein-Westfalen, die ihren Betriebsausflug nach Hamburg machten. Wie Alpay fand, stand ihnen das Entsetzen noch ins Gesicht geschrieben. Laut Sophie van Ackerns Briefing hatten sie eine Musicalaufführung auf der anderen Elbseite besucht. Nach der Vorstellung waren sie mit einer Barkasse zurück an die Landungsbrücken gebracht worden, als jemand im Scheinwerferlicht vom Bug aus den toten Körper in der Fahrrinne der Elbe entdeckt hatte.

Sophie zog sich ihre eingerissenen Gummihandschuhe aus und nahm eine Taschenlampe aus einem Untersuchungskoffer.

«Die Wasserschutzpolizei ist ausgerückt und hat die Tote mit Netzen geborgen. Wie die Frau aus der Borghorster Elbmarsch hat auch dieser Körper ziemlich lange im Wasser gelegen.»

Alpay hoffte insgeheim, dass es sich dabei um Melanie Lilienberg oder um Franziska Roicke handelte und nicht etwa um eine weitere Vermisste, die noch gar nicht vom System der Polizei erfasst worden war.

«Hat man Papiere bei der Leiche gefunden?» Franka stellte den Kragen ihrer Lederjacke auf. Hier am Wasser bog der Wind scharf um die Ecken. Müde sah sie aus, dachte Alpay.

«Leider nein. Aber es gibt trotzdem *gute* Nachrichten.» Sophie hatte gestisch Gänsefüßchen in die Luft gesetzt. «Aller Wahrscheinlichkeit nach handelt es sich um Melanie Lilienberg.» Sie reichte Alpay ein durchsichtiges Asservatentütchen.

«Der Ehering?»

Sophie nickte. «Eingraviert sind der Name Markus und dann ein Datum von vor vierzehn Jahren. Ich brauchte eine Menge Vaseline, um das Teil vom Finger zu ziehen. Sind doch recht aufgedunsen. Aber auch wenn Fäulnis und Waschhaut auch hier weit fortgeschritten sind, ist das Gesicht noch erkennbar.»

Sie deutete zu dem Leichenwagen, der am Zugang des Pontons geparkt hatte. Sophie drückte Alpay die Taschenlampe in die Hand, während sie sich ein neues Paar Einweghandschuhe anzog und zum Wagen des Bestatters voranging. «Wahrscheinlich hätte das auch bis morgen warten können, aber ich kenne euch beide.» Sie blieb abwartend stehen. Alpay wusste nicht, ob sie Applaus erwartete.

«Frau van Ackern», sagte Franka, ohne eine Miene zu verziehen. «Der Kollege und ich sind seit über zwölf Stunden auf den Beinen, ich wäre Ihnen dankbar, wenn Sie die Spannung so gering wie möglich halten.» Franka klopfte an die Fensterscheibe des Leichenwagens und gab dem Mann auf dem Fahrersitz zu verstehen, ihnen die hintere Tür zu öffnen. Einen Moment später zog er einen Metallsarg über die Schiene bis zur Arretierung und entriegelte den Deckel. Bevor er ihn aufklappte, murmelte er noch eine Warnung.

Ein graues, aufgedunsenes Gesicht, die Augen geschlossen, die blonden Haare verfilzt im Nacken, lag eine Gestalt vor ihnen in der Wanne, die auf Alpay in der Beleuchtung der Heckklappe von Konsistenz und Farbe wie aus Fensterkitt modelliert wirkte.

«Lilienberg», sagte er fast zeitgleich mit Franka. «Das ist tatsächlich die Frau aus Niedersachsen», schob er an Sophie gewandt hinterher. Wie oft hatten sie sich in den letzten sechs Tagen die Fotos der vermissten Frauen angeschaut.

Sophie nahm ihm die Taschenlampe ab und schaltete sie an. «Ich habe die Akte aus der Rechtsmedizin zu der Toten aus der Borghorster Elbmarsch gelesen. Mit dem Haken im Hals.» Sie leuchtete auf die Wasserleiche vor ihnen.

«Schaut mal. Deshalb habe ich euch gerufen.» Mit der anderen Hand drehte sie nun den Kopf der Leiche ein Stück auf die rechte Seite. Etwas braune Flüssigkeit tropfte aus der Nase. «Seht ihr das?» Sophie leuchtete auf zwei kleine Punkte unterhalb des linken Ohres. Franka setzte ihre Lesebrille auf, und Alpay konnte nicht glauben, wie nah sie sich zu der Leiche in den Sarg beugte. Dann fotografierte sie die entsprechende Stelle mit ihrem Smartphone mit Zoom und Blitz und zeigte ihm die Aufnahme. Zu sehen waren zwei runde Verfärbungen. Selbst unter dem stark veränderten Gewebe waren um die kleinen Löcher herum Hämatome erkennbar. Die Ränder um die Verletzungen wirkten in der Vergrößerung ausgefranst.

«Morgen früh will ich das gesamte Team im Konferenzraum sehen», sagte Franka entschlossen. Sie atmete durch, und Alpay folgte ihrem Blick über die Elbe, wo auf der gegenüberliegenden Uferseite die gelben Lichter des Hafens funkelten. Wie für Touristen bestellt, war aus der Entfernung ein Schiffshorn zu hören. «Zwei tote Frauen, wahrscheinlich ertrunken, zuvor mit einem Taserschuss in den Hals betäubt. Nein, ganz sicher kein Zufall.»

«Meinen Sie, Richard Roicke hat nicht nur seine Frau getötet?» Sophie schaltete ihre Taschenlampe wieder aus.

«Seien Sie sicher, wir finden das heraus.» Franka bedankte sich knapp und ging eiligen Schrittes zum Dienstwagen zurück. Immer wieder verblüffte sie Alpay, wenn jegliche Müdigkeit von jetzt auf gleich aus ihrem Gesicht verschwand, weil ihr Jagdinstinkt erwachte. Auch wenn er sie mit dem Thema zu nerven schien, aber für Alpay war Franka Erdmann die Einzige, die Martins Chefsessel verdiente.

19 Hamburg, 1994, Frühling

Gibst du mir mal eine Reißzwecke?» Bettys Mutter stand auf der kippligen Leiter im Eingangsbereich der kleinen Kirche im Münzviertel und hielt die rote Girlande mit den bunten Ostereiern aus Pappmaché fest in der Hand. Zusammen mit der Jugendgruppe der Gemeinde dekorierte sie den Raum mit Dingen, die sie in den letzten Wochen mit der Kinder- und Jugendgruppe gebastelt hatte. Das kleine Schaufenster, in dem der Gottesdienstkalender über die Frühmessen und Rosenkranzgebete informierte, hatte Betty gemeinsam mit Enno und Jenny schon mit Hasen aus buntem Filz verziert.

«Sieht ein bisschen ungeil aus. Findet ihr nicht? Wie Kindergarten», sagte Enno, als er mit Dekomaterial in den Armen an ihnen vorbeiging und die bunte Eier-Girlande betrachtete. Er war schon vierzehn, und ein wenig dunkler Flaum stand ihm auf der Oberlippe.

«Enno, bitte», mahnte Bettys Mutter. Betty wusste, wie sehr sie das Wort *geil* hasste. «Für dieses schreckliche Wort müsstest du eigentlich zehn Rosenkränze beten.»

«Zum Glück sind Sie nicht meine Mutter», sagte er unbeeindruckt und verschwand durch die beiden schweren Schwingtüren aus Holz in die Kirche. Irgendwie war das Betty peinlich. Sie mochte Enno. Sie mochte aber auch ihre Mutter, die von der Leiter herunterstieg und nun ihr Werk von unten betrachtete.

«Ich weiß gar nicht, was er hat. Wenn wir jetzt noch einige blühende Forsythienzweige in den großen Glasvasen aufstellen, die im Raum vom Kommunionsunterricht vor sich hin stauben, dann sieht das doch wie im letzten Jahr aus.»

Aus dem Altarraum war Gelächter zu hören. Gleich darauf ermahnte eine Stimme in der Kirche streng zur Ruhe.

«Ach, ich bin mal gespannt, was das gibt», sagte die Mutter mit neugierigem Blick auf den Stapel der aktuellen Ausgabe der *Neuen Kirchenzeitung*, die in einem Drahtkorb neben dem Ausgang lag. Die Schlagzeile lautete *Es wächst zusammen, was zusammengehört.*

«Mit der Wiedervereinigung?» Mit dreizehn Jahren hatte auch Betty begriffen, dass sie Onkel Manfred und Tante Ada in Dresden mittlerweile auch ohne vorher beantragte Einreise und Geldumtausch besuchen konnten.

Bettys Mum nickte bestätigend. «Deswegen sortiert man im Moment die ganzen Bistümer neu. Stell dir das mal vor. Vielleicht heißt es bald Erzbistum und Kirchenprovinz Hamburg.» Sie bekreuzigte sich, und Betty war jedes Mal beeindruckt, wie ernst die Mutter das Leben in der Gemeinde nahm.

Plötzlich öffnete sich die Flügeltür, und Barbara Hänel steckte den Kopf heraus. Prüfend betrachtete sie die Girlande aus Ostereiern. Doch an ihrem Gesichtsausdruck konnte Betty nicht ablesen, ob ihr die Dekoration nun gefiel oder nicht, jedenfalls sagte sie kein Wort dazu.

«Bettina, der Diakon legt gleich die Einteilung für den Gottesdienst morgen fest», sagte sie, und Betty verschwand in den Altarraum. Dabei hörte sie Hänel noch zu ihrer Mutter sagen, dass sie Enno tatsächlich recht geben müsse. Die Dekoration sehe sehr infantil aus, und dem Herrn Weiß würde das ganz sicher auch nicht gefallen. Betty blieb hinter der Tür stehen, um zu lauschen.

«Aber das sieht doch nicht anders aus als im letzten Jahr.» Bettys Mutter blieb freundlich. So freundlich, wie wenn sie Betty und ihre Geschwister von etwas Unliebsamem zu überzeugen versuchte.

«Ein bisschen armselig.» Barbara Hänel war in ihrem Urteil wenig diplomatisch. «Ich habe das im letzten Jahr viel, viel üppiger gehängt.»

«Was ist eigentlich Ihr Problem?», entgegnete Bettys Mutter nun einen Hauch weniger freundlich. «Also, Ihr Problem mit mir?»

«Was soll ich denn für ein Problem mit Ihnen haben?» Barbara Hänel lachte gekünstelt. «Grundgütiger. Nein, nein. Jetzt nehmen Sie sich mal nicht so wichtig. Nur weil der Diakon in diesem Jahr *Sie* mit der Deko beauftragt hat.»

Schon wieder schien ihre arme Mutter zur Zielscheibe von Frau Hänel geworden zu sein. Die Sekretärin hatte vor einigen Wochen in der Gemeinde breitgetreten, dass Bettys Mum den Dienst im Altenheim vergessen hatte.

«Passen Sie auf, Frau Hänel», sagte Bettys Mutter. «Das ist ja so eine Sache mit dem Herrn Weiß», belauschte Betty das Gespräch. «Der ist ja nun mit Gott verheiratet. Und ich denke mal, Sie, liebe Frau Hänel, mögen den sehr gerne, also den Herrn Weiß. Und weil der Herr Weiß immer sehr freundlich zu *mir* ist ...»

Betty erinnerte sich, wie sie Mums Freundin Moni mal hatte sagen hören, dass Barbara Hänel auf jede Frau stutenbissig reagiere, die von Peter Weiß freundlich und zuvorkommend behandelt wurde. Er sah nicht unbedingt gut aus, wie Moni gesagt hatte, verfügte aber angeblich über eine Menge Charme. Viele Frauen gehörten heimlich zu seinem Fanclub. Doch dass der Herr Weiß dem lieben Gott gehörte, war wohl für Frau Hänel schwer auszuhalten. Vor zwei Jahren war er als hauptberuflicher Diakon nach Hamburg gezogen, weil er vom Bischof den Auftrag erhalten hatte, sich in dieser Gemeinde besonders um die Alten in den Heimen zu kümmern, und dort engagierte sich Bettys Mutter eben sehr stark, was Barbara Hänel wohl auch ein Dorn im Auge zu sein schien.

«So einen Blödsinn habe ich ja noch nie gehört», ereiferte sich die Hänel hinter der Tür in Bettys Rücken. «Das ist ja infam. Bodenlos. Das muss ich mir ausgerechnet von Ihnen nicht sagen lassen.»

«So war das doch gar nicht gemeint, Frau Hänel», versuchte Bettys Mutter die Sekretärin zu beschwichtigen, doch es schien, als sei das bereits poröse Band zwischen den beiden Frauen endgültig zerrissen.

«Diese Unterstellung werden Sie noch bitter bereuen, das verspreche ich Ihnen.» Nach Hänels Drohung konnte Betty gerade noch unbemerkt einen Schritt zur Seite treten, als die Hänel zurück in die Kirche rauschte. Weil die Türen hin und her schwangen, hörte Betty ihre Mutter noch sagen: «Nein, *du* wirst das bereuen.»

20 Donnerstag, 6. November, morgens

Ich verstehe das nicht», sagte ausgerechnet Jörg, den Franka in der Teamsitzung überhaupt nicht angesprochen hatte. «Wenn die Staatsanwaltschaft beim Richter bereits dafür gesorgt hat, dass Richard Roicke in U-Haft sitzt, wozu brauchst du dann noch mehr Leute?»

«Ja, das verstehe ich auch nicht», sagte Kurt, und irgendwie verstärkte sich Frankas Eindruck, dass er sich bei unangenehmen Entscheidungen gerne hinter Jörg versteckte. Hätten sich an diesem frühen Morgen nicht alle Kollegen um den Konferenztisch im Aquarium versammelt, hätte Franka Jörg ausgezählt. Insgeheim amüsierte sie sich vielleicht gerade deswegen über Alpay, dem ein genervtes «Mann, Jörg» herausrutschte. In diesem Moment gefiel es ihr sogar, dass er sich nicht zusammenreißen konnte. Auch Sybille schmunzelte.

Dann erhob er sich und ging zum Whiteboard, auf dem er die Fälle der beiden toten Frauen und der noch immer als vermisst geltenden Franziska Roicke knapp skizziert hatte. «Bei Melanie Lilienberg, die wir gestern Abend an den Landungsbrücken aus der Elbe geborgen haben, hat die rechtsmedizinische Untersuchung heute Morgen ergeben, dass die Frau ertrunken ist. Lilienbergs Körper hat anscheinend kürzer im Wasser gelegen als der von Girdauskas. Aber auch ihr wurde vor ihrem Tod ein Schuss aus einer Taserpistole in den Hals gejagt.»

Franka hatte während Alpays Ausführungen die Reaktionen der Kollegen beobachtet. Langsam schienen auch sie sich der Komplexität dieses Falls bewusst zu werden.

Alpay tippte auf das Wort ELBE, das er neben die Namen der Wasserleichen geschrieben hatte. «Beide Frauen finden wir zudem im selben Fluss. Zwar an unterschiedlichen Stellen, aber sie tauchen nicht in der Alster auf, nicht in der Bille oder in einem der Seen rund um Hamburg. Wir haben heute Morgen eine geografische Fallanalyse in Auftrag gegeben. Vielleicht kann der Ort eingegrenzt werden, an dem die Körper ins Wasser gebracht wurden.»

Was Franka an Alpay so mochte, war seine Teamfähigkeit. Denn diesen Schritt zu gehen, war seine Idee gewesen, als er sie gestern Abend nach Hause gefahren hatte. Doch er sagte *wir*.

«Meint ihr denn», schaltete sich Sybille ein, «Richard Roicke hat auch die beiden anderen Frauen getötet? Gab es da nicht eine Verbindung zwischen Girdauskas und dieser Lilienberg?»

Alpay nickte, kratzte sich den Dreitagebart und atmete durch. «Okay. Nur mal in die Tonne: Kein Typ, der seine Frau verprügelt, will, dass sie das rumerzählt, geschweige denn ihre Angst äußert, er könnte sie umbringen. Was das angeht, hat Roicke zuerst auch Franka und mich angelogen.» Alpay ging im Raum langsam auf und ab. «Mal angenommen, der Typ tötet seine Frau Ende September, meldet sie als vermisst. Eine Woche später steht plötzlich Lilija Girdauskas bei ihm auf der Matte. Sagt, sie kennt Franziska vom Ehrenamt und klopft mal vorsichtig ab, weil es ihr komisch vorkommt, dass Franziska verschwunden ist. Vielleicht lässt sie durchblicken, dass sie nicht nur von Richards Geliebten weiß, sondern auch von seinen Misshandlungen und von der Angst seiner Frau, er könnte sie eines Tages umbringen. Bevor Girdauskas ihren Verdacht vielleicht vor der Polizei äußert, zieht Richard diese Frau aus dem Verkehr. Wenige Tage später taucht Melanie Lilienberg bei ihm auf. Selbes Spiel. Richard reagiert völlig kopflos.»

«Ist denn überhaupt gesichert, dass die beiden Frauen Franziska Roicke kannten?», hakte Ina Reitzenbach ein.

«Wir haben bald die E-Mails und Textnachrichten von Franziska. Dazu die Kartons mit ihren persönlichen Gegenständen aus dem Keller in Farmsen-Berne. Die Auswertung wird aber definitiv noch dauern.» Franka folgte Alpays Blick, der an einem Post-it auf Inas Notizbuch hängen blieb. «Hast du die Freundin von Frau Roicke schon kontaktiert?»

Ina nickte. «Gisela Wichelhausen, einundfünfzig Jahre alt. Das war aber mehr eine Bekannte als Freundin. Sie hat Franziska vor einigen Jahren durch das gemeinsame soziale Engagement kennengelernt. Die beiden mochten sich, aber Persönliches haben die kaum ausgetauscht. Zumindest wusste Frau Wichelhausen nichts von den Eheproblemen der Roickes, geschweige denn von den Übergriffen auf Franziska. Nach dem Abendessen ist Frau Wichelhausen vor dem Restaurant in ein Taxi gestiegen. Franziska hat wohl noch angeboten, sie nach Hause zu fahren. Weder vor dem Restaurant noch auf dem Parkplatz ist ihr etwas Ungewöhnliches aufgefallen.»

Franka atmete durch. Diese Frau schien sie also nicht weiterzubringen.

Kurt meldete sich zu Wort. «Sag mal, bei dieser Hausdurchsuchung gestern, wurde da eigentlich ein Elektroschocker gefunden?»

«Nein.» Franka warf ihre Lesebrille vor sich auf den Tisch und rieb sich die Augen.

«Aha», sagte Jörg und lehnte sich mit verschränkten Armen zurück.

«Aber vielleicht haben wir was übersehen.»

Sie schaute zu Alpay hinüber, durch den ein Ruck zu gehen schien. Er wandte sich an Franka. «Sag mal … im Keller stand doch dieses Regal mit so Gartengeräten und allerlei Elektrokram. Vielleicht schauen wir uns das noch mal genauer an.»

Wenn Franka Alpay so beobachtete, wie er sich vor den Kollegen nicht aus der Ruhe bringen ließ, wie clever er kombinierte und dass er in den vergangenen drei Jahren einige der Kollegen weit hinter sich gelassen hatte, dann wurde ihr langsam bewusst, dass er sie nicht mehr brauchte. Wie ein Kind, das mittlerweile freihändig Fahrrad fahren konnte und bei dem längst die Zeit gekommen war, die Stützräder abzunehmen.

«Wir müssen jedenfalls mit einer Menge Leute reden», sagte er an die Kollegen gerichtet, «und den Zeitraum durchleuchten, in dem Franziska und die beiden anderen Frauen verschwunden sind.» Er tippte auf das Foto auf dem Board, das Lilija Girdauskas mit einem Blumenstrauß zeigte und auf dem auch Melanie Lilienberg deutlich zu erkennen war. «Wir wollen die Hintergründe zu dem Foto wissen. Dann: Gab es zum Beispiel kurz vor dem Verschwinden von Girdauskas und Lilienberg Momente, in denen sich die Telefone der beiden in derselben Funkzelle bewegten wie das Gerät von Richard Roicke? Außerdem müssen seine Alibis abgeklopft werden. E-Mails, Telekommunikationsdaten, vielleicht Einträge in Notizbüchern, alles müssen wir gegeneinanderlegen. Das können Franka und ich unmöglich allein bewerkstelligen.» Er schaute sie an und spielte damit den Ball an sie zurück.

«Richard Roicke verweigert die Aussage. Irgendwo in diesem

ganzen Berg an Informationen», Franka deutete auf das Board hinter sich, «müssen wir einen Hinweis darauf finden, wie und vor allem wo sich Richard Roicke der Leiche seiner Frau entledigt hat und ob er, wie Alpays Theorie nahelegt, auch für den Tod der zwei anderen verantwortlich ist. Girdauskas und Lilienberg haben sich in gemeinnützigen Projekten engagiert. Auch Franziska Roicke hat Gutes getan. Da gibt es eine Verbindung. Wir sind sicher.»

«Zumindest geht die SpuSi davon aus, dass Roicke seine Frau zu Hause getötet hat.» Marcel schaute Beifall heischend in die Runde. Nun wandte Franka sich an Kurt. «Ich will die Leiche, verstehst du?», sagte sie eindringlich. «Mensch, Kurt, ich muss dir doch nicht erklären, ohne Leiche wird das ein reiner Indizienprozess.»

«Die Staatsanwaltschaft hat gestern Abend schon durchblicken lassen», legte Alpay nach, «dass wir besser gut aufgestellt sind, wenn Roickes Anwalt Akteneinsicht verlangt.»

Unwohl rutschte Kurt auf seinem Sitz hin und her. «Sybille?»

«Wegen der gefährlichen Körperverletzung in Eppendorf bin ich nur noch mit Papierkram beschäftigt. Ich könnte die beiden nach dem Mittag unterstützen.»

«Und was ist mit dir, Hendrik?»

Der Kollege winkte ab. Im Gegensatz zu Kurt wusste Franka, dass er wegen eines Falls von räuberischer Erpressung bis über beide Ohren in Ermittlungen steckte. Letztendlich standen Franka und Alpay neben Sybille und Ina nun auch noch Marcel und Kurt zur Verfügung. Wie strukturiert Alpay die Recherchearbeit zwischen ihnen aufteilte, war für Franka ein weiterer Beweis dafür, welche Führungsqualitäten er entwickelt hatte. Ihr Handy vibrierte. Sie öffnete die E-Mail eines Dr. jur. Helmut

Banzaf, der sich ihnen gestern Nachmittag bei der Hausdurchsuchung als Roickes Anwalt vorgestellt hatte.

«Sieh einer an», sagte sie überrascht und schaute in die er-
wartungsvollen Gesichter der Kollegen. «Franziskas Mann hat
es sich wohl anders überlegt. Roicke will eine Aussage machen.
Heute. Aber vorher will ich, dass wir uns mit seiner Geliebten
unterhalten.»

21 Donnerstag, 6. November, morgens

Es roch wunderbar nach Lavendel und Pfefferminze. «Guten Tag», sagte die junge Frau freundlich, schielte aber hinter ihrem weißen Empfangstresen zu Alpay, was Franka nicht entging. Ihm wohl auch nicht, denn er schmunzelte.

«Erdmann mein Name. Ich bin ...»

Das Telefon klingelte.

«Momentchen, bitte», sagte die Frau und hob den Hörer ab. Ob echt oder aufgeklebt, Franka hatte noch nie so lange Wimpern gesehen. «Hanse-Wellness, guten Tag. Sie sprechen mit Adriana Dos Anjos. Was dürfen wir Ihnen Gutes tun?»

Zwei Männer in lindgrünen Shirts kreuzten im Hintergrund das elegante Empfangsfoyer. Naturfarbene Hölzer und der beigefarbene Steinboden sorgten in Kombination mit indirekter Beleuchtung für eine natürliche, aber exklusive Atmosphäre. Eine ältere Dame im Bademantel und mit Handtuchturban tauchte in Begleitung einer jungen Frau in Arbeitsbekleidung auf. Irgendwas von Handtaschen verstand Franka von dem Gespräch, und dass der Jungfernstieg verkehrsberuhigt worden war, sei eine Frechheit. Dann verschwanden die beiden Frauen. Erst jetzt bemerkte Franka die dezente Soundkulisse im Hintergrund aus Wellenrauschen und Chimes im Wind.

«So, jetzt aber», sagte die Empfangsdame freundlich und legte den Hörer auf. «Bei wem haben Sie Ihre Anwendung?»

«Ich bin nicht wegen eines Termins hier.»

«Nicht. Aha», sagte sie so überrascht, als hielte sie bei Franka das Rundumprogramm für sinnvoll. «Bei uns erhalten Sie auch Gutscheine. Also, zum Verschenken.»

Wieder schmunzelte Alpay.

«Wir möchten gerne zu Frau Achilles, wir sind …»

«Das möchten viele», wurde Franka süffisant unterbrochen. Der Tonfall der jungen Frau war von mitleidig zu überlegen gewechselt. Als hielte sich dieses junge Ding für die Torwächterin zum Paradies. Franka kürzte die Diskussion ab. Kommentarlos schob sie ihren Dienstausweis über den Tresen.

«Sagen Sie das doch gleich.» Sofort griff die junge Frau zum Hörer, als im selben Moment Sabine Achilles aus einer in der Wandvertäfelung verborgenen Tür trat. Sie stutzte, dann schien sie Franka und Alpay wiederzuerkennen.

«Guten Tag. Kommen Sie.» Mit einer einladenden Geste bat sie die beiden in ihr Büro. «Adriana, bitte keine Anrufe durchstellen.» Das beruhigende Wellenrauschen und der Wind endeten abrupt mit dem Schließen der Bürotür. Franka schaute sich um. Frische Blumen standen in einer Vase auf einem Schreibtisch, daneben lagen ein teurer Füllfederhalter und handschriftliche Notizen. Die Regale an den Wänden waren gefüllt mit Tiegeln und Tuben, und auch in diesem pastellfarben gestrichenen Raum roch es wunderbar beruhigend.

«Ein Wahnsinn, dass Sie Richard verhaftet haben.» Achilles hielt sich nicht mit Small Talk auf, wahrte aber die Form und deutete auf eine elegante Sitzgruppe. «Bitte.» Sie nahmen Platz. «Was kann ich für Sie tun?» Doch statt auf eine Antwort zu warten, ging sie sofort in die Offensive. «Ich sag es Ihnen gleich: Richard war bei mir an dem Abend, als seine Frau verschwunden ist.» Die Anspannung von Sabine Achilles war nicht zu übersehen.

«Wir haben trotzdem noch einige Fragen.» Alpay blieb freundlich und zückte seine Kladde. «Ich habe ja gar nicht gewusst, dass *Sie* die Frau hinter Hanse-Wellness sind.» Franka gefiel, wie er Achilles herunterzukochen versuchte, indem er ihr Respekt für ihr Unternehmen zollte.

«Sie meinen, weil Herr Roicke mich Ihnen gestern als seine Physiotherapeutin vorgestellt hat? So habe ich beruflich angefangen. Damals, vor vielen, vielen Jahren.» Sie lächelte mit perfekten Zähnen, doch zum ersten Mal bemerkte Franka, dass sich ansonsten im Gesicht von Sabine Achilles nicht viel bewegte. Anscheinend vertraute sie nicht nur auf ihre Cremes. «Ich habe das Unternehmen vor fünfzehn Jahren gegründet», fuhr sie fort. «Allein in Hamburg betreiben wir zwei große Filialen. Dazu noch Düsseldorf und München.» Sie deutete auf ein pastellfarbenes Werbeplakat an der Wand. «Unser Motto lautet: *Eine Wohltat für die Seele, eine gute Tat für sich selbst.*»

Alpay lächelte. «Frau Achilles, laut Herrn Roicke war er am Abend des 25. September bei Ihnen in Winterhude.»

Sie nickte.

«Gibt es Zeugen, die Sie zusammen an besagtem Abend gesehen haben?»

«Verdächtigen Sie etwa auch *mich*?» Ungläubig schaute sie zu Franka und wieder zurück zu Alpay. «Es gibt Nachbarn, denke ich, die das bezeugen können. Da bin ich aber nicht sicher. Ist ja schon einige Wochen her.»

«Wie lange sind Herr Roicke und Sie schon ein Paar?»

«Seit einem Vierteljahr.»

«Und wo haben Sie sich kennengelernt?»

«Online.»

«Dass Herr Roicke verheiratet ist, stört Sie nicht?»

«Stört es Sie, dass es mich nicht stört?» Die Frau hielt den Blick. Taff war sie, dachte Franka, und irgendwie gefiel es ihr sogar, weil sich Achilles durch Alpays moralischen Zeigefinger nicht einschüchtern ließ. Die Frau stand nun auf und ging zum Fenster hinüber. «Richard und ich … das ist etwas Ernstes.» Anscheinend wurde ihr bewusst, zu welchen Spekulationen ihre Aussage veranlasste. «Aber deswegen tötet er ganz bestimmt nicht seine Frau. Er ist ein so zärtlicher, ein so gefühlvoller Mann.»

«Wussten Sie, dass er Franziska misshandelt hat?», gab Alpay trocken zurück.

«Bitte?» Die Überraschung schien echt. «Wollen Sie mich auf den Arm nehmen? Ist das irgendeine Masche von Ihnen, um mich aus der Reserve zu locken?»

«Er hat sie regelmäßig geschlagen.»

«Nein.»

«Die Fälle sind dokumentiert.»

Sabine Achilles schien zu überlegen, bevor sie weitersprach. «Richard sagte, seine Frau hat starke psychische Probleme. Die Ehe bestand seit vielen Jahren nur noch auf dem Papier. Nur aus Mitleid hat er sich nicht von ihr getrennt. Ja, das wusste ich. Aber nie im Leben …» Achilles winkte ab, als könne sie nicht einmal die Möglichkeit aussprechen, dass ihr Geliebter seine Frau getötet haben könnte. «Er ist so gefühlvoll und aufmerksam. Immer bringt er mich zum Lachen. Hören Sie, Richard ist ein wunderbarer Mann, egal, was Sie sagen.»

Auf den laut Franziskas Tagebuch auch vor Sabine Achilles schon andere Frauen hereingefallen waren, dachte Franka. Also wie weit würde die Unternehmerin gehen, um den Mann ihrer Träume fester an sich zu binden?

Plötzlich öffnete sich die Bürotür, und die Empfangsdame steckte den Kopf herein. «Ich weiß, ich sollte Sie nicht stören, Frau Achilles, aber es gibt einen Notfall. Von einem der Floatingtanks streikt schon wieder die Pumpe.»

22 Donnerstag, 6. November, morgens

Franka stieg vor der Untersuchungshaftanstalt am Holsten-glacis aus dem Wagen. «Der Mann hat Charisma, Alpay. Eigentlich kann einem Frau Achilles leidtun.»

«Was nicht bedeutet, dass meine Theorie hinfällig ist. Ich weiß nicht, warum, aber ich fand die genauso unecht wie dieses permanente Wellenrauschen und das Geklimper im Hintergrund. Du traust dem Braten doch auch nicht», sagte Alpay und setzte sich in Bewegung. Franka folgte ihm schweigend.

Alpay hatte recht. Auch Franka schloss zu diesem Zeitpunkt noch keine Möglichkeit aus. Sie würden die Frau im Auge behalten und ihr Umfeld durchleuchten.

Nun gingen sie zum Haupteingang des Gefängnisses hinüber. Im Gegensatz zu einer Befragung im Präsidium entfiel bei einem Termin in der Haftanstalt das Ausfüllen eines umständlichen Ausantwortungsersuchens, bei dem der Gefangene ins Präsidium gebracht wird und die Polizei die Verantwortung von der Justiz übernimmt. Hinterher würden sie die Gespräche mit den Angehörigen der zwei toten Frauen führen.

Auf der kurzen Fahrt hatte sich Kristine Girdauskas endlich auf Frankas Mailboxnachricht gemeldet. Weil sie tief in den Examensvorbereitungen steckte, hatte sie ihr Telefon auf Flugmodus gestellt und wollte sich nun mit Franka und Alpay später in der Unimensa treffen. Armes Mädchen, dachte Franka. Hoffentlich würde sie danach noch in der Lage sein, sich auf ihre Prüfungen zu konzentrieren.

«Wenn Roicke gesteht», sagte Alpay, «hätte sich der ganze Aufriss erledigt. Vielleicht hat ihm sein Anwalt mittlerweile auch gesteckt, wie erdrückend die Indizien sind.»

Franka konnte nicht sagen, warum, aber auf sie hatte Roicke mit seiner harschen und aufbrausenden Art gestern nicht den Eindruck erweckt, als würde er bereits nach der ersten Nacht in einer zehn Quadratmeter großen Zelle mit abgetrennter Toilette mürbe werden. Am Hauptportal wurden sie von einer jungen Justizvollzugsbeamtin in Empfang genommen, und nachdem sie ihre Dienstwaffen abgegeben hatten, mussten sie ihr forschen Schrittes durch eine Unzahl von Fluren mit Zugangsschleusen und aufwendigen Schließsystemen folgen.

«Bitte», sagte die Beamtin und deutete, in der geöffneten Tür stehend, in einen grün gestrichenen Befragungsraum. Ein Gewerkschaftskalender hing an der Wand. Der rote Rahmen zeigte das falsche Datum. Darunter stand eine Batterie unterschiedlichster Stühle, neben einem wackelig aussehenden Regal mit einem PC und einem Drucker. Dazu ein Tisch mit Mikrofon und Aufnahmetechnik, zwei Kameraaugen hingen an der Decke, zwei vergitterte Fenster gingen zum Hof hinaus. Durch eine gekippte Klappe hörte man den Flügelschlag und das Gurren einer Taube.

Erst jetzt entdeckte Franka Roickes Anwalt auf einem Stuhl sitzend. In seinem grünen Cordanzug schien er mit der Wand zu verschmelzen. Man begrüßte sich freundlich distanziert, als die Tür erneut geöffnet wurde und zwei Justizbeamte Richard Roicke hereinführten. Sie nahmen ihm die Handschellen ab und setzten sich auf zwei Stühle an der Wand, während Franka und Alpay gegenüber von Roicke und seinem Anwalt am Tisch Platz nahmen.

Auf Franka wirkte der Beschuldigte nicht sonderlich verunsichert. Im Gegenteil. Roicke machte gleich zu Beginn einen schlechten Witz über die Qualität des Frühstücks und drückte die Hoffnung aus, dass der Termin mit Franka und Alpay möglichst lange dauerte, damit er die Ausgabe des Mittagessens verpasste. Franka fand seinen Sarkasmus unpassend und prätentiös. Der Mann war frisch rasiert, wie sie nun bemerkte. Vielleicht auch ein Zeichen dafür, dass er mit seiner heutigen Entlassung rechnete.

Sie betätigte das Mikrofon vor sich auf dem Tisch und hinterließ als Erstes eine Begrüßung an die Kollegen und Kolleginnen vom Schreibdienst. Dann begann sie mit dem offiziellen Teil. «Mein Name ist Franka Erdmann, Hauptkommissarin, LKA Hamburg, Abteilung 4. Des Weiteren anwesend Polizeihauptmeister Eloğlu. Es folgt eine Beschuldigtenvernehmung zum Aktenzeichen 65BJ/K31. Bitte Text als Fließtext, Kopfzeile fügt Herr Eloğlu später ein. Heute ist der 6. November, 10.43 Uhr. Im Vernehmungszimmer der Untersuchungshaftanstalt Hamburg vorgeführt wurde Richard Alfred Roicke, geboren 18. Februar 1978 in Wohltorf in Schleswig-Holstein, wohnhaft im Charlottenstieg 4b in Hamburg, zurzeit in Untersuchungshaft wegen des dringenden Tatverdachts des Mordes an seiner Ehefrau Franziska Roicke, strafbar nach Paragraf § 211 StGB. Ebenfalls anwesend ist der Verteidiger des Beschuldigten Herr Dr. Helmut Banzaf.» Sie machte noch darauf aufmerksam, dass Ton- und Videoaufnahmen angefertigt und Unterbrechungen der Vernehmung aktenkundig gemacht werden würden. Die Tonaufnahme würde zudem anschließend verschriftlicht und der Akte beigefügt. Dann fragte sie, ob Roicke alles verstanden hätte. «Sie wissen, dass Sie sich gegenüber der Polizei als Beschuldigter nicht zur Sache einlassen müssen.»

«Ich habe Sie doch hergebeten. Warum sollte ich jetzt kneifen?»

«Sehen Sie sich zudem auch körperlich für diesen Termin in der Lage?»

Er nickte. «Der Beschuldigte bejaht mit einem Kopfnicken», sprach Franka ins Mikrofon.

Sein Anwalt bestätigte zudem, dass sich sein Mandant zu den Vorwürfen äußern werde, auch wenn er ihm als sein Rechtsbeistand davon abgeraten habe.

«Herr Roicke, Sie haben uns hergebeten», sagte Franka ruhig und lehnte sich auf ihrem Stuhl zurück. Sie hatte ihn während ihrer Belehrung genau beobachtet und teilte Alpays Vermutung immer noch nicht, der Mann könnte sich zu einem Geständnis entschlossen haben. Zu selbstsicher, fast arrogant, saß er vor ihr.

«Ich habe meine Frau nicht getötet. Verstehen Sie?»

«Sie wissen, dass die Verdachtspunkte gestern ausgereicht haben, Sie ohne richterlichen Beschluss festzunehmen.»

Roicke schwieg. Stellvertretend atmete sein Anwalt tief durch.

«Herr Dr. Banzaf wird Sie informiert haben, dass die Kollegen der Spurensicherung in Ihrem Badezimmer große Mengen Blut und ausgerissene Haare gefunden haben. Die DNA-Analyse ordnet die Spuren eindeutig Ihrer Frau zu.»

«Noch einmal zum Mitschreiben», sagte Richard kühl und schaute Franka dabei direkt in die Augen. «Ich-habe-meine-Frau-nicht-getötet.»

«So wie Sie uns vorgestern erzählt haben, dass Sie Franziska nicht geschlagen haben und dass sie sich angeblich nur aufgrund von Depressionen in therapeutische Behandlung begeben hat? Zudem haben wir unter Ihren Schuhen Blut sichergestellt, das von Ihrer Frau stammt.»

Er lachte schrill. «Was weiß denn ich, wie das da hingekommen ist!» Offensichtlich bemerkte er selbst, wie er hochfuhr, denn nun drosselte er auffallend den Druck seiner Stimme. «Vielleicht hat sie sich beim Beinerasieren oder was weiß denn ich geschnitten, und ich bin dann da durch. Vielleicht hat sie sich mal eine aufgeplatzte Lippe oder die Augenbraue gekühlt.» Es gab Momente, da fiel auch Franka der professionelle Abstand im Job schwer.

«Wir sprechen nicht von einem Kratzer, Herr Roicke. Unsere Untersuchungen haben ergeben, dass Ihre Frau mindestens einen Liter Blut verloren haben muss, das dann von Decke, Wänden und vom Fußboden gewischt worden ist. Franziska selbst dürfte bei dem Blutverlust nicht mal mehr in der Lage gewesen sein, einen Lappen zu halten.»

Roicke schlug ohne Vorwarnung mit der flachen Hand auf den Tisch. Seine kurze Lunte brannte. Franka spürte, wie Alpay neben ihr in Habachtstellung ging. «Das kann nicht sein. Echt jetzt?»

Menschen taten merkwürdige Dinge, dachte Franka, wenn sie mit dem Rücken zur Wand standen.

«Keine Ahnung, was Sie mir hier anhängen wollen. Hören Sie, meine Frau ist an dem Abend nach einem Restaurantbesuch nicht nach Hause gekommen. Ihr Auto hat man Tage später irgendwo in Hamburg auf einem Parkplatz sichergestellt. Es war nicht abgeschlossen, soweit ich weiß. Ich bin überzeugt, dass Franziska irgendwas passiert ist.»

«Sie sagten uns, dass Sie den betreffenden Abend und die Nacht mit Sabine Achilles verbracht haben. Ihr Handy wird gerade ausgelesen. Bleiben Sie bei dieser Angabe?»

«Ja, das tue ich, verdammt.»

«Sie waren bei Frau Achilles oder bei sich?»

«Selbstverständlich bei Sabine.»

«So selbstverständlich ist das gar nicht, Herr Roicke. Vier Tage vor dem Verschwinden Ihrer Frau hat es genau deswegen einen Streit gegeben, falls Sie sich erinnern. Franziska hatte Sie gebeten, sich mit Ihrer Freundin nicht in ihrem Zuhause zu treffen.»

Roicke schaute perplex auf. Von der Existenz der Tagebücher hatte er offenbar keine Ahnung. Aber selbst jetzt noch, da die Indizien erdrückend waren, hörte der Mann nicht auf zu lügen.

«Herr Roicke, ich habe Sie das vorgestern bereits gefragt. Vielleicht möchten Sie sich unter den gegebenen Umständen korrigieren. Sagen Ihnen die Namen Lilija Girdauskas oder Melanie Lilienberg etwas?»

«Wer soll das sein?»

«Was haben Sie an den Abenden des 3. und 9. Oktobers gemacht?»

«Wie bitte?»

«Beantworten Sie meine Frage.»

Franka erhöhte die Schlagzahl. Sie hatte den Mann aus der Reserve gelockt. Trotzdem setzte sie gut vorbereitet auf eine faire Befragung und verzichtete auf Suggestivfragen. Hilflos schaute Roicke zu seinem Anwalt, als würde der seinen Kalender verwalten. Dann zuckte er schließlich mit den Schultern und wandte sich wieder an Franka. «Wissen Sie überhaupt, wie lange das her ist?»

«Sechs Wochen.»

«Keine Ahnung, was ich da gemacht habe. Warum fragen Sie das überhaupt? Sie haben doch mein Handy, gucken Sie in den Kalender, da können Sie sich die Frage selbst beantworten. Wollen Sie mich testen oder was?»

«Besitzen Sie eine Elektroschockpistole, Herr Roicke?»

«Um Himmels willen, was wird das?» Er fuhr sich mit den Händen durchs Gesicht. «Was ist das hier für ein Scheißalbtraum?»

Franka hätte nicht sagen können, wie viele Befragungen sie in ihrem Berufsleben schon durchgeführt hatte, bei denen Mörder und Mörderinnen ihre Unschuld mit schauspielerischen Höchstleistungen glaubhaft vorgetragen hatten oder Unschuldige sich durch ihre Nervosität verdächtig gemacht hatten. Immer wieder musste sie sich in solchen Momenten auf ihren Wissensstand zum Fall besinnen: Richard Roicke hatte seine Frau jahrelang schwer misshandelt. Er hatte sie emotional gedemütigt und regelmäßig grün und blau geschlagen. Die Lebensversicherung, Franziskas Name im Grundbuch als Besitzerin des Hauses und Roickes Geliebte zeichneten das Bild eines Ehemanns, der ein begründetes Interesse am Tod seiner Ehefrau gehabt haben könnte. Ob nun im Affekt oder von langer Hand geplant, sein Plan, den Mord mit einer Vermisstenmeldung zu tarnen, war geplatzt. Er hatte nicht damit gerechnet, dass sein von persönlichen Dingen seiner Frau geräumtes Zuhause eine erfahrene Beamtin wie Franka stutzig machen könnte. Bis man Franziska nach zehn Jahren für tot erklären würde, hätte Richard die Zeit bis zur Auszahlung der Lebensversicherung ausgesessen. Als Bauingenieur verdiente der Mann gut und musste sich vermutlich keine Sorgen machen.

«Herr Roicke, was haben Sie mit Franziskas Leiche gemacht?»

Er lachte. «Schwachsinn, was Sie da versuchen. Meine Telefondaten werden beweisen, dass ich mit Sabine zusammen gewesen bin. Ich glaube, ich habe an dem Abend sogar einige WhatsApp-Nachrichten mit einem Freund ausgetauscht. Wird sich wohl überprüfen lassen, nehme ich an. Ich will zurück in meine Zelle. Sofort», sagte der Mann plötzlich an seinen Anwalt gerichtet und würdigte Franka keines Blickes mehr.

«Herr Roicke, wir sind hier, weil *Sie* mit uns sprechen wollten», versuchte Franka den Mann einzufangen. Sie kannte diese Momente, in denen Beschuldigte von jetzt auf gleich dichtmachten. «Da müssen Sie schon ein bisschen mehr auffahren als *Ich war es nicht.*»

Er winkte ab und ließ sich die Handschellen anlegen. Franka beendete die Befragung offiziell und schaltete das Mikrofon aus. Während die Vollzugsbeamten Roicke abführten, geriet der erneut in Rage. Er hätte besser auf seinen Anwalt gehört.

Roicke war auf Zinne. Triggermomente nicht kontrollieren zu können, das wusste Franka, hatte verschiedene Ursachen und war meist abhängig von Stress, Genetik oder auch der Sozialisation der Betroffenen. Richard Roicke brannte die Sicherung durch, wenn er unter Stress geriet. Darunter hatte offensichtlich auch seine Frau zu leiden gehabt. Unwohl erinnerte sich Franka an die Ergebnisse einer Umfrage unter jungen Männern zwischen achtzehn und fünfunddreißig Jahren, in der ein Drittel angegeben hatte, ihre Partnerinnen schon einmal geschlagen zu haben; und davon ebenfalls ein Drittel fand diese Schläge akzeptabel. Vielleicht weil auch sie in ihren Familien mit Gewalt aufgewachsen waren oder einfach eine schräge Vorstellung von

Männlichkeit hatten. In ihrem Beruf musste Franka immer aufpassen, nicht an der Dummheit der Menschen zu verzweifeln oder daran abzustumpfen.

«Auf die eigenen Telekommunikationsdaten aufmerksam zu machen, ist doch echt strange», sagte Alpay, nachdem er den Dienstwagen entriegelt hatte. «Der Mann kennt sich aus.»

«Über die Ortungsdaten von Handys wissen mittlerweile viele Bescheid. Aber bei Typen wie Roicke vermutet man automatisch einen Hintergedanken.» Franka stieg in den Wagen und legte den Sicherheitsgurt an.

«Der kann sich sogar erinnern, dass er an dem Abend, als seine Frau verschwand, WhatsApps geschrieben hat? Wer mit dem Finger so explizit auf ein Indiz zur Bekräftigung seines Alibis zeigt ...»

«... hat selbst dafür gesorgt, meinst du?»

«Wäre möglich.» Alpay startete den Motor und bog dann vom Parkplatz der Haftanstalt nach rechts auf den Holstenglacis ein. «Ob seine Handydaten wirklich aussagekräftig sind, wage ich zu bezweifeln. Ich meine, der kann zu seiner Geliebten nach Winterhude gefahren sein, drückt ihr sein Smartphone in die Hand, und sie tippt WhatsApps mit seinen Kumpels. Verschickt vielleicht zuvor gemachte Selfies von Roicke, während er selbst bei sich zu Hause darauf wartet, dass seine Frau nach Hause kommt. Dann tötet er Franziska im Badezimmer und entsorgt sie irgendwo.»

Alpays Handy klingelte über die Freisprechanlage.

«Ich erwische euch im Auto?» Poppy Bruhns Stimme knisterte aus den Boxen.

«Wir sind auf dem Weg zum Unicampus», sagte Franka und

spürte ihr Unbehagen vor dem Überbringen der Todesnachricht an Kristine Girdauskas.

«Dann gehe ich mal davon aus, dass ihr angeschnallt seid. Prima, denn die Gutachten sind fertig.»

«Über die Autos der Roickes?» Franka beugte sich zum Mikrofon, das im Rückspiegel saß.

«Während der Wagen mit der Anhängerkupplung Richard gehört und keinerlei verdächtige Spuren aufweist, hat es Franziskas Pkw in sich. Und damit meine ich nicht die Hautschuppen von Richard, oder seine Fingerabdrücke auf der Mittelkonsole, die ihn noch lange nicht zum Verdächtigen machen. Es gibt übrigens auch noch andere Fingerabdrücke in ihrem Wagen. Keine Ahnung, wen die so alles mitgenommen hat. Aber jetzt kommt's: Unter einem nachweislich zuvor gereinigten Teppich haben wir Blutspuren und Haare von Franziska im Kofferraum ihres eigenen Autos sichergestellt. Außerdem hatte sich im Autoteppich ein winziges Stück Fingernagel verhakt. Doch es wird noch besser: Der trägt nicht Franziskas DNA – sondern die von Lilija Girdauskas.»

«Yes!», rief Alpay und schlug mit der flachen Hand auf das Lenkrad. «Ich habe es gewusst!» Und auch Franka war erleichtert, dass sie endlich ein weiteres verbindendes Element zwischen zwei der Frauen gefunden hatten.

«Da wäre noch was. Vielleicht könnt ihr damit was anfangen. Im Fußraum des Fahrers klebten vertrocknete Samenkörner der Brenndolde. Diese Pflanze kommt meist in Ufernähe von fließenden Gewässern vor. Und wir haben einige helle, grobe Sandkörner im Türholm des Einstiegsbereichs sichergestellt. Reste davon finden sich trotz Autowäsche auch unter dem Bodenblech und in den Radkästen. Grant, wie er zum Beispiel beim Bau von Spielplätzen oder Wegen in Parks verwendet wird.»

«Oder von Parkplätzen?»

«Auch», sagte Bruhns. Alpay schaute zu Franka.

«Der Parkplatz unterhalb der Schleuse Geesthacht.»

«Poppy, könnt ihr bitte eine Bodenbelagsprobe von diesem Parkplatz nehmen?» Alpay bedankte sich bei Poppy und wollte schon auflegen, da schlug er erneut mit der flachen Hand auf das Lenkrad. «Die Schuhe!»

«Was für Schuhe?», fragte Bruhns erstaunt, und auch Franka stand auf dem Schlauch.

«Im Keller. Wisst ihr noch? Bei der Suche nach dem Schuh, der zum Abdruck im Badezimmer passt, sind wir doch gestern Roickes Schuhe durchgegangen. Da waren so dunkelblaue Freizeitdinger, die Sohle voll mit hellem Sand. Poppy, wenn ihr bei Roicke noch mal das Kellerregal mit dem Elektrokram durchschaut, bitte sichert dieses Paar Schuhe.» Alpay verabschiedete sich nun endgültig von Poppy und legte auf. Kurz blickte er zu Franka hinüber. Und so wie seine Augen leuchteten, erinnerte er sie an ihre eigenen Anfangsjahre beim LKA. In Alpay brannte dasselbe Feuer.

«Okay, pass auf. Roicke wartet zu Hause, bis seine Frau vom Restaurant zurückkommt. Dann tötet er sie im Badezimmer, während seine Geliebte in Winterhude sein Alibi untermauert und mit seinen Kumpels WhatsApps austauscht. Er packt Franziskas Leiche in ihr Auto und lässt sie verschwinden. Vielleicht wirft er sie, wie später Girdauskas, unterhalb der Schleuse bei Geesthacht in die Elbe, vielleicht lädt er sie wie Lilienberg in einem der Kanäle ab, die an den Landungsbrücken in die Elbe münden.»

«Sybille soll überprüfen», unterbrach Franka, «ob Nachbarn den Wagen noch am Abend des 25. September unter dem Carport gesehen haben. Vielleicht gibt es Zeugen.»

Alpay nickte und fuhr mit seinen Ausführungen fort. «Am nächsten Morgen reinigt Richard den Kofferraum und stellt die Karre in Ohlstedt ab. Dann meldet er Franziska als vermisst. Irgendwann findet man das Fahrzeug. Er erhält es zurück. Untersucht worden ist es von der Polizei nicht, weil nach Franziska nur anlassbezogen gesucht worden war. Schon eine Woche später fährt er damit die tote Lilija Girdauskas durch die Gegend. Und irgendwo zwischen Schleuse Geesthacht und Landungsbrücken finden wir auch Franziska Roicke, da bin ich sicher.»

«Die Nadel im Heuhaufen. Das Gebiet ist riesig.»

«Zumindest reichen die Indizien aus, dass uns der Untersuchungsrichter eine groß angelegte Suche bewilligt.»

Franka schwieg. Zwar wirkten Alpays Ausführungen plausibel, trotzdem, irgendwas störte sie an dieser Version. Er hielt vor einer roten Ampel und sah zu ihr hinüber.

«Du bist nicht überzeugt. Okay. Sagst du mir auch, warum?»

«Wenn du noch eine Erklärung dafür lieferst, warum Franziskas Handy als Letztes aus einer Funkzelle in den Walddörfern sendet, wo sie mit einer Bekannten zum Essen verabredet war, und nicht von zu Hause, wo sie deiner Version nach getötet wurde, kaufe ich deine Geschichte.»

Die Ampel wurde grün. Alpay gab Gas. So wie er seine Stirn in Falten legte, konnte Franka selbst von der Seite erkennen, wie angestrengt er überlegte. «Und noch was», schob sie hinterher. «Warum entsorgt Roicke die Leichen ausgerechnet in der Elbe? Ich meine, wenn er die toten Frauen irgendwo im Wald ablegen würde. Dann wäre die Wahrscheinlichkeit wesentlich geringer, dass sie so schnell wieder auftauchen. Und was die Handydaten betrifft … die geben auch keinen eindeutigen Hinweis auf die Elbe.»

«Und warum biegst du damit erst jetzt um die Ecke und nicht schon heute Morgen, als ich das auf der Teamsitzung gepitcht habe?»

Franka zuckte mit den Schultern. «Vielleicht, weil Richard bei der Befragung eben noch mal so explizit auf seine Handydaten hingewiesen hat.»

«Wir müssen uns das *gesamte* Bewegungsprofil ansehen, nicht nur die letzten zwei, drei Funkzellen. Kann auch sein, dass Roicke erst das Telefon in den Walddörfern deponiert hat und danach irgendwohin gefahren ist, um die Leiche seiner Frau zu entsorgen. So passt die letzte Funkzelle ihres Handys zu seiner Version von ihrem Verschwinden und vielleicht passen die *gesamten* Ortungsdaten zu meiner Vermutung, dass er Franziska getötet hat.»

Franka fuhr ihre Rückenlehne ein Stück zurück. «Mit der Bedeutung von Ortungsdaten scheint sich der Mann zumindest eingehend befasst zu haben.»

«Glaubst du denn, dass er die anderen beiden Frauen *nicht* getötet hat?»

«Was ich glaube, spielt wie immer keine Rolle. Mir geht es um Fakten.»

«Ein Stück Fingernagel von Girdauskas in Roickes Kofferraum ist Fakt genug.»

Sie fuhren einige Minuten schweigend Richtung Rotherbaum.

«Und was glaubst du persönlich?», fragte er schließlich. «Also, wenn ich nicht die Hauptkommissarin nach ihrer Meinung frage, sondern die private Franka. Hat Roicke oder hat er nicht?»

Sie zuckte mit den Schultern. «Ich weiß es nicht, Alpay.»

Er parkte in der Schlüterstraße, nicht weit von der Mensa entfernt. Er schnallte sich ab und schaute sie entschlossen an. «Nee, Franka. Egal wie sehr Richard Roicke die Tötung von Franziska auch leugnet, dass der Typ auch Girdauskas und Lilienberg auf dem Gewissen hat, liegt doch wohl auf der Hand. Die Schlinge um seinen Hals zieht sich immer fester zu.»

23 Donnerstag, 6. November, abends

Das Licht in Frankas Kühlschrank war mal wieder ausgefallen, so blieb ihr zumindest der grell ausgeleuchtete Anblick des vor drei Wochen abgelaufenen Magerquarks erspart. Auch die verschrumpelten Äpfel im Gemüsefach strahlten etwas Vergängliches aus. Irgendwie hatte sie sich schon mal besser versorgt. Sie schloss die Kühlschranktür, nahm eine Packung Cracker aus dem Vorratsschrank und entkorkte eine Flasche Rotwein. Selten entspannte sie sich am Abend mit Alkohol, aber das Gespräch mit Kristine Girdauskas bewegte Franka selbst nach Stunden noch. Zu erfahren, dass Lilija aller Wahrscheinlichkeit nach einem Gewaltverbrechen zum Opfer gefallen war, auch wenn Franka auf Details verzichtete, hatte die Tochter krampfartig weinen lassen, sodass sie einen Notarzt gerufen hatten.

Franka war sich bewusst, dass sie sich nie an diesen Aspekt ihrer Arbeit gewöhnen würde – und auch nicht wollte. War ihr Umgangston in den Jahrzehnten bei der Polizei vielleicht rauer geworden, wie ihr Martin in einem Streit mal an den Kopf geknallt hatte, und ließ sie sich von den Erklärungsversuchen von Tätern und Täterinnen kaum noch beeindrucken, so verursachte ihr doch das Überbringen von Todesmeldungen auch nach über dreißig Jahren bei der Polizei immer noch ein Ziehen im Magen.

Vielleicht war sie deshalb auf der anschließenden Fahrt zum Campingplatz in Schwinde froh gewesen, dass sich Alpay schnell wieder eingekriegt und ihr angeboten hatte, das Gespräch mit Markus Lilienberg zu führen.

Franka goss sich nun ein halbes Glas Rotwein ein und setzte sich an den Küchentisch, auf dem die beiden Tagebücher und der USB-Stick mit Franziskas Fotos auf ihre erneute Durchsicht warteten. Beweismittel durfte sie nicht mit nach Hause nehmen, aber das war Franka in diesem Fall egal, wenn sich daraus vielleicht ein Hinweis auf den Verbleib von Franziskas Leiche ableiten ließ. Feierabend war bei Franka schon immer ein dehnbarer Begriff gewesen, was möglicherweise auch ein Grund dafür war, dass sie allein an ihrem Küchentisch saß. Sie schaute noch schnell ihre Post durch und schob sich einen müden Cracker in den Mund, der den Namen nicht verdiente. Vielleicht hatte die Packung Luft gezogen? Ein Umschlag aus Büttenpapier mit handschriftlich verfasster Adresse weckte ihre Aufmerksamkeit.

In einer persönlichen Nachricht bedankte sich Hilde Suttmann für Frankas Beileidsbekundungen zu Martins Tod. Franka wurde bewusst, dass es morgen tatsächlich schon eine Woche her war, dass sie den Chef in Ohlsdorf zu Grabe getragen hatten. Hilde schrieb weiter, dass sie sich sehr darüber freuen würde, mit Franka in Kontakt zu bleiben. Franka vermisste Martin. Wie musste es da erst seiner Frau nach vierzig Jahren Ehe gehen? Spontan griff sie zum Handy und wählte Hildes Festnetznummer. Es klingelte, so oft, dass Franka im Begriff war, wieder aufzulegen.

«Suttmann?»

«Franka hier. Guten Abend, Hilde.»

«Franka, wie schön. Hast du meine Karte also bekommen.»

«Wie geht's dir?» Was für eine bescheuerte Frage, dachte Franka.

«Gut. Gut geht's mir.»

Schweigen. Hilde klapperte mit Geschirr. «Du, Franka, ich bekomme gleich Besuch. Darf ich dich morgen zurückrufen?»

«Sicher. Ich wollte dir eigentlich nur schnell sagen, dass du … also, falls du …» Himmel, warum stotterte sie denn jetzt?

«Lass uns gerne in Kontakt bleiben. Das fände ich auch schön.»

«Ich ruf dich morgen zurück. Ja, Franka? Vermutlich lande ich dann eh auf deiner Mailbox. Aber wir versuchen's.» Hilde wusste, wie der Hase bei der Polizei lief. Nachdem Franka aufgelegt hatte, fragte sie sich, ob es ihr für einen kurzen Moment unangenehm gewesen war, so etwas wie Nähe zur Ehefrau ihres verstorbenen Chefs zuzulassen. War sie deswegen ins Schleudern geraten? Dabei kannte sie Hilde so lange, wie sie Martin gekannt hatte. Aber dieses Verhältnis war all die Jahre immer professionell distanziert gewesen. Die private Ebene war ungewohnt.

Franka nahm sich noch einen Cracker. Dann ging sie mit Franziskas Tagebüchern und dem USB-Stick hinüber ins Wohnzimmer.

#

Nur mit einem Handtuch um die Hüften gewickelt und mit feuchten Haaren nahm Alpay die Zutaten für einen gemischten Salat aus dem Kühlschrank, was er vor dem Duschen vergessen hatte. Zu vertieft war er in die Verbindungsdaten von Franziska und Richard Roicke gewesen, die er sich nach der Rückfahrt aus Schwinde im Büro herausgesucht hatte.

Dass Melanie Lilienberg gestern Abend tot aufgefunden worden war, hatte ihrem Mann Markus tatsächlich den Boden unter den Füßen weggezogen. Zu sehen, wie er ausgerechnet in den Armen seiner demenzkranken Mutter zusammengebrochen war, die ihn in diesem Moment für ihren sechsjährigen Jungen hielt, hatte Alpay ziemlich angefasst. Es musste furchtbar sein, sich von einem geliebten Menschen im Streit zu trennen, ohne die Gelegenheit für eine Versöhnung zu erhalten. Kein letztes *Ich liebe dich*, kein *Weißt du noch?* Für den Abend, an dem die Frau von Markus Lilienberg verschwunden war, gab es mehrere Zeugen. Sein Alibi war wasserdicht.

Alpay spülte eine Handvoll Kirschtomaten unter dem Wasserhahn ab und schob sich eine in den Mund. Dann nahm er erneut die Listen der TKÜ zur Hand und ging genau zwei Schritte durch den schmalen Flur ins gegenüberliegende Duschbad zurück.

Richards Telefon hatte sich tatsächlich zwischen 18.37 Uhr und dem nächsten Morgen in einer Funkzelle in Winterhude befunden, in der die Wohnung seiner Geliebten lag. Für den 3. und 9. Oktober, die Abende, an denen Girdauskas und Lilienberg verschwunden waren, ergaben die Daten das gleiche Bild. Alpay klemmte die Ausdrucke in die Tür seines verspiegelten Badezimmerschränkchens und föhnte sich die Haare mit Blick auf die Ortungsdaten. Franziskas Gerät wurde am frühen Nachmittag in zwei sich überlappenden Funkzellen im Bereich Wandsbek und Farmsen-Berne registriert. Gegen 18.30 Uhr hatte sich das Telefon dann in der Gegend um Wohldorf-Ohlstedt und Volksdorf eingewählt, wo Franziska mit ihrer Bekannten zum Essen verabredet war. Um 19.00 Uhr wurde die Verbindung unterbrochen. Vielleicht hatte sie das Gerät während des Essens auf Flugmodus gestellt oder komplett ausgeschaltet. Um 21.34 Uhr gab das Handy wieder Signal – und zwar in Farmsen-Berne. Also war die Frau nach ihrer Verabredung doch nach Hause gefahren, wie Alpay vermutet hatte! Um 22.00 Uhr bewegte sich das Signal dann abermals in den Nordosten Hamburgs, wo es zwei Tage später in den Walddörfern abriss.

Alpay schaltete den Föhn aus. Müde sah er aus, dachte er, als sein Blick den Spiegel streifte. Morgen früh sollte er sich rasieren. Sein Blick wanderte hinunter zu seiner trainierten Brust. Auch hier könnte er getrost mal wieder mit dem Langhaarschneider drüber. Er betrachtete prüfend seine Oberarme, die ihm nicht mehr ganz so aufgepumpt erschienen. Seitdem er das Gewicht der Kurzhantel reduziert hatte, die Wiederholungen dafür aber erhöhte, wirkten seine Bizepse drahtiger, was ihm irgendwie besser gefiel. Alpay wusste, wie viel Kraft dahintersteckte, und beim Betriebssport wollte kaum noch jemand im Boxring gegen ihn antreten. Er spannte seinen rechten Oberarm an, doch statt sich über seinen Trainingserfolg zu freuen, war ihm seine Eitelkeit plötzlich unangenehm. Denn vor sein inneres Auge schob sich langsam ein Bild, auf dem Richard Roicke seiner Frau mit voller Wucht ins Gesicht schlug. Was für ein Lappen. Nicht nur, dass Alpay Gewalt ablehnte, gerade die Angriffe auf körperlich Schwächere widerten ihn an und verdienten null Toleranz. Er hängte sein Handtuch über den Heizkörper, kippte das Fenster und ging nackt über den Flur ins Schlafzimmer. Dort schaltete er die einfache Korblampe an, die in der Mitte des Raumes von der Decke hing. Ein Kleiderschrank, ein Bett, ein Boxsack. Die gestapelten Bücher neben dem Bett ersetzten den Nachttisch. Wann er allerdings das letzte Mal nach dem Dienst mehr als drei Seiten gelesen hatte, ohne dass ihm die Augen zugefallen waren, daran konnte er sich gar nicht mehr erinnern. Er nahm sich Unterwäsche, eine Jogginghose und ein Sweatshirt aus dem Schrank, zog sich an, ging zurück in die Küche und bereitete sich einen Salat zu.

Auch wenn er zusammen mit den Kollegen weder in Franziskas E-Mails noch in ihren WhatsApp-Nachrichten einen Hinweis darauf gefunden hatte, dass sie mit Girdauskas und Lilienberg bekannt gewesen war, waren die Indizien gegen Richard erdrückend. Es konnte keine andere Erklärung geben.

#

Mit ihrem Laptop auf den Knien saß Franka auf der Couch im Wohnzimmer und skippte konzentriert durch Franziskas Handyfotos. Zu den Metadaten einzelner Bilder suchte sie die entsprechenden Tagebucheinträge heraus, wenn es denn welche gab. Das Leben eines Menschen ließ sich ganz gut daran ablesen, was seinem Auge wichtig erschien, dachte Franka. Auffallend war, wie viele Selfies die Frau von sich gemacht hatte. Auf keinem lächelte sie. Oft hatte Franziska die Blessuren, zu denen sie fast immer eine Erklärung niedergeschrieben hatte, mit dem Handy dokumentiert. Blaue Flecken an den Oberarmen und Verletzungen im Gesicht passten dazu, dass Richard das Essen nicht geschmeckt hatte, das Haus nicht sauber genug erschienen war, oder Franziska sich seiner Meinung nach nicht mit ganzem Einsatz um eine neue Arbeitsstelle gekümmert hatte. Vor Franka zeichnete sich das Bild einer immer wieder brutal misshandelten Frau ab, deren Martyrium sich in den letzten zwölf Monaten ihrer vierzehnjährigen Ehe kontinuierlich gesteigert hatte. Dabei schockierte sie nicht nur die körperliche Gewalt, vielmehr waren es Richards perfide Psychospiele, mit denen er Franziska gedemütigt hatte, weil er aus den Frauen, mit denen er schlief, kein Geheimnis machte. Wie bildlich Franziska trotz ihrer immer unleserlicher werdenden Handschrift die Momente schilderte, in denen sie sich minderwertig und schutzlos fühlte, ging Franka unter die Haut. Die Einträge, die seine sexuellen Übergriffe belegten, waren für Franka kaum auszuhalten. Sie klappte das Tagebuch zu und atmete durch. Wie hatte es die Therapeutin vorgestern am Telefon ausgedrückt? Franziska hatte in den letzten Monaten eine solche Angst vor Richard entwickelt, dass sie wie das Kaninchen vor der Schlange gesessen hatte.

Weiter zurückliegende Tagebucheinträge gaben zudem Aufschluss über die allgemeine Demut, mit der die Frau anscheinend seit Kindertagen durchs Leben gegangen war. Es immer allen recht machen zu wollen, nie gelernt zu haben, sich zu wehren oder Grenzen zu ziehen, hatten aus ihr in Frankas Augen das perfekte Mobbingopfer gemacht. Vielleicht war Franziskas betriebsbedingte Kündigung vor einem Vierteljahr der Brandbeschleuniger für die Verschlechterung ihrer psychischen Verfassung gewesen. Mehrmals hatte sie aufgeschrieben, wie wenig ihr das Jobcenter Hoffnungen gemacht hatte. Kurz vor ihrem Verschwinden hatte sie ein Gedicht notiert. Die Schrift war an einer Stelle verlaufen, das Papier gewellt. Vielleicht hatte sie beim Verfassen dieser Zeilen geweint?

Beim Herrn bin ich geboren
wie ein Kind so rein
in ihm liegt all mein Ursprung
sein Name wird nun mein.

Franka erinnerte sich an die zwei Bibeln, die man bei der Hausdurchsuchung in einem Karton im Keller gefunden hatte, und tippte die Zeilen in eine Suchmaschine. Es handelte sich um ein Kirchenlied, das man zu Taufen oder Beerdigungen sang. Wie effektiv, dachte Franka. Ein Song für den Anfang und das Ende des Lebens. So einen Pragmatismus hätte sie der Kirche gar nicht zugetraut.

Wieder fragte sie sich, was Richard wohl mit der Leiche seiner Frau angestellt hatte. Trieb sie noch in der Elbe? Oder hatte sie sich vor Wochen irgendwo am Ufer verfangen, wie der Körper von Girdauskas? Vielleicht klemmte er unbemerkt im Ruderwerk eines Schiffes? Morgen bekamen sie hoffentlich Gewissheit, wenn einhundert Beamte die Ufer der Elbe in der Nähe der Schleuse Geesthacht durchkämmten.

Das Telefon riss Franka aus ihren Gedanken.

«Erdmann.»

«Hilde hier. Franka, du, ich hab eben gar nicht geschaltet. Hör mal. Ich habe Pfarrer Remigus zum Essen eingeladen.» Franka brauchte einen Moment, Hildes Anruf einzusortieren. «Du weißt», fuhr Hilde fort, «unser Freund, der Martins Beerdigung durchgeführt hat. Also, vielleicht wirkt das jetzt wie ein Überfall, du kannst auch gerne Nein sagen, ich weiß ja von Martin, dass du nichts so sehr hasst wie persönliche Überfälle, aber … sag mal, magst du nicht spontan herkommen?»

«Jetzt?» Selten ließ sich Franka aus dem Konzept bringen, aber Hilde hatte sie voll erwischt.

«Um 20.00 Uhr wärst du hier. Das wird ein Abend für Martin. Ich weiß nicht, warum ich dich nicht gleich dazugebeten habe. Nichts hilft mir im Moment besser, als mich mit Menschen auszutauschen, die ihm nah waren. Seit zwei Wochen ist er tot, aber mein Leben geht ja weiter, Franka. Und mal ehrlich, du hast mehr Zeit mit ihm verbracht als ich. Zumindest in wachem Zustand. Ich glaube, das würde mir im Moment sehr guttun.»

Ohne Franka die Chance auf eine Zu- oder Absage zu geben, legte Hilde auf. Einfach so. Franka klappte den Laptop zu. Sie hatte den versteckten Hilferuf verstanden.

#

Als Alpay das selbst angerührte Dressing im Schraubglas schüttelte, erinnerte er sich, wie Franka immer sagte, dass es das perfekte Verbrechen in ihren Augen nicht gab. Prompt goss er etwas Salatsoße daneben. Ob Roicke wirklich angenommen hatte, dass ihm die Polizei nicht auf die Schliche käme? Er riss ein Stück Papier von der Küchenrolle. Oder hatte der Typ seine Frau im Affekt getötet und war dann erst gezwungen gewesen zu handeln?

Er setzte sich mit der großen Schüssel Salat an den Tisch, war aber zu faul, sich einen Teller aus dem alten aufgepimpten Küchenbüfett zu nehmen, das er im letzten Jahr in der Schanze günstig auf dem Flohmarkt geschossen hatte. Er aß den Salat direkt aus der Schüssel.

Wieder nahm er die Ausdrucke mit den Ortungsdaten zur Hand und schob sich eine volle Gabel in den Mund. Doch plötzlich stutzte er. Blätterte eine Seite zurück und wieder nach vorne. Langsam hörte er auf zu kauen und fixierte die Uhrzeiten der Funkverbindungen. Fuck. Dass passte doch nie im Leben zusammen.

Zügig stellte er den Salat in den Kühlschrank, schlüpfte in

seine Sneaker und griff sich im Flur neben dem unverkleideten Sicherungskasten seinen Parka vom Haken. Dann verließ er die Wohnung.

24 Donnerstag, 6. November, abends

Als Hilde Suttmann Franka um Punkt 20.00 Uhr die Tür des gepflegten Zwanzigerjahre-Rotklinkerhauses in Hamburg-Langenhorn öffnete, konnte Franka die Taxiquittung gar nicht so schnell einstecken, wie Hilde Franka an sich gedrückt hatte. Eine Nähe, die Franka für gewöhnlich bei Begrüßungen zu verhindern wusste. Aber Hilde war so herzlich, ihre Freude über Frankas Spontaneität so echt, dass Franka auch Hilde umarmte. Vielleicht war es aber auch ein Reflex aus Unsicherheit. Die unbewusste Nähe zu Martin fasste Franka insgeheim an.

«Ich habe jetzt nicht mal ein paar Blümchen dabei.»

«Ach, Franka.» Hilde lächelte warm und winkte ab. «Komm rein. Essen ist gleich fertig.»

Hilde sah gut aus. Sie lächelte tapfer. Trotz ihrer Trauer hatte sie sich zurechtgemacht. Zu einem dunkelblauen Rock kombinierte sie eine schlichte weiße Bluse unter der geblümten Küchenschürze. Sie hatte auch etwas Wimperntusche und dezenten Lippenstift aufgetragen. Als sie Frankas Lederjacke an die Garderobe hängte, lagen auf der Ablage noch Martins Hüte und Mützen. In jeder Ecke des Hauses war er präsent.

«Pfarrer Remigus hast du ja schon letzte Woche kennengelernt», sagte Hilde im Wohnzimmer.

«Guten Abend, Frau Erdmann. Wie schön, Sie wiederzusehen.» Der ältere Herr mit dem weißen Haar und dem verschmitzten Lächeln erhob sich von einer beigefarbenen Sitzgruppe, wobei er sich an der Marmorplatte des Wohnzimmertischs in die Senkrechte zog.

«Meine Knie.»

«Meine Klöße! Entschuldigt mich.» Hilde verschwand in der Küche.

«Die Hilde hat sich sehr gefreut, dass Sie so spontan zugesagt haben», sagte der Pfarrer leise und zuppelte an seinem weißen Kragen unter dem schwarzen Hemd, über dem er ein schwarzes Sakko zu einer schwarzen Hose trug. «Seit Martin nicht mehr da ist, schlägt sie sich sehr gut, wie ich finde. Übrigens auch mit Unterstützung der Kinder. Eine patente Frau, schon immer gewesen.»

Hilde kam mit einer Flasche Sekt zurück und bat Franka, die guten geschliffenen Gläser aus der Anrichte neben dem großen Panoramafenster zum Garten herauszunehmen. Dass Franka lieber mit einem Bier auf Martin angestoßen hätte, behielt sie für sich.

«Wie läuft's im Dezernat?» Hilde hatte mit geübtem Griff die Flasche mit einem satten Plopp entkorkt und die Gläser befüllt.

«Du weißt ja, wie chronisch unterbesetzt wir sind. Wenn sich dann auch noch Ermittlungen kompliziert gestalten …» Obwohl Franka Hildes Einladung gefolgt war, der Trauer um Martin mit gemeinsamen Erinnerungen zu begegnen, spürte sie doch die Befangenheit im Raum. Erst als der Pfarrer sein Glas zum Toast auf Martin erhob, sprach er die merkwürdige Situation an, was den Moment augenblicklich entkrampfte. Dass seine Worte weder kirchenschwer klangen noch vor Mitleid für Hilde tropften, gefiel Franka. Martin fehle jedem der drei auf unterschiedliche Weise, sagte er einfühlsam. Seiner Frau als Partner, Franka als Kollege und ihm, dem emeritierten Geistlichen, als enger Freund.

Plötzlich horchte Franka auf. Von irgendwoher war ein dumpfes Klopfen zu hören. Ein Geräusch, als hätte jemand am Fenster gekratzt, um anschließend die Fassade emporzusteigen. Auch Hilde und der Pfarrer hielten inne. Während Pfarrer Remigus nicht ausschloss, dass Martin anwesend sei und sich über das Beisammensein der drei freue, tippte Hilde sehr viel nüchterner auf den Marder, der seit einiger Zeit im Dachboden hauste. Weder das ausgelegte Stinköl noch das losplärrende Kofferradio mit dem Bewegungsmelder hatten das Tier bisher auf Dauer vertrieben. Entweder benutzte der heimliche Mitbewohner das Rosengitter an der Hauswand zum Wohnzimmer oder den Efeu vor der Küche, um sein Reich unter dem Giebel zu betreten. Solange er nichts kaputt machte, ließ Hilde ihn gewähren.

«Die Viecher sind nachtaktiv, die hassen das Licht. Martin hat deswegen extra eine Außenbeleuchtung anbringen lassen.» Hilde bediente den Schalter hinter den Gardinen des großen Fensters. Pfarrer Remigus schrie laut auf, sodass Franka vor Schreck etwas Sekt verschüttete. Reflexartig schaltete Hilde das Licht wieder aus.

«Himmel, was ist denn los?»

«Da steht eine Frau im Garten.»

«Bitte, was?» Hilde schaltete das Licht wieder an, doch als Franka hinausschaute, wirkte die Rasenfläche unter dem Flutlicht selbst im Herbst wie ein gepflegter Tennisplatz.

«Ich sehe nix.»

«Aber … Ich habe da eben ganz deutlich eine Frau stehen sehen», sagte er und schüttelte fassungslos den Kopf. «Beim Herrgott, wirklich. Völlig abgerissen sah die aus. Wie in einer Geisterbahn.»

«Vielleicht hast du dich in der Spiegelung der Scheibe selbst gesehen», sagte Hilde schmunzelnd. «Du musst mal wieder zum Friseur.»

Pfarrer Remigus nahm seine Brille ab und rieb sich die Augen. Kurz bevor Hilde dann zu Tisch bat, sah Franka, wie sich am Ende des kleinen Grundstücks neben dem Komposthaufen eine immergrüne Thujahecke bewegte. Beherzt öffnete sie die Terrassentür und rief hinaus. Sicher war sicher. Vielleicht drückte sich hier jemand auf der Suche nach einer gekippten Fensterscheibe oder anderer leichter Beute durch die Siedlung. Eine Katze sprang aus dem dunklen Grün, flitzte über den Rasen und verschwand in Nachbars Garten. Dann hatte der Pfarrer sich wohl tatsächlich selbst in der Scheibe gesehen. Schmunzelnd bezeichnete Hilde Franka als ähnlich paranoid, wie es Martin immer gewesen war. Berufskrankheit, flachste sie.

Hilde bat zu Tisch und wandte sich an den Pfarrer.

«Wärst du so lieb?»

Das hatte Franka befürchtet. Die beiden falteten die Hände zum Tischgebet. Ihre legte sie flach auf die Oberschenkel und war erleichtert, als das Ganze nach wenigen Sätzen kurz und schmerzlos zu Ende ging.

Hilde deutete auf die Schüsseln auf dem fein eingedeckten Tisch. «Rinderbraten, Bioqualität. Dazu Klöße, Rotkohl, selbstverständlich beides hausgemacht, und von der Soße ist noch in der Küche. Franka, bitte.»

Es duftete köstlich und Franka konnte sich nicht erinnern, wann sie das letzte Mal eine so fein zubereitete Hausmannskost vorgesetzt bekommen hatte.

«Und? Ist das Rennen im Dezernat um Martins Stuhl schon eröffnet?»

Franka starrte Hilde perplex an und stellte dann schleunigst die heiße Schüssel mit dem dampfenden Rotkohl zurück auf den Tisch, bevor sie sich die Hände verbrannte. Hilde Suttmann überraschte sie immer wieder. Die Frau war ähnlich direkt und geradeaus wie Franka. Martin musste sowohl privat als auch im Dezernat einiges ausgehalten haben.

«Schau mich nicht so an, Franka.» Hilde legte Pfarrer Remigus einen Kloß auf seinen Teller. «Martin hat diesen Posten vor vierzehn Jahren vom verstorbenen Rieckhoff übernommen. Himmel, war das ein Hin und Her damals, wenn du dich erinnerst.» Hilde stellte die Schüssel auf den Tisch. «Guten Appetit, wer hat, fängt an», sagte sie resolut.

«Zumindest hat Martin Sie immer für die einzig legitime Nachfolgerin gehalten, Frau Erdmann.» Der Pfarrer schob sich einen Bissen Braten in den Mund, schloss genüsslich die Augen und machte Hilde ein Kompliment in Bezug auf ihre Kochkünste. Hatte Franka sich verhört?

«Wie, Martin hat mich …»

«Natürlich, Franka», sagte Hilde, während sie Wein nachschenkte. «Er hat immer gesagt, die Einzige, die ihm den Laden zusammenhält, ist die Erdmann. Und bei seiner Beförderung damals hat er dich als einzige ernst zu nehmende Konkurrenz gesehen. Er hat es wirklich bedauert, dass dir die Beförderung zur Chefin der Abteilung 4 verwehrt bleiben würde.» Hilde wandte sich an den Pfarrer. «Die beiden sind fast ein Baujahr und wären innerhalb kürzester Zeit in Pension gegangen.»

«Na dann.» Der Pfarrer sprach mit vollem Mund. «Ich hoffe, Sie haben Ihren Hut bereits in den Ring geworfen. Für Martin. Der hat Sie sehr geschätzt, Frau Erdmann.»

Franka winkte ab. «Das sollen andere unter sich ausmachen.»

«Wer zum Beispiel? Jörg?» Hilde schüttelte den Kopf. «Da dreht sich der Martin im Grabe um, das sage ich dir. Von der Besoldungsstufe käme noch Hendrik Wahl infrage.»

«Oder jemand aus einem anderen Bundesland, weil in Hamburg die passende Planstelle frei geworden ist», sagte Franka und probierte den Rotkohl. Sie mochte die feine Wacholdernote. «Hört mal, um Martins Nachfolge kümmert sich der Kriminaloberrat in Absprache mit unserem Kriminaldirektor. Dann geht das Ganze auch noch über den Tisch der Personalabteilung, die schaut, wer überhaupt die Voraussetzungen erfüllt.»

«Du weißt genau, dass du dich selbst ins Gespräch bringen kannst, Franka. Ein Anruf, eine E-Mail.»

Sie schwieg. Hilde konnte sie nichts vormachen.

«Warum wehren Sie sich eigentlich mit Händen und Füßen?» Pfarrer Remigus lächelte. «Sie sind die Beste in Martins Team. Hat er mir selbst erzählt.»

Die Runde hätte Alpay gefallen, dachte Franka.

«Abgesehen davon, dass ich nicht will, wäre ich auch zu alt. Ihr glaubt doch nicht im Ernst, dass man eine einundsechzigjährige Beamtin auf den letzten Metern zur Abteilungsleiterin befördert, um dann in wenigen Jahren, wenn ich krumm und ausgepowert das Präsidium verlasse, das Spielchen von Neuem zu starten. Nein, ganz sicher nicht.» Sie nippte an ihrem Weinglas und wandte sich an Hilde. «Aber ich bin wirklich perplex, dass Martin mich als seine Nachfolgerin gesehen hat. Das rührt mich. Wirklich. Ich hatte immer das Gefühl, er war oft genervt von mir.»

«Ja, Franka, das war er auch.» Hilde zwinkerte dem Pfarrer zu, was Franka ein wenig verunsicherte. «Aber Martin war auch ganz oft genervt von *mir*. Trotzdem hat er mich geliebt. Und ich ihn.» Sie atmete durch und tupfte sich mit der Serviette die aufsteigenden Tränen aus den Augen. Sie erhob ihr Glas. «Ich danke euch beiden, dass ihr gekommen seid. Das bedeutet mir sehr viel.»

Es wurde ein launiger und trauriger Abend zugleich. Die Geschichten über Martin waren geprägt von Zuneigung, Humor und Respekt. Franka bewunderte Hilde, die ganz sicher nicht zu Hause rumsitzen und verrückt werden wolle, wie sie glaubhaft versicherte. Vielleicht engagiere sie sich in einer sozialen Einrichtung. Das taten viele, wenn es drastische Einschnitte im Leben gab wie Pensionierung oder der Tod eines Partners. Ja, etwas Gutes zu tun, diese Idee gefiel ihr. So wie Pfarrer Remigus über seine Pensionierung hinaus. Seit einigen Jahren im Ruhestand, so erzählte es Hilde bewundernd, lebte er nun in einem kleinen Apartment in einem Seniorenstift des Erzbistums Hamburg. Trotzdem unterstützte er immer noch das seelsorgerische Team seiner ehemaligen Kirchengemeinde und nahm dort einmal in der Woche die Beichte ab.

«Also, wenn Sie mal wieder etwas bedrückt, Frau Erdmann ... Zum Beispiel wenn Sie sich als neue Chefin der Abteilung 4 über eine sture Mitarbeiterin ärgern ...» Er zwinkerte ihr zu. «Der Altarraum von Sankt Abundus wird zwar gerade renoviert, aber mein Beichtstuhl steht Ihnen trotzdem jederzeit offen.»

Natürlich würde sie niemals zur Beichte gehen. Weder bei Pfarrer Remigus noch bei sonst irgendwem. Aber Franka war dankbar für seine empathische und humorvolle Art, mit der er nicht nur Hilde in ihrer Trauer auffing.

Auch Franka vermisste Martin.

25 Donnerstag, 6. November, nachts

Sie fuhr mit dem Lieferwagen rechts ran und versuchte, sich zu beruhigen. Vorsichtiger musste sie sein. Das war ihr vorhin klar geworden, als sie vor Schreck auf dem hell erleuchteten Rasen erstarrt war wie das Reh auf der Landstraße, das sie letzte Nacht auf den Kühler genommen hatte.

Sie hatte den Schrei des Alten sogar durch das geschlossene Fenster gehört, und als die Außenbeleuchtung wieder erloschen war, hatte sie sich in die Hecke neben dem Kompost gerettet. Als die hagere Frau mit den grauen Haaren die Terrassentür geöffnet und in den Garten gerufen hatte, hatte ihr das Herz bis zum Hals geschlagen. So eine Nachlässigkeit würde ihr nicht noch einmal passieren. Das Adrenalin hatte sie unvorsichtig werden lassen. Dabei fehlten ihr noch immer zwei wichtige Etappen bis zum Finale. Erst wenn sie auch dem letzten dieser Gutmenschen das Wasser tief in die Lungen gepresst und das verlogene Maul mit Salz ausgespült hatte, würde sie Ruhe geben. Aber seit heute Mittag ahnte sie, dass ihr dazu nicht mehr viel Zeit bleiben würde. In der Suppenküche auf St. Pauli hatte sie aufgeschnappt, dass man gestern Abend an den Landungsbrücken eine tote Frau aus dem Wasser gezogen hatte. Irgendjemand, der beim alten Elbtunnel Platte machte, hatte die Bergungsarbeiten der Wasserschutzpolizei im Flutlicht einer Barkasse beobachtet. Eigentlich konnte es sich nur um die Frau handeln, die sie im Oktober in Niedersachsen gefangen und schon am nächsten Tag im Fluss auf Höhe der Elbphilharmonie entsorgt hatte.

Sie startete den Wagen und fuhr über die Langenhorner Chaussee in Richtung Lurup. Niemand der feinen Damen und Herren, dachte sie bitter, die damals im Regen nach einem Konzert in Richtung U-Bahn und zu den Taxis geeilt waren, hatte Notiz von der Frau im Rollstuhl genommen. Im herbstlich heraufziehenden Nebel war sie mit ihrem Opfer in der Dunkelheit über den Platz der Deutschen Einheit bis zum Geländer des Hafenbeckens gerollt. Den Kasten des Konzerthauses aus Klinker und Glas in ihrem Rücken, hatte sie die Tote aus dem Sitz gehievt, die Hüfte gegen das Geländer gelehnt, die Füße angehoben und den Körper wie ein Brett über die Balustrade gekippt. Steif und unbeweglich hatte der Tod ihn werden lassen, doch wenn sie es recht überlegte, war Melanie schon immer steif und unbeweglich gewesen. Schon damals, als sie noch Zahnspange trug und Klumpe und nicht Lilienberg hieß.

Wann wohl der alte Meyer wieder zum Vorschein kam, den sie erst gestern in den frühen Morgenstunden bei Övelgönne ins Wasser geworfen hatte? Eins war klar: Jede Leiche erhielt irgendwann genügend Auftrieb und konnte trotzdem monatelang im Fluss unterwegs sein. Wie das Schicksal eines Familienvaters bewiesen hatte, der vor zwei Jahren nach einer Geburtstagsfeier an den Landungsbrücken ins Wasser gefallen und erst zwei Monate später in der Nähe des Museumshafens in der Elbe entdeckt worden war.

Wahrscheinlich spuckte das Wasser seine Toten erst dann wieder aus, wenn sie ihre Schuld beglichen hatten. Ein Gedanke, der ihr irgendwie gefiel.

Ob man schon die Verbindung zwischen all den Ertrunkenen erkannte? Vielleicht war die Polizei bereits im Begriff, einige der Puzzleteile zusammenzusetzen, die sie zuvor im Umfeld ihrer Opfer hinterlassen hatte. Man musste allerdings genau hinsehen, um das Muster zu erkennen.

Sie genoss die Fahrt durch das abendliche Hamburg. Der Verkehr entspannte sich mit jedem Kilometer in den Nordwesten der Hansestadt. Die regelmäßigen Lichter der Straßenlaternen beleuchteten den leeren Beifahrersitz, auf dem sie einige helle Hundehaare deutlich erkannte. Im Fußraum lag noch die Leine. Was der Hund wohl machte? Sie plagte ein schlechtes Gewissen. Aber mit der Hänel im Rollstuhl hatte sie unmöglich nach dem Tier suchen können. Vielleicht war es in einen Kaninchenbau gekrochen und steckte fest? Auch der Verkehr rund um den Hauptbahnhof war für einen herumstreunenden Hund lebensgefährlich.

Die Uhr am Armaturenbrett zeigte mittlerweile 21.30 Uhr. Der Schreck aus dem Garten hatte sich komplett gelegt und war erneut dem euphorisierenden Gefühl der Überlegenheit gewichen. Als sie sich der nächsten Kreuzung näherte, sprang auch diese Ampel auf Grün. Sie schmunzelte. Die ganze Fahrt über hatte sie grüne Welle gehabt. Sie umfasste das Lenkrad noch etwas entschlossener. Ein klares Zeichen dafür, dass sie auf dem richtigen Weg war.

Eine Stunde später leerte sie die letzte Packung Salz in die Tonne, in der sie es sammelte und mit dem sie im Inneren des Tanks nicht nur für den richtigen Auftrieb sorgte, sondern vielleicht auch der Erinnerung ihrer Opfer etwas auf die Sprünge half. Dann schaute sie die knapp drei Meter zur Hebevorrichtung hinauf, die über dem Tank schwebte und mit der sie die betäubten Körper durch die kleine Luke ins Innere und die Leichen anschließend wieder hinausmanövrierte. Anfangs hatte sie etwas Übung benötigt. Ihr erstes Opfer hatte sie beim Herunterlassen mit dem Schädel noch mehrmals gegen die aufgeklappte Einstiegsluke gefahren, doch gestern Abend hatte sie Barbara Hänel mit wenigen Bewegungen des Joysticks geräuschlos mit den Füßen voran auf ihre letzte Reise geschickt. Auf ihre vorletzte, korrigierte sie ihren Gedanken.

Damit der Frau das Salzwasser in der richtigen Konzentration durch Nase und Mund fließen konnte, musste sie noch einiges an Salz durch die Luke schaufeln. Hänel stand seit vierundzwanzig Stunden bis zur Hüfte im Wasser.

Das Gute zu töten, weil es nicht gut war, sondern schlecht, versetzte ihr einen Kick. Sie lächelte zufrieden, als sie sich an Barbara Hänels erstauntes *Nanu. Ich kenn dich doch ...* erinnerte. Wie sie sich dabei gestern mit dem Zeigefinger ans Kinn getippt hatte, als würde sich dadurch eine Blockade in ihrem Kopf zurechtruckeln und die Erinnerungslücke schließen, ohne auch nur die leiseste Ahnung davon zu haben, dass ihr gleich darauf die Projektile einer Taserpistole in den Hals schießen würden.

Einem Impuls folgend, umarmte sie den Tank wie bei einer Verabschiedung. Sie bestimmte über Ebbe und Flut in seinem Inneren und darüber, wann es genug war. Wenn sie die dumpfen Schreie hörte, das verzweifelte Klopfen oder das leise Kratzen der Fingernägel, während der Stimmritzenkrampf dafür sorgte, dass kein Wasser in die Lunge drang, dann erinnerte sie sich wieder an die über ihr im Wind segelnden Möwen. Die Schreie der Vögel klangen damals wie Warnungen, endlich von ihr abzulassen. Sie hatte gehustet und gefleht, sie hatte das Salzwasser in der brennenden Kehle gespürt, während die Panik vor dem Erstickungstod sie gelähmt hatte.

Sie fror und spürte die Scham, weil er sie erniedrigt hatte. Warum half ihr denn niemand? In ihrer Erinnerung hörte sie Melanie lachen, sah, wie sie mit Freunden am Strand stand und mit dem Finger auf sie zeigte. Längst hatte sie da schon zu weinen begonnen.

Doch bevor die Gedanken sie gänzlich fortrissen, stemmte sie sich mit ganzer Kraft gegen ihre Ohnmacht von damals. Sie riss die Augen auf und schnappte nach Luft. Ein Lied drang leise aus dem Tank und holte sie zurück in die Wirklichkeit. Sie presste das Ohr fest gegen das Aluminium. Hänels Stimme im Inneren versetzte das Metall spürbar in Schwingungen.

Wie unterschiedlich jeder Mensch doch reagierte, wenn er seinem Ende entgegenblickte, dachte sie. Hatte Harry Meyer noch mit letzter Kraft versucht, um sein verlogenes Leben zu kämpfen, dankte Barbara Hänel in ihrem finalen Moment dem Herrgott, dem die Scheinheilige ein Lied sang.

Ohne Zögern kletterte sie nun Sprosse für Sprosse über die Leiter auf den Tank. Wobei sie sich mit einer Hand am Geländer emporzog und mit der Schütte voller Salz in der anderen aufpasste, dass kein Kristall danebenfiel. Dann riss sie die Luke zu ihren Füßen auf und kippte das Zeug direkt auf die Frau hinunter. Vor Schreck hatte Barbara Hänel aufgehört zu singen, keifte stattdessen mit schriller Stimme: «Ich weiß, wer du bist!» Dabei kniff sie gegen das Industrielicht von der Decke die Augen zusammen. «Ich weiß es endlich! Du hast mir diese Scheißpostkarte geschickt. Die Grüße von Amrum. Das warst du!»

Ungerührt ließ sie den Deckel zurück in seine Arretierung fallen und sicherte die Luke mit dem vorgeschobenen Riegel gegen den Druck des aufsteigenden Wassers. Dann schnappte sie sich das Bedienteil der elektrischen Pumpe und drückte den Knopf. Die Euphorie schoss ihr ins Blut. Im selben Moment setzte der Motor ein, und sie spürte die Vibration des Aluminiumkörpers unter ihren Füßen, als würde sie jemand heftig durchschütteln. Nach einhundert Litern legte die Pumpe eine kurze Pause ein. Sie wusste, dass die Frau mit dem letzten Schwall Wasser von den Füßen geholt worden war. Entweder trieb sie auf dem Bauch oder auf dem Rücken. Die Nacht im hüfthohen Wasser und in totaler Finsternis musste sie bereits massiv geschwächt haben.

Sie kniete sich auf den Tank und presste ein Ohr auf das Metall. Ja, jetzt wusste Hänel, von wem sie zur Strecke gebracht worden war, und so stimmte ihre Mörderin summend in die Melodie mit ein, die dumpf durch das Aluminium schwang.

… in ihm liegt all mein Ursprung
sein Name wird nun mein.

Mit sattem Druck befüllte das nächste Intervall den Tank.

26 Freitag, 7. November, morgens

Als Franka um 7.25 Uhr an der Haltestelle Alsterdorf aus der U-Bahn stieg, hatte ihr die Fahrt mal wieder vor Augen geführt, wie viel schneller sie mit den Öffentlichen unterwegs war, als sich mit dem Auto durch den morgendlichen Berufsverkehr zu quälen. Doch auf der anderen Seite hatten ihr die vielen Fahrgäste und der Geruch nach nassem Hund und süßlichem Parfum über schwerem Schweißgeruch auch gezeigt, warum sie doch lieber zum Autoschlüssel griff.

In aller Herrgottsfrühe hatte sie der Fahrer des Abschleppwagens in Eimsbüttel mit Namen begrüßt, was Franka zu denken gegeben hatte. Die Reparaturen am Nissan gingen langsam ins Geld. Sollte sie das Auto verkaufen? Vor dreißig Jahren neu gekauft, betete sie jedes Mal, wenn der TÜV das Bodenblech begutachtete. Vielleicht war es Zeit für eine Veränderung.

Nach dem Abendessen bei Hilde war Franka im Taxi ins Grübeln geraten. Dass Martin sie als seine Nachfolgerin gesehen hatte, machte etwas mit ihr. Seine hohe Meinung über ihre Qualifikation schmeichelte Franka nicht, dafür war sie zu uneitel, vielmehr sah sie darin eine Bestätigung ihrer harten Arbeit, der sich ihr Privatleben seit jeher unterordnete. Vielleicht war ihre Aufklärungsrate daher eine der höchsten.

Schade, dass Martin das zu Lebzeiten nie hatte durchblicken lassen. Aber hatte sie ihm umgekehrt jemals gezeigt, wie sehr sie seine Gradlinigkeit bewundert hatte? Die Art, wie er sich schützend vor seine Kollegen stellte, wenn Staatsanwaltschaft und Presse mal wieder auf sein Team eingeprügelt hatten? Wenn Franka trotzdem einige Male zu seiner Zielscheibe geworden war, erkannte sie heute auch ihren Anteil daran. Vielleicht, so dachte sie, hätte sie ihn in manchen hitzigen Diskussionen nicht noch weiter provozieren müssen. Da war sie ehrlich.

Und dass Martin Jörg anscheinend *nicht* für seinen legitimen Nachfolger gehalten hatte, bestätigte nur Frankas Meinung über Martins Qualitäten als Chef. Der gestrige Abend in Langenhorn hallte nach, stellte sie auf ihrem Fußweg durch den Nieselregen zum Präsidium fest.

Sie nahm die Stufen hinauf ins Foyer, und während sie auf den Fahrstuhl wartete, friemelte sie ihre feuchten grauen Haare zu einem Zopf zusammen. Dann betrat sie die Kabine, drückte auf die Drei, und gerade als die Türen zusammenfuhren, schob sich Jörg zu ihr hinein.

«Oh. Na, du bist ja früh. Hallo, Franka», sagte er, und sie verstand seine Verwunderung nicht. Denn viel ungewöhnlicher war doch, dass ausgerechnet er so zeitig zur Arbeit kam. Er war frisch rasiert. Zu seinem glatten Gesicht kombinierte er ein weißes Hemd, einen sportlichen Anzug in Herbsttönen, dessen Sakko ein Stück unter seiner Winterjacke hervorschaute, und dunkelblaue Segelschuhe. Franka konnte sich nicht erinnern, ihn im Dienst jemals so schick angezogen gesehen zu haben. Vielleicht hatte sie seinen Geburtstag vergessen? Das wäre peinlich.

«Und? Gibt's Neuigkeiten?» Er wirkte aufgeräumt und interessiert. «Ich hoffe sehr, dass ihr dem Typen den Mord an seiner Frau lückenlos nachweisen könnt.»

Der Fahrstuhl hielt, bevor Franka den Stand der Dinge überhaupt beendet hatte, und als sich die Türen öffneten, folgte sie Jörg automatisch auf den Flur hinaus. Erst jetzt kapierte Franka, dass er bereits im zweiten Stock ausgestiegen war. Hier befanden sich die Büros der Abteilungsleiter – und des Polizeidirektors.

«Entschuldige, Franka, ich habe einen Termin.» Eiskalt ließ er sie stehen. Daher wehte der Wind also. Rasiert und mit frisch gebügeltem Hemd wollte er heimlich, still und leise an allen vorbei auf den Sessel des Abteilungsleiters segeln.

Sie stieg wieder in den Fahrstuhl und spürte diese Wut in sich aufsteigen, mit der sie früher immer wieder hatte kämpfen müssen. Wie oft hatte man sie bei Beförderungen übergangen, oder ihr die Leitungen heikler Fälle nicht übertragen wollen, weil man glaubte, eine Frau hielte dem Druck der Ermittlungen nicht stand wie ein Mann. Was für eine Scheiße! Sie hatte gedacht, die Zeiten seien vorbei, in denen Frauen sich im Job extra beweisen mussten. Doch Typen wie Jörg führten ihr mal wieder vor Augen, dass zwar die Zahl der Beamtinnen, die für den gehobenen Dienst infrage kamen, in den letzten Jahren stark gestiegen war, aber dass es immer noch Männer waren, die als Abteilungsleiter, Dienststellenleiter oder Kriminaldirektoren an den entscheidenden Stellschrauben drehten. Und diese Schieflage spiegelte sich gerade bei der Besetzung von Posten in Führungspositionen wider. Je höher in der Hierarchie, desto weniger Frauen traf man an.

Der Fahrstuhl hielt. Sie fragte sich, ob sie die letzten Jahre bis zur Pensionierung wirklich fähig sein würde, Jörgs Anweisungen Folge zu leisten. Martin würde sich vermutlich wirklich im Grabe umdrehen, wie Hilde es gestern ausgedrückt hatte.

Franka hasste nichts so sehr wie das Messen mit zweierlei Maß, und sie hasste Jörgs Inkompetenz. Sein Talent bestand in erster Linie darin, mit möglichst wenig Einsatz möglichst viel erreichen zu wollen.

In diesem Moment traf Franka eine Entscheidung.

Sie atmete durch, betrat das leere Großraumbüro und schaltete die Deckenbeleuchtung an. Am frühen Morgen roch es bereits nach abgestandenem Kaffee. Anscheinend waren die Kollegen der Nachtschicht gerade unterwegs. Lediglich auf Alpays Schreibtisch brannte die kleine Lampe, über seinem Stuhl hing der grüne Parka. Er war früh dran, dachte sie. Die Konferenz begann doch erst in einer Stunde. Sie sah die Stand-by-Beleuchtung des Druckers blinken und hörte Geräusche von nebenan aus ihrem Büro.

Dann lehnte sie sich in den Türrahmen und beobachtete Alpay, wie er farbige Pins auf dem Stadtplan an der Wand verteilte.

«Es ist nicht mal acht. Bist du aus dem Bett gefallen?»

«Morgen», antwortete er, ohne sich umzudrehen. Soweit sie sich erinnerte, war er das erste Mal in Jogginghose und Sweatshirt im Büro erschienen. Eigentlich etwas zu leger für jemanden, den man für gewöhnlich nur in Chinos und gebügelten Ober- oder Polohemden antraf. Tendenziell hielt Franka Alpay für ein wenig eitel.

«Kommst du vom Betriebssport?»

Erst jetzt entdeckte sie das Chaos in ihrem Büro. Auf dem Boden und auf dem Schreibtisch standen Umzugskartons. Die behördlichen Aufkleber verrieten, dass es sich um Asservate handelte. Er schien ihren fragenden Blick in seinem Rücken zu spüren.

«Das sind Franziskas Sachen. Hat Sybille wohl gestern nach Feierabend noch vorbeigebracht.»

Franka schaute durch ein Sammelsurium persönlicher Gegenstände. Darunter Bücher, die zwei Bibeln, die sie erinnerte, zerbröselte Trockenblumensträuße, eine Treuekarte für eine chemische Reinigung, ein abgelaufener Reisepass, ein zerfledderter Blutspendeausweis, zwei Brillen und allerlei anderer Krempel wie ein Porzellanpüppchen.

«Seit wann bist du hier?» Sie hängte ihre Lederjacke an die Garderobe. Dabei streifte ihr Blick eine alte Bekannte: Im Mülleimer entdeckte sie eine leere Energydrinkdose. Das passte nun überhaupt nicht zu ihm.

«Alpay?»

«Entschuldige. Was?»

«Seit wann du hier bist.»

Er beantwortete ihre Frage mit einer Gegenfrage. «Ist dein Auto wieder heil?»

Ganz offensichtlich schien ihn das nicht wirklich zu interessieren, denn immer noch stand er konzentriert vor der Karte.

«Moin, ihr zwei.» Sybille steckte ihren Kopf ins Büro und winkte mit einer Tüte vom Bäcker. «Ich habe uns Croissants …» Sie verstummte und wandte sich schmunzelnd an Franka. «Na, das hatten wir ja lange nicht.» Franka folgte ihrem Blick zum Klappbett hinter der Tür, das ihr in langen Ermittlungsnächten schon gute Dienste erwiesen hatte.

«Ich dachte», schob Sybille hinterher, bevor sie im Großraumbüro verschwand, «das machst du nur noch bei langen Spezialeinsätzen.»

Franka entdeckte das Laken, das aus der zusammengeklappten Mitte der Matratze heraushing.

«Vielleicht wird das ein Spezialeinsatz», sagte Alpay ernst und drehte sich das erste Mal um. Müde sah er aus – und besorgt. Dann reichte er ihr ein abgegriffenes Buch mit ranzigem Ledereinband.

«*Katholisches Gebet- und Gesangbuch für die Bistümer Hamburg, Hildesheim und Osnabrück*», las Franka auf dem Deckel.

«Schlag es auf.»

Sie öffnete den Deckel. Eine kindliche Handschrift hatte auf der ersten Seite *Wittdün auf Amrum, 1994* notiert.

«Nicht vorne», sagte er ungeduldig. «Ich meine die Stelle, wo ich das Lesezeichen reingelegt habe.»

Franka zog das Buch an dem rot schimmernden Band auseinander.

Beim Herrn bin ich geboren
wie ein Kind so rein
in ihm liegt all mein Ursprung
sein Name wird nun mein.

«Den Text habe ich gestern Abend in einem von Franziskas Tagebüchern gelesen», sagte sie überrascht und nahm die beiden Tagebücher und den USB-Stick aus ihrer Umhängetasche. «Ich hab im Netz nachgeschaut. Das Lied wird sowohl zu Taufen als auch zu Beerdigungen gesungen.»

Alpay nickte. Sie verstand seine besorgte Miene nicht. Nun reichte er ihr eine Postkarte. «Die steckte an der Stelle, die du jetzt aufgeschlagen hast, und – auf der Rückseite steht derselbe Text.»

Franka betrachtete zuerst das Motiv der Karte: die Nordseeinsel Amrum, fotografiert aus der Vogelperspektive, adressiert an Franziska Roicke im Charlottenstieg 4b in Farmsen-Berne. Eingeworfen wurde die Karte laut Stempel in Wittdün auf

Amrum am 21. September, vier Tage vor Franziskas Verschwinden.

«Was für eine Sauklaue», sagte Franka, als sie den Text überflogen hatte. Eine Unterschrift suchte man vergebens. Was hatte das zu bedeuten?

«Erinnerst du dich, als wir uns vor vier Tagen das erste Mal mit Kristine Girdauskas in der Wohnung ihrer Mutter getroffen haben?» Alpay raufte sich die Haare.

«Am Montag, ja.»

«Wir waren schon auf dem Weg aus der Tür, da hat sich Kristine die Strickjacke ihrer Mutter umgelegt und dabei die ganzen Magnete vom Kühlschrank geräumt. Klingelt da was?»

Sie nickte.

«Da hing so eine Postkarte», fuhr Alpay fort. «Dasselbe Motiv, da bin ich ziemlich sicher. Amrum aus der Vogelperspektive. Zufall? Wir müssen noch mal in die Wohnung von Frau Girdauskas. Ich will wissen, was auf der Karte steht.» Er ging vor dem Fenster auf und ab. «Und es würde mich nicht überraschen, wenn wir in ihren Sachen auch so ein Gesangbuch finden. Scheiße, Franka. Ich glaube, wir sind die ganze Zeit nicht weit genug zurückgegangen.»

«Auf der Suche nach dem verbindenden Element?»

Er nickte. «Vielleicht sind die Karten der Link. Keine Daten der TKÜ, keine E-Mails, keine Kontakte in irgendwelchen Telefonen.» Er klappte den Deckel des Gesangbuchs in Frankas Händen auf und tippte auf die kindliche Handschrift *Wittdün auf Amrum, 1994*. «Vielleicht sind die Postkarten so eine Art Gruß aus der Vergangenheit, mit denen die Frauen indirekt gewarnt worden sind. Ich habe keine Ahnung.»

«Und was ist dann mit Richard Roicke?»

Alpay zuckte die Schultern. «Als Täter schließe ich ihn deswegen nicht gleich aus. Dazu ist die Indizienkette einfach zu belastend. Aber vielleicht hat er Girdauskas und Lilienberg aus einem ganz anderen Motiv getötet, als wir bisher angenommen haben. Nicht aus Angst, dass die beiden ihn bei der Polizei wegen des Mordes an seiner Frau anzeigen, sondern wegen irgendeiner Sache, die vielleicht Jahrzehnte zurückliegt. Wir brauchen einen Schriftabgleich.»

Langsam begriff Franka, was sich Alpay in der letzten Nacht zusammengepuzzelt hatte. «Und wenn es Zeugen gibt, die ihn an dem Tag in Hamburg gesehen haben, an dem die Postkarten auf Amrum eingeworfen wurden?»

Alpay überlegte nicht lange. «Vielleicht ist Sabine Achilles im September auf die Insel gereist. Oder sonst wer, den er beauftragt hat.»

«Mal angenommen, du hast recht», sagte Franka und lehnte sich gegen das Fensterbrett. «Wenn wir bei Lilija Girdauskas die gleiche Postkarte mit demselben Liedtext finden, dann müssen wir im Leben dieser Frauen mindestens dreißig Jahre zurückgehen.»

27 Hamburg, 1994, Herbst

Pack schon aus, Mäuschen», sagte Bettys Mum und deutete auf das in buntes Papier verpackte Geschenk, das der Vater Betty am Frühstückstisch überreichte.

«Lass das, Marieke», sagte er und gab ihrer kleinen Schwester einen leichten Klaps auf den Hinterkopf, weil sie sich eine bunte Schokolinse vom Kuchen mit den vierzehn brennenden Kerzen gepult hatte.

«Zwei Geschenke?» Ungläubig schaute Betty zu ihrer Mutter. Die Oversized-Jeans, die sie sich sehnlichst gewünscht und für die sie so gekämpft hatte, hatte sie bereits ausgepackt und angezogen. Ihre Eltern waren nicht wirklich geizig, aber bei Klamotten vertrauten sie eher ihrem eigenen Geschmack als den Wünschen ihrer Kinder. Außerdem bekam jeder für gewöhnlich nur ein Geschenk.

«Jetzt mach schon auf», drängelte ihr Bruder, und gerade als Betty das Papier aufreißen wollte, ging die Mutter sanft, aber bestimmt dazwischen. «Bettina, bitte. Wenn du das Klebeband löst, kann man das Papier wunderbar noch einmal verwenden.» Ungeduldig fummelte sie mit dem Fingernagel die Verpackung auf, dabei spürte sie wieder etwas Weiches. Endlich hatte sie das Klebeband gelöst, faltete das Papier auseinander und hielt perplex die passende Jeansjacke zur neuen Hose in den Händen.

«Mum!» Sie flippte aus vor Freude und hätte fast *geil* gesagt, bekam aber die Kurve zu *abgefahren*. Sie fiel erst ihrer Mutter, dann ihrem Vater um den Hals, und Jan und Marieke beschwerten sich prompt, weil Betty zwei Geschenke bekommen hatte.

«Mäuschen, vergiss nicht die Kerzen und trink deinen Tee», mahnte die Mutter. «Wenn du zu spät kommst, bekomme ich wieder Ärger mit Frau Hänel, weil der Diakon so spontan keinen Messdiener ersetzen kann. Und das ausgerechnet im Erntedankgottesdienst.»

«Immer noch schwierig mit ihr?», fragte der Vater, während Betty in ihre Jacke schlüpfte und begeistert über die Stonewaschung war, die perfekt zur Hose passte. Die Mutter winkte ab. «Auf alle Fälle möchte ich es vermeiden, den Zorn der *Heiligen Barbara* auf mich zu ziehen, nur weil unsere Tochter den Diakon in Schwulitäten bringt.» Die Mutter schlug sich die Hand vor den Mund. Ihr Sohn lachte. Betty wusste nicht, wieso, jedenfalls kassierte Jan vom Vater eine Kopfnuss.

An einem Sonntag Geburtstag zu haben, dazu noch am Erntedankfest, machte auch keinen Unterschied zur Schulwoche, dachte Betty. Selten konnte man ausschlafen, und gerade war es so gemütlich am Frühstückstisch, dass sie es fast ein wenig bereute, sich ausgerechnet an ihrem Geburtstag für den Altardienst gemeldet zu haben.

«Hast du dir schon was gewünscht?», fragte der Vater, der sich den Kragen seines weißen Hemdes zuknöpfte. Die dünnen Geburtstagskerzen auf dem Kuchen waren bereits zur Hälfte heruntergebrannt. Inständig hoffte sie, dass sich ihre Eltern doch noch erweichen ließen und ihr die Jugendfahrt nach Amrum erlaubten. Der Vater hatte gesagt, sie dürfe erst im nächsten Jahr mit. Auf Bettys Einwand, dass Jan aber schon mit dreizehn seine erste Fahrt hatte machen dürfen, war der Vater überhaupt nicht eingegangen. Wieder einmal hatte sie die Unterschiede zwischen Männern und Frauen kapiert – nicht nur in ihrer Kirche.

«Mäuschen. Brauchst du es schriftlich? Na los, wünsch dir was», sagte die Mutter, und auch der Vater schaute sie erwartungsvoll an. Der Moment für einen neuen Vorstoß war günstig. Betty setzte, wie sie glaubte, ihr süßestes Gesicht auf. «Mum, Paps ... Ich ... bitte, bitte, darf ich mit nach Amrum fahren?»

«Bettina», sagte die Mutter.

«Geht das schon wieder los», sagte der Vater.

«Fast die ganze Jugendgruppe fährt. Melanie Klumpe darf auch mit. Hat ihr der Vater erlaubt.»

«Melli ist fünfzehn.» Bettys Bruder Jan fiel ihr in den Rücken. Sie hätte ausflippen können, riss sich aber zusammen.

«Aus ganz Schleswig-Holstein und Niedersachsen kommen Kinder.»

«Nein», sagten die Eltern gleichzeitig.

«Jungen dürfen alles, Mädchen müssen erst fünfzehn sein.»

«Was soll das denn heißen?» Die Mutter trieb die Geschwister dazu an, den Frühstückstisch abzuräumen. Wie immer, wenn es anstrengend mit den Kindern wurde, verzog sich der Vater ins Bad. Neulich hatte Betty ihn zufällig genervt zu ihrer Mutter sagen hören, dass Bettina seit einigen Wochen ein schwieriges Alter am Wickel hatte. Nur weil sie ihre Eltern überführte, wenn sie unlogisch argumentierten?

«Mum, du hast doch selbst mal gesagt, dass du Johannes Paul modern findest.»

«Was hat die Öffnung des Ministrantendienstes für Mädchen bitte damit zu tun, dass wir dich mit deinen vierzehn Jahren für zu jung halten, um mit der katholischen Jugendgruppe eine Woche nach Amrum zu fahren?»

«Bi-tte.»

«Nein, Bettina. Du hast deinen Vater gehört. Nächstes Jahr.»

«Das ist soooo ungerecht. Wie das Ding mit den Priestern.»

Bettys Mutter blieb mit zwei Händen voll benutztem Frühstücksgeschirr in der Tür zur Küche stehen. «Geht *das* jetzt wieder los?»

«Sag mir, warum!»

Betty war auf ihrem Stuhl sitzen geblieben und verschränkte die Arme. Aus der Küche hörte sie die Mutter mit Geschirr klappern.

«Mama, seit Jahren fliegen Männer und Frauen gemeinsam ins All. Warum können Frauen dann nicht auch Priester werden?»

Die Mutter lachte. «Und wie nennt man die dann? Priester*innen*?» Der Wasserhahn lief, und die Mutter hörte nicht auf, sich zu amüsieren. «Priester*in*. Bettina, nein. Das klingt fast noch absurder als Bundeskanzler*in*.»

Das waren die Momente, in denen sie die Engstirnigkeit ihrer Mutter kapierte. Kacke. Alle freuten sich auf die Fahrt nach Amrum, nur sie durfte nicht mit. Voll peinlich. Sie hätte heulen können. Vor Wut und vor Enttäuschung. Vor dem Einschlafen stellte sie sich in letzter Zeit immer vor, wie sie am Strand von Amrum auf einer Decke lag und in den Himmel schaute, während sie die Nordsee unaufhörlich wild rauschen hörte und den Möwen dabei zuschaute, wie sie hoch am blauen Himmel ihre Kreise zogen. Dann spürte Betty Enno aus der Jugendgruppe neben sich liegen. Aus Versehen berührten sich ihre Schultern.

Ob er sie wohl auch ein ganz kleines bisschen mochte, also *mehr* mochte?

«Bettina», sagte der Vater streng und beförderte sie aus ihrem Tagtraum zurück an den heimischen Esstisch. «Ich habe jetzt gleich die Faxen dicke. Puste endlich die Kerzen aus!»

Sie rollte mit den Augen und holte tief Luft, so, als würde sie für eine lange Zeit unter Wasser tauchen.

28 Freitag, 7. November, morgens

Franka beendete das Telefonat mit der Tochter von Lilija Girdauskas, die sich bereit erklärt hatte, die Polizei noch einmal in die Wohnung ihrer Mutter zu lassen. Sie hörte, wie Alpay im Büro nebenan mit Ina Reitzenbach telefonierte und sie instruierte, bei Girdauskas nicht nur die Postkarte unter dem Kühlschrank sicherzustellen, sondern sich auch nach einem Gesangbuch umzusehen.

«Ja, genau, ein Gesangbuch», wiederholte Alpay seine Bitte. «Ich schicke dir ein Foto per WhatsApp. So oder so etwas Ähnliches suchen wir. Und kannst du danach bitte auch mit Markus Lilienberg Kontakt aufnehmen? Am besten fährst du hin ... Ja, Ina. Ich weiß, wie lange man da rausfährt.»

Er bedankte sich knapp und beendete das Telefonat. «Alter, gibt's doch nicht», hörte Franka ihn genervt sagen. Manchmal, so dachte sie, erinnerte Alpay sie ein wenig an sich selbst. Sie wusste nicht, ob sie das gut oder schlecht finden sollte, konnte aber nicht umhin, bei dem Gedanken zu schmunzeln.

«Wann ist dir eigentlich der Gedanke wegen der Postkarte gekommen?», fragte sie ihn, als er wieder im Türrahmen auftauchte. «Bist du deswegen so früh hier?»

«Nein.» Er deute auf die Pins, die er in den Stadtplan gesteckt hatte. «Das sind die Funkzellen, durch die sich Franziskas Handy an dem Abend ihres Verschwindens bewegt hat. Die haben

mich gestern Abend zum ersten Mal stutzig gemacht. Sybille?!»,
rief er nach nebenan. «Hat sich Marcel gestern in der Nachbarschaft der Roickes umgehört?»

«Moment, ich suche dir das raus!»

Auch wenn Franka immer noch nicht wusste, was das hier
werden sollte, ihr gefiel, wie tief sich Alpay in den Fall kniete. Seine Anspannung hatte sich längst auf sie übertragen. Sie
schob ihre Lesebrille auf die Nase und verfolgte noch einmal die
Pins auf dem Stadtplan.

«Eine gute, eine schlechte Nachricht», sagte Sybille und betrat das Büro mit einem Notizbuch in der Hand. «Der Nach-
bar von gegenüber kann sich an den Abend nicht erinnern. Zu
lange her.»

«Und was ist dann die gute?» Alpay klang ungeduldig.

«Die hat Marcel euch auf den Server hochgeladen.»

Zügig setzte er sich an Frankas Schreibtisch und weckte den
Bildschirm aus dem Schlafmodus. «Passwort?» Alpay schaute
zu Franka. «armin2022, alles kleingeschrieben», sagte sie ohne
Zögern. Er lächelte warm, weil er begriffen hatte, dass Franka
ihrem verstorbenen Kollegen, Alpays Vorgänger, damit ge-
dachte. Sybille öffnete ihr Notizbuch. «Eine Nachbarin hat ihre
Freunde am 25. September zum Grillen eingeladen. Die hatte
Geburtstag. Es gibt ein Handyvideo von dem Abend.»

Alpay klickte sich konzentriert durch die Dateien, bis Franka
Musik und lautes Lachen aus ihrem Computer hörte.

«Mensch, Ingrid, nimm deine Flossen aus dem Nudelsalat.»
Als sie hinter Alpay trat und auf den Bildschirm schaute, war in
einem verwackelten Handyvideo eine feuchtfröhliche Grillparty im Gange. Um 21.30 Uhr war es bereits dunkel, und die Szenerie wurde lediglich von Tischleuchten und Lampions erhellt.

Eine Frau mit einem Sektglas in der Hand näherte sich grinsend der Kamera und leckte mit ihrer Zunge in Großaufnahme über die Linse. Man hörte noch die Kamerafrau angeekelt aufschreien, alle lachten, dann war die Aufnahme zu Ende.

«Geh noch mal ein Stück zurück», sagte Franka. «Siehst du im Hintergrund die Straßenlaterne? Bevor die Kamera auf den Grill schwenkt. Ist das Franziskas Wagen, der bei den Roickes auf das Grundstück fährt?»

Alpay hielt die Aufnahme an. Es handelte sich eindeutig um Franziskas Auto.

«Die Frau ist nach ihrer Verabredung tatsächlich nach Hause gekommen. Wie es die Handydaten nahegelegt haben.» Franka klopfte Alpay auf die Schulter. «Dann hattest du recht. Roicke hat seine Frau getötet und die Leiche dann irgendwohin gebracht.»

«Ehrlich gesagt», Alpay biss sich auf die Unterlippe, «bin ich mir da nicht mehr so sicher, Franka.»

«Wie jetzt? Das passt doch alles in deine Theorie. Oder bist du unsicher, wie die Postkarte da reinpasst? Lass uns doch erst mal abwarten, ob Ina in der Wohnung von Frau Girdauskas überhaupt fündig wird.»

«Es ist nicht die Postkarte, Franka. Der *eigentliche* Grund, warum ich schon im Büro bin, ist folgender: Gestern Abend habe ich mich zu Hause noch mal mit den Aufzeichnungen der TKÜ beschäftigt.» Er kratzte sich die Bartstoppeln. «Demnach ist Franziskas Handy um 21.34 Uhr in einer Funkzelle ihrer Nachbarschaft getrackt worden. Dazu passt die Aufnahme der Nachbarin. Um 22.00 Uhr wurde das Gerät aber bereits wieder von einer anderen Funkzelle aufgefangen. Demnach hätte Richard Roicke nur sechsundzwanzig Minuten Zeit gehabt, seine Frau zu begrüßen, ins Badezimmer zu locken, zu töten, ihre Leiche unbemerkt von der Gartenparty der Nachbarn in ihren Wagen zu verfrachten und mit der Leiche im Kofferraum zurück in die Funkzelle zu fahren, in der ihr Telefon dann das letzte Mal registriert worden ist. Nur sechsundzwanzig Minuten, Franka. Da stimmt was nicht.»

29 Hamburg, 1994, Herbst

Als Betty eine Stunde später das kleine Zimmer im Gemeindehaus der Sankt-Abundus-Kirche betrat, das die Mädchen als Umkleide für den Altardienst benutzten, war sie allein. Die fürchterlichen Gembris-Zwillinge hatten Scharlach und fielen wohl für längere Zeit aus. Herr Weiß war für die Einteilung der Minis, wie er die Ministranten immer nannte, verantwortlich. Bettys Freude war groß, denn Joost Haberbeck und Enno sprangen ein. Enno war vor einigen Wochen zum Leiter der Messdienergruppe der Gemeinde bestimmt worden. Mit Jan-Malte, dessen polnischen Nachnamen sie sich nie merken konnte, waren sie zu viert im Dienst und Betty seit langer Zeit mal wieder das einzige Mädchen. Enno hatte ihr kurz zum Geburtstag gratuliert, wobei ihr Puls ganz schön beschleunigt hatte. Dann hatte er sie dazu eingeteilt, die Einzugsglocke zu läuten und damit dem Organisten das Zeichen zum Spiel zu geben. Außerdem würde sie zusammen mit ihm dem Pfarrer beim Altardienst die Hostienschale und den Kelch reichen. Ob Enno die Einteilung extra so gemacht hatte, dass *er* mit *ihr* zusammenarbeitete?

Der Ministrantendienst war ziemlich anspruchsvoll. Man brauchte einiges an Erfahrung, und wenn man den Gottesdienst nicht vermasseln wollte, musste man wach für die Liturgie sein. Eine verantwortungsvolle Aufgabe, wie der Diakon nie müde wurde, ihnen einzuschärfen. Man konnte sich kein Nickerchen erlauben, wenn der Pfarrer die Predigt in die Länge zog.

In der Umkleide hatte Betty die neue Jeansjacke bereits ausgezogen und auf den Stuhl neben dem Standspiegel gelegt, an den Barbara Hänel Bettys roten Talar mit dem mit Spitze verzierten weißen Rochett auf einen Bügel gehängt hatte. Nun zog sie sich das Sweatshirt über den Kopf und hörte einige Haarsträhnen elektrisch aufgeladen knistern. Doch blieb ihr Blick im Spiegel nicht an ihrer wilden Frisur hängen, sondern an den körperlichen Veränderungen der letzten Monate, an die sie sich immer noch nicht so richtig gewöhnt hatte. Sie war ja nicht blöde und wusste natürlich, dass die Pubertät sie fest im Griff hatte. Gerade im letzten Jahr war sie nicht nur in die Höhe gewachsen, das hatte sie auch ihre Mutter mal zu ihrer Freundin Moni sagen hören.

Unter Bettys dünnem Unterhemd zeichneten sich die Träger ihres BHs ab. Sie nahm den Talar vom Bügel und wurschtelte sich von unten zuerst mit beiden Armen hinein, was bei dem schweren Stoff nicht ganz einfach war. Als sie den Kopf endlich aus dem Kragen schob, erschrak sie. Im Spiegel erkannte sie in der geöffneten Tür den neuen Diakon hinter sich stehen.

«Entschuldige, Bettina. Ich hatte geklopft.» Peter Weiß lächelte freundlich und sie spürte, wie sie rot anlief, was ihr in letzter Zeit ziemlich oft passierte. Wie lange hatte er dort schon gestanden?

«Ich wollte dir vor der Messe nur schnell zum Geburtstag gratulieren», sagte er und griff tief in eine der vorderen Hosentaschen. «Großartig, dass du heute dabei bist.» Dann reichte er ihr ein kleines braunes Papiertütchen, das sie auch ohne das Klebeetikett als Präsent aus dem Kirchenshop erkannt hätte.

Ein kleines Rosenkranzarmband aus bunten Glassteinen für vier Mark. Oft hatte Betty im Shop die Preise auf die Andenken geklebt. Der Diakon stand lächelnd vor ihr.

«Ich hoffe, du freust dich.»

«Danke schön», sagte sie höflich und wusste gar nicht, warum sie eine so nette Geste verunsicherte. Er starrte sie erwartungsvoll an, weshalb sie das Armband anlegte. Er lächelte. Eigentlich mochte sie den Mann. Er war Mitte dreißig. Die schwarze Brille mit dem klobigen Rahmen ließ ihn einige Jahre älter aussehen, so wie seine stets glänzende Halbglatze, über die sich Enno und Joost immer lustig machten. Peter Weiß war vor zwei Jahren nach Hamburg gekommen. Er hatte vom Bischof den Auftrag erhalten, sich besonders um die Alten in den Heimen zu kümmern, wie er ihnen selbst einmal erzählt hatte. Herr Weiß sollte außerdem Brücken bauen, und wie der Papst es sich wünschte, die Kirchentore für alle Menschen weit aufstoßen. Neben Frau Hänel war auch er für die Kinder- und Jugendarbeit zuständig und organisierte gemeinsam mit ihr die aktuell anstehende Reise nach Amrum.

«Wirklich schade, dass du nicht mitfahren darfst, Bettina. Wirklich schade.» Er lächelte, und als er die Tür hinter sich zuzog, erkannte sie im Halbdunkel Frau Hänel auf dem Flur stehen. Hatte sie die beiden belauscht?

Kurz darauf zogen Betty und die anderen Messdiener hinter dem Pfarrer in die Kirche ein, der den Altar küsste und «Der Herr sei mit euch» sagte, worauf die Gemeinde mit «Und mit deinem Geiste» antwortete. Jedes Mal war Betty ergriffen.

Schön herbstlich dekoriert sah der Altarbereich aus, wie sie fand. Immer wieder schaute sie verstohlen zu Enno hinüber, der neben Joost auf der Bank gegenüber saß, während Jan-Malte neben Betty Platz genommen hatte. Gestern Nachmittag hatten sie mit den anderen Jugendlichen aus der Gruppe den Altar mit Körben voll Obst und Gemüse, mit selbst gebackenem Brot und Bündeln aus Weizenhalmen geschmückt. Sie mochte den Zusammenhalt in der Jugendgruppe und den Glauben daran, dass vor Gott alle Menschen gleich waren. Nur das mit den Männern und den Frauen kam irgendwie nicht so ganz hin, das wurde Betty immer öfter bewusst, auch wenn ihre Eltern anscheinend keine Notwendigkeit sahen, daran etwas zu ändern.

Obwohl Erntedank im katholischen Kirchenjahr kein offizielles Fest darstellte, wie der Pfarrer bei seiner Begrüßung gesagt hatte, feierten sie heute die Eucharistie und den Sonntag. Aber die Gemeinde nahm den reichhaltigen Herbst zum Anlass, Dankbarkeit zu zeigen, für die Ernte, das Leben und Gottes Schöpfung. Betty hätte heulen können, nur sie war die Gearschte, deren Eltern voll rumspießten und sie nicht mit den anderen nach Amrum fahren ließen. Wovor hatten sie denn Angst? Sie war nicht der Typ, der heimlich Alkohol probierte oder sich mit Jungs einließ.

Der Gottesdienst schritt voran. Besonders die erste Lesung des Lektors war lang. Dazu nuschelte er und war auch verstärkt über die kleine Tonanlage kaum zu verstehen. Plötzlich hatte sie das komische Gefühl, als würde jemand hinter ihr stehen, und drehte sich um. Sie zuckte kurz zusammen, weil unter dem riesigen Holzkreuz an der Wand der Diakon stand. Sofort schlug er die Augen nieder, als sich ihre Blicke trafen. Irgendwie konnte Betty sich des Gefühls nicht erwehren, dass er in diesem Moment nur zur Ablenkung in seinem Gesangbuch blätterte. Unwohl befühlte sie das Rosenkranzarmband an ihrem Handgelenk.

Als der Lektor am Pult endlich seinen Text aus der Apostelgeschichte beendet hatte, drehte Betty sich noch einmal nach Herrn Weiß um. Doch er war verschwunden. An seiner Stelle stand wieder Frau Hänel, die Betty aus kalten Augen anstarrte.

Als der Gottesdienst vorüber war, war Enno zu Bettys Enttäuschung mit Jan-Malte und Joost zum Bolzplatz gezogen. Statt in die Eisdiele zu gehen, hatte sie ihrer Mutter und einigen anderen Frauen der Gemeinde dabei geholfen, die Dekoration vom Altar zu räumen, und betrat nun den kleinen Raum, um sich wieder umzuziehen. Frustriert schaute sie in den Spiegel. Wie sagte man einem Jungen, dass man ihn toll findet? In solchen Dingen war sie ungeübt, egal, wie erwachsen sie sich manchmal schon vorkam. Na gut. Dann würde sie sich auf den Nachmittag freuen, wenn es Tee und Geburtstagskuchen gab und Tante Inge zu Besuch kam.

Bevor Betty das Rochett und den Talar über den Kopf zog, vergewisserte sie sich, dass niemand hinter ihr stand. Leider ließ sich die Tür nicht abschließen. Zuerst zog sie das Rochett über den Kopf und hängte es schleunigst zurück auf den Bügel. Niemand von den Minis traute sich, Ärger mit Frau Hänel zu riskieren, weil man seine Sachen nach dem Gottesdienst einfach auf den Stuhl geworfen hatte. Dann griff Betty mit beiden Händen nach dem Saum des Talars, der bis hinunter zu ihrer Wade reichte. Noch einmal schaute sie sich nach der Tür um. Das Gewurstel begann von Neuem, nur in die entgegengesetzte Richtung. Sie musste mehrmals nachfassen, und das enge Unterhemd rutschte dabei aus der Jeans. Sie spürte genau, wie es sich langsam an Bauch und Rücken Richtung BH aufrollte. Ihr wurde heiß hier drinnen, doch als sie plötzlich den Luftzug auf ihrem nackten Bauch spürte, wusste sie sofort, dass jemand die Tür geöffnet hatte. Immer hastiger strampelte sich Betty aus ihrem roten Kokon. In völliger Panik riss sie die Kutte nach oben, da spürte sie plötzlich zwei warme schwitzige Hände auf ihrem nackten Bauch und Rücken. Sie schrie. Dann hatte sie das Teil endlich über den Kopf gezogen.

«Mäuschen», sagte ihre Mutter erschrocken.

«Mama!» Fast hätte sie angefangen zu heulen. Dann kam sie sich total bescheuert vor.

«Das ist ja hübsch», sagte die Mutter mit Blick auf das Armband an Bettys Handgelenk. «Hast du das von deinen Freunden bekommen?»

«Das ist von Herrn Weiß. Weil ich an meinem Geburtstag Dienst gemacht habe.» Als Betty im Spiegel erkannte, dass ihre Mutter die Tür aufgelassen hatte, beeilte sie sich, das Sweatshirt anzuziehen, aber sie musste erst beide Ärmel sortieren, die sie vorhin beim Ausziehen auf links gezogen hatte.

«Oh», sagte plötzlich der Diakon, als er vom Flur aus im Türrahmen auftauchte und Betty, so verschwitzt, wie sie in ihrem Unterhemd dastand, musterte. Jetzt war sie sicher, dass sein Blick kurz über ihren Körper glitt. Aber anscheinend bereitete nur ihr diese Situation Unbehagen. Denn weder Herr Weiß noch Bettys Mutter schienen es merkwürdig zu finden, dass sie noch nicht vollständig wieder angezogen war. Anscheinend sah Bettys Mum immer noch das kleine Mädchen in ihr und keine Vierzehnjährige, der immer öfter Dinge peinlich waren. Aber sie traute sich nicht, etwas zu sagen, sondern beeilte sich mit dem Anziehen.

«Das haben unsere Minis wieder ganz prima gemacht», sagte ihre Mum.

«Schade, dass Betty nicht mit uns nach Amrum fahren darf», entgegnete Weiß, und Betty erkannte plötzlich den Hauch einer Chance.

«Im nächsten Jahr, Herr Weiß», sagte die Mutter.

«Sie ist wirklich bei allen sehr beliebt. Die Kinder …»

«Ach, hier sind Sie.» Barbara Hänel betrat den Raum und stellte demonstrativ schnaubend zwei Körbe vor Bettys Mutter ab. «Die standen noch unter dem Taufbecken. Ich dachte, Sie kümmern sich um die Lebensmittel? Wenn man nicht alles allein macht.» Die Hänel mochte Bettys Mutter nicht, jeder in der Gemeinde wusste das. Dass Herr Weiß dabei eine Rolle spielte, war hingegen nur ein Gerücht.

Der Diakon wandte sich an die Sekretärin der Gemeinde. «Ich habe gerade gesagt, wie schade, dass die Bettina nicht mit uns nach Amrum fährt.»

Hänel lächelte schmallippig und schwieg. Irgendwie hatte Betty das Gefühl, der Frau war es nicht ganz unrecht. Musste sie jetzt etwa ausbaden, dass ihre Mutter bei Frau Hänel wegen irgendwelcher Eifersüchteleien in Ungnade gefallen war?

«Das Landschulheim hat auch gar keine Kapazitäten mehr frei», schob Frau Hänel hinterher. «Selbst wenn sich Bettinas Eltern jetzt noch anders entscheiden würden.» Dabei klang sie so, als würde sie für alle Eventualitäten vorbauen wollen.

«Sie irren», sagte der Diakon. «Die Gembris-Zwillinge sind doch krank, und mit Scharlach fallen die länger aus. Wir haben im Trakt der Mädchen jetzt sogar noch *zwei* Betten frei.»

«Nur noch eins», sagte Bettys Mutter plötzlich und gab Betty einen Kuss auf die Stirn. «Alles Gute zum Geburtstag, Schatz.»

Betty machte vor Freude einen Satz, Herr Weiß klatschte in die Hände, und die betretene Miene von Frau Hänel interessierte Betty nicht. Und auch ob der Sinneswandel ihrer Mutter vielleicht damit zu tun gehabt hatte, Barbara Hänel lediglich eins auszuwischen, war Betty in diesem Moment ziemlich egal.

30 Freitag, 7. November, morgens

Franka saß auf Alpays Schreibtischkante und hörte zu, wie er vor den Kollegen seine Skepsis bezüglich des Tathergangs teilte. Mittlerweile war es 9.14 Uhr. Wenn sie bei der groß angelegten Suchaktion nach der Leiche von Franziska Roicke dabei sein wollten, würden sie gleich zur Geesthachter Schleuse aufbrechen müssen.

«Ich finde sechsundzwanzig Minuten jetzt nicht unmöglich, Alpay», sagte Kurt. «Ich meine, die Frau kommt nach Hause, geht sofort ins Bad, Richard hinterher, vielleicht mit einem Messer, drei Minuten. Er holt aus, tötet sie, vielleicht fünf Minuten. Danach braucht er die meiste Zeit, zehn Minuten, zum Durchatmen. *Oh Gott, was hab ich getan*?», fragte Kurt mit verstellter Stimme. «Der Mann reißt sich zusammen und verfrachtet die Frau nach unten, fünf Minuten. Er muss vorsichtig sein. Bei den Nachbarn ist eine Grillparty im Gange, aber es ist dunkel, und die Leute sind alkoholisiert und mit Feiern beschäftigt. Er wartet, bis die Luft wirklich rein ist, sagen wir drei Minuten, dann legt er sie in den Kofferraum, fünf Minuten. Und fährt los.» Kurt zuckte mit den Schultern und schaute sich um. «Wie lange habe ich jetzt gebraucht?»

«Dreißig Minuten», sagte Jörg, der die Kollegen zu Beginn des Treffens knapp über seine offizielle Bewerbung für die Abteilungsleitung unterrichtet hatte.

«Einunddreißig», korrigierte Sybille.

«Na komm, Alpay.» Kurt winkte gönnerhaft ab. «Ist doch nur Pi mal Daumen. Vielleicht hat sich der Mann beeilt, außerdem sind Zeitangaben von Funkzellen nicht mit der Genauigkeit eines GPS zu vergleichen. Dann überlappen sich in Farmsen auch noch mehrere Funkzellen. Also ich finde das jetzt nicht unmöglich, jemanden in der Zeitspanne zu töten und abzufahren.»

«Bin ich der Einzige, der hellhörig wird?» Alpay schüttelte ungläubig den Kopf.

«Ist zwar knapp. Trotzdem, ich finde, Kurt hat recht», pflichtete nun auch Sybille bei. Alpay hatte sich hingegen nicht überzeugen lassen, das sah Franka ihm deutlich an.

«Sorry, hab ich was verpasst?» Marcel betrat das Büro und grüßte in die Runde.

«Vermutlich nein», sagte Kurt, und Alpay warf den Kugelschreiber, den er beim Referieren in der Hand gehalten hatte, mit einem Nasenschnauber neben Franka auf seinen Schreibtisch.

«Eigentlich brauchen wir nach der Leiche von Frau Roicke überhaupt nicht mehr zu suchen», sagte Marcel und hängte seine Jacke an die Garderobe. «Der Mann ist doch indizienmäßig längst geliefert.» Er wandte sich an Alpay. «Ich war noch mal in der Technik. Seine blauen Freizeitschuhe, nach denen Bruhns und seine Leute im Keller suchen sollten, also dieser Sand an den Sohlen, der stammt tatsächlich vom Parkplatz unter der Schleuse. Aber jetzt wird's richtig spannend.» Marcel zog ein kleines Asservatentütchen aus der Tasche. «Das hier haben die Kollegen im Keller in einem Werkzeugkasten gefunden.»

Mit dem Tütchen in der Hand deutete er es nicht nur an, er sagte zu Frankas Entsetzen auch das Wort «Trommelwirbel».

«Marcel, mach hinne.» Zum Glück war Sybille ähnlich ungeduldig.

«Das ist ein Akku. Laut Typenbezeichnung gehört der zu einer Y25P, dem Nachfolgemodell der Taserpistole X25J.»

«Man kann wirklich mittlerweile jeden Scheiß im Netz kaufen. Das gibt's doch nicht», ereiferte sich Sybille.

«Früher hättest du bei so was die richtigen Kontakte auf dem Kiez haben müssen.» Kurt erhob sich aus seinem Stuhl, klopfte Alpay kurz auf die Schulter und ging dann zu seinem Schreibtisch hinüber. «Junge, das reicht, um den Fall ab jetzt der Staatsanwaltschaft zu überlassen. Roicke hat seine Frau getötet. Sechsundzwanzig Minuten reichen dafür. Da beißt die Maus keinen Faden ab.»

Die Runde löste sich auf. Alle kehrten an ihre Schreibtische zurück. Franka wusste, dass Alpay nichts so sehr hasste, wie von älteren Kollegen jovial behandelt zu werden. Sein Dienstapparat klingelte, er nahm das Gespräch entgegen.

«Ina. Hi. Und?» Er schaltete den Lautsprecher ein.

«Wie du vermutet hast. Ich stehe hier in Winterhude vor dem Haus von Frau Girdauskas. Bevor ich jetzt gleich nach Schwinde zu Markus Lilienberg rausgurke, mach mal bitte deine Dienstmails auf.»

Während Ina berichtete, wie sie mit Handytaschenlampe und einem Kochlöffel nach der Postkarte im Staub unter dem Kühlschrank gefischt hatte, öffnete Alpay drei Fotos auf seinem Computerbildschirm und winkte Franka zu sich. Nicht nur, dass das Motiv der Postkarte identisch war mit der, die jemand an Franziska Roicke verschickt hatte, auch das Datum des Poststempels vom 21. September stimmte überein. Die Sauklaue war dieselbe und die fehlende Unterschrift überraschte weder Alpay noch Franka. Ihr Puls beschleunigte. Was hatte das alles zu bedeuten?

«Warte. Da kommen noch zwei Bilder», sagte Ina. Einen kurzen Augenblick später öffnete Alpay eine weitere Mail mit angehängten Fotos. Darauf zu sehen war laut Prägung ein *Katholisches Gebet- und Gesangbuch für die Bistümer Hamburg, Hildesheim und Osnabrück*. Es handelte sich um das gleiche in Leder gebundene Buch, das Alpay in den Sachen von Franziska Roicke gefunden hatte.

«Schlag mal bitte die ersten Seiten auf», bat er Ina. «Steht da irgendwo ein handschriftlicher Vermerk?»

Er hörte, wie sie blätterte.

«Ja. *Wittdün auf Amrum, 1994.*»

Eine halbe Stunde später saß Franka am Steuer des Dienstwagens und fuhr hinter Hamburg-Bergedorf zügig über die Schnellstraße Richtung Elbschleuse Geesthacht. Zwar hatte es aufgehört zu nieseln, trotzdem nahm sie den Fuß vom Gas, weil von der Elbe her leichte Nebelschwaden über den Asphalt zogen. Alpay hatte sich nicht lange gewehrt, als sie darauf bestanden hatte zu fahren. Sie vermutete, er hatte nur wenige Stunden auf ihrem Klappbett verbracht, behielt ihre Annahme aber für sich.

«Du zweifelst.» Sie kannte diesen Ausdruck in seinem Gesicht, wenn er angefressen vor sich hin starrte. Die Rückenlehne hatte er ein Stück zurückgefahren.

«Nein. Ich frage mich nur, was Richard Roicke mit den drei Frauen zu tun gehabt hat. Er ist ein Womanizer, der regelmäßig Affären hatte, das wissen wir. Vielleicht hat er vor über dreißig Jahren drei Freundinnen zur gleichen Zeit gehabt.»

«Girdauskas ist zehn Jahre älter als Franziska und Melanie», gab Franka zu bedenken.

«Manchmal bist du so chauvinistisch wie Jörg und Kurt. Na und?»

«Moment, mein Freund. Vor dreißig Jahren war Girdauskas bereits über zwanzig, Richard, Melanie und Franziska hingegen Jugendliche. Dass Richard alles anbaggert, was nicht bei drei auf den Bäumen ist, den Weg gehe ich noch mit. Ich glaube nur nicht, dass sich eine junge Frau mit einem pubertierenden Teenie einlässt.»

Wieder sagte keiner ein Wort, und auch Alpay zermarterte sich anscheinend den Kopf darüber, wie diese Postkarten in die Geschichte passten.

«Selbst wenn Ina in Schwinde keinen Gruß von Amrum sicherstellt», sagte er schließlich, «auch Melanie Lilienberg wird einen erhalten haben. Das sind Nachrichten an die Frauen.»

«Oder an die Polizei.» Franka blinkte, scherte links aus und überholte einen Mannschaftswagen der Polizei, der vermutlich dasselbe Ziel hatte. Sie spürte Alpays fragenden Blick. «Vielleicht müssen wir ganz neu denken. Die Elbe als Ablageort ist doch kein Zufall.» Sie scherte zurück auf die rechte Fahrbahn. «Wir gehen sogar davon aus, dass wir auch Franziska im Fluss finden werden. Kaum ein Ablageort bei einem Mord ist beliebig. Ob logistisch am besten für den Täter gelegen, weil der Platz nah zum eigentlichen Tatort liegt oder weil die Tat nicht entdeckt werden soll, oder genau aus dem Gegenteil. Wenn der Täter *will*, dass die Opfer gefunden werden. Er hätte die Leichen doch auch viel weiter stromabwärts ins Wasser bringen können, dann wären sie wahrscheinlich für immer in der Nordsee verschwunden. Vielleicht kommt der Elbe eine tiefere Bedeutung zu.»

Alpay schwieg eine Weile. Dann setzte er sich in seinem Sitz plötzlich auf. «Die Nordsee, natürlich.»

«Amrum», ergänzte Franka.

«Die Indizien sprechen im Moment für Roicke als Mörder von seiner Ehefrau und Lilija Girdauskas», fuhr Alpay fort. «Ihre DNA findet sich in dem Auto. Melanie Lilienberg ziehen wir ebenfalls aus der Elbe, auch sie ist zuvor mit einem Taserschuss aus dem Verkehr gezogen worden. Wir wissen, die kennen sich alle irgendwie von früher.»

«Irgendwas ist auf Amrum passiert. Vor über dreißig Jahren.»

Frankas Telefon klingelte.

«Erdmann.»

«Petereit. Guten Morgen, Frau Erdmann», wurde sie vom Einsatzleiter der Bereitschaftspolizei über die Freisprechanlage begrüßt. Mit seiner Staffel unterstützte er nicht nur die friedliche Durchführung von Fußballspielen und Großdemonstrationen, oft halfen er und seine Kollegen auch der Landespolizei bei der Suche nach Vermissten.

«Sieht schlecht aus», sagte er. «Ich bin schon auf dem Parkplatz unterhalb der Schleuse, das wird hier immer suppiger.»

«Scheiße», sagte Alpay leise, doch laut genug, dass Petereit es hörte.

«Fünfzig Beamte auf jeder Uferseite, hören Sie, der ganze Aufwand bei einer Sichtweite von unter hundert Metern …»

Alpays Handyklingeln störte das Gespräch. Während Franka mit Petereit überlegte, ob sie abwarten oder die Suche verschieben sollten, hörte sie mit dem anderen Ohr, wie Alpay mit Poppy Bruhns telefonierte und dann laut «Verdammte Scheiße!» sagte.

«Wo?», fragte er, schloss das Fenster und fuhr die Rückenlehne in die Senkrechte. Plötzlich schien er hellwach, zog seine
Kladde hervor und machte sich Notizen.

«Dreh wieder um», sagte Alpay zu Franka.

«Das ist eine Schnellstraße, ich kann nicht einfach so wen-
den.»

«Frau Erdmann?», fragte Petereit über die Freisprechanlage.

«Danke, Poppy.» Alpay beendete das Gespräch auf seinem
Handy.

«Ich rufe Sie gleich zurück.» Franka verabschiedete sich vom
Einsatzleiter und wandte sich an Alpay. «Ist Franziskas Leiche
aufgetaucht?»

«Nein. Aber in Övelgönne liegt ein toter Mann am Strand.»

Franka atmete durch. «Müssen sich die Kollegen drum kümmern.»

«Franka, der Typ ist angespült worden und hat Verletzungen
von einer Taserpistole am Hals.»

31 Freitag, 7. November, morgens

Pfarrer Remigus lehnte am Fenster seines kleinen Wohnzimmers im dritten Stock des Leonhard-Stifts in Hamburg-Barmbek, schaute hinaus in den trüben Morgen und nippte an seinem Hagebuttentee. Er mochte den Becher mit dem Konterfei von Papst Franziskus, den er vor einigen Jahren von einem chilenischen Theologiestudenten auf dem Kirchentag in Leipzig geschenkt bekommen hatte. Den Jungen hatte er auch gemocht. Fleißig war er gewesen.

Mit dem Heißgetränk in der Hand ließ er seine Schultern vor- und zurückkreisen. Bevor der Nebel früh am Morgen aufgezogen war, hatte er den Wetterumschwung bereits beim Zubettgehen in den Knochen gespürt. Er war zweiundsiebzig Jahre alt und nie sonderlich sportlich gewesen. Was sich im Alter ein wenig rächte, dachte er. Wenn er sich zum Beispiel eine Scheibe Bauernbrot mit Butter bestrich, das er frisch vom Laib geschnitten am liebsten mochte, war er danach ganz schön aus der Puste und die Hände taten ihm weh.

Die Nacht war unruhig gewesen. Mehrmals war er aufgewacht und hatte nach dem Austreten Probleme gehabt, wieder einzuschlafen. Vielleicht vertrug er zu später Stunde aber auch kein schweres Essen mehr. Dazu der Wein, den Hilde kredenzt hatte. Trotzdem hatte er zugelangt. Die Verpflegung hier im Stift war mit einem solchen Festessen nicht zu vergleichen.

Er schaute auf die Uhr. Ihm blieb nicht mehr viel Zeit, bis er aus Unterhemd und Jogginghose in seinen schwarzen Anzug mit schwarzem Hemd und Kollar wechselte, wie man den weißen kleinen Stehkragen nannte. Seine Kompressionsstrümpfe gegen die Wassereinlagerungen in den Beinen zwickten. Er betrachtete sich in der Spiegelung der Scheibe und drückte seine abstehenden Haare zurück auf den Kopf. Vielleicht sollte er wirklich mal wieder zum Friseur gehen, wie Hilde gesagt hatte. Trotzdem war er sicher, dass er sich die Frau auf dem Rasen nicht eingebildet hatte, auch wenn sie, wie bei einem Zaubertrick, nach wenigen Sekunden wieder verschwunden war. Ein wenig irre hatte sie ausgesehen, was aber vielleicht auch seinem Schreck geschuldet war. Wenn er sich recht erinnerte, trug sie einen fleckigen Trenchcoat, und ihre fettigen schulterlangen Haare rahmten ihr Gesicht wie ein schmutziger Vorhang.

Er nippte noch einmal an seinem Tee. Der Beutel musste raus. In seinen grauen Filzlatschen ging er zur kleinen Küchenzeile hinüber. In der Wand hinter dem taubenblau bezogenen Zweisitzer, den er aus seiner alten Dienstwohnung in der Abundus-Gemeinde hatte mitnehmen dürfen, waren eine kleine Spüle, zwei Kochplatten und sogar eine kleine Spülmaschine eingebaut. Mit einer benutzten Gabel fummelte er den Teebeutel aus dem Becher.

In welchem Beichtstuhl saß er heute eigentlich? Was aber viel wichtiger war, begann sein Dienst um 13.00 Uhr oder eine Stunde später? Er hatte sich doch irgendwo eine Notiz dazu gemacht. Durch die Renovierungsarbeiten in der Kirche waren der neue Pfarrer und seine Mitarbeiter in den vergangenen Wochen immer wieder gezwungen gewesen zu improvisieren.

Messen und Beichtzeiten wurden geschoben, verlegt oder ersatzlos gestrichen.

Remigus kramte in der kleinen Küchenschublade. Wo war denn nur dieser verdammte Zettel? Schmunzelnd bat er seinen Dienstherren für die Flucherei um Vergebung und zog nur Krimskrams hervor, wie die kaputte Jungfrau Maria, der er aus Versehen das Jesuskind aus dem Arm gebrochen hatte. Er hätte wetten können, die Figur längst weggeschmissen zu haben. Ebenso holte er eine eingetrocknete Tube Schnellkleber hervor. Und auch die schöne Postkarte von Amrum hatte er aufgehoben. Die konnte er jetzt aber getrost in den Müll werfen. Er wusste ja nicht einmal, wer sie ihm geschickt hatte. Die Unterschrift war leider vergessen worden. Wie schade. Wahrscheinlich hatte ihm eins seiner ehemaligen Schäfchen mit dem Liedtext einen Gruß schicken wollen. Aber welches davon eine solche Sauklaue gehabt hatte, erinnerte er nicht.

Ach Amrum, du Schöne, dachte er und betrachtete die Insel in seiner Hand aus der Vogelperspektive, schloss die Augen und hörte die Möwen und den Wind. Das war eine schöne Zeit gewesen, damals, wenn er die Jugendgruppen der Abundus-Kirche für wenige Tage im Landschulheim besuchen kam. Diese jungen Menschen, die ihm und seinen Mitarbeitern von den Eltern anvertraut worden waren. Jungen und Mädchen mit Gott und seiner Lehre vertraut zu machen, das Wort des Herrn in die Welt hinauszutragen, die Zukunft seiner Kirche, all das hatte Remigus' Leben immer einen Sinn gegeben. Er schob die Karte zurück in die Krimskramsschublade.

Aber diesen Zettel fand er einfach nicht. Half wohl nichts. Er musste im Sekretariat des Pfarrbüros anrufen. Es klingelte einige Male, bis sich endlich jemand meldete.

«Pfarrbüro der Sankt-Abundus-Kirche zu Hamburg. Sie sprechen mit Marie-Louise Friedrichsen. Was darf ich für Sie tun?»

«Bruder Remigus hier», sagte er, weil er seit seinem Ruhestand nur noch bescheiden seinen Ordensnamen verwendete.

«Ich grüße Sie.»

Er räusperte sich. «Ich habe den Zettel verlegt, auf dem mir Frau Hänel meine geänderten Beichtzeiten notiert hat. Und das mit dem E-Mailen ist ja so eine Sache bei mir.»

«Frau Hänel ist heute nicht da, Herr Pfarrer. Sie wissen ja, wie sie hier immer alles selbst organisiert. Aber ich schaue gerne im Beichtplan für Sie nach.»

«Wie, Frau Hänel ist nicht da?» Remigus' Erstaunen war groß. Die Frau war, soweit er sich erinnerte, nie krank, und selbst zwei Jahre vor ihrer Rente musste sie der amtierende Pfarrer regelmäßig daran erinnern, ihren Urlaub einzureichen. «Wann kommt sie denn wieder?»

«Das wissen wir leider nicht.» Die Stimme klang besorgt.

«Ist etwas passiert?»

«Das wollen wir nicht hoffen, aber auch gestern ist sie nicht im Büro erschienen. Ihr Fahrrad steht mit einem platten Reifen hier bei uns auf dem Hof. Der Hausmeister hat sie das letzte Mal vorgestern Abend nach der Arbeit durch den Park Richtung Hauptbahnhof gehen sehen. Aber zu Hause ist sie nicht erreichbar. Wir machen uns große Sorgen.»

«Soweit ich weiß, hat sie einen Sohn.»

«In Frankfurt. Aber niemand von uns hat die Nummer. Vielleicht hatte sie auch einen Unfall und liegt im Krankenhaus, aber wir wollen jetzt nicht die Pferde scheu machen.»

«Ich bin sicher», sagte Remigus und beruhigte sich selbst, «es gibt eine schlüssige Erklärung.»

«Der Herr Pfarrer sagt, er wartet noch bis zum Nachmittag, dann informiert er die Polizei. So, da habe ich den Beichtplan. Sie stehen um 13 Uhr eingetragen und dann noch einmal ab 16 Uhr im selben Beichtstuhl. Und am Samstag genauso.»

«Danke, Frau Friedrichsen. Ich bin wie immer etwas früher da. Dann sind wir für alle Eventualitäten gewappnet.»

Dass er sonst nichts anderes zu tun hatte und dass er sich auf die Beichtdienste freute, weil sie seinem Leben als Ruhestandspriester etwas Struktur gaben, behielt er für sich.

32 Freitag, 7. November, morgens

Alpay staunte, als er gefolgt von Franka den schmalen Stein-
weg am Ufer der Elbe in Övelgönne entlanglief. Die Gruppe Schaulustiger, die sich bei diesem Wetter hinter der Polizeiabsperrung am Strand versammelt hatte, war beträchtlich. Gute
zweihundert Meter vom Parkplatz entfernt reckten Hundebesitzer und wetterfest eingepackte Rentner Köpfe und Handys in
die Höhe, um einen besseren Blick auf das Spektakel zu ergat-
tern. Sinnlos, bei dem Sichtschutz, den die Kollegen rings um
den toten Körper gezogen hatten.

Ein Kreuzfahrtschiff schob sich Richtung Nordsee durch die
Elbe, und seine braune Bugwelle lief unterhalb des Spazierwegs
über die Steine aus. Immer wieder mussten Alpay und Franka
dem Wasser ausweichen. Ausgerechnet Franka bewegte sich dabei flink zwischen Weg und Strand hin und her. Alpay staunte.
Wie eben auf der Autofahrt, als sie das Blaulicht auf das Dach
gesetzt und Gas gegeben hatte. Keine fünfunddreißig Minuten
hatten sie nach Övelgönne benötigt. Auch wenn Franka oft
müde und ausgepowert wirkte, man durfte nie den Fehler machen, sie zu unterschätzen – dann hatte man verloren.

«Leute», sagte Bruhns, als er ihnen im Sand entgegenkam
und sich dabei die Kapuze seines Spurensicherungsanzugs vom
schwitzigen Kopf zog. «Selbes Muster wie bei Girdauskas und
Lilienberg. Nur noch nicht so lange im Wasser unterwegs. Der

Körper ist in wesentlich besserem Zustand, und auch wenn ich kein Rechtsmediziner bin, die Einschussmarken am Hals sehen frischer aus. Aber das Opfer», er zeigte mit dem Daumen hinter sich, «ist ein Mann.»

Poppy begleitete Alpay und Franka durch den Sand zur Leiche. «Ein Hund hat den Körper gefunden. Das Tier hat so lange gebellt, bis seine Besitzerin runter zum Wasser ist. Da lag der Mann auf den Steinen. Spaziergänger haben ihr dann geholfen, ihn herauszuziehen. Sie befürchteten, der Sog der Fahrrinne könnte ihn zurück ins Wasser befördern. Denen war auch klar, dass jede Hilfe zu spät kommt.»

Sophie grüßte geschäftig, dann schlug sie die Folie über dem Körper zurück. Der Mann lag auf dem Rücken. Seine Augen waren geöffnet, ebenso der Mund. Seine grauen Haare waren immer noch feucht. Er trug ein grünes Oberhemd und war mit einer beigefarbenen Hose bekleidet, Schuhe und Strümpfe fehlten. Der Tote sah nicht annähernd so aufgedunsen aus wie die Körper der beiden Frauen. Zudem war er wesentlich älter, mindestens Mitte sechzig.

«Hatte er Papiere bei sich?», fragte Franka.

Bruhns verneinte. «Schaut euch mal bitte die rechte Hand an.» Er kniete sich zur Leiche und hob die Hand des Toten aus dem Sand. «Jemand hat ihm alle fünf Finger zertrümmert. Unwahrscheinlich, dass das im Wasser passiert ist.» Dann legte er die Hand wieder ab und zog ein Asservatentütchen aus seinem Koffer. «Deswegen konnten wir ihm auch ohne Vaseline oder Gewaltanwendung beide Ringe vom Finger ziehen. Witwer, nehme ich an. Darauf deuten auch die Gravuren in der Ringschiene. Ob ihm die Finger ante oder post mortem gebrochen worden sind, wird euch Dörfler dann sagen.»

«Der ist doch auf Kur.» Franka atmete genervt durch.

«Aber Montag zurück. Wie ich ihn kenne, schaut er schon heute in seinem Laden mal nach dem Rechten. Wenn ihr Glück habt, landet die Leiche auf seinem Tisch.»

«Dafür wird Franka schon sorgen», sagte Alpay halb im Scherz, doch sie ging nicht darauf ein.

«Da wäre noch etwas.» Bruhns winkte ihn heran. «Bitte mal dein Handy. Kamera an.»

Alpay reichte ihm das aktivierte Telefon, und Bruhns fotografierte die Gürtelschnalle des Toten. Dann gab er ihm das Gerät zurück. Als Alpay auf der fotografierten Gürtelschnalle den Schriftzug *Johannes-Brot* las, schaute ihm Franka über die Schulter. «Das ist ein privater Verein, der seine Arbeit direkt in den Stadtteilen ausübt», sagte sie. «Wenn ich mich nicht irre, geben die nicht nur Lebensmittel an Bedürftige aus, die betreiben auch so eine Art Möbel- und Klamottenbörse.»

«Dann ist anzunehmen, dass sich der Mann ebenfalls sozial engagiert hat und den Gürtel nicht einfach nur geschenkt bekommen hat. Oder? Aber wie passt der in unser Raster?», fragte Alpay.

«Was meinst du?» Franka schaute ihn irritiert an. «Offensichtlich ist er sowohl mit einem Taser außer Gefecht gesetzt als auch in der Elbe abgelegt worden. Der passt sogar sehr deutlich ins Raster.»

«Aber er ist ein Mann, Franka. Was könnte der jetzt damit zu tun haben, dass Roicke wegen so einer persönlichen Geschichte in seiner Vergangenheit mehrere Menschen ermordet? Was ist das für eine Scheiße?» Er bohrte seine Schuhspitze in den Sand.

Im Hintergrund räumten Poppy und seine Leute zusammen. Die Leiche war für den Transport in die Rechtsmedizin freigegeben worden. Und während Alpay langsam mit Franka über den Strand zurück zum Dienstwagen ging, den sie auf dem Parkplatz unterhalb der exklusiven Seniorenresidenz geparkt hatte, rief er bei Sybille im Präsidium an und schaltete den Lautsprecher ein.

«Seid ihr schon in Geesthacht?», begrüßte sie ihn.

«Kannst du bitte mal die Vermisstenfälle der letzten Tage für uns abfragen?», bat Alpay. «Franka und ich sind in Övelgönne. Hier würde ein angespülter Toter zum Fall Roicke passen.»

«Ein Mann? Ach, du liebe Güte. Wie viele Opfer werden das denn noch? Wie gut, dass ihr den Typen aus dem Verkehr gezogen habt.»

«Das Opfer hier ist im rentenfähigen Alter», sagte Franka. «Trägt ein grünes Hemd und beigefarbene Hose. Könnte sein, dass er für einen Verein Namens Johannes-Brot gearbeitet hat.»

«Da bringe ich manchmal alte Klamotten hin», sagte Sybille. «Okay. Ich melde mich.» Dann legte sie auf.

Einige Minuten später stand Alpay vor der geöffneten Beifahrertür des Dienstwagens und unterhielt sich mit Franka über das Autodach hinweg. Bis jetzt hatten sie nichts vom Einsatzleiter Petereit gehört und nahmen daher an, dass sich die Wetterbedingungen draußen in Geesthacht entspannt hatten. Die groß angelegte Suche nach der Leiche von Franziska Roicke hatte also begonnen. Gemeinsam überlegten sie, ob sie doch noch zur Schleuse rausfahren oder lieber darauf warten sollten, was Sybille über den Toten am Strand in Erfahrung bringen würde, der in diesem Moment im Leichenwagen abtransportiert wurde.

Was kann das für eine Geschichte gewesen sein, damals auf Amrum, zermarterte Alpay sich den Schädel. Auch Franka schien dem Gedanken nachzuhängen, wie ein Mann in Roickes Mordserie passte. Und wenn Alpay richtiglag, was war dann der auslösende Moment gewesen? Es musste eine Initialzündung gegeben haben, erst nach über dreißig Jahren loszuschlagen.

Sein Telefon klingelte. Er schaltete erneut den Lautsprecher ein und schob das Gerät in die Mitte des Autodachs. Sofort legte Sybille los. «Ein Mann namens Harald Meyer wurde von seinem Sohn als vermisst gemeldet. Verwitwet, neunundsechzig Jahre alt. Er war bekleidet mit grünem Oberhemd und beigefarbener Hose. Blaue Winterjacke. Eure Vermutung war richtig. Der Mann arbeitete zweimal in der Woche ehrenamtlich bei Johannes-Brot. Also dürfte es sich bei eurer Wasserleiche aller Wahrscheinlichkeit nach um den Vermissten handeln. Ich habe euch schon das Bild aus dem Ausweisregister geschickt.»

«Wann ist er verschwunden?», wollte Franka wissen, die auf den unteren Türholm der Fahrerseite gestiegen war und sich am Autodach festhielt, um besser in Alpays Handy zu sprechen.

«Bereits am Montagabend. Vermisst gemeldet wurde er allerdings erst am Mittwoch von seinem Sohn.»

«Also vorgestern.»

«Und jetzt kommt's: Am Dienstagabend hat eine ältere Dame im Kommissariat am Wiesendamm angerufen, die eine angebliche Entführung ihres Hundes melden wollte.»

Alpay schaute über das Autodach zu Franka, die sich wohl auch fragte, was das jetzt werden würde.

«Die Kollegen haben die Frau abgewimmelt», fuhr Sybille

fort, «weil die dachten, das ist eine verwirrte Alte. Jetzt sieht die Sache aber anders aus. Einen Hund habt ihr nicht zufällig am Strand gefunden?»

«Einen Hund?»

«Laut Angabe des Sohnes holte Harald Meyer nämlich am Montag gegen 18.00 Uhr die Cockerhündin seiner Nachbarin für einen Abendspaziergang ab. Die wohnen alle im Pergolenviertel, hier bei uns in Präsidiumsnähe. Herr Meyer ging dann meistens rüber in den Stadtpark. Vom Hund gibt's auch ein Foto.»

«Danke, Sybille. Und bitte schick Alpay auch den Kontakt des Sohnes», bat Franka. Nach dem Gespräch öffnete Alpay die E-Mail von Sybille auf seinem Telefon. «Wenn der Sohn erfährt, dass sein Vater Opfer eines Gewaltverbrechens geworden ist», fuhr Franka fort, «brauchen wir vermutlich keinen Durchsuchungsbeschluss.»

«Du meinst, wegen der Postkarte?»

Sie nickte. «Vorausgesetzt, dass er sie nicht entsorgt hat. Nicht jeder pinnt sich so was an den Kühlschrank, besonders wenn man nicht weiß, wer einem geschrieben hat.»

Alpay zeigte Franka das Foto von Harald Meyer auf seinem Handy, der nun auf dem Weg in die Rechtsmedizin war.

«Fehlt der Hund. Hier», sagte er. Die Aufnahme zeigte einen braunen Cockerspaniel mit weißem Lätzchen am Hals.

«Ich habe das dumme Gefühl», sagte Franka, «dass uns spätestens heute Nachmittag die Oberstaatsanwältin und ihr Azubi in den Nacken springen.»

Am liebsten hätte Alpay vor Wut gegen den Wagen getreten, zumindest mit der flachen Hand auf das Dach geschlagen, so wie Franka es immer machte, wenn ihr der Kragen platzte.

«Wenn die Angaben von Sybille richtig sind, und davon ist auszugehen, dann kann Roicke den Mann am Strand nicht getötet haben.»

33 Freitag, 7. November, mittags

Um kurz vor zwölf fuhr Remigus mit der S-Bahn von der Station Alte Wöhr bis zum Hamburger Hauptbahnhof. Ungerecht dachte er, als er den Zug verließ, der ins feine Blankenese weiterfuhr. Die Elbvororte waren in jeder Beziehung Lichtjahre vom Münzviertel hinter dem Hauptbahnhof entfernt. Er war sicher, dass man in den herrschaftlichen Villen an den Hängen des Flusses nicht einmal eine Vorstellung davon hatte, mit welchen sozialen Problemen das Viertel in den letzten Jahren zu kämpfen hatte, das seinen Namen der ehemaligen Münzprägeanstalt *Hamburgische Münze* verdankte. In der letzten Zeit, bis zu seinem Ruhestand, war es zum Schandfleck verkommen.

Remigus bahnte sich seinen Weg durch das Gewusel zur Rolltreppe, als eine junge Frau ihn anrempelte. Während er sich mit der einen Hand reflexartig an die Brusttasche griff, erleichtert, sein Portemonnaie noch in der Innentasche seines Mantels zu spüren, hielt er mit der anderen Hand seine kleine Aktentasche mit der Priesterstola fest umklammert.

Da das Viertel nur einen Steinwurf zu den Geschäften in der Mönckebergstraße auf der einen und dem beliebt gewordenen St. Georg mit seinen Restaurants und Cafés auf der anderen Seite lag, hatten vor einigen Jahren Investoren versucht, die Gegend mit modernen Wohnanlagen und Hotels aufzuwerten. Doch bereits hinter dem Museum für Kunst und Gewerbe wurde deutlich, wie wenig die Stadt die Drogenszene in den Griff bekommen hatte, die hierher verdrängt worden war. Die Politik hatte die Augen zugemacht und sich lieber auf die Prestigeprojekte der Stadt konzentriert. Heute stellte das Museum eine unsichtbare Demarkationslinie für den Bodensatz der Gesellschaft dar, wie es neulich wieder eine Hamburger Tageszeitung formuliert hatte. Lockte die Tourismusindustrie mit *Hamburg, das Tor zur Welt*, bedeutete der Slogan für bestimmte Straßenzüge im Viertel nicht weniger als den Eingang zur Hölle, der einer halben Million Fahrgäste am Tag aus dem In- und Ausland am Hauptbahnhof verborgen bleiben sollte.

Remigus fuhr mit der Rolltreppe hinauf zum Südstieg, verließ den Bahnhof Richtung Steindamm und beschleunigte seinen Schritt in Höhe des Museums vorbei an Erbrochenem, kaputten Bierflaschen und Urinlachen. Vor dem Drob Inn zerriss es ihm jedes Mal das Herz, wenn er die kaputten Gestalten dort sitzen sah oder die Prostitution erkannte, die sich unter dem Druck der Sucht unverhohlen auf der Straße breitmachte. Hier gab es nichts zu beschönigen. Hier musste er sich als Gottes Abgesandter auf Erden fragen lassen, der sein Leben lang dessen Wort gepredigt hatte, warum der Herr diese armen Kreaturen vergessen hatte. Mit schlechtem Gewissen erinnerte er einen Bibelvers: *Bittet, so wird euch gegeben, suchet, so werdet ihr finden, klopfet, so wird euch aufgetan.* Er spürte, wie es ihm den Magen zusammenzog. Um sich und seine Mitarbeiter vor der Flut von Obdachlosen und Süchtigen zu schützen, hatte er während seiner Amtszeit mit einem fast zwei Meter hohen gusseisernen Zaun um das Grundstück der Abundus-Gemeinde selbst dafür gesorgt, dass niemand mehr so einfach klopfen und um Hilfe bitten konnte.

Einige Minuten später betrat er das Kirchenbüro, in dem Frau Friedrichsen einen Handwerker anflehte, nicht das Wochenende einzuläuten, ohne dass er und seine Kollegen vorher dafür gesorgt hatten, dass übermorgen die Sonntagsmesse abgehalten werden konnte. Das Chaos der Bauarbeiten, die schmutzigen Bänke, das könne man der Gemeinde unmöglich zumuten. Außerdem hatte ihr der Chef der Tischlerei doch zu Beginn der Woche zugesichert, am Freitag die Kirche wenigstens provisorisch wieder herzurichten. Der Handwerker versprach sein Bestes, wollte aber keine Garantie übernehmen. Und «Bitte, bitte», sagte Frau Friedrichsen eindringlich, die Handwerker sollten nicht wieder die Seitentür auf der Westseite unverschlossen lassen. Auf Remigus wirkte Frau Friedrichsen wie eine Bittstellerin, und er dachte daran, wie resolut Barbara Hänel eine solche Situation gemeistert hätte. Ihre barsche Art wäre in diesem Moment sicher von Vorteil gewesen.

Der Handwerker verließ das Gemeindebüro, und Frau Friedrichsen lächelte schief. «Das hätten die sich bei Frau Hänel nicht getraut.»

«Immer noch keine Nachricht?»

«Nein.» Die Assistentin des Kirchenbüros rollte auf ihrem Stuhl zu einem kleinen Schlüsselkasten neben einem Aktenschrank, nahm ein Schlüsselbund heraus und rollte mit Schwung zu ihrem Schreibtisch zurück, vor dem Remigus stand.

«Den können Sie behalten, Herr Pfarrer. Morgen sind Sie ja gleich wieder im Einsatz. Wirklich ein Drunter und Drüber hier. Wundern Sie sich nicht. Die Beichtstühle stehen jetzt hinten neben dem Altar. Heute die Nummer zwei. Ging nicht anders. Die Tischler haben das Holzkreuz von der Wand geholt. Das liegt im Mittelgang. Und hier habe ich Ihnen alle Zeiten noch mal aufgeschrieben, auch für morgen.» Sie reichte ihm einen Zettel.

Remigus hängte seinen Mantel an die Garderobe, zog seine lilafarbene Stola aus der Aktentasche und legte sie sich um den Hals. Dann bedankte er sich bei Frau Friedrichsen und verließ das Büro. Als er aus dem Gemeindehaus trat, schaute er kurz etwas wehmütig zu seiner Amtswohnung hinauf, die sich im Dachgeschoss des Klinkergebäudes befand und in der nun sein Nachfolger wohnte. Fast vierzig Jahre war er hier zu Hause gewesen und hatte seit Ende der Achtzigerjahre in dieser Gemeinde gewirkt.

Er ging nun über den kleinen gepflasterten Hof hinüber zur Kirche. Die Luft war feucht vom Nebel, der satt über der Stadt hing und sich anfühlte, als würde er einem bereits nach wenigen Metern in die Kleidung kriechen. Barbara Hänels Fahrrad mit dem auffälligen Bastkorb am Lenker lehnte mit einem platten Reifen im Ständer neben dem Zaun. Vielleicht hatte mal wieder jemand durch die Metallstäbe gelangt.

Wie so oft, kurz bevor der Beichtstuhl geöffnet wurde, sah er schon die ersten Gläubigen das Gelände durch die Pforte betreten. Manchmal lächelten ihm Gemeindemitglieder offen zu, weil sie ihn kannten und er mit ihrem Lebensweg vertraut war und viel individueller bei der Lossprechung ihrer Sünden auf sie eingehen konnte. Sie traf er zum Teil sogar zum Gespräch in einem der Gemeinderäume. Andere wiederum benötigten die absolute Anonymität des Beichtstuhls, um sich zu öffnen. Vielleicht wie die Frau, die sich hinter dem Zaun herumdrückte und ihre Mütze tief ins Gesicht gezogen hatte. Er kannte die Scham, gerade bei Menschen, die lange kein Gotteshaus mehr betreten hatten.

Als er die Tür des Portals öffnete, fiel er aus allen Wolken. Plötzlich verstand er, warum Frau Friedrichsen den Handwerker angebettelt hatte, sich zu beeilen. Waren die Maurer- und Malerarbeiten im Innenraum der Kirche bereits vor einer Woche abgeschlossen worden, hatten die Tischler nun ein wesentlich größeres Chaos angerichtet. Die Kirchenbänke waren allesamt auf die linke Seite geräumt worden. Alle Schwingtüren im Inneren hatte man ausgehängt und im Eingangsbereich gegen die Wände gelehnt, wo sie vermutlich auf ihre Abholung warteten.

«Vorsicht mal bidde», rief ein Hüne in Latzhose und trug eine weitere Tür an Remigus vorbei. Das riesige massive Holzkreuz, das seit Jahrzehnten über dem seitlichen Chorgestühl an der Wand befestigt gewesen war, hatte man mithilfe einer Seilwinde abgehängt und, weil es nicht im Ansatz durch die Türen passte, auf stabilen Böcken abgelegt. Es sollte an Ort und Stelle restauriert und unter anderem gegen Holzbock behandelt werden. Um genügend Platz dafür zu schaffen, hatte man die Beichtstühle aus dem Eingangsbereich der Kirche nach hinten in den Altarraum verfrachtet. Sie wurden von den Tischlern nicht angefasst, waren sie doch erst kurz vor dem Ende von Remigus' Amtszeit angeschafft worden. Die alten «Sündenschränke», wie sie von Frau Hänel immer etwas despektierlich bezeichnet wurden, waren nie sonderlich bequem gewesen, und jeder, der draußen an den geschlossenen Türen vorbeigegangen war, hatte gehört, was darin nicht mehr ganz so vertraulich besprochen wurde. Die neuen Beichtstühle lieferten hingegen ein Minimum an Bequemlichkeit und ein Maximum an schallisolierter und gut belüfteter Anonymität.

Er schloss die Kammer auf, schaltete Licht und Lüftung ein und zog die Tür hinter sich zu. Aus dem Augenwinkel hatte er noch sehen können, wie die Frau mit der tief ins Gesicht gezogenen Mütze die Kirche betreten hatte. Ärmlich sah sie aus mit der wattierten Steppjacke. Doch vor Gott waren alle Menschen gleich.

Remigus setzte sich und wartete. Die ergonomisch geformten Stühle taten seinen alten Knochen gut. Die Stille hier drinnen war köstlich. Denn das Grundrauschen der Stadt, der Lärm der Renovierungsarbeiten, all das drang nicht zu ihm herein. Als würde das Böse der Welt draußen bleiben, dachte er, als ausgerechnet in diesem Moment auf der gegenüberliegenden Seite die Tür geöffnet und wieder geschlossen wurde. Drüben wurde sich die Nase geschnäuzt. Durch das Lochgitter zwischen den beiden Kammern konnte man sein Gegenüber zwar hören, aber nicht sehen. Remigus vernahm ein nervöses Atmen. Dann fiel etwas zu Boden. Er erinnerte sich an die Frau mit der tief ins Gesicht gezogenen Mütze und wartete darauf, dass sie zu sprechen begann, wobei sie sich als Büßerin zu bekreuzigen hatte. Doch statt wie üblich *Im Namen des Vaters, des Sohnes und des Heiligen Geistes* zu sagen, stöhnte sie nur leise auf, als würde ihr die Beichte ihrer Sünden Schmerzen bereiten.

«Gott, der unsere Herzen erleuchtet, schenke dir wahre Erkenntnis deiner Sünden und seiner Barmherzigkeit. Amen», sagte Remigus, um der Frau den Einstieg in die Beichte zu erleichtern.

«Amen», kam es zurück. Doch zu seiner Überraschung war die Stimme tief und rau. Ohne Zweifel saß dort drüben ein Mann, der wie zum Beweis hustete. Der Geruch von kaltem Rauch drang langsam zu Remigus in die Kammer.

«Sag mir, mein Sohn», begann er einfühlsam, «wie lange ist deine letzte Beichte her.»

«Keine Ahnung.»

«Warum kommst du zu mir, was bedrückt dich?»

Wieder fiel etwas zu Boden. Dem Geräusch nach derselbe Gegenstand wie zuvor.

«Ich habe gesündigt, Vater.»

Remigus schwieg an dieser Stelle. Der Moment, an dem sich der Beichtende öffnete, war diffizil. Untreue in der Ehe, Betrug an einem Freund, jemand hatte in einer Boutique etwas gestohlen oder vor Gericht gelogen. Es war nicht einfach, seine Fehler einzugestehen, und in Remigus' Laufbahn hatte es nichts gegeben, was er nicht schon einmal gehört hatte.

«Ich habe eine gute Tat begangen, Herr Pfarrer.» Er hustete scheppernd.

«Aber das ist doch etwas sehr Schönes, mein Sohn. Hoffe auf den Herrn und tue Gutes. Bleibe im Land und nähre dich redlich. Was für eine gute Tat hast du denn getan?»

«Ich habe das fünfte Gebot missachtet.»

Durch Remigus' Körper ging ein Ruck. Verwechselte der Mann vielleicht das fünfte mit einem der anderen Gebote? Er ermahnte sich, ruhig zu bleiben. «Habe ich das richtig verstanden, mein Sohn, du … hast einen Menschen getötet?»

«Nein, Herr Pfarrer.» Erneut wurde drüben gehustet.

Remigus entspannte sich.

«Ich habe nicht einen Menschen getötet, sondern viele.»

Plötzlich trat Remigus der Schweiß auf die Stirn. Den Puls spürte er oberhalb seines Priesterkragens. «Was meinst du mit *viele*?» Das Zittern in seiner Stimme versuchte er zu unterdrücken. «Wie viele waren es, mein Sohn?»

«Es ist doch scheißegal, wie viele es waren, Herr Pfarrer», sagte der Mann nun aggressiv. «Vielmehr geht es doch darum, wie viele es noch werden.»

In der gegenüberliegenden Kammer wurde die Tür aufgestoßen. Schritte entfernten sich eilig. Remigus war hellwach. Sollte er die Tür öffnen, um zu schauen, wer ihm gegenübergesessen hatte? Vielleicht nur einen kleinen Spalt? Was zählte mehr, das Beichtgeheimnis oder Menschenleben? Mit dem Zipfel seiner Stola wischte er sich den Schweiß von der Stirn. Ihm wurde schlecht. Noch einmal hörte er den Mann in der Kirche husten, und Remigus dachte an die vielen Geschichten der letzten Jahrzehnte, in denen seine Brüder ähnlich Schlimmes erfahren und trotzdem geschwiegen hatten. Langsam erhob er sich. Er musste hier raus, an die frische Luft. Wie benommen verließ er den Beichtstuhl und entschuldigte sich bei einer Nonne aus Ghana, die seit Jahren in Hamburg lebte und regelmäßig zu ihm zur Beichte kam. Ihm ging es nicht gut, redete er sich heraus, und das entsprach sogar der Wahrheit. Sie solle am Nachmittag wiederkommen, wenn sie es einrichten könnte. Ab 16 Uhr saß er wieder im Beichtstuhl.

Remigus stieß die Tür nach draußen auf und holte Luft. Tausend Gedanken schossen ihm gleichzeitig durch den Kopf. Das Beichtgeheimnis gilt unbedingt. Es gab Fälle, da waren katholische Seelsorger mit der Exkommunikation bestraft worden, weil sie sich nicht daran gehalten hatten. Selbst bei Mord und Totschlag waren sie als Geistliche zum Stillschweigen verpflichtet. Vielleicht sogar verdammt, dachte er in diesem Moment. Oder war der Mann verrückt gewesen und hatte ihn mit dieser Ungeheuerlichkeit vielleicht nur provozieren wollen? Noch einmal holte Remigus tief Luft, als sein Blick auf das Fahrrad von Frau Hänel fiel. Wieder erfasste ihn eine Welle Übelkeit. Hatte der Mann womöglich etwas mit ihrem Verschwinden zu tun? Und hatte er wirklich eben seine Morde als *gute Taten* bezeichnet?

34 Hamburg, 1994, Herbst

Es war ein wunderbar sonniger Tag im Oktober, als Betty von ihren Eltern mit dem Auto zum Hamburger Hauptbahnhof gefahren wurde. Sie hatte alles in den Rucksack gestopft, ihren Badeanzug, den kleinen Fotoapparat von Tante Karin sowie Toilettenartikel, Regenjacke und genug Klamotten für die Woche auf Amrum.

Der Rucksack war schwer, doch durch die Vorfreude auf das Zusammensein mit ihren Freunden fühlte er sich leicht an. Außerdem brach Betty ja zu keiner Wanderung auf, sondern fuhr mit ihrer Jugendgruppe lediglich von Hamburg mit dem Zug nach Dagebüll, wo sie alle auf die Fähre nach Amrum umsteigen würden. Sie war noch nie mit einer Fähre gefahren!

Von Frau Hänel und Herrn Weiß hatten sie alle eine Broschüre des Landschulheims in Wittdün erhalten. Darin hieß es, auf der Insel sei immer Badezeit und selbst bei Ebbe gebe es am Kniepsand genügend Wasser. Sogar einen Gezeitenkalender hatte Frau Hänel beigelegt. Für die letzten zwei Tage wollte Pfarrer Remigus ebenfalls anreisen, um mit den Jugendlichen über ihre Erwartungen an die katholische Kirche zu sprechen. Junge Menschen sind offen und interessiert, sagte er immer wieder und steckte Betty und ihre Freunde mit seiner positiven Art an. Sie mochte seinen Humor und dass er auf fast alle Fragen eine Antwort wusste.

Seit drei Tagen hatte sie nun vor Aufregung kaum geschlafen. Sie war jetzt vierzehn Jahre alt und spürte zum ersten Mal ein Gefühl von Freiheit. Bettys Bruder hatte ihr zwar für die erste Nacht eine fette Portion Heimweh prophezeit, doch sie konnte es kaum erwarten, mit ihren Freunden am Strand spazieren zu gehen, Stockbrot am Lagerfeuer zu backen und dabei die Botschaften des Herrn zu singen. Sie würden gemeinsam Mahlzeiten zubereiten und über Gott diskutieren. Außerdem war Betty auf die anderen Jugendgruppen gespannt, die ebenfalls auf der Insel sein würden.

Vor dem Hauptbahnhof, auf Seite des Deutschen Schauspielhauses, war an diesem ersten Ferientag großes Sammeln angesagt. Unter den bereits eingetroffenen Mitgliedern ihrer Kirchengruppe schaute sie sich nach Enno um. Jan-Malte mit dem polnischen Nachnamen war schon da, ebenso Joost Haberbeck, Jenny und Judith Leonhard, die von ihrer Mutter zum Bahnhof gebracht worden waren, und Melanie Klumpe, die sich von ihrem Vater verabschiedete. Immer mehr Kinder trudelten ein.

Aber wo war Enno? Alle quatschten aufgeregt durcheinander.

«Scheiße, ich habe meine Regenjacke vergessen», sagte Joost.

«Betty, hey», winkte Judith aufgeregt. Und irgendjemand kreischte vor Vorfreude so laut, dass er vom Diakon ermahnt wurde. Es wurde viel gelacht. Insgesamt waren sie sechzehn Jugendliche im Alter zwischen dreizehn und fünfzehn Jahren. Außerdem wurden Herr Weiß und Frau Hänel von zwei Studenten unterstützt.

«Viel Spaß, mein Mäuschen», sagte Bettys Mutter und küsste ihre Tochter auf die Stirn, dabei hielt sie ihr Gesicht zwischen den Händen fest, und Betty dachte, ihre Mum würde gleich anfangen zu heulen.

«Und wenn du Heimweh hast …», sagte der Vater streng, «… denk an Jesus Christus», beendete Betty seinen Satz. Wie oft hatte ihr Dad sie gewarnt, bei einem akuten Sehnsuchtsanfall konsequent durchzuhalten. So wie Jesus für seinen Glauben, für den er sogar gestorben war.

Die Eltern winkten zum Abschied, und Frau Hänel klatschte in die Hände. «So. Bitte mal herhören. Wer fehlt noch?», rief sie und kontrollierte die Anwesenheit. «Enno, war ja klar. Der Junge macht mich noch wahnsinnig», sagte Frau Hänel, und Betty dachte dasselbe. Aber irgendwie anders, weil sie dieses Ziehen im Bauch einfach nicht loswurde, wenn sie an ihn dachte. Sie war erleichtert, als er in diesem Moment auf der Rolltreppe aus dem U-Bahn-Schacht auftauchte. Seine lockigen Haare wurden von einem Stirnband zusammengehalten, er kaute Kaugummi und sah einfach nur lässig aus, mit seinem locker über die Schulter geworfenen Rucksack. Betty trug ihre neue Jeanskombi und hatte das Gefühl, knallrot anzulaufen, als er ihr zuwinkte. Leider gesellte er sich nicht zu ihr, sondern zu Jan-Malte und Joost. Egal. Betty hatte sich ganz fest vorgenommen, sich endlich einen Ruck zu geben und ihm zu zeigen, wie sehr sie ihn mochte. Diese Reise sollte ein unvergessliches Erlebnis werden.

Sie drehte sich um und stand direkt vor Herrn Weiß, der sie anlächelte und seine Gitarrentasche schulterte. «Wie schön, dass du doch mit dabei sein darfst, Bettina. Das wird eine ganz tolle Woche.»

Betty antwortete höflich, wie sehr sie sich auf das Meer freue, wobei sie kurz das Gefühl beschlich, als würde Herr Weiß mit

240

hastigen Blicken ihre Handgelenke nach dem Rosenkranzarmband absuchen, das sie nie wieder getragen hatte.

Dann mischte sie sich unter ihre Freunde.

«Bitte noch einmal herhören, Kinder.» Barbara Hänel forderte alle auf, sich in einem Halbkreis um sie herum zu gruppieren. Dann zog sie einen jungen Mann zu sich heran, den Betty bis dahin noch gar nicht registriert hatte. Sie schätzte ihn auf Anfang zwanzig. «Bevor wir gleich in den Hauptbahnhof gehen und in den Zug einsteigen», fuhr Frau Hänel fort, «möchte ich euch Alexander Haase vorstellen. Er studiert Theologie und begleitet uns.» Der Typ wirkte irgendwie farblos. Er sagte, wie er sich darauf freue, die Gruppe kennenzulernen, und dass alle ihn ruhig Alex nennen könnten. Er wurde mit höflichem Applaus begrüßt.

«Und ich möchte euch noch jemanden vorstellen.» Frau Hänel winkte eine junge Frau zu sich, die ihre rotblonden Haare zu einem einfachen Pferdeschwanz zusammengebunden hatte. «Das ist Lilija. Sie hat gerade in Hamburg angefangen, Pädagogik zu studieren. Lilija ist übrigens ein lettischer Name.» Sie wandte sich an die junge Frau: «Die Kinder dürfen dich Lilly nennen, richtig?» Wieder klatschten alle, allerdings mischten sich dieses Mal einige anerkennende Pfiffe aus dem Lager der Jungs darunter. Auch Betty fand die junge Studentin irgendwie cool. Sie sah sehr sportlich aus, trug eine modische Jeans und einen alten Bundeswehrparka. Bestimmt konnte man mit ihr richtig viel Spaß haben, so als ältere Freundin oder so.

Schließlich setzte sich die Gruppe unter Führung von Peter Weiß in Bewegung, während Frau Hänel mit Lillys Unterstützung alle von hinten antrieb, damit bloß niemand auf dem Weg zum Bahnsteig verloren ging. Bis zur Abfahrt des Zuges blieben ihnen noch zwanzig Minuten. Bis alle mit ihrem Gepäck eingestiegen waren, würde das gerade ausreichen, drängelte Frau Hänel, zumal sich Melanie meldete, weil sie noch einmal dringend zur Toilette musste. Wahrscheinlich die Aufregung, dachte Betty. Während Enno und Jan-Malte leise Witze über den Gefängniston von Barbara Hänel rissen, begleitete Lilija Melanie zu den Bahnhofstoiletten.

Die Zugfahrt verlief dann allerdings anders, als Betty es sich in den Momenten vorgestellt hatte, in denen sie nicht hatte einschlafen können. Denn weil sie im Einsteigestress von Frau Hänel gebeten worden war, die sperrige Gitarre des Diakons zu tragen, hatte sie am Wettlauf um die besten Sitzplätze nicht teilnehmen können. Statt mit Enno, Joost und Jan-Malte zusammenzusitzen, landete sie ausgerechnet mit Judith, Jenny und dem langweiligen Theologiestudenten in einem Sechserabteil – und mit Frau Hänel und Herrn Weiß. Von nebenan hörte sie das Gegacker von Enno und seiner Truppe. Wenigstens hatte sie einen Fensterplatz ergattert, auch wenn sie nun Frau Hänel gegenübersaß, die sie streng musterte und bereits mehrmals hatte durchblicken lassen, dass Betty ganz schönes Glück gehabt hatte, weil die Gembris-Zwillinge so schwer an Scharlach erkrankt waren.

«Ach, Herr Weiß, kommen *Sie* ans Fenster. Ich bestehe darauf», sagte Frau Hänel und sprang kurz nach der Ausfahrt aus dem Hamburger Hauptbahnhof von ihrem Sitzplatz auf. Mit ihrem Handarbeitskorb schob sie sich an den langen Staksen von Jenny und Judith vorbei, wobei sie sich mit einer Hand oben an der Gepäckablage festhielt. «Ich mache die ganze Zeit sowieso Stickarbeiten, da schaue ich kaum hinaus.»

Dankend nahm er das Angebot an und setzte sich Betty gegenüber. Sie las in ihrem Buch, konnte sich aber kaum konzentrieren, was vielleicht auch daran lag, dass es plötzlich nach hart gekochten Eiern und Leberwurst roch.

«Ich habe extra eins mehr geschmiert», sagte Frau Hänel und bot dem Diakon, über Judith auf dem Mittelplatz hinweg, ihre offene Brotdose an. «Nehmen Sie sich doch bitte auch ein hart gekochtes Ei.» Dabei lächelte sie, und ihr Ton klang zuckersüß. Manchmal machte Mums Freundin Frau Hänel nach, wenn sie sich über deren Schwärmerei für den Diakon lustig machte. Dann klang Moni genauso. Dass Herr Weiß mit Gott verheiratet war, schien Frau Hänel dabei nicht zu interessieren. Was Betty schon sehr seltsam fand.

Jedenfalls versuchte sie, sich trotz des strengen Geruchs auf ihr Buch zu konzentrieren. Sie spürte den Fuß des Diakons an ihrem Bein. «Entschuldige», sagte er, ohne aufzublicken. Doch ab dem Moment, als er sie erneut streifte, saß sie mit angezogenen Beinen auf ihrem Sitz.

Die Tür wurde aufgerissen.

«Hey, Betty.» Enno lehnte sich lächelnd ins Abteil und verzog angewidert das Gesicht. Der Leberwurstgeruch war echt penetrant. «Joost hat einen Wagen weiter eine Jugendgruppe aus Ahrensburg kennengelernt. Die fahren auch nach Amrum. Komm.» Er reichte ihr die Hand, damit sie nicht über den Korb von Frau Hänel stolperte.

«Und nicht so einen Terror da drüben», sagte der Diakon streng zu Enno. «Ich hab dich im Blick, mein Freund.»

«Alter, ist dem die Stulle nicht bekommen?», witzelte Enno, als er Betty durch den Gang hinter sich herzog. Ihr schlug das Herz bis zum Hals, und das Ziehen in ihrem Bauch meldete sich stärker als zuvor. Dann ließ er ihre Hand los, weil er seine gesamte Kraft benötigte, um die Schiebetüren zwischen den Waggons auseinanderzudrücken. Betty sah die Tür zum WC offen stehen, die sich im Takt des Zuges hin und her bewegte. Auch der Toilettendeckel stand offen. Der Lärm der Schienen war ohrenbetäubend. Als sie durch den Ziehharmonikaschlauch von einem Wagen in den anderen gingen, wackelte der Waggon noch heftiger. Sie stolperte und schrie kurz auf.

Betty staunte, als die beiden dann den Großraumwagen betraten. Er war voller Jugendlicher. Ein Mädchen in Bettys Alter spielte Gitarre, und viele sangen *Du bist das Licht und die Wahrheit und das Leben*. Es kreisten Chipstüten, und Limo wurde getrunken. Joost winkte vom hinteren Ende aus einem Vierer, und als Enno wieder nach Bettys Hand griff und sie hinter sich herzog, hielt sie seine Hand umso fester. Plötzlich drehte er sich um und blieb lächelnd stehen. Da kapierte sie, dass er sie auch ein ganz kleines bisschen mehr mochte.

«Setzt euch zu uns!», rief Joost und deutete auf die beiden noch freien Plätze. Ihm gegenüber saß ein Mädchen mit geflochtenen Zöpfen und einer grünen Strickjacke mit aufgestickten Rosenblüten.

«Hallo», sagte das Mädchen schüchtern. «Ich heiße Franziska.»

35 Freitag, 7. November, mittags

Guten Tag. Polizeihauptmeister Eloğlu. Wir hatten telefoniert. Das ist meine Kollegin Frau Erdmann», sagte Alpay, als ihnen Ulrich Meyer, der Sohn des Toten vom Strand, die Tür zu einer kleinen Neubauwohnung im Pergolenviertel öffnete. Er war sportlich gekleidet, und Alpay schätzte ihn auf Anfang vierzig. Dem goldenen Ring an seiner rechten Hand nach zu urteilen, war er verheiratet.

«Meine Schwester habe ich leider nicht erreicht. Bitte.» Er bat Alpay und Franka herein und führte sie in das helle und gemütlich eingerichtete Wohnzimmer seines Vaters. Immer wieder wischte sich Ulrich Meyer dabei mit dem Handrücken die Tränen aus den Augen.

«Es ist etwas passiert, oder? Sonst hätten Sie mich doch nicht in der Wohnung meines Vaters treffen wollen. Bitte.» Er deutete zum runden Glastisch neben dem Fenster. Franka und Alpay setzten sich. Auf einem Untersetzer aus Bast standen eine Flasche Ketchup und eine Pfeffermühle. Kleine gerahmte Familienfotos schmückten die Wand daneben. Anscheinend hatte Harald Meyer seine Mahlzeiten immer mit dem Blick auf seine Kinder und Enkelkinder eingenommen. Vielleicht ein guter Trick gegen das Alleinsein, dachte Alpay. Auch der Sohn setzte sich nun, wippte allerdings in einer Tour nervös mit dem Knie.

«Herr Meyer», begann Alpay einfühlsam. «So wie es aussieht, ist Ihr Vater heute Morgen in Övelgönne tot aus der Elbe geborgen worden. Wir nehmen an, er ist ertrunken.»

«Er ist bitte was?» Die Fassungslosigkeit war dem Sohn ins Gesicht geschrieben.

«Es tut mir sehr leid.»

Seine Augen füllten sich mit Tränen. «In Övelgönne, sagen Sie? Aber … mein Vater wollte am Montag mit dem Hund seiner Nachbarin in den Stadtpark. Wie kommt mein Vater dann bitte in die Elbe?» Ulrich Meyer schaute Hilfe suchend zu Franka. «Sind Sie sicher, dass es sich um meinen Vater handelt?»

Sie nickte. Auch Franka hatte das Foto des Rentners aus dem Ausweisregister gesehen. «Aber um das genau abzuklären», fuhr Alpay fort, «benötigen meine Kollegin und ich noch einige persönliche Gegenstände Ihres Vaters. Am besten aus dem Badezimmer.»

«Und der Hund? Haben Sie Lulu auch gefunden?»

«Nein. Tut mir leid.»

«Sein Frauchen ist ganz krank vor Sorge», sagte Meyer, drehte gedankenverloren an seinem Ehering und schaute aus dem Fenster. Alpay wusste längst, dass eine solche Nachricht die meisten Angehörigen in einen psychischen Ausnahmezustand versetzte. Besonders Mord ließ viele zusammenbrechen, was eine weitere Befragung vorerst unmöglich machte. Die Information, dass die Polizei auch im Fall von Harald Meyer von einem Gewaltverbrechen ausging, behielt Alpay daher noch für sich.

«Sie haben Ihren Vater am Mittwoch als vermisst gemeldet.» Er zog seine Kladde aus dem Parka.

Meyer nickte. «Das letzte Mal hatte er mir am Montagmorgen um kurz nach fünf eine WhatsApp geschrieben.» Er tippte auf sein Smartphone. «*Guten Morgen, mein Dicki. Ich wünsche dir einen schönen Wochenstart. Bin gleich auf dem Weg zur ersten guten Tat des Tages. Gruß Papa.*» Ulrich begann nun wieder zu weinen, und Franka kramte in ihrer Umhängetasche, dann reichte sie ihm eine Packung Papiertaschentücher. Zum ersten Mal bemerkte Alpay, dass Franka sich bei den meisten Befragungen zurückhielt, auch wenn sie gestern das Gespräch mit Richard Roicke geführt hatte. Aber immer seltener grätschte sie Alpay dazwischen. Anscheinend war sie mit seiner Vorgehensweise einverstanden. Denn auch die Manöverkritik nach solchen Terminen hielt sich in Grenzen.

Ulrich schnäuzte sich ein letztes Mal, und als er sich wieder im Griff hatte, begann er zu erzählen. Wie er vorgestern Mittag vergebens auf seinen Vater beim Italiener in Winterhude gewartet hatte, wo sie sich einmal in der Woche zum Mittagessen trafen. Weil er nicht ans Telefon gegangen war, fuhr der Sohn hierher. Den Hausschlüssel hatte er immer an seinem Schlüsselring. Unten bei den Briefkästen habe er dann die aufgeregte Frau Siemers getroffen, die ihm voller Sorge berichtet habe, dass sein Vater seit Montag verschwunden war – mit ihrem Hund. Laut ihren Erzählungen habe die Polizei sie bei ihrem Anruf Montagnacht abgebügelt.

Franka erhob sich von ihrem Stuhl. «Hätten Sie was dagegen, wenn ich mich ein bisschen umschaue?»

Meyer blickte verdutzt auf. «Suchen Sie was Bestimmtes?» Sie verneinte lächelnd und schaute zu Alpay. Ein weiteres Zeichen, dass sie ihm das Timing überließ.

«Herr Meyer, hat Ihr Vater eigentlich schon lange für Johannes-Brot gearbeitet?», wollte er wissen.

«Ich glaube, kurz nachdem unsere Mutter gestorben ist, hat er bei denen angefangen. Ungefähr vier Jahre bevor er in Rente ging. Diesen Sommer hat er als Dank für seine Arbeit sogar einen Gürtel geschenkt bekommen, mit gravierter Schnalle. Er war mächtig stolz darauf.»

«Was hat er beruflich gemacht?»

«Er war Gesundheitsmanager in einem Altenheim. Eigentlich hat er Hotelkaufmann gelernt, aber für die Familie hat er noch mal umgesattelt. Er wollte aus dem Schichtdienst raus, hat er gesagt.»

Von seinem Platz aus sah Alpay Franka in der Küche vor dem Kühlschrank stehen. Sie schaute zu ihm herüber und schüttelte leicht den Kopf. Es wäre ein Riesenglücksfall gewesen, wenn auch an diesem Kühlschrank eine Postkarte von Amrum gehangen hätte.

«Sagen Sie», fuhr Alpay fort, «besaß Ihr Vater ein Gesangbuch?»

«Ein Gesangbuch?»

«Ein katholisches.»

«Auch das noch. Ausgerechnet mein Vater?» Er lachte, doch sofort schossen ihm wieder die Tränen in die Augen. «Der hat die Kirche gemieden wie der Teufel das Weihwasser.» Meyer Junior lehnte sich in seinem Stuhl zurück und beobachtete Franka, die nun vor dem Bücherregal stand, in dem auch der Fernseher untergebracht war.

«Schöne Bücher», sagte sie.

«Suchen Sie was Bestimmtes?»

«Sie wissen nicht zufällig, wo Ihr Vater seine Post aufbewahrte?»

«Keine Ahnung, aber ich bin doch nicht blöd. Vielleicht verraten Sie mir mal, was Sie die ganze Zeit zurückhalten.» Alpay gefiel der Mann. Er war aufmerksam und ließ sich nichts vormachen, daher entschied er sich, mit offenen Karten zu spielen. «Wir glauben, Ihr Vater ist einem Gewaltverbrechen zum Opfer gefallen.» Meyer lachte ungläubig. Alpay zog sein Handy aus der Tasche. «Wir fragen uns, ob Ihr Vater vor seinem Tod möglicherweise eine Postkarte von Amrum erhalten hat.» Er zeigte Ulrich Meyer das Motiv auf seinem Handy. «Vielleicht haben Sie die hier mal irgendwo rumliegen sehen.»

«Amrum aus der Vogelperspektive?», fragte Meyer erstaunt, und Alpay schaute überrascht zu Franka, denn der Schriftzug der Postkarte war auf dem Handybildschirm nicht zu lesen. «Woher haben Sie die?», hakte Meyer nach. «Das Motiv wird schon seit zwanzig Jahren nicht mehr verkauft.»

«Wie meinen Sie das?» Alpay kannte Frankas Körperhaltung, wenn sie sich spannte.

«Das Copyright für dieses Foto haben die Erben des Fotografen nach seinem Tod zurückgezogen.» Meyer klang nicht eine Spur verunsichert. «Bis dahin war das die meistverkaufte Postkarte auf Amrum.»

«Und das wissen Sie woher?», fragte Franka erstaunt.

«Ich bin auf Amrum aufgewachsen.»

«Ihr Vater hat dort gearbeitet?», hakte sie angespannt nach, und auch in Alpay schrillte plötzlich die Alarmglocke.

«Ja», sagte der Mann. «Als ich klein war, haben meine Eltern das Landschulheim in Wittdün geleitet.»

Auch wenn Alpay in der letzten Nacht auf Frankas Klappbett kaum ein Auge zugetan hatte, war er hellwach. Während sie den Dienstwagen Richtung Eppendorf steuerte, weil sie Kamm und

Zahnbürste von Harald Meyer in der Rechtsmedizin abgeben wollten, rief er telefonisch die gesamte Abteilung für den Nachmittag zusammen. Dann wandte er sich an Franka.

«Ich hatte recht. Diese ganze Geschichte hat ihren Ursprung vor über dreißig Jahren auf Amrum. Dieses Landschulheim … Was ist dort passiert, und wie passt Richard Roicke ins Bild?»

«Ich hoffe, wir können ihn aufgrund der Umstände noch in U-Haft behalten», sagte Franka, als sie durch die City Nord fuhr. «Wenn sein Anwalt am Montag Einsicht in die Akte nimmt und checkt, dass sein Mandant für den Mord an Harald Meyer überhaupt nicht infrage kommt, aber immer noch sitzt … Ich höre meine Freundin, die Oberstaatsanwältin. Bis rauf zum Polizeidirektor schlägt die Alarm.»

«Bis auf Meyer spricht alles für Roicke als Täter», sagte Alpay. «Aber vielleicht hat er die Morde nicht allein begangen.»

Sie hielt geduldig hinter einem Taxi, aus dem einige Fahrgäste ausstiegen. «Du meinst Sabine Achilles?»

Er nickte. «Was ist, wenn die beiden gemeinsame Sache gemacht haben? Achilles sorgt für seine Alibis, während er sich um seine Zukunft als Witwer ohne Unterhaltsansprüche, dafür mit fetter Lebensversicherung und Einfamilienhaus kümmert. Dann verhaften wir ihn, weil die Indizien erdrückend sind. Vielleicht glaubt seine Geliebte, dass sie ihn aus dem Knast bekommt, wenn die Morde nach seinem Muster weitergehen.»

Franka schwieg. An der nächsten roten Ampel schaute sie dann skeptisch zu ihm hinüber. «Oder sie war von Anfang an involviert. Vielleicht war das sogar *ihr* Plan. Sie hilft einem Mann, der sich angeblich aus *moralischen Gründen* nicht von seiner Frau trennen kann. So hat Frau Achilles das selbst formuliert.»

«Vielleicht müssen wir gar nicht danach suchen, wie Richard Roicke in die Geschichte auf Amrum passt. Sabine Achilles ist ungefähr im gleichen Alter wie Franziska Roicke und Melanie Lilienberg. Könnte doch sein, dass *sie* der eigentliche Motor hinter den Morden ist. Auf alle Fälle nehmen wir die Frau noch mal genauer unter die Lupe.»

«Mach dir bitte eine Notiz», sagte Franka. «Sybille soll einen Reiter bei INPOL setzen lassen. Ich möchte, dass wir ab sofort über jede Vermisstenmeldung in Hamburg informiert werden. Dann schauen wir, wer in unser Raster passt. Oder eben auch nicht.»

Das Telefon klingelte.

«Erdmann.»

«Petereit», sagte der Leiter des Großeinsatzes in Geesthacht über die Freisprechanlage. «Ergebnis negativ, Frau Erdmann. Meine Leute haben jeden Halm im Gebiet der Schleuse umgeknickt. Keine Ahnung, ob das jetzt ein gutes oder ein schlechtes Zeichen ist. Die Leiche von Franziska Roicke bleibt jedenfalls weiter verschwunden. Mein Bericht liegt am frühen Abend auf Ihrem Tisch.»

Fuck, dachte Alpay. Auch das noch. Wo war die Leiche dieser Frau abgeblieben? Franka bedankte sich bei dem Kollegen, beendete die Verbindung und bog auf das Gelände des Universitätsklinikums Hamburg-Eppendorf ein. Dann stellte sie vor dem gelb verklinkerten Gebäude der Rechtsmedizin den Motor aus und öffnete die Tür einen Spaltbreit.

«Und wenn es weder Richard noch seine Geliebte waren, wer war es dann?» Alpay schaute prüfend zu Franka hinüber. Ob sie schon ahnte, welches absurde Gedankenspiel ihn umtrieb?

«Ich weiß, worauf du hinauswillst, Alpay.»

«Und wenn genau das der Grund dafür ist, warum wir Franziskas Leiche nicht finden?»

«Richards Schuhabdruck in ihrem Blut, der Sand unter dem Auto, die Postkarte, die auch Franziska bekommen hat, der Akku einer Taserpistole im Keller. Diese ganzen furchtbaren Tagebucheinträge, dazu die Tatsache, dass die Frau eine solche Angst um ihr Leben hatte, weil ihr Mann sie permanent verdroschen hat, weswegen sie sogar ihre Therapeutin von der Schweigepflicht entbunden hat. Vor allem aber die Tatsache, dass Franziska so viel Blut verloren hat. Nein, Alpay. Die Frau ist tot», sagte Franka und steckte sich ein Kaugummi in den Mund. Das Papier faltete sie fein säuberlich zusammen und betrachtete anschließend das kleine Briefchen in ihrer Hand. Hatte er sie zum Nachdenken gebracht?

Dann zuckte Franka plötzlich zusammen, weil die Fahrertür aufgerissen wurde. Auch Alpay erschrak.

«Bei dem Nervenkostüm sollten Sie beide auch mal auf Kur.» Dr. Dörfler, der Chef der Rechtsmedizin, schaute in den Wagen. «Moin.»

«Himmel, sind Sie noch ganz bei Trost?» Franka stieg aus. «Ich denke, Sie sind bis Montag beim Wassertreten.»

«Bin gestern aus Bad Doberan zurück. Hab nur mal 'ne schnelle Runde durch die Abteilung gedreht», sagte Dr. Dörfler. «Ab heute schütze ich also wieder meine jungen und im Umgang mit altgedienten Polizeibeamtinnen noch nicht so erfahrenen Mitarbeiter.» Er lächelte herausfordernd.

«Hat Ihr Dr. Johanson gepetzt?» Franka gab sich unbeeindruckt.

«Dem haben Sie ja ganz schön zugesetzt, Frau Erdmann.»

«Dann geben *Sie* ihm das wohl besser.» Sie reichte ihm den

Asservatenbeutel mit Kamm und Zahnbürste von Harald Meyer. «Nicht dass der Kollege noch weint, wenn ich sein Büro betrete.»

«Frau Erdmann, wir beide hatten das doch schon oft. Nur weil Sie rumstressen, geht das bei uns nicht automatisch schneller.»

«Dann kann ich vor Montag wahrscheinlich nicht mit einem Ergebnis zu dem Toten aus Övelgönne rechnen.»

Dörfler schmunzelte. «Sie haben es zwar nicht verdient, aber … der Bericht wird gerade geschrieben. Die Sektion ist beendet. Weil ich im Haus war, hat Dr. Johanson mich gebeten, mal einen Blick drauf zu werfen. Zu den Fingern wäre zu sagen, dass sie dem Toten post mortem gebrochen worden sind. Anhand der Bruchfurche gehen wir davon aus, dass die Hand irgendwo eingeklemmt war. Im Nacken trägt der Mann in der Haut zwei anderthalb Zentimeter tiefe Einschussmarken. Vermutlich von den Projektilen einer Taserpistole.»

«Er ist ertrunken?»

Dörfler nickte. «Aber jetzt kommt der Knüller: nicht in der Elbe.» Alpay schoss das Adrenalin ein. «Sonst hätte seine Lunge ein Emphysem gebildet», fuhr der Rechtsmediziner fort. «Und das Gewebe wäre überbläht gewesen. Wir würden in dem Fall von einer ballonierten Lunge sprechen. Aber der Mann hatte ein fulminant ausgeprägtes Lungenödem. Das bedeutet, dass es in seinem Fall zu einer Diffusion von Plasma aus dem Blut im Alveolarraum gekommen ist.»

«Kommen Sie zum Punkt, Mann», herrschte Franka ihn an.

«Na schön. Vereinfacht ausgedrückt: Ihr Mann ist nicht im Süßwasser der Elbe ertrunken, sondern in Salzwasser.»

36 Amrum, 1994, Herbst

Im Speisesaal des Landschulheims herrschte am Morgen lautstarker Betrieb. Mit einer Schale Müsli und einem Glas Saft auf ihrem Tablett steuerte Betty auf einen freien Tisch vor einem der großen Fenster mit Blick auf die Dünen zu. Scherenschnittartige schwarze Vögel klebten auf der Scheibe. Sie waren fast sechzig Kinder, dazu noch die jeweiligen Betreuer der drei katholischen Jugendgruppen aus Schleswig-Holstein, Hamburg und Niedersachsen.

«Ist bei dir noch frei?», fragte ein Mädchen. «Ich bin Sabine.» Sie trug eine Zahnspange mit Außenbogen um den Kopf und am Kragen ihrer Jeansjacke einen *ATOMKRAFT? NEIN DANKE*-Button. «Du bist aus der Abundus-Gemeinde, stimmt's?» Sie setzte sich mit ihrem Frühstückstablett an den Tisch und hatte mit wenigen Handgriffen ihre «Frankenstein-Apparatur» gelöst, wie sie das Ungeheuer aus Metall selbst nannte.

«Bist du auch Messdiener?», fragte Sabine, und schnell hatte Betty mit dem Mädchen ein gemeinsames Thema entdeckt. Zudem war Sabine genauso begeistert, den Glauben in der Gemeinschaft Gleichgesinnter zu erleben, und die entspannte Atmosphäre des Landschulheims mitten in der Natur tat ein Übriges, sich schnell wohlzufühlen.

«Wie das unser Diakon gestern bei seiner Andacht beschrieben hat», sagte Sabine und fummelte dabei nun auch noch ihre

Spange aus dem Mund, die sie in einer Dose an ihrem Gürtel verstaute. «Im wahrsten Sinne des Wortes quatschen wir hier über Gott und die Welt. Das ist absolut krass.» Sie biss von einer Banane ab.

«Wo sind denn Enno und Joost?» Judith, mit Jenny im Schlepptau, setzte sich dazu und stellte sich Sabine vor.

«Herr Weiß ist mit einer kleinen Gruppe runter zum Strand», sagte Betty und nippte an ihrem Multivitaminsaft. «Zum Schwimmen. Enno und Frau Hänel sind auch dabei.»

«Die sind doch nicht ganz dicht.» Jenny schlug gespielt die Zähne aufeinander, als würde sie frieren. «Der Typ vom Landschulheim hat draußen auf die Tafel bei Wassertemperatur eine Zehn gemalt. Nee, Leute.» Sie tippte sich mit dem Zeigefinger an die Stirn.

«Apropos. Von eins bis zehn, wie schwer verknallt?», grätschte Judith dazwischen und grinste.

«Du meinst, Frau Hänel in Herrn Weiß?» Natürlich wusste Betty, worauf Judith in Wirklichkeit anspielte.

«Ich meine dich und Enno, du Blödi.»

Die Frage war Betty ein wenig unangenehm, obwohl vermutlich gestern Nachmittag alle gerafft hatten, wie Enno am Lagerfeuer hinter ihr gesessen und sein Kinn auf ihre Schulter gelegt hatte. Einige hatten am Strand Fußball gespielt, andere Frisbee. Herr Weiß und Alex, der Theologiestudent, waren für das Lagerfeuer verantwortlich gewesen, während Frau Hänel mit einer kleinen Gruppe den Teig für das Stockbrot zubereitet hatte. Zur Gitarrenbegleitung von Herrn Weiß hatten sich dann immer mehr Kids am Lagerfeuer versammelt und in die Lieder mit eingestimmt. Als Enno von hinten an Betty herangerückt war, riss auch noch der Himmel auf, und der letzte Rest der untergehenden Herbstsonne tauchte die gesamte Gruppe in ein goldenes Licht. Über ihnen segelte ein Schwarm Möwen, die es auf das Stockbrot abgesehen hatten. Voll kitschig, hatte Betty gedacht, aber so war's, wie in der Werbung. Zweimal hatte sich Diakon Weiß auf seiner Gitarre verspielt, und sein argwöhnischer Blick war ihr nicht entgangen. Wahrscheinlich, weil er Sorge hatte, sich Ärger mit ihren Eltern einzuhandeln wegen Enno und so.

«Hallo, bist du noch anwesend?» Judith schnippte vor Bettys Augen mit den Fingern. «Jetzt sag schon», bohrte sie nach. «Wie schwer verknallt bist du?»

Betty redete sich heraus. Das war kein Thema, das sie vor Sabine, die sie überhaupt nicht kannte, besprechen wollte. Außerdem war sie in Enno nicht verknallt, sondern verliebt. Diesen Unterschied hatte Betty schon vor einiger Zeit gerafft. Ob sie sich vielleicht mal Lilija anvertrauen sollte? Wie eine große Schwester könnte Betty die Studentin um Rat fragen, denn vor ihrem ersten Kuss hatte sie trotz der vielen Schmetterlinge im Bauch einen gehörigen Bammel. Enno war schon fünfzehn.

Geschirr fiel zu Boden und zersprang, jemand lachte und fragte: «Bist du bescheuert?» Betty drehte sich um. In ihrem Rücken hockte das Mädchen mit der grünen Strickjacke und den aufgestickten Rosen auf dem Fußboden und sammelte Scherben ein. Ein Frühstückstablett lag daneben. Melanie Klumpe war vor Franziska stehen geblieben und lachte sie aus. «Wie blöd kann man sein? Du brauchst wohl 'ne Brille!» Dann machte sie noch einen fiesen Spruch über die Oma-Strickjacke und die uncoolen Flechtzöpfe, schob dem Mädchen mit der Fußspitze eine versprengte Scherbe zu und verließ den Frühstücksraum. Einige Kinder, dachte Betty, hatten wohl keine Angst, dass Gott sie irgendwann zur Rechenschaft ziehen würde. Manchmal konnte Melli richtig fies sein.

«Komm, ich helfe dir», sagte Betty, nachdem sie aufgesprungen war und sich neben Franziska gehockt hatte. Die lächelte schüchtern.

«Magst du dich vielleicht zu uns setzen?», fragte Betty, doch Franziska zögerte. «Na, komm schon.» Irgendwie tat ihr das Mädchen leid, das immer ein bisschen wie ein geprügelter Hund wirkte.

«Danke», sagte Franziska schließlich, und ein zaghaftes Lächeln huschte über ihr Gesicht. «Ich bring das nur schnell weg.» Sie trug das Tablett voller Scherben zur Geschirrrückgabe, während Betty sich wieder zu ihren Freundinnen setzte.

«Die ist bei mir in der Jugendgruppe», sagte Sabine hinter vorgehaltener Hand. «Ein bisschen ... na ja ... wie soll ich sagen? Die ist total lieb, aber ich glaube, ihre Eltern lassen sie jeden Abend vor dem Zubettgehen zehn Rosenkränze beten. Sie wird ziemlich oft verarscht, besonders von unseren Jungs.»

Franziska kam mit einem belegten Brötchen und einem Saft an den Tisch und setzte sich neben Sabine, mit der sie die katholische Jugendgruppe in Ahrensburg besuchte. «Hallo», sagte sie in die Runde.

«Gefällt es dir auf Amrum?» Sofort versuchte Betty, sie zu integrieren.

«Sehr», antwortete Franziska kauend.

«Deine erste Kirchenfahrt?», wollte Judith wissen.

Franziska trank einen Schluck Saft. «Nein.»

Betty war bemüht, aus dem schüchternen Mädchen mehr als Ein-Wort-Antworten herauszubekommen. Schon auf der Zugfahrt hatte sie kaum mehr gesagt als Ja, Nein, Vielleicht, und was als gemeinsames Thema mit Sabine so gut funktioniert hatte, sollte doch auch mit Franziska möglich sein. «Bist du auch Messdiener?» Das Mädchen wickelte einen ihrer Zöpfe um den Finger und zierte sich. «Meine Eltern sind dagegen. Sie finden das nicht so gut, dass der Papst das erlaubt.»

«Oha», sagte Jenny.

«Voll stehen geblieben, oder was?», fragte Judith. «Ist doch mega. Mein Vater sagt, Paule ist so was wie ein Popstar. Modern und so.»

Franziska kaute, sagte kein Wort und starrte auf ihren Teller.

«Glauben deine Eltern dann auch an das Ding mit Adam und Eva?» Judiths Verständnislosigkeit kannte anscheinend keine Grenzen. Betty warf ihr einen Jetzt-ist-aber-mal-gut-Blick zu und versuchte zu relativieren. «Aber für diese Fahrt haben sie dir ihren Segen gegeben. Das ist ja toll.» Das fand Betty tatsächlich erstaunlich.

«Amrum ist ein gutes Beispiel für Gottes Schöpfung, sagt meine Mutter.» Franziska nahm noch einen Schluck Saft. «Meine Eltern legen großen Wert darauf, dass ich auch in den Ferien den Kontakt zu Gott nicht verliere.» Sie war in Bettys Alter, klang aber wie eine Erwachsene.

«Hört mal bitte alle her!», rief plötzlich Diakon Weiß und klatschte in die Hände, als er gefolgt von Frau Hänel den Frühstückssaal betrat. Die Haare der beiden waren noch feucht, und ihre Gesichter glühten rot vom morgendlichen Bad in der kalten Nordsee. «Bevor wir in einer Stunde mit dem Schiff zu den Seehundbänken aufbrechen, haben wir noch eine kleine Überraschung für euch.» Lächelnd ging er zum Frühstücksbüfett am Ende des Saals, gefolgt von Herrn Meyer. Der Leiter des Landschulheims zog eine Sackkarre hinter sich her. Darauf stapelten sich einige Kartons. «Eigentlich sollte die Lieferung schon vorgestern am Fährhafen ankommen», sagte Frau Hänel und lächelte entspannt. «Aber na ja, besser spät als nie.» Irgendwie schien sie seit der Ankunft wie verwandelt. Sogar Betty gegenüber war sie aufgetaut, das war selbst Judith nicht entgangen. Sie hatte gefrotzelt, dass Frau Hänel durch die Nähe zu Herrn Weiß und die frische Seeluft so was wie exorziert worden sei.

Nun quetschten sich noch Enno und Joost mit an den Tisch. Sie trugen Jogginganzüge und hatten vor Kälte blaue Lippen, zeigten aber cool die Daumen-hoch-Geste. «Leute, so geil. Die Nordsee kickt einen voll. Hier.» Joost legte Franziska seine kalten Hände in den Nacken. Sie schrie kurz auf. Er grinste. Irgendwie schien das Mädchen ein willkommenes Opfer für solche Scherze zu sein, dachte Betty. Keins der anderen Mädchen hatte dran glauben müssen. Sie warf ihm einen fiesen Blick zu und trat ihm unter dem Tisch gegen das Bein.

«Aua! Geht's noch?» Ohne Vorwarnung langte Jenny über den Tisch und boxte Enno auf den Oberarm. Betty hatte die Falsche getroffen. «Das tat voll weh, Mensch.»

«Enno! Mir reicht's gleich mit dir!», rief der Diakon quer durch den Saal. Betty war schon aufgefallen, dass er Enno auf dem Kieker hatte.

Nun zog Herr Weiß ein kleines Büchlein aus einem der Kartons und stieg auf einen Stuhl, damit ihn alle im Saal besser sehen konnten. «Wir haben was für euch. Als Erinnerung an die diesjährige Jugendfahrt habe ich mich dafür eingesetzt, dass jeder so ein wunderbares Gesangbuch erhält», sagte er, und Frau Hänel las mit stolzer Stimme die Prägung des Buchdeckels vor. «*Katholisches Gebet- und Gesangbuch für die Bistümer Ham-*

burg, Hildesheim und Osnabrück. Da sind alle Lieder drin, die wir so gerne singen.»

Der Saal klatschte begeistert. Assistiert von Lilija und einigen Betreuern aus den anderen Kirchengemeinden gingen Frau Hänel und Herr Weiß nun von Tisch zu Tisch und überreichten jedem ein in Leder gebundenes Buch. «Aber nicht gleich wieder Fettflecken reinmachen, Jenny.» Franziska zog sofort einen Stift aus ihrer Tasche und schrieb *Wittdün auf Amrum, 1994* auf die erste Seite.

Kein Wunder, dass sich Gott am siebten Tag hatte ausruhen müssen, dachte Betty eine Stunde später. Es war diese Weite, die sie kaum beschreiben konnte. An Deck des Ausflugsschiffes schnitt ihr der Wind scharf ins Gesicht. Die salzige Luft schmeckte man auf den Lippen. Sie liebte das gewaltige Rauschen der Nordsee und dachte, wie viel Spaß es vorhin gemacht hatte, sich gegenseitig über die verwitterten Holzstege durch die Dünen zu jagen.

Während die meisten ihrer Freunde, darunter Joost und Jenny, unter Deck hockten und durch die vom Salz milchigen Panoramascheiben nach draußen schauten, saß Betty zwischen Sabine und Franzi dick eingemummelt oben auf dem Außendeck, hinter der Kabine des Bootsführers. «Kleine Einweisung in die Seemannssprache. Steuerbord ist die rechte Seite», dröhnte seine Stimme durch die Lautsprecher an Deck, «Backbord die linke, Bug vorne, Heck hinten. Is also klar, wo ihr die Möwen füttert, wenn euch kodderig wird.»

«Melanie ist seinem Rat schon gefolgt», sagte Franziska, und Betty und Sabine lachten, denn Melli hing seit dem Auslaufen aus dem Hafen über der Reling und hatte nicht nur die Reisetablette wieder ausgekotzt, die Frau Hänel vorsorglich ausgegeben hatte. In manchen Fällen zog Gott die Menschen eben doch sehr schnell zur Rechenschaft.

Langsam schien Franziska aufzutauen. Hier draußen stellte sie sich in den Wind und breitete die Arme aus. Ihre geflochtenen Zöpfe flogen dabei wie steife Taue an ihrem Gesicht vorbei, und in den Knien folgte sie elastisch und ohne das Gleichgewicht zu verlieren den Bewegungen des Schiffes durch die Wellen. «Bleib so stehen!», rief Betty und zog die kleine Kamera aus der Jackentasche, in die Tante Karin einen Film mit sechsunddreißig Fotos eingelegt hatte, von denen Betty bereits die Hälfte verknipst hatte. Sie machte zwei Aufnahmen, als Franzi langsam das Gesicht verzog und sich die Hand vor den Mund hielt. «Ich glaube, mir kommt das Frühstück wieder hoch.»

Sabine schien vorsorglich in Deckung zu gehen. «Kein Wunder bei dem Seegang. Oder hast du was Falsches gegessen?»

«Ja, Brechbohnen.» Franziska grinste und freute sich offensichtlich, weil Betty und Sabine auf so einen alten Scherz hereingefallen waren. Vielleicht war Franziska schüchtern, aber sie war anscheinend auch lustig, wenn sie sich traute. Das gefiel Betty.

«Weiß jemand, wo hier die Toiletten sind?» Betty schaute sich nach so etwas wie einem Hinweisschild um. «Ich müsste echt mal ganz doll für kleine Priesterinnen.» Wieder bekamen sie sich vor Lachen kaum ein. «Du musst bis ganz nach unten», sagte Sabine, wobei sie mit einem angedeuteten norddeutschen Akzent sprach. «Aber klapp danach die Brille wieder runter.»

«Hier seid ihr, Mädchen.» Diakon Weiß war wie aus dem Nichts auf dem Außendeck aufgetaucht und schüttelte etwas erstaunt den Kopf. «Ich habe euch überall gesucht. Frau Hänel dachte schon, ihr seid über Bord gegangen.» Jetzt hielt es Betty kaum noch aus. Das Geschaukel und das Lachen hatten den Druck auf ihre Blase verstärkt. «Bin gleich zurück.»

Als sie über die Treppe nach unten ging, sah sie noch, wie sich der Diakon lächelnd zwischen Sabine und Franzi auf die Bank drängte, seine Arme um ihre Schultern legte und sie fest zu sich heranzog. Betty hörte, wie er scherzte, der Ausflugsdampfer geriete in schwere See. Auch Sabine und Franzi lachten. Betty hingegen beschlich ein komisches Gefühl. So wie vor dem Erntedankgottesdienst, als sie Herrn Weiß hinter sich im Spiegel entdeckt hatte.

Betty betrat das Unterdeck mit den großen Panoramascheiben. Melanie saß bleich wie der Sand am Strand auf ihrem Sitz. An einem der Tische zockte Enno mit zwei Jungs Karten, und irgendjemand fragte genervt, wie lange das bis zu den Seehundbänken denn noch dauern würde.

Dann entdeckte Betty das Hinweisschild *Schiethus*. Ein Pfeil zeigte ein weiteres Deck abwärts. Diese Treppe in den Bauch des Ausflugsdampfers war steiler und schmaler, die Farbe am Handlauf und auf den Stufen stark abgeblättert. Mit jedem Schritt die Treppe hinunter nahm der Lärm der Motoren ebenso zu wie die Temperatur. Nur eine schwache Beleuchtung wies den Weg. Auf der linken Seite des Gangs war ein Rolltor heruntergelassen, auf dessen angerosteten Lamellen man gerade noch das Wort *Kiosk* lesen konnte. Wegen des Seegangs musste Betty sich immer wieder zu beiden Seiten an den Geländern festhalten, vorbei an Metalltüren mit Hinweisschildern, die mit *Lager*, oder *Maschinenraum* vor dem unbefugten Betreten warnten. Der Boden hier unten war rutschig. Schließlich öffnete sie die Tür zum WC.

Sie pinkelte und wusch sich anschließend die Hände. Als sie wieder auf den Gang hinaustrat, erkannte sie im fahlen Gegenlicht plötzlich eine Silhouette. Instinktiv wusste sie, wer dort stand und auf sie gewartet hatte. Der Schiffsmotor dröhnte und brachte den Boden unter ihren Füßen zum Vibrieren. Betty war gerade erst vierzehn Jahre alt geworden, und auch wenn ihre Angst vor Herrn Weiß nach dem Erntedankgottesdienst wohl unbegründet gewesen war, hatte sie ihm gegenüber doch so ein komisches Gefühl zurückbehalten. Jetzt irrte sie sich nicht. Das wurde ihr mit jedem Schritt bewusst. Vielleicht noch zehn Meter. Sie atmete durch. Er machte keine Anstalten, aus dem Weg zu gehen. Noch fünf Meter, sie spürte bereits den kühlen Wind, der die Treppe hinabströmte. Das Motorengeräusch hämmerte. Nein, versuchte sie sich wieder zu beruhigen. Blödsinn, Bettina. Gegen das fahle Licht von der Treppe und die schwache Beleuchtung an der Decke erkannte sie nun Herrn Weiß' abstehende Haare um die Halbglatze tanzen, dann die Bügel seiner Brille. Vielleicht noch drei Schritte. Noch einen. Gleich würde er sie sicher vorbeilassen.

«Ganz schön schaukelig hier unten», sagte er lächelnd und hielt sich zu beiden Seiten an den Handläufen fest. Er blockierte den Gang. «Freust du dich über das Gesangbuch, Bettina?» Sie nickte, schaute verstohlen an ihm vorbei zur Treppe, die hinauf zum Deck führte.

Obwohl ihr Herz raste, zwang sie sich, nach außen ruhig zu wirken. Sie musste an ihm vorbei. Irgendwie. «Ich will schnell hoch. Nicht dass ich noch die Seehunde verpasse. Ich hab nur mal welche im Zoo gesehen.» Sie presste ihren Rücken gegen die Wand, um sich an ihm vorbeizuschieben, so nah, dass sein schlechter Atem den Geruch des Maschinenöls überlagerte.

Doch statt sie vorbeizulassen, drehte er sich wie die Figur in einem Wetterhäuschen mit ihr, um sie plötzlich mit seinem Becken gegen die Wand zu drücken. Sie klemmte regelrecht fest. Vor Schreck presste sie die Lippen aufeinander. «Das mit Enno und dir», sagte Herr Weiß leise, «das bleibt unter uns. Bettina. Versprochen.» Sie schaute zur Treppe. Er folgte ihrem Blick. Sollte sie schreien? Nein, sie würde sich lächerlich machen. Ihre Gedanken überschlugen sich. Die Situation löste sich bestimmt gleich in Wohlgefallen auf. Dann würde sie sich oben wieder zwischen Sabine und Franzi setzen und sich über Franzis schlechte Witze amüsieren.

Seine Stirn glänzte. Betty schluckte. Kurz schaute er wieder zur Treppe, dann drückte er sich noch fester gegen sie, und plötzlich gab die Wand in ihrem Rücken nach. Es war ohrenbetäubend laut. Bitte nicht! Der Diakon schob sie durch die Tür in den Maschinenraum. Die Motoren stampften. Unbefugte hatten hier drinnen nichts zu suchen. Er schloss die Tür.

«Ich bin etwas traurig, Bettina, dass du mein Armband nicht trägst. Weißt du das?» Nein, das wusste sie nicht, nur eins wurde ihr schlagartig bewusst: dass er ihre Jacke nach oben schob. Sie wollte schreien. Aber wie in einem Albtraum blieb ihr die Stimme weg. Dafür spürte sie die Angst als warme Luft aus ihrer Kehle flattern. Unfähig zu reagieren, konnte sie ihn weder wegstoßen noch nach Hilfe rufen. Stattdessen hörte sie die Warnung ihres Vaters, dass sie bei Heimweh ja nicht zu Hause anrufen sollte. Sie sah ihre Mutter dem Spott von Frau Hänel ausgesetzt. Spürte feuchte Hände auf ihrem Bauch. Dann ging das Dröhnen der Schiffsmotoren langsam in das sanfte Rauschen des Meeres über, in dessen Wellen man sich geborgen fühlte wie in der Umarmung seiner Mutter.

Betty zwang sich, an Enno zu denken, stellte sich vor, mit ihm ins Kino zu gehen, erinnerte den Spaß, den sie bei den gemeinsamen Kirchendiensten hatten, und lief mit ihm Hand in Hand am Strand entlang, über dem hoch vor blauem Himmel die Möwen ihre weiten Kreise zogen. Betty spürte einen heißen Atem. Mit aller Macht versuchte sie sich gegen die Wirklichkeit zu stemmen. Doch die Motoren dröhnten immer lauter. Schockstarr begriff Bettina, dass sie diese Jugendfahrt ihr Leben lang nicht vergessen würde.

37 Freitag, 7. November, mittags

Und Sie meinen wirklich, Roickes Geliebte könnte an den Morden beteiligt gewesen sein?» Julian Forster war der Schreck über diese Möglichkeit anzumerken. Alpay hatte nicht nur die gesamte Abteilung zusammengetrommelt, sondern auch den neuen Staatsanwalt dazugebeten, der neben seiner Chefin Monika Moro am Konferenztisch Platz genommen hatte.

«Frau Erdmann und ich glauben sogar», sagte Alpay an Forster gewandt, «Sabine Achilles könnte am Mittwoch den Rentner getötet haben, der heute Morgen in Övelgönne angeschwemmt worden ist, auch wenn wir das Motiv dieser gesamten Mordserie noch nicht kennen.»

«Vielleicht glaubt sie», warf Sybille ein, «ihren Geliebten so aus der U-Haft zu kriegen, wenn jemand auf dieselbe Weise getötet wird wie die Opfer, die wir ihm zur Last legen. Zumindest im Fall von Harry Meyer ist Richard Roicke damit ja raus.»

«Haben Franka und ich auch in Betracht gezogen. Aber eigentlich kann Frau Achilles so naiv nicht sein. Die Indizien gegen den Mann sind erdrückend», sagte Alpay. «Ich möchte die Frau ins Präsidium vorladen und erkennungsdienstlich behandeln.»

«Dafür brauchen Sie zumindest keinen Beschluss des Untersuchungsrichters, es reicht der Verdacht einer Straftat.» Franka bewunderte Alpay, weil er den besserwisserischen Kommentar des Staatsanwalts einfach überhörte. Dafür atmete Monika Moro umso angestrengter durch, was Franka überraschend sympathisch fand.

«Es gibt Fingerabdrücke im Auto von Franziska Roicke», fuhr Alpay fort, «die wir bisher nicht zuordnen können. Vielleicht die von Frau Achilles? Ich will nichts unversucht lassen.» Forster nickte beflissentlich, und auch am Gesichtsausdruck der Oberstaatsanwältin erkannte Franka, dass die Behörde Alpay folgte.

Gedanklich hatte sie ihm längst die Leitung des Falls überlassen. Ob er schon gemerkt hatte, wie sie sich zurückhielt? Er war in seiner Kommunikation weniger eigenbrötlerisch als sie. Das wusste sie längst. Die Staatsanwaltschaft immer wieder ausführlich mit einzubeziehen war smart.

Nun rollte er eines der Whiteboards heran, auf dem er zuvor die Satellitenaufnahme der Elbe durch die Hansestadt befestigt hatte. «Die Markierungen zeigen euch die Fundorte, an denen wir die Toten im Wasser gefunden haben. Harald Meyer ist vorgestern im Stadtpark verschwunden. Laut Gutachten ist der Mann ertrunken, aber nicht im Süßwasser der Elbe, sondern in Salzwasser. Anzunehmen, dass auch Lilija Girdauskas und Melanie Lilienberg im Meer ertrunken sind, auch wenn die Rechtsmedizin das aufgrund der langen Liegezeiten nicht mehr genau bestimmen konnte.»

Oder weil das Dr. Johanson durchgerutscht war, dachte Franka.

«Wie umständlich.» Ungläubig klinkte sich Ina Reitzenbach ein. «Roicke und seine Geliebte setzen ihre Opfer zunächst mit einem Taser außer Gefecht, ertränken sie irgendwo an Nord-

oder Ostsee, fahren anschließend zurück nach Hamburg und werfen die Leichen in die Elbe. Ernsthaft jetzt?»

«Die Frage muss doch vor allem sein, Frau Reitzenbach», wandte sich Monika Moro direkt an Ina, «was steckt hinter einer solch abartigen Art des Tötens?» Nun blickte sie in die Runde. «Ihnen allen ist doch vermutlich klar, dass dem irgendeine ziemlich kranke Geschichte zugrunde liegt.»

Auch wenn Franka seit jeher mit dem jovialen Getue der Staatsanwältin Probleme gehabt hatte, die Businessoutfits, Pumps und Perlenohrringe blendete sie professionell aus, war Monika Moro doch eine gute Juristin, die zudem die richtigen Fragen stellte.

«Ein katholisches Gesangbuch von 1994 ...» Alpay begann, angespannt vor dem Board auf und ab zu wandern. «Tote, die damals noch Kinder waren und ziemlich sicher in ein Landschulheim nach Wittdün auf Amrum gereist sind. Melanie Lilienberg war 1994 ein Teenager, genauso Franziska Roicke und – Sabine Achilles. Mittlerweile würde es mich nicht wundern, wenn auch sie bei dieser Reise dabei gewesen ist. Lilija Girdauskas war damals zehn Jahre älter als die anderen Mädchen, studierte Pädagogik. Harald Meyer hat zu der Zeit das Landschulheim geleitet. Dreißig Jahre später erhalten unsere Opfer Postkarten von dort mit dem Text eines Kirchenliedes. Was ist damals dort passiert?»

Nun präsentierte Alpay ein weiteres Whiteboard, auf dem er die vergrößerte Vor- und Rückseite der Postkarte an Franziska Roicke befestigt hatte.

«Beim Herrn bin ich geboren
wie ein Kind so rein
in ihm liegt all mein Ursprung

sein Name wird nun mein», trug er den mit krakeliger Handschrift verfassten Text vor. «Dieses Lied singt man in der katholischen Kirche zu Taufen und Beerdigungen. Ich meine …»
Mitten im Satz brach er ab.

Dann schaute er eindringlich zu Franka. «Oder sollte mit dieser Botschaft nicht an das Ende, sondern an den Anfang erinnert werden … Reden wir vielleicht gar nicht über Beerdigungen, sondern – über die Taufe? Passt dazu vielleicht das Salzwasser in der Lunge … Die Nordsee als überdimensioniertes Taufbecken.»

«Meines Wissens taufen nur die Freikirchen im Wasser. Nicht die Landeskirchen.» Wie alle im Team hatte Alpays Denkanstoß anscheinend auch Monika Moro elektrisiert.

«In jedem Fall eine perverse Nummer.» Marcel Reuter blies die Wangen auf.

Alpay wandte sich an Franka. «Was meinst du?»

«Gut möglich», sagte sie und räusperte sich.

«Franziska Roicke stammt aus einem konservativ-katholischen Elternhaus, wie uns ihr Mann erzählt hat.» Alpay war kaum zu bremsen. «Auch Lilija Girdauskas ist in diesem Glauben erzogen worden. Die Tatsache, dass die Opfer sich als Erwachsene sozial engagiert haben, ist ein Erbe ihrer christlichen Erziehung, aber vermutlich *nicht* das verbindende Element, sondern dieses Scheißlandschulheim auf Amrum.»

Er ging zum Fenster hinüber, riss es auf, steckte seinen Kopf hinaus und atmete durch. Der arme Kerl, dachte Franka. Die kurze Ermittlungsnacht auf ihrem Klappbett steckte ihm ganz offensichtlich noch in den Knochen, doch er schlug sich verdammt gut. Er wandte sich wieder an die Kollegen.

«Ganz ehrlich, bei dem, was wir mittlerweile zu dem Fall

wissen, gehen mir zwei Szenarien durch den Kopf, die passen könnten. Entweder, da steckt so eine Bullying-Geschichte dahinter, das klassische Mobbing, und Jahrzehnte später schlägt jemand zurück, oder Variante zwei», Alpay präsentierte das katholische Gesangbuch, «wir haben es hier in irgendeiner Form mit Gewalt gegen Schutzbefohlene zu tun.»

«Um Gottes willen», sagte der junge Staatsanwalt, und Franka fand seine Formulierung in diesem Fall etwas unglücklich gewählt. Die anscheinend beschränkte Vorstellungskraft des unerfahrenen Juristen erschreckte sie, so wie ihn anscheinend die Erkenntnis über die Tiefe menschlicher Abgründe.

«Du liebe Güte …» Selbst der hart gesottene Jörg zeigte sich erschüttert.

Vielleicht hatte Alpay recht, dachte Franka. Auch ihr war bereits der Gedanke eines lang zurückliegenden Missbrauchsfalls gekommen, der dreißig Jahre später durch irgendeinen Trigger zu einer Mordserie geführt hatte. Verbrechen an Schutzbefohlenen gab es überall. In den Familien, in Sportvereinen, in der Schule und eben auch in der evangelischen und der römisch-katholischen Kirche. Das einzige Problem an dieser Theorie war nur: Warum wurden die mutmaßlichen Opfer von einst ermordet? «Aber von den Personen, die wir in der Elbe gefunden haben», sagte Franka nun, «käme eigentlich nur Harry Meyer als Täter in Betracht. Wie passen die Kinder ins Bild? Also doch eher so eine Mobbinggeschichte?»

«Genau das gilt es zu klären», sagte Alpay. «Was damals *wirklich* passiert ist.»

Moro stand von ihrem Platz auf und stellte sich neben das Fenster zu Alpay. «Ob Mobbing oder Gewalt gegen Schutzbefohlene, die Dunkelziffer sexualisierter Gewalt in den Kirchen ist, wie wir alle wissen, extrem hoch. Furchtbar, aber solche Vergehen gibt es immer noch und gab es leider seit jeher. Erst ab Mitte der Neunzigerjahre sind die vermehrt ans Tageslicht gekommen, weil sich die Betroffenen getraut haben, ihre Stimme zu erheben. Oft werden die Fälle nicht publik, aber manchmal doch, wir erinnern uns alle an die riesigen Skandale, die für weltweites Entsetzen gesorgt haben. In Österreich trat meines Wissens ein Erzbischof zurück, weil sich mehrere Opfer gemeldet hatten, die dem Geistlichen sexuellen Missbrauch vorgeworfen haben. Und wenn sie sich die sogenannte *Missbrauchskarte* aus dem Erzbistum Köln anschauen, dann wird ihnen schlecht, in wie vielen Kommunen es teils schwere sexuelle Übergriffe gegen Kinder und Jugendliche gegeben hat.»

«Ich frage mich, könnte Frau Achilles tatsächlich so einen Mord wuppen?» Forster meldete sich wieder zu Wort. «Ich meine, rein körperlich. So ein toter Mann wiegt doch einiges.»

«Wut kann Berge versetzen, Herr Forster.» Monika Moro setzte sich zurück auf ihren Stuhl. «Das werden Sie noch früh genug erfahren. Außerdem gibt es Sack- und Schubkarren, Minikräne, Rollstühle, was weiß ich.»

«Aber selbst wenn Sabine Achilles wirklich ein solches Opfer ist, warum sollte sie andere Mädchen aus ihrer Gruppe töten?» Ina war engagiert bei der Sache. Auch sie hatte sich gemacht, dachte Franka.

«Und wenn sie auch den Leiter des Landschulheims getötet hat, rückt vielleicht doch wieder so was wie sexueller Missbrauch in den Vordergrund.» Kurt rieb sich die Augen.

«Wenn ich das wüsste, würden wir hier nicht zusammensitzen.» Alpay hob abwehrend die Hände. «Wir müssen alle Optionen im Blick behalten. Mobbing, sexuelle Gewalt, vielleicht gibt es sogar noch ein ganz anderes Motiv, das wir noch gar nicht auf dem Schirm haben. Aber wenn wirklich Sabine Achilles hinter diesen Morden steckt und Richard Roicke ihr aus welchem Grund auch immer dabei geholfen hat, auch seine Frau zu töten, sollten wir Achilles schleunigst aus dem Verkehr ziehen, bevor es *noch* jemanden erwischt. Diese Serie muss von langer Hand geplant worden sein. Die haben ihre Opfer vorher ausspioniert, da bin ich sicher.» Er rieb sich die Schläfen. «Aber ich möchte gedanklich noch mal ein Stück zurückgehen. Die Elbe mündet bei Cuxhaven in die Nordsee. Rein theoretisch würde die Strömung die Toten früher oder später mitnehmen. Trotzdem müssen Roicke und Achilles davon ausgehen, dass ihre Opfer vorher irgendwo angetrieben und gefunden werden. Und das wollen sie. Warum?» Er wanderte im Raum umher. «Stoßen die uns mit der Nase drauf, und wir sind zu blöd, das Rätsel zu entschlüsseln?»

«Wenn wir herausfinden, was damals auf Amrum passiert ist, kennen wir auch das Motiv», sagte Sybille. Alpay nahm das Gesangbuch aus dem Besitz von Franziska Roicke zur Hand und schlug es auf. «Wir benötigen eine Aufstellung darüber, welche Gruppen 1994 aus den Bistümern, Hamburg, Hildesheim und Osnabrück dort gewesen sind. Kinder, Jugendliche, Pädagogen, Lehrer. Wir suchen die Stecknadel im Heuhaufen, und ich sage euch, die finden wir.»

«Und du meinst, nach über dreißig Jahren haben die noch irgendwelche Unterlagen aus der prädigitalen Epoche im Regal?» Marcel Reuter zog skeptisch die Augenbrauen zusammen.

«Pass auf», sagte Alpay. «Man hat immer zwei Möglichkeiten in diesem Job. Entweder es geht, oder es geht nicht, verstehst du? Vielleicht haben die ihren Scheiß nach all der Zeit vernichtet, vielleicht aber auch nicht. Wenn es 1994, so eine unserer Hypothesen, tatsächlich zu einem oder mehreren sexuellen Übergriffen auf Kinder gekommen ist, hat sich das vielleicht ins kollektive Inselgedächtnis eingebrannt, sofern davon etwas an die Öffentlichkeit gelangt ist. Durchforstet Zeitungsarchive in Hamburg und Nordfriesland, befragt die Inselältesten, was weiß ich. Wendet euch an die Kirchenbüros der betreffenden Bistümer. Uns interessiert das Jahr 1994. Und wir brauchen die Mädchennamen der toten Frauen aus dem Ausweisregister. Wie hießen Franziska Roicke oder Melanie Lilienberg vor ihren Ehen. Überprüft bei Achilles, ob das vielleicht der Ehename ist. Außerdem: Die Frau fährt einen kleinen roten Sportwagen. Da passt gerade mal ein etwas größerer Trolley in den Kofferraum, kein ausgewachsener Mann von der Statur eines Harald Meyer. Die Wagen der Roickes waren zu dem Zeitpunkt bereits in der KTU. Bitte checkt mal die Hamburger Mietwagenfirmen.»

«Wir sind zu wenig Leute, Alpay», bremste Hendrik Wahl. «Weißt du, was so eine Ermittlungsarbeit an Arbeitskraft bindet?» Alpay ging wieder zum Fenster hinüber und lehnte seine Stirn gegen die Scheibe. Franka wusste, wie sich das kühle Glas anfühlte, denn in diesem Moment sah sie sich selbst als junge Beamtin dort stehen und gegen Windmühlen kämpfen. Sollte sie eingreifen? Nein, das hier war seine Show, und mit der professionellen Performance, die er ablieferte, empfahl er sich gerade als Teamleader.

Dann straffte er sich und tippte auf die vergrößerte Postkarte. Er wandte sich an Sybille. «Ist das grafologische Gutachten dazu schon fertig?»

Sie nickte. «Die Handschrift gehört nicht zu Richard Roicke. Was ist mit Sabine Achilles? Vielleicht hat sie die Postkarten verschickt. Du könntest bei ihrer Vorladung eine Schriftprobe anfertigen lassen.»

«Und ich kann überprüfen», sagte Ina und machte sich eine Notiz, «ob Achilles im September auf Amrum gewesen ist.»

Alpay bedankte sich und zog ein Blatt Papier aus der Innentasche seines Parkas, das er Sybille reichte. Franka erkannte darauf das lindgrüne Logo von Hanse-Wellness.

«Schnittlauch, Limonen, Schlagsahne?» Etwas verwundert blickte Sybille auf. Und auch Franka war nicht ganz klar, was Sybille in den Händen hielt.

«Diese Einkaufsliste haben wir heute Morgen bei unserem Gespräch von Frau Achilles erhalten», sagte er an die beiden Staatsanwälte gerichtet und schaute nur für die Dauer eines Lidschlags zu Franka. Nun fiel der Groschen. Alpay wurde nicht einmal rot. Vor den Augen von Forster und Moro konnte er schlecht zugeben, dass er die Schriftprobe ohne die Zustimmung der Unternehmerin oder einen Beschluss des Untersuchungsrichters von ihrem Schreibtisch eingesteckt hatte. Franka erinnerte sich an den teuren Füllfederhalter, der neben einigen handschriftlichen Notizen auf Achilles' Schreibtisch gelegen hatte. Eine Ermittlungsmethode, die effektiv war, wenn es um schnelle Ergebnisse ging, bei der man sich nur nicht erwischen lassen durfte.

«Ich kümmere mich gleich darum», sagte Sybille und legte die Einkaufsliste zu ihren Unterlagen. «Meiner Cousine aus Köln habe ich übrigens mal so einen Gutschein geschenkt. Zum Vierzigsten mit allem Pipapo. Massage, Gesichtsbehandlung. Nur das Geld fürs Floating hätte ich mir sparen können.»

Es wurde so leise im Konferenzraum, dass man die besagte Stecknadel hätte hören können, die sie so dringlich suchten.

Alpay durchfuhr ein Gedanke. Konnte es etwa sein … Er schaute zu Franka, die ihm wie elektrisiert zunickte und im selben Moment von ihrem Stuhl aufsprang, wie er mit der flachen Hand auf die Tischplatte schlug.

Das gesamte Team zuckte zusammen. «Was habt ihr denn beide?», fragte Sybille erschrocken. «Die hatte voll Platzangst. Als die den Deckel geschlossen haben, war's vorbei mit der Entspannung.»

«Scheiße», sagte Alpay.

«Das Salzwasser», entgegnete Franka. «Roicke und Achilles mussten überhaupt nicht ans Meer fahren, um ihre Opfer zu töten.»

«Kann mich mal jemand aufklären», sagte Kurt, der, seitdem er die Abteilung interimsmäßig leitete, auf Franka ständig überfordert wirkte.

«Das Salz. Natürlich.» Jetzt hatte es auch Sybille kapiert und wohl auch die Oberstaatsanwältin, denn die griff umgehend zum Telefon und absentierte sich in die hinterste Ecke des Konferenzraums. Den Anruf beim Untersuchungsrichter überließ sie nicht ihrem unerfahrenen Kollegen.

«Roicke und Achilles töten, indem sie ihre Opfer in Salzwasser ertränken», erklärte Alpay. «Dazu fahren sie aber nicht ans Meer, das erledigen sie in Tanks, und vielleicht sind es die Floatingtanks der Hanse-Wellness. Das wäre doch eine Möglichkeit. Ich meine, jemanden auf diese Weise zu töten, wäre sonst ganz sicher ein großer logistischer Aufwand. Das musst du erst mal stemmen.»

«Ich hab das mal im Fernsehen gesehen», klinkte sich Hendrik ein. «Du schwimmst bei Entspannungsmusik in so einem riesigen Tank in einer künstlich angerührten Sole aus Salz.

Wenn du willst, dass sie den Deckel zumachen, übrigens in völliger Dunkelheit.»

Die Oberstaatsanwältin kam bereits zurück an den Tisch. «Die Beschlüsse haben Sie, Herr Eloğlu. Telekommunikationsüberwachung und Durchsuchungsbeschlüsse für beide Hamburger Filialen von Hanse-Wellness.»

Das Telefon auf dem Konferenztisch klingelte.

«Erdmann.»

«Die Leitstelle, Kollege Tröger am Apparat. Guten Tag.» Franka schaltete den Lautsprecher ein. «Kollegin Wischmeier hat einen Reiter bei INPOL setzen lassen», fuhr der Mann fort. «Vor siebzehn Minuten ist eine Vermisstenmeldung eingegangen. Gesucht wird eine Barbara Roswita Hänel aus Hamburg-Hoheluft, Bismarckstraße 176c. Die Frau ist fünfundsechzig Jahre alt, eins achtundsechzig groß, graue Haare. Seit Mittwoch fehlt von ihr jede Spur.»

«Heute ist Freitag», sagte Franka. «Warum wird die erst jetzt gemeldet?»

«Angehörige waren nicht zu ermitteln.»

«Und wer hat die Meldung dann gemacht?»

«Ein Pfarrer.»

«Ein Pfarrer?» Die Kollegen verstummten und schauten besorgt zu Franka herüber.

«Soweit ich weiß, aus einer Gemeinde …», Papier raschelte durch den Lautsprecher, «in Alsterdorf. Nee, Moment», wieder Rascheln. «So, jetzt aber. Es handelt sich um die katholische Gemeinde Sankt Abundus im Münzviertel.»

Sofort dachte Franka an Pfarrer Remigus. Martin Suttmanns Freund über Jahrzehnte. Gestern Abend erst hatte sie ihn bei Hilde näher kennengelernt. Sie bedankte sich beim Kollegen und legte auf. Hatte Remigus etwas mit der Sache zu tun? Über dreißig Jahre lang stand er der Gemeinde vor.

«Kurt», sagte Alpay nun eindringlich. «Um diesen gesamten Fall aufzuklären und Sabine Achilles aus dem Verkehr zu ziehen, müssen wir eine Soko bilden.»

Kurt nickte.

Alpay rieb sich die Augen. «Die Frage ist nur, wer die leitet.»

«Immer der, der fragt», sagte Franka und schaute zu Kurt. Der überlegte kurz, dann nickte er ihren Vorschlag ab und klopfte Alpay auf die Schulter. Es wurde Zeit für seine Feuertaufe.

38 Freitag, 7. November, nachmittags

Als Franka nach der Teamsitzung aus der Toilettenkabine trat, stand Sybille bereits am Waschtisch und bürstete sich ihre blonden Haare. «Das nenne ich mal einen Ritterschlag.»

«Er ist seit drei Jahren bei uns. Es wird Zeit.» Franka wusch sich die Hände. Vielleicht lag es am Licht über dem Spiegel, aber schon seit geraumer Zeit sah sie nicht mehr ganz so kaputt aus. Das graue, kinnlange Haar hatte sie am Morgen frisch gewaschen. Sie fand sich für eine einundsechzigjährige Polizeibeamtin ganz gut in Schuss.

«Alpay sieht ziemlich durchgenudelt aus», sagte Sybille, und als Franka dicht neben sie an den Handtuchspender trat, rümpfte Sybille die Nase.

«Keine Moralpredigt, bitte. Wenigstens rauche ich nicht mehr heimlich auf dem Klo. Ich war vorher draußen.» Sie bemerkte den Blick der Kollegin durch den Spiegel.

«Du hast dich in der gesamten Sitzung auffallend zurückgehalten.» Verkniff sich Sybille ein Schmunzeln? «Für gewöhnlich pitcht ihr zusammen, du und Alpay.»

Franka gab sich betont ahnungslos und schob sich ein Pfefferminz in den Mund. «Auch wenn er die Nacht kaum geschlafen hat, hat er das doch souverän alleine gewuppt.»

«Die Staatsanwaltschaft mag ihn», legte Sybille nach, «du lässt ihn mittlerweile in der Konferenz alleine laufen, sorgst dafür, dass er zum ersten Mal eine Soko leitet … Wie lange kennen wir uns jetzt, Frau Erdmann? Ich bin doch nicht blöd.»

Wieder schwieg Franka.

«Du bestellst das Feld.»

Franka lachte. «Lass die Kirche im Dorf. Klingt, als würde ich demnächst den Löffel abgeben.» Nun zog sie einen pfirsichfarbenen Lippenpflegestift aus der Tasche.

«Hast du schon einen Termin beim Polizeidirektor?»

Franka trug etwas Lippenpflege auf. «Nerv mich nicht.»

«Aber du hast dich entschieden. Du willst den Job.»

Was soll's. Sybille konnte Stillschweigen bewahren und letztendlich war so ein bisschen Zuspruch, zudem von einer Kollegin, die Franka sehr schätzte, auch motivierend. «Ja, habe ich», sagte sie schließlich. «Aber ich schleime mich da oben nicht ein, verstehst du? Wenn mich jemand fragt, okay. Aber ich brezel mich ganz sicher nicht auf und sage ‹Bitte, bitte, ich bin die Beste für den Job›. Aber tu mir einen Gefallen … halt die Klappe, okay? Für den Fall, dass es nichts wird. Wovon ich mal ausgehe.»

In einer der Kabinen wurde die Toilettenspülung betätigt. Die beiden horchten überrascht auf. Sie hatten angenommen, unter sich zu sein. Und irgendwie beschlich Franka das ungute Gefühl, denselben Anfängerfehler zweimal gemacht zu haben: Es klackerten Absätze über die Fliesen. Durch den Spiegel bog hinter ihnen Monika Moro um die Ecke, zuppelte ihren Bleistiftrock zurecht und richtete den weißen Blusenkragen über ihrer Kostümjacke.

«Glückwunsch, Frau Erdmann.» Sie wusch sich die Hände neben Franka. Sybille zog geräuschlos die Luft ein. Ausgerechnet die Frau, die Jörgs Bewerbung zum Abteilungsleiter unterstützte, hatte mitangehört, dass nun auch Franka ihren Hut in den Ring warf.

«Wenn ich daran denke, was Herr Eloğlu da gerade für eine Performance hingelegt hat …» Moro trocknete sich die Hände ab. «Sie sind eine gute Ausbilderin, Frau Erdmann. Ich bin da mit meinem Herrn Forster noch ganz am Anfang.» Sie stöhnte kurz auf. «Sie glauben ja wohl nicht, dass ich unter normalen Umständen in Ihrer Sitzung hocken würde.» Die Oberstaatsanwältin verließ den Waschraum. Sie hatte nicht einmal gelächelt.

«War das ein verschwurbeltes Kompliment?» Sybille schaute ihr überrascht hinterher.

«Keine Ahnung. Aber zu meiner Bereitschaft, auf Martins Chefsessel Platz zu nehmen, hat sie mir jedenfalls nicht gratuliert.»

Eine halbe Stunde später lehnte Franka auf dem Parkplatz vor dem Präsidium am Dienstwagen und wartete auf Alpay, um zur Abundus-Gemeinde zu fahren. Mittlerweile war es 15.15 Uhr und ziemlich kalt geworden. Sie stellte den Kragen ihrer Lederjacke auf und zog ihr Handy aus der Jackentasche. Sollte sie Hilde anrufen? Vor über dreißig Jahren hatte Pfarrer Remigus den ältesten Sohn getauft. Privat waren die Suttmanns seit Jahrzehnten mit dem Mann bekannt. Und wenn Franka das gestern Abend richtig verstanden hatte, war er zeit seines Lebens Pfarrer der Kirche gewesen, deren Sekretärin nun vermisst wurde. Zufall? Nein, ganz sicher nicht. Auch Alpay glaubte nicht daran. Vielmehr war durch das Verschwinden der Frau nicht ausgeschlossen, dass es diese Gemeinde gewesen war, die 1994 eine Jugendfahrt nach Amrum unternommen hatte. Sollte Franka

Hilde zusätzlich zu ihrer Trauer um Martin auch noch mit Fragen zu Remigus beunruhigen?

Sie entschied sich dagegen und steckte das Handy zurück in die Jacke, als Alpay aus dem Präsidium trat. In der einen Hand einen Coffee to go, in der anderen ein belegtes Brötchen, lief er die Treppe zum Parkplatz hinunter. Mittlerweile konnte man dabei zugucken, wie sich in seinem Gesicht die unrasierten Stoppeln zu einem Bart verdichteten. Immer noch trug er seinen Jogginganzug, dazu den grünen Parka und ziemlich zerlatschte Sneaker. Irgendwie erinnerte er Franka ein bisschen an sie selbst, früher.

«Sorry.» Er kaute beim Sprechen. «Ina überprüft gerade, ob Achilles im September nach Amrum gereist ist, und Sybille macht Druck, dass wir das grafologische Ergebnis über die Einkaufsliste noch vor Montag erhalten.»

Franka wusste, dieser Freitag würde das Wochenende ganz sicher nicht einläuten, solange Sabine Achilles noch auf freiem Fuß war. «Nehmen Marcel und Hendrik Kontakt mit dem Landschulheim auf?» Bevor sie den Wagen entriegelte, spülte Alpay den letzten Bissen mit einem Schluck Kaffee hinunter und nickte. «Marcel hat übrigens die ersten beiden Mädchennamen recherchiert. Melanie Lilienberg hieß vor ihrer Ehe Klumpe und Franziska Roicke kam als eine geborene Bosse auf die Welt. Soll ich fahren?»

«Steig ein.» Franka öffnete ihm die Beifahrertür, ging um das Heck herum und setzte sich hinter das Steuer.

Als sie den Stadtpark Richtung City passierten, sprang die Glatteiswarnung im Armaturenbrett an. Unvermittelt hörte Franka ein leises «Danke, Franka».

«Eine Soko ist kein Geburtstagsgeschenk, Alpay. Du musst

dich also nicht bedanken, sondern beweisen.» Schon im selben Moment tat ihr der abweisende Ton leid, aber immer, wenn er ihr zu rührselig erschien, konnte sie damit schlecht umgehen.

«Zumindest ist auf deine Kackbratzigkeit Verlass», sagte er.

Sie schwiegen.

Dann musste Franka lachen. Alpay zum Glück auch. «Und wenn du Hilde Suttmann mal anrufst?» Er stellte seine Rückenlehne etwas zurück. «Seit wann waren die Suttmanns mit diesem Pfarrer denn befreundet? Was ist das allein schon für ein Name, *Remigus*?»

«Das wird sein Ordensname sein, denke ich. Der Mann ist zum Priester geweiht worden. Bei Kirche kenne ich mich nicht aus, erst recht nicht bei den Katholen, aber ich glaube, es gibt ziemlich viele Namen und Bezeichnungen für die Angehörigen des Klerus. Vielleicht heißt Remigus in Wirklichkeit auch Horst oder Helmut.»

«Bist du befangen?»

Sie spürte seinen Blick von der Seite. «Weil ich gestern mit dem Mann zu Abend gegessen habe? Du machst Witze.»

«Du magst ihn.»

Sie konzentrierte sich auf den Verkehr. Auf der vierspurigen Straße an der Alster überholte sie einen Oldtimer mit einem defekten Rücklicht. «Ich finde ihn nett, ja. Er ist sehr weltoffen und interessiert, so schien es mir jedenfalls. Vielleicht Vorurteile, aber ich habe mir einen Mann, der ausschließlich Gott dient, ernster und ganz ehrlich, etwas weltfremder vorgestellt. Auch an gesellschaftlichen Themen, die nichts mit der Kirche zu tun haben, ist er interessiert.» Aber egal wie sympathisch Franka der Pfarrer auch erschien, sie wusste, dass man nie ganz hinter die Fassade eines Menschen blicken konnte.

Schweigend fuhren sie eine Weile Richtung Hauptbahnhof. «Diese vermisste Sekretärin», Alpay kratzte sich den Bart, «ich frage mich, halten Roicke und Achilles irgendeine Reihenfolge bei ihren Opfern ein, oder schlagen die, was das angeht, willkürlich zu. Franziska Roicke verschwindet als Erste. Mit Girdauskas und Lilienberg tappen wir anfangs in die falsche Richtung, bis mit dem Auffinden von Harry Meyer heute Morgen langsam Licht ins Dunkel kommt. Dann führt uns eine verschwundene Sekretärin in eine katholische Kirchengemeinde. Das hat doch System.»

«Mag sein», sagte Franka und nahm den Fuß vom Gas, weil vor ihr jemand bremste, «aber das Auftauchen der Opfer in der Elbe kannst du ja nicht beeinflussen.»

«Diese Barbara Hänel ist Mitte sechzig. Du gehst doch auch davon aus, dass die 1994 mit auf Amrum gewesen ist?»

Franka spürte seinen angespannten Blick und schaute auf den Tacho. Die zulässige Ortsgeschwindigkeit nicht zu übertreten, fiel ihr in diesem Moment schwer. Einige Straßenzüge weiter bog sie hinter dem Museum für Kunst und Gewerbe ins Münzviertel ein. Raureif glitzerte im Abblendlicht auf dem Kopfsteinpflaster. Hinter dem kleinen Park setzte sie schließlich den Blinker und fuhr in die Straße *Bei der Abunduskirche*. Zu beiden Seiten standen Autos dicht an dicht. Letztendlich parkte Franka aus Notwehr an einer Baustellenabsperrung vor der Kirche. Dann stiegen sie aus.

«Erinnert an einen Hochsicherheitstrakt», sagte Alpay mit Blick auf einen hohen Zaun, der das Gelände umgab. Im Schein der Straßenlaterne sah sie seinen Atem in der Dämmerung, und in ihrem Rücken grölte jemand durch die Grünanlage. Eine Stimme keifte zurück. Rau, derbe, das Crescendo mündete in einem Schwall Erbrochenem. Franka wusste um die Probleme des Viertels. Sie kannte das Verhalten der Drogensüchtigen, von denen einige apathisch auf den Parkbänken vor sich hin vegetierten. Ein Horror. Ohne Beschönigung.

«Ey, Muddi!», rief jemand. Ungerührt steuerte Franka mit Alpay auf das Tor zu. «Du da mit den grauen Haaren und der ranzigen Lederjacke.» Sie drehte sich um. Ein Handwerker transportierte eine Ladung Holzbretter in einer Schubkarre und deutete auf den Dienstwagen, den sie direkt vor einem Container für Bauschutt abgestellt hatte. «Deine Bonzenkarre mal schön woanders geparkt. Sonst ruf ich die Bullen!» Er warf die Bretter in den Müll.

Kommentarlos ging Franka zum Wagen zurück, öffnete die Tür, holte das magnetische Blaulicht heraus und klemmte es auf das Autodach. Der Typ murmelte irgendwas, dann stieg er auf dem Weg in den Feierabend in das Fahrzeug einer Tischlerei, das er auf der gegenüberliegenden Straßenseite geparkt hatte. Als er zurücksetzte, tauchte im Scheinwerferlicht eine Frau auf, die alle paar Meter die Büsche zum angrenzenden Park auseinanderschob und «Wo ist denn meine Süße?» rief, dabei schnalzte sie mit der Zunge. «Koooommmm.» Ihr Gang war gebeugt, der Mantel hatte ganz offensichtlich seine besten Tage hinter sich, soweit Franka das erkennen konnte. Sie wirkte wie eine der vielen Wohnungslosen, die nachts zum Schlafen unter Brücken, in Parks oder mittlerweile sogar vor den Eingängen der exklusiven Geschäfte am Jungfernstieg Zuflucht suchten. Ein Bild, das Franka erneut verzweifeln ließ in einer Stadt, in der regelmäßig die meisten Einkommensmillionäre gezählt wurden. Dann verschwand die Frau wie bei einem Zaubertrick von jetzt auf gleich im Dunkel der Grünanlage. Ihre

Pfiffe und Rufe, vermutlich nach einem entlaufenen Hund, verhallten langsam.

Sie stiegen die Stufen aus grauem Granit hinauf zum Eingang des Gemeindehauses. Zwei Frauen kamen ihnen entgegen, grüßten freundlich und liefen an ihnen vorbei die Treppen hinunter, als Alpays Handy klingelte.

«Sybille hier», hörte Franka über den Lautsprecher. «Kurzes Update für euch. Die Kollegen haben Frau Achilles weder in ihrem Büro noch zu Hause angetroffen. Mitsamt ihrem Sportwagen habe ich sie jetzt zur Fahndung ausgeschrieben, wie du mir gesagt hast, Alpay. Telekommunikationsabfrage läuft auch. Und noch eine Sache. Bruhns untersucht zeitgleich mit zwei Teams die beiden Filialen von Hanse-Wellness. An einem der Tanks ist eine Pumpe defekt. Verstopftes Sieb. Auch die Angestellten erreichen Frau Achilles nicht.»

Alpay bedankte sich, legte auf und wandte sich an Franka. «Vielleicht hat sie heute Morgen den Braten gerochen.»

39 Freitag, 7. November, nachmittags

Eloğlu», sagte Alpay freundlich zu der Frau im Gemeindebüro, die ihn etwas indigniert von ihrem Schreibtisch aus
anschaute. Innerlich schmunzelte er. So unrasiert und immer
noch in Jogginghose und Sweatshirt unter dem Parka nahm
sie vielleicht an, er käme direkt aus der Grünanlage gegenüber.
«Das ist meine Kollegin Frau Erdmann.»

«Tut mir leid. Ich mache jetzt gleich Feierabend. Sprechzei-
ten erst wieder Montag», sagte sie freundlich und fuhr ihren
Computer herunter. «Oder ist was Dringendes?»

«Wir sind von der Kriminalpolizei.»

Sofort erhob sie sich von ihrem Platz. «Wegen Frau Hänel!»
Er nickte. «Entschuldigen Sie, ich bin ganz durcheinander, wir
machen uns alle große Sorgen. Bitte.» Nervös deutete die Sekretärin zum Besprechungstisch, der vor zwei großen Fenstern
stand. Von hier hatte man einen guten Blick über die Straße
hinüber zum Park, der sich hinter der Reihe geparkter Autos in
der Dunkelheit verlor. «Pfarrer Köster hat Frau Hänel als vermisst gemeldet», fuhr sie fort. «Leider ist er jetzt zusammen mit
unserem Vikar zu einem Trauergespräch. Wir machen uns alle
große Sorgen. Ach, das sagte ich bereits. Vielleicht kann *ich* Ihnen helfen?»

Alpay und Franka setzten sich. Auf dem Tisch warben einige ausgebreitete Flyer für Orgelkonzerte zur bevorstehenden

Weihnachtszeit. Wie der mannshohe Gummibaum erweckte auch der Rest des Kirchenbüros den Eindruck, aus der Zeit gefallen zu sein. Lediglich Telefonanlage und Computer waren auf dem neuesten Stand.

«Ich bin übrigens Frau Friedrichsen.» Sie stellte ein Tablett mit einer Wasserkaraffe auf den Tisch und goss mit zittrigen Händen zwei Gläser ein. Alpay deutete auf den zweiten Schreibtisch im Raum, etwas größer, der Computer darauf moderner. «Der Platz Ihrer Kollegin?»

Friedrichsen nickte.

«Und Ihre Aufgabe ist?»

«Frau Hänel wird bald in Rente gehen. Ich stehe sozusagen in den Startlöchern. Staffelstabübergabe. Aber das sind große Fußstapfen, in die ich da trete.» Sie nestelte am Saum ihres braunen Strickpullovers, der farblich zum Mobiliar passte. Sie setzte sich an den Tisch. Alpay schätzte die Frau auf maximal Ende dreißig.

«Wie lange arbeitet Frau Hänel schon für die Gemeinde?»

«Seit den Achtzigerjahren. Unser emeritierter Pfarrer hat mal gescherzt, dass die Frau Hänel kurz nach Grundsteinlegung der Abundus-Kirche hier angefangen hat. Die kennt sich hier aus wie sonst keiner.»

Die Tür öffnete sich. Ein junges Mädchen schaute ins Büro. Vielleicht zwölf, dreizehn Jahre alt, tippte Alpay. «Ich gehe jetzt, Frau Friedrichsen. Die Bastelsachen habe ich alle zurück in den Karton gelegt.»

«Danke, Maja. Holt die Mutti dich ab?» Unwohl ging ihr Blick zum Fenster hinaus.

«Steht schon draußen. Tschüs.» Sie winkte und schloss die Tür von außen.

«Unsere Minis bereiten schon fleißig die Adventsdeko vor. Ist Tradition bei uns und immer eine aufregende Sache.»

Alpay nahm einen Flyer vom Tisch. *Die katholische Jugend im Wandel der Zeit. Wernigerode im Frühling.* Er reichte Franka die Broschüre.

«Wir machen regelmäßig Jugendfahrten», sagte Friedrichsen. «Im nächsten Jahr geht es in den Harz.»

«Nicht nach Amrum?»

Die Sekretärin schaute irritiert zu Franka. «Dieses Mal nicht, nein.»

Alpay stand auf und trat an den Schreibtisch von Frau Hänel. «Darf ich?»

Friedrichsen zuckte etwas überfordert mit den Schultern. Dann schaute Alpay durch die akkurat übereinandergestapelten Ablagekörbe. Fein säuberlich war der Papierkram sortiert. Darunter Belege für Altarkerzen und Messwein, eine Aufstellung über anstehende Trauungen und die Rechnung eines Tischlereibetriebs. Darauf ein Post-it mit dem Vermerk *An die Diözese.* Nun zog er die oberste Schublade des Schreibtischs auf.

«Wissen Sie vielleicht», kam Franka dem fragenden Blick der Frau zuvor, «ob Frau Hänel vor einiger Zeit eine Postkarte erhalten hat? Von Amrum. Genauer gesagt, um den 21. September herum?»

«Deswegen haben Sie eben gefragt, ob wir da gar nicht mehr hinfahren.» Sie tippte sich mit der flachen Hand auf die Stirn. «Ja, so eine Karte hat Frau Hänel tatsächlich bekommen, da muss ich gar nicht lange überlegen, weil ich an dem Morgen die Post aus dem Briefkasten geholt habe.»

Alpay horchte auf. «Wie hat Ihre Kollegin auf die Karte reagiert?»

Besorgt schaute Frau Friedrichsen von Alpay zu Franka. «Irritiert. Wieso wollen Sie das denn wissen?»

«Bitte beantworten Sie meine Frage.» Er blieb freundlich. Friedrichsen überlegte kurz.

«Noch Tage später hat sie die Postkarte immer mal wieder hervorgeholt. Hat sich wohl gefragt, wer ihr die geschickt hat. Wissen Sie, sie war ja nicht unterschrieben. Ich glaube, da stand der Text von so einem Kirchenlied drauf. Ich weiß aber nicht mehr, welches. Irgendwann habe ich die Papiereimer geleert, da lag die Karte dann in mehrere Einzelteile zerrissen drin.»

Die Bürotür öffnete sich erneut. Nun trat ein älterer Herr ein, den Alpay erst auf den zweiten Blick erkannte.

«Frau Erdmann», sagte Pfarrer Remigus überrascht, und Frau Friedrichsen war ihre Verwunderung anzumerken.

«So schnell sieht man sich wieder, Herr Pfarrer.» Franka stand auf, begrüßte den Mann und stellte Alpay vor. «Herr Eloğlu leitet eine Sonderkommission beim LKA.»

«Ich dachte mir schon», sagte er mit besorgter Miene, «dass Sie nicht wegen meines Angebots zur Beichte hier sind, Frau Erdmann. Hoffentlich ist Frau Hänel nichts zugestoßen.» Umständlich hängte Remigus seinen Mantel an die Garderobe. Über seinem schwarzen Jackett trug der Pfarrer eine lilafarbene Priesterstola. Der Mann wirkte fahrig, dachte Alpay.

«Weiß man schon Näheres?»

Ein junges Paar betrat das Büro. Alpay wandte sich an Remigus. «Meinen Sie, wir könnten irgendwo ungestört miteinander reden?»

Sie folgten ihm über den Kirchvorplatz. Bis Remigus um 16 Uhr wieder im Beichtstuhl sitzen musste, hatte er noch eine knappe Viertelstunde Zeit für die Polizei, wie er ihnen erklärte. Er schien nervös, schaute sich immer wieder um. Als Alpay erwähnte, dass sie eine Mordserie aufklärten, die ihren Ursprung aller Wahrscheinlichkeit nach in den Neunzigerjahren auf Amrum gehabt hatte, wirkte der Mann noch angespannter. Franka schob hinterher, dass sie sich fragten, ob das Verschwinden von Frau Hänel in irgendeinem Zusammenhang mit dem Fall stehen könnte, den sie versuchten aufzuklären.

«Die Jugendgruppen von Sankt Abundus fahren auch heute noch nach Amrum?», fragte sie.

Der Pfarrer nickte.

«Uns geht es um das Jahr 1994», sagte Alpay.

Abrupt blieb Remigus stehen. «1994?» Er schien zu überlegen, zuckte dann aber mit den Schultern. «Das ist über dreißig Jahre her.» Das Licht einer Straßenlaterne brach sich in der dunstigen Luft hinter seinem Kopf. Als würde ein verglimmender Heiligenschein einen Rest von Ahnungslosigkeit bezeugen wollen. Gespielt oder echt?

«Unsere jungen Gläubigen lieben die Nordsee.» Er setzte seinen Weg fort. «Ich sage immer noch *unsere*, obwohl ich längst im Ruhestand bin.» Er schloss das schwere Kirchenportal auf und schaltete das Licht ein. «Bekommen Sie da drinnen keinen Schlag. Das Chaos ist spektakulär. Wir improvisieren uns drumherum. Bitte.»

Durch die Flügel der quietschenden Schwingtür betraten sie den Kirchenraum. Es roch nach gesägtem Holz und frischer Farbe oder Beize. Aufgebockt lag ein riesiges Kreuz vor dem Altar. Remigus schlug eine Plastikplane von einer Bank zurück. Sie setzten sich. Dann ordnete er den Sitz seiner Stola, bis die Enden auf beiden Seiten gleich lang herunterhingen. Anscheinend musste bei ihm alles seine Ordnung haben. Die Bibel legte er auf die Bank, die Hände flach neben sich.

«Herr Pfarrer», kam Alpay ohne Umschweife zum Punkt. «Wie erwähnt könnte das Verschwinden Ihrer Sekretärin zu den von uns untersuchten Todesfällen passen. Und wenn dem so ist, fragen wir uns, wie sieht diese Verbindung genau aus. Das war ja eine Zeit, in der Sie der Gemeinde vorgestanden haben.»

Der Pfarrer kniff die Augen zusammen, schaute sich im Kirchenschiff um und schien zu überlegen. Dann räusperte er sich. «Wann, sagten Sie? 1994?» Nun faltete er die Hände vor dem Bauch, die auf der polierten dunklen Holzbank einen schweißigen Abdruck hinterlassen hatten. Er atmete durch und zuckte mit den Schultern. «Ich fürchte, ich kann Ihnen nicht weiterhelfen.»

«Wissen Sie, was das ist?» Alpay präsentierte das Gesangbuch mit der Goldprägung auf dem Deckel und reichte es Remigus. Auch Franka musste gesehen haben, dass seine Hand, die darin blätterte, leicht zitterte. Eingehend betrachtete der Geistliche die Kinderschrift *Wittdün auf Amrum, 1994.* Ein Vermögen für seine Gedanken. «Dieses Gesangbuch gehörte einer Franziska Bosse. Haben Sie den Namen schon mal gehört? Oder Melanie Klumpe, vielleicht auch Lilija Girdauskas?»

«Das sind ehemalige Mitglieder unserer Jugendgruppe, nehme ich an?»

«Sagen Sie es uns.» Alpay blieb freundlich, aber bestimmt. Auch Franka schien ihm keine Sonderbehandlung zuzugestehen. «Die beiden Opfer, deren Leichen wir in Hamburg an verschiedenen Orten aus der Elbe gezogen haben», sagte sie, «bekamen vor ihrem Verschwinden Postkarten von Amrum geschickt, mit einem Motiv, das es heute gar nicht mehr gibt.»

Plötzlich trat Remigus Schweiß auf die Stirn, das war nicht zu übersehen. «Laut Frau Friedrichsen hat Frau Hänel vor ihrem Verschwinden auch so eine erhalten», sagte Alpay.

«Tut mir leid. Das ist einfach zu lange her. Ich kann mich nicht einmal *daran* erinnern.» Remigus reichte Alpay das Gesangbuch zurück. «Was sagten Sie, wem hat es gehört?»

Der Pfarrer log ihnen ins Gesicht, davon war Alpay überzeugt. «Der Name Harald Meyer ... klingelt da was bei Ihnen?», legte Alpay nach.

«Wer soll das sein?»

«Der damalige Betreiber des Landschulheims auf Amrum.»

Remigus schüttelte den Kopf. «Tut mir leid.»

«Aber Sie waren dort regelmäßig zu Gast.»

Er winkte ab. «Manchmal bin ich für die letzten zwei Tage angereist, um die Kinder zu bestärken, aber ... da kann ich mich nach so langer Zeit bei Gott nicht an den Namen des Heimleiters erinnern. Ich bitte Sie.»

«Gibt es noch irgendwelche Listen aus den Neunzigern?» Alpay erhob sich. Die Bank war unbequem. «Haben Sie so etwas wie ein Gemeindearchiv? Frau Friedrichsen sagte, dass Frau Hänel hier seit Urzeiten gearbeitet hat, und das wohl sehr gewissenhaft, wie ich das herausgehört habe. So aufgeräumt und sortiert, wie ihr Schreibtisch aussieht, hat sie vielleicht auch das Archiv betreut.»

Dass Sabine Achilles noch frei herumlief und das nächste Opfer vielleicht schon ins Visier genommen hatte, beunruhigte ihn. «Herr Pfarrer, ist auf dieser Fahrt 1994 irgendetwas Ungewöhnliches passiert?» Remigus schaute Alpay verständnislos an. «Vielleicht Kinder, die sich beschwert haben, oder gab es einen Streit zwischen den Teilnehmern?»

Obwohl der Pfarrer mit den Schultern zuckte und «Tut mir leid» sagte, glaubte Alpay ihm nicht. Nun erhöhte er den Druck. «Ich frage Sie das jetzt ganz direkt: Gab es während Ihrer Amtszeit Missbrauchsfälle an Kindern?»

«Ich bitte Sie!» Mit Entsetzen im Blick schüttelte der Mann den Kopf und erhob sich.

«Das war die Zeit, in der viele Missbrauchsfälle in der römisch-katholischen Kirche publik wurden.»

«Völlig abwegig. Nur weil sich Hirten schuldig gemacht haben, bedeutet das ja nicht, dass es in jeder Diözese zu solchen unschönen Ereignissen gekommen ist.» Das Quietschen der Schwingtür unterbrach den Moment. Remigus schien fast erleichtert über die Nonne, die ihm zuwinkte und unter der Empore wartete.

«Herr Eloğlu, Frau Erdmann.» Remigus lächelte um Verständnis werbend und tippte auf seine Armbanduhr. «Es tut mir leid, dass ich Ihnen nicht helfen konnte. Aber das ist alles sehr lange her.» Sein Händedruck war warm und feucht.

Dann ging er zum Beichtstuhl hinüber, schloss beide Türen auf und schaltete das Licht darin ein. Die Nonne verschwand nun auf der linken Seite des Beichtstuhls und schloss die Tür hinter sich. Bevor auch Remigus den überdimensionalen Kleiderschrank betrat, quietschte die Schwingtür erneut, und ein schyppernder Husten hallte durch die Kirche. Wie angewurzelt blieb der Geistliche stehen, als ein Mann unter der Empore auftauchte, dessen Kleider an seinem ausgezehrten Körper herabhingen wie eine Zeltplane.

Ein letzter angespannter Blick, dann verschwand der Pfarrer im Beichtstuhl. Obwohl sich der dürre Mann wie ein Sechzigjähriger bewegte, war er vermutlich nur halb so alt. Was für eine krasse Scheiße, dachte Alpay, als der Junkie an ihm vorbeischlurfte und in gebührendem Abstand zum Beichtstuhl auf einer der Bänke Platz nahm. Auch Franka wirkte ehrlich betroffen. «Gottes Wege sind unergründlich», sagte sie leise.

«So unergründlich wie dieser Pfarrer», gab Alpay zurück und schob gegen die Kälte seine Hände in die Taschen seines Parkas. «Sorry, aber ich habe schon bessere schlechte Schauspieler gesehen», flüsterte er. «Das war jetzt mal offensichtlich, oder was?»

Franka rieb sich die Hände warm. «Vielleicht hilft uns ein Blick ins Archiv. Notfalls auch mit einem Durchsuchungsbeschluss der Staatsanwaltschaft. Komm», sagte sie aufmunternd, «bevor Frau Friedrichsen Feierabend macht.»

40 Freitag, 7. November, nachmittags

In der Dunkelheit des Parks spielte sie nervös mit dem Karabiner der Hundeleine in ihrer Hand. Immer wieder ließ sie den Haken zuschnappen. Auf der Suche nach dem Cockerspaniel hatte sie mittlerweile in jedes Scheißkaninchenloch geschaut und hinter jeden Strauch; sie hatte sogar einige der *Anwohner* gefragt, die hier ihr erbetteltes Kleingeld zählten. Fehlanzeige. Niemand hatte den Hund gesehen. Sie machte sich wirklich Sorgen. Noch einmal wagte sie einen Versuch, kroch in ein Gebüsch, das sie noch nicht untersucht hatte, und bog die immergrünen Zweige eines Kirschlorbeerstrauchs auseinander. Ihr Blick fiel hinüber zur Abundus-Kirche. Diese Limousine, die an der Baustellenabsperrung parkte, hatte die ein Blaulicht auf dem Dach?

Sie hielt die Luft an. Scheiße. Ja, das war eine Zivilstreife. Natürlich überraschten sie die Ermittlungen nicht. Dass die Polizei allerdings schon jetzt die Verbindung zur Gemeinde hergestellt hatte, verunsicherte sie dann doch. Die Hänel hatte sie erst letzte Nacht getötet und die Leiche noch gar nicht entsorgt!

Längst ging sie davon aus, dass man ihre Beziehung zu Richard gründlich durchleuchtet hatte, aber hatte die Polizei bereits das gesamte Ausmaß erkannt? Wusste man, *wer* für diese vielen *guten Taten* verantwortlich zeichnete und vor allem, warum? Dann suchte man vielleicht schon nach ihr, und es war nur noch eine Frage von Tagen, bis ihre Tarnung aufflog. Nie hätte sie gedacht, dass der Bodensatz der Gesellschaft ihr so viel Empathie entgegenbringen würde. Hierher war sie abgetaucht aus Gottes Universum, in dem alle Menschen gleich und einige gleicher waren.

Ihr wurde schlecht, als sie in der Erinnerung die Möwen und das Meer hörte, wie ihr immer schlecht wurde, all die Jahre danach, wenn sie nicht fähig war, sich aufzulehnen, wenn man ihr Nein nicht akzeptierte. Ein Muster, das ihr ganzes Leben prägen sollte. Sie hatte Jahre für diese Erkenntnis gebraucht. Eine Ohnmacht, aus der sie brutal erwacht war, als sie keine Kraft mehr hatte, sich selbst zu belügen.

Wieder spähte sie durch die Zweige hinüber zur Kirche. Der junge Fixer, den sie gestern hier im Park an seinem Geburtstag kennengelernt hatte, war erst vor wenigen Minuten zum zweiten Mal in der Kirche verschwunden. Für eine ehrliche Umarmung und ein halbes Wurstbrot las mancher in einem Beichtstuhl einen Text vom Blatt, andere hatten sich für ein paar Euro Zuschuss für den nächsten Stoff sogar in einen Zug nach Amrum gesetzt. Es war immer ein Risiko gewesen, dessen war sie sich bewusst. Aber die Substanzen ließen das Hirn ihrer Zeugen schnell vergessen, davon war sie ausgegangen, als sie ihren Plan über Monate ausgearbeitet hatte. Einem Junkie glaubte man so wenig wie einem Mädchen, das weinend vor dem Leiter eines Landschulheims sitzt.

Sie stemmte sich gegen die Erinnerung, von der sie sich nicht mitreißen lassen durfte, solange sie ihr Ziel noch nicht erreicht hatte. Sie erfreute sich an dem Gedanken an Pfarrer Remigus, der in diesem Moment in seinem Beichtstuhl begriff, dass Gott *jeden* Menschen zur Rechenschaft zog. Seine Angst vor dem nahen Tod sollte so groß und furchtbar sein wie die eines Kindes, das auf grausame Weise kapiert, dass sein Vertrauen in Gott von denen ausgenutzt wird, die seine Lehre weitergaben. Remigus sollte sich schämen, wie sie sich geschämt hatte, als man ihr einredete, sie sei an allem schuld. Kurz verlor sie im dunklen Gebüsch das Gleichgewicht, ließ einen der Zweige los, der ihr wie ein kleiner Peitschenhieb durchs Gesicht flitschte. Doch schnell fing sie sich wieder.

So wie damals, als sie aus der Zeitung von dem tödlichen Verkehrsunfall erfahren hatte, bei dem Diakon Weiß mit seinem Fahrrad ungebremst unter einen abbiegenden Bus geraten war. Er soll sofort tot gewesen sein. Dabei hätte sie sich Gottes Gerechtigkeit bei Weiß viel quälender gewünscht.

#

Trotz der eingeschalteten Lüftung war es heiß in der Kammer des Beichtstuhls. Während Remigus der Nonne gegenüber nur mit halbem Ohr zuhörte – sie wollte ihr Gewissen erleichtern, weil sie schlecht über eine Ordensschwester geredet hatte –, fragte er sich, was ihm den Schweiß auf die Stirn trieb: die beiden Polizisten, die dabei waren, das Gras, das über diese unsägliche Geschichte gewachsen war, wieder auszureißen, oder die Tatsache, dass der Mann draußen wartete, der ihm heute Mittag eine Mordserie gestanden hatte!

Seine Zunge klebte am Gaumen. Nebenan räusperte sich die Nonne. Sie wartete darauf, dass er das Reuegebet sprach, und während er den Text nun herunterspulte, öffnete er vorsichtig die Tür seiner Kammer einen Spaltbreit und sah den hageren Mann auf einer Bank sitzen. Aus welchem Grund war er zurückgekehrt? Wenn dieser Typ tatsächlich für Frau Hänels Verschwinden verantwortlich war, sie womöglich sogar getötet hatte, dann war *er* der Täter, den die Polizei suchte. Standen diese Morde tatsächlich in Zusammenhang mit einem Vorfall, der vor so langer Zeit fast einen Skandal in dieser Gemeinde ausgelöst hatte? Wie einen Garten hatte Remigus diese Gemeinschaft gehegt und gepflegt, sie gegen den sozialen Abstieg des Viertels beschützt. Sankt Abundus stand und steht noch heute für sein Zuhause. Sein Zuhause bei Gott. Und hätte Remigus damals nicht konsequent gehandelt …

«Amen», sagte die Nonne und wartete auf den Segen und ihre Entlassung. Dann sprach sie ihre Danksagung für die erfahrene Vergebung und verließ endlich den Beichtstuhl. Er hörte, wie sie die Tür ins Schloss drückte.

Remigus' Herz pumpte das Blut so schnell durch seine Adern, dass er kaum einen klaren Gedanken fassen konnte. Der Polizist hatte eben nach dem Archiv gefragt. Mit zitternden Händen befühlte Remigus das Schlüsselbund in seiner Jacketttasche, an dem sich auch der Schlüssel für den Keller befand. Das durfte doch nicht wahr sein. Konnte ihm Frau Hänels Pedanterie womöglich auch Jahrzehnte später noch das Genick brechen? Dabei hatte er schon kurz danach heimlich ihre sauber angelegten Aktenordner «entschlackt», indem er die von ihr abgehefteten Briefe besorgter Gemeindemitglieder vernichtet hatte, die sich nach dem Fehlverhalten von Diakon Weiß an der kleinen Bettina Assmuth aus der Deckung gewagt hatten. Aber auch wenn er damals Akten frisiert hatte, befanden sich doch immer noch die vollständigen Namenslisten der Kinder in den Ordnern, die an den Fahrten teilgenommen hatten.

Er schreckte aus seinen Gedanken, als die gegenüberliegende

Kammer geöffnet wurde. Er wusste, wer dort eintrat, dazu hätte es den scheppernden Husten nicht gebraucht. «Im Namen des Vaters, des Sohnes und des Heiligen Geistes», sagte sein Gegenüber und hustete erneut.

«Amen», sagte Remigus mit einem unbeabsichtigten Diskant in der Stimme. Sein Kopf hämmerte. Noch einmal überprüfte er die Priesterstola, die er mittlerweile zwischen Sitzbank und Türklinke festgeknotet hatte, um die Verriegelung von innen zusätzlich zu sichern.

«Ich bin es wieder, Herr Pfarrer.»

Vater, hilf mir, dachte Remigus panisch. Ihm war bewusst, dass er, solange die Polizei vielleicht noch vor Ort war, keinen Alarm schlagen durfte. Obwohl seine Schweigepflicht an ihre Grenzen stieß, steckte er in einer Zwickmühle. Er konnte doch sein Ansehen nicht selbst demontieren!

«Ich soll Grüße ausrichten», sagte der Mann leise. Remigus hörte ein Rascheln, als würde jemand ein Blatt Papier auseinanderfalten. «Beim Herrn bin ich geboren, wie ein Kind …»

«Was soll das?», entfuhr es ihm scharf. «Ich kenne den Liedtext. Was wollen Sie von mir?»

«Ich soll Sie auf Ihre Taufe vorbereiten, Herr Pfarrer.»

«Was reden Sie denn da?» Seine Panik schlug in Wut um. «Ich möchte Ihnen einen guten Rat geben. Strapazieren Sie mein Beichtgeheimnis nicht. Verschwinden Sie, bevor ich die Polizei rufe.» Den Bluff spürte Remigus in der Halsschlagader. «Wer sind Sie?»

«Ein Freund.»

«Sie sind nicht mein Freund. Wer schickt Sie?»

«Eine Freundin.»

Und als Remigus plötzlich das Bild der Frau in den Kopf

schoss, die er gestern Abend in Hildes Garten hatte stehen sehen, hätte er sich am liebsten übergeben. Natürlich hatte er sich nicht geirrt, und nun wusste er, dass sie ihn längst ausspionierte. Dass sie ihm folgte. Sollte er das nächste Opfer sein? War es Bettina Assmuth, die nun zurückschlug? Krampfhaft versuchte er, sich zu erinnern. Welche Kinder waren damals mitgefahren? Es war eine dieser Jugendfahrten, der sich zwei weitere Gruppen aus Niedersachsen und Schleswig-Holstein angeschlossen hatten. Schon damals hatte Remigus erfahren, dass Diakon Weiß nicht nur Bettina angefasst hatte. Hatte der Mann etwa auch Mädchen aus den anderen Gruppen …

«Sind Sie eingeschlafen, Herr Pfarrer?»

«Hören Sie mir zu», sagte er hilflos. Vielleicht konnte er eine Botschaft an die Frau übermitteln.

«Nein, Sie hören *mir* zu. Denn ich soll Ihnen ausrichten, dass es Zeit wird für die nächste gute Tat», sagte der Mann und stieß die Tür seiner Kammer unvermittelt auf. Schritte entfernten sich eilig. Ein letzter Huster.

«Warten Sie!», rief Remigus ihm panisch hinterher. Doch in der Hektik bekam er den Knoten seiner Stola nicht so schnell vom Türgriff gelöst. Und als er endlich aus dem Beichtstuhl stolperte, wippten nur noch die Schwingtüren quietschend auf und zu. Aus der linken Kammer roch es ungewaschen und nach Alkohol.

Eilig verließ Remigus die Kirche, ignorierte die noch wartenden zwei Personen und fummelte auf seinem schnellen Schritt über den Kirchvorplatz das Schlüsselbund aus seiner Jackentasche. Er betrat das Gemeindehaus. Im Büro brannte kein Licht mehr. Frau Friedrichsen war also bereits fort. Gut. Er hörte nicht auf zu schwitzen, schloss die obere Kellertür auf, betätigte den Zeitschalter für das Licht und stieg die steile Treppe hinunter. Am Ende des Gangs lag das Archiv. Er musste diese verdammte Namensliste vernichten. Remigus schob den Schlüssel ins Schloss, als die Klinke plötzlich von innen heruntergedrückt und die Tür geöffnet wurde.

«Herr Pfarrer», sagte Frau Friedrichsen völlig überrascht, die in Hut und Mantel vor ihm stand. Über ihre Schulter hinweg erkannte er Frau Erdmann und ihren Kollegen zwischen den Regalen stehen.

«Herr Pfarrer», sagte nun auch die Polizistin überrascht und hielt einen Aktenordner in der Hand. «Suchen Sie den hier?»

41 Freitag, 7. November, abends

Und was hat er darauf geantwortet?» Sybille lehnte im Türrahmen zu Frankas Büro. Die Fassungslosigkeit stand ihr ins Gesicht geschrieben.

«Angeblich wollte er für uns die betreffende Akte heraussuchen. Hatte sich allerdings erledigt, weil uns die Sekretärin bereits Zugang zum Aktenkeller verschafft hatte.»

Alpay saß am Schreibtisch und studierte den Ordner. Dabei versuchte er auszublenden, wie Franka Sybille erklärte, dass sie dem Pfarrer nicht trauten. «Der ist einfach kein guter Schauspieler», sagte sie. «Remigus will sich nicht mal an den Leiter des Landschulheims erinnern, obwohl sie fast jedes Jahr dort zu Gast gewesen sind. Der Mann hat mir eine Erinnerungslücke zu viel. Der lügt.»

Alpay blätterte derweil einige Klarsichthüllen mit abgehefteten Predigttexten durch. Dabei blieb er jedes Mal mit der Lochung an der Ringmechanik des Aktenordners hängen. Und plötzlich wusste er, was ihn schon die ganze Zeit irritiert hatte. «Willst du mich verarschen», sagte er mehr zu sich. «Schaut euch das an.» Franka rutschte von der Fensterbank und betrachtete mit Sybille den Ordner. «Die Ringmechanik.»

«Was ist damit?» Franka wirkte ungeduldig.

«Die beiden Ringe schließen nicht richtig. Hier.» Er bediente den Hebel, und die Mechanik bewegte die Ringe einige Male auf und zu. «Schaut genau hin. Die greifen nicht mehr ineinander, sondern aneinander vorbei. Passiert meistens, wenn man Ordner, die zum Bersten gefüllt sind, mit Gewalt schließt. Durch den Druck des abgehefteten Papiers verbiegt sich das Metall. So wie bei diesem Ordner von 1994. Komisch aber, denn der ist nur zu Dreiviertel gefüllt.»

«Vielleicht war da vorher was anderes drin», entgegnete Sybille.

«Die Beschriftung des Rückens steht auf dem Originaletikett. Nix überklebt oder drübergeschrieben. Ich sag euch mal was: Aus diesem Ordner wurden Blätter entfernt, und zwar nicht zu knapp.»

«Der ist frisiert worden? Manchmal denke ich, ich hätte eine Lehre zur Bankkauffrau machen sollen.»

Auf der Suche nach einer Namensliste blätterte Alpay konzentriert jede Seite einzeln um, vergewisserte sich, dass er nichts übersah, weil vielleicht zwei Blatt Papier aneinanderklebten.

«Was ist mit dem grafologischen Gutachten?», hörte er Franka Sybille fragen. «Kannst du da bitte noch mal nachhaken?»

«Alles klar.» Sie verließ das Büro und kreuzte Ina, die «Warte, Sybille» sagte und sich nun gemeinsam mit ihr den Türrahmen teilte.

«Habt ihr Sabine Achilles?» Alpay versuchte, seine Anspannung nicht auf die Kolleginnen zu übertragen.

«Marcel und Hendrik sind dran. Wie es aussieht, war die Frau am 21. September aber nicht auf Amrum. Ich hab ihre Konten überprüft.»

«Das Ticket hat sie vielleicht bar bezahlt», sagte Sybille.

«Könnte sein. Aber auch ein Mietwagen für den möglichen Transport des toten Rentners ist über keine der Karten abgerechnet worden. Dafür muss man außerdem seinen Führerschein vorlegen. Die richtig schlechten Nachrichten kommen aber jetzt: Die Handschrift auf den Postkarten gehört nicht Sabine Achilles. Das Gutachten ist eben gekommen, habe ich auf dem Server abgelegt. Dann: Bruhns ist mit den Untersuchungen bei der Hanse-Wellness durch.» Sie verzog das Gesicht. «Sorry, Alpay. Auch negativ. Einer der Tanks hatte tatsächlich nur ein Problem mit dem Pumpensystem. Poppy und Sophie haben natürlich eine Unmenge an Fremdspuren gefunden, bis jetzt passt von denen aber keine einzige DNA zu unseren Toten. Ich habe mir daraufhin noch mal die Berichte aus der Rechtsmedizin angeschaut. Girdauskas und Meyer hatten Metallabrieb unter den Nägeln. Die Floatingtanks der Hanse-Wellness sind aber aus Kunststoff.»

Alpay versuchte, seine Enttäuschung zu überspielen. «Einen Versuch war es wert», sagte er und legte den Kopf in den Nacken. Und nun? Wo sollte er ansetzen? Shit, warum verantwortete er ausgerechnet die Aufklärung eines so komplexen Falls. Doch Alpay war weder der Typ für Selbstmitleid, noch hatte er die Zeit dafür.

«Die Opfer haben ja anfangs noch gelebt», sagte Sybille. «Kann der Metallabrieb vielleicht von der Innenseite eines Kofferraumdeckels stammen?»

«Dann hätten wir entsprechende Spuren gefunden», entkräftete Alpay ihren Gedanken. Er fragte sich, ob damit wieder die Theorie im Raum stand, dass die Opfer zur Tötung an Nord- oder Ostsee transportiert worden waren.

Franka räusperte sich. «Der Gedanke eines Tanks oder Beckens ist immer noch gut. Vielleicht müssen wir nur woanders suchen.» Sie wandte sich an Ina. «Ihre Anmerkung auf der

Sitzung heute Morgen war ja berechtigt. Der Gedanke, jemanden irgendwo in der Stadt in einem Becken mit Salzwasser zu töten, das macht bei der Schlagzahl der Opfer wahrscheinlich mehr Sinn. Vielleicht irgendwo in einem Schrebergarten oder in einer Brache auf irgendeinem Industriegelände. Ganz sicher nicht privat in einem Salzwasserpool.»

«Ich versuche, mir das vorzustellen», sagte Alpay. «Um jemanden unter Wasser zu ziehen, musst du ihn beschweren. Du brauchst eine gewisse Tiefe im Becken. Aber bei keinem der Opfer haben wir Strangulationsspuren eines Seils oder so gefunden.»

«Spricht tatsächlich wieder eher für einen Tank, oder? Du kannst nach oben nicht entkommen. Daher dann auch der Metallabrieb unter den Nägeln der Opfer.» Ina formte beide Hände zu Krallen. Alpay atmete durch, was für eine grausame Vorstellung.

«Was soll das für ein Tank sein, in den ein Mensch passt?», fragte Sybille.

«Von einem Schiff zum Beispiel?» Franka kippte das Fenster an. «Vielleicht irgendwo auf einer Werft.»

«Heizöltanks können auch so groß sein», schob Ina hinterher. «Meine Eltern haben so einen Kugeltank im Garten unter der Erde.»

«Das engt die Suche kaum ein», sagte Alpay und stöhnte kurz auf, was ihm sofort leidtat, weil er ihr nicht das Gefühl geben wollte, dass er sie für blöd hielt. Das gehörte sich nicht, schon gar nicht als Leiter einer Soko. «Aber der Ansatz ist gut, Ina.»

«Ziehen wir die Suche nach Frau Achilles dann jetzt eigentlich zurück?», wollte sie wissen.

«Nein. Nur weil sie sich nicht mit Amrum in Verbindung

bringen lässt, könnte sie immer noch Richard Roicke geholfen haben, den alten Meyer zu töten, dann eben woanders als in ihren Floatingtanks. Die Fahndung bleibt bestehen.»

«Hast du einen Moment?» Nun betrat auch noch Hendrik das Büro. Die Kollegen arbeiteten unter Hochdruck. Langsam wurde es eng hier drinnen. «Ich habe mit den Betreibern des Landschulheims in Wittdün Kontakt.» Er schob die Kartons mit den persönlichen Gegenständen von Franziska Roicke zur Seite und lehnte sich an die Wand neben das Regal mit dem Drucker. «Mittelmäßig geschockt sind die beiden. Die haben den Betrieb im Frühjahr 1995 von Harald Meyer übernommen, der mit seiner Familie aufs Festland gezogen ist. Die Immobilie gehört der Inselgemeinde. Die konnten sich beide erinnern, dass Meyer Amrum damals so schnell wie möglich verlassen wollte.»

«Ich glaub ja immer noch, *der* hat die Kinder angefasst», war sich Ina sicher.

«Jedenfalls hat er die Insel vermutlich nicht so schnell verlassen, weil er seine Umschulung zum Gesundheitsmanager kaum erwarten konnte», sagte Franka.

Nachdem Hendrik, Ina und Sybille das Büro wieder verlassen hatten, widmete sich Alpay erneut der Akte, während Franka die Kartons von Franziska Roicke stapelte und den obersten durchstöberte, was eher wie eine Übersprungshandlung auf Alpay wirkte, zumal sie diese hässliche Porzellanpuppe herauszog.

Sein Blick blieb an einem mit *Amrum 1994* beschrifteten Papphefter hängen. Er öffnete den Deckel und tippte auf eine Namensliste. «Hier stehen die Namen von zwanzig Kindern, in alphabetischer Reihenfolge, dazu Geburtsdaten, die Telefonnummern der Eltern plus Adressen.» Angespannt fuhr er mit dem Zeigefinger die Liste entlang. Darunter fand er tatsächlich Melanie Klumpe. Er ballte die Faust. «Aber keine Franziska.»

«Und eine Sabine?»

«Hier gibt's eine Sabine Mühlbach.»

«Marcel!», rief Franka nach nebenan. «Wie war noch mal der Mädchenname von Sabine Achilles?»

Sogar die An- und Abreisedaten der Jugendgruppe waren notiert worden. Alpay blätterte weiter vor. Dann wieder zurück. «Die gesamte Gruppe hat Amrum nach genau einer Woche wieder verlassen. Aber warte mal.» Er stutzte. «Hier gibt es einen Vermerk zu einer Bettina Assmuth. Wenn ich das richtig verstehe, ist die bereits nach drei Tagen wieder abgereist.»

«Allein?» Franka trat neben Alpay, legte die Porzellanpuppe auf den Schreibtisch und notierte sich Geburtsdatum und die damalige Anschrift des Mädchens.

«Steht da nicht. Aber ich habe das Gefühl, sie könnte die Nadel sein, nach der wir die ganze Zeit suchen.»

«Sabine Achilles ist eine geborene Buchwald.» Marcel schaute ins Büro. «Nicht Mühlbach.»

«Scheiße», sagte Franka. «Also sind weder Sabine Achilles noch Franziska Roicke in dieser Jugendgruppe gewesen.»

«Aber Franziska Roicke hat das gleiche Gesangbuch besessen wie Lilija Girdauskas, und deren Name steht hier. Ich werde verrückt.» Alpay tippte auf die entsprechende Stelle. «Lilija und Melanie kannten sich also von Amrum. Du erinnerst dich an das Foto mit den beiden an Lilijas Kühlschrank.» Franka nickte. «Okay», fuhr Alpay fort. «Vier Erwachsene sind als Betreuer dabei: ein Diakon Weiß, ein Alexander Haase, Lilija Girdauskas und die verschwundene Gemeindesekretärin Barbara Hänel. Keine große Überraschung, denke ich.»

Franka setzte sich zurück auf die Fensterbank und schwieg. Auch wenn es zwischen den Opfern einen Zusammenhang gab, lagen sie vielleicht in Bezug auf Sabine Achilles falsch. Alpay stand auf und ging zu den Kartons hinüber. «Wir haben dieses Kackgesangbuch in Franziskas Kisten gefunden.» Er schaute in die oberste hinein. Bücher, irgendwelches Dekogedöns und eine Menge Tablettenblister lagen hier durcheinander. «Franziska Roicke beziehungsweise Bosse *muss* auf Amrum dabei gewesen sein.»

«Vielleicht gab es zeitgleich noch andere Jugendgruppen. So ein Landschulheim ist groß, die haben oft über hundert Betten. Vielleicht so ein Treffen der katholischen … keine Ahnung, wie man das nennt.» Franka schloss das Fenster hinter sich. «Vorne auf dem Gesangbuch steht doch was von Hamburg, Hildesheim und Osnabrück.»

«Das gehört zu Niedersachsen.» Alpay rief auf Frankas Computer ein Browserfenster auf und gab *Erzbistum Hamburg* in die Suchmaschine ein.

«Den Katholen gehört Hamburg *und* Schleswig-Holstein!»

Franka ging nach nebenan ins Großraumbüro, und Alpay hörte, wie sie Marcel bat herauszufinden, wo Franziska Roicke aufgewachsen war. Die Indizien gegen ihren Mann waren erdrückend, dachte Alpay, aber der Rest dieses Puzzles ließ sich einfach nicht zusammensetzen. Was hatte er übersehen? Noch einmal nahm er sich den Ordner vor.

«Marcel wird auch diese Bettina Assmuth ausfindig machen», sagte Franka, als sie sich zurück auf das Fensterbrett setzte. «Mit der reden wir morgen.» Sie hob abwehrend die Hände. «Sorry. Sollte nicht übergriffig sein. Du hast die Mütze auf.» Ein Umstand, an den sich anscheinend nicht nur Alpay, sondern auch Franka gewöhnen musste. Er klickerte ständig mit seinem Kugelschreiber. «Warum ist diese Bettina nach wenigen Tagen wieder abgereist?»

Das Telefon klingelte. Mit einem Griff riss Alpay den Hörer von der Gabel. War ihnen Sabine Achilles ins Netz gegangen?

«Biggi Seitzer hier. Tag, Frau Erdmann. Der Herr Lindgens würde Sie gerne in seinem Büro sprechen.» Dieser Anruf kam so unvermittelt, dass Alpay die Kinnlade herunterklappte.

«Frau Erdmann?»

«Eloğlu am Apparat. Frau Erdmann steht neben mir.»

«Dann richten Sie es ihr bitte aus, ja? Bei mir brennt der Baum.» Sie legte auf.

«Nicht noch eine Leiche», sagte Franka.

«Du sollst zum Polizeidirektor. Jetzt.»

42 Freitag, 7. November, abends

Remigus setzte sich in seinen Lesesessel und betrachtete die Postkarte in seinen Händen. *Beim Herrn bin ich geboren, wie ein Kind so rein ...* Steckte wirklich Bettina Assmuth dahinter? Hatte sie ihm und der armen Frau Hänel diese Erinnerung an das unrühmlichste Kapitel in der Geschichte seiner Laufbahn geschickt?

Remigus hatte sich dumm gestellt, dabei hatte der Name von Melanie Klumpe wie ein Donnerschlag in seinen Ohren gehallt. Das Mädchen hätte bezeugen können, dass Weiß, der widerliche Drecksack, nicht nur Bettina Assmuth angefasst hatte. Auch Lilija Girdauskas hatte über die Machenschaften des Diakons Bescheid gewusst, weil sich Bettina ihr anvertraut hatte. Mussten die beiden sterben, weil sie damals auf Drängen von Remigus und des gesamten Erzbistums geschwiegen hatten? Warum war diese Sache ausgerechnet jetzt wieder hochgekommen? Remigus wusste, er sollte das nächste Opfer sein. Mit zitternden Händen legte er die Karte zurück auf den Beistelltisch.

Ihm wurde schlecht, als er an den Mann dachte, den ihm die Mörderin heute in den Beichtstuhl geschickt hatte. Ein Drogensüchtiger, der vermutlich für ein paar Cent als Handlanger fungierte. Denn dass es sich um eine Frau handelte, davon war er fest überzeugt.

Krampfhaft versuchte er, sich an das Aussehen der Gestalt

zu erinnern, die gestern plötzlich in Hildes Garten aufgetaucht war. Die Haare in der Mitte gescheitelt, blass, wie die Figur einer Geisterbahn. Aber je mehr er versuchte, sich das Gesicht in Erinnerung zu rufen, desto verschwommener tauchte es vor seinem geistigen Auge auf. Wie eine Untote oder eine Wasserleiche. Wenn er sich doch nur ein bisschen mit dem Internet auskennen würde. Remigus wusste, dass man Menschen auf allen möglichen Plattformen wiederfinden konnte. Bettina Assmuth hatte die Sache um Diakon Weiß damals ins Rollen gebracht. Was machte sie heute? Sie musste Mitte vierzig sein. Und wie hieß noch mal das Mädchen aus Schleswig-Holstein? Er erinnerte sich nur noch an ihre Strickjacke mit den aufgestickten Rosen und daran, dass sie nicht hatte aufhören können zu weinen.

Unzählige Male hatte sich Remigus vorhin auf dem Nachhauseweg umgedreht. Durch den Park Richtung Hauptbahnhof hatte er sich gar nicht erst getraut. Wie ein Getriebener hatte er sich gefühlt und war erleichtert gewesen, als er das Leonhard-Stift erreicht hatte.

Die Thrombosestrümpfe zwickten. Umständlich zog er sich die Hosenbeine zu den Knien und rollte die Stützstrümpfe bis zu den Knöcheln herunter. Er wusste nicht, was schlimmer war, das abschnürende Gefühl oder die Wassereinlagerungen in den Beinen. Was sollte er tun? Mit der Polizei sprechen und sein Beichtgeheimnis verletzen, um eventuell sein eigenes Leben zu schützen, sich aber dadurch selbst an den Pranger zu stellen?

Natürlich wusste er, sein damaliges Fehlverhalten wäre selbst eine Beichte wert gewesen, die ihm aber indirekt die Mitglieder der Personalkonferenz abgenommen hatten. Indem sie ihm dabei geholfen hatten, die Geschehnisse um Diakon Weiß zu vertuschen, hatten sie Remigus Absolution erteilt. In einer Runde ausgewählter Kleriker, Vikare und anderer geweihter Männer hatten sie die Sache gedeckt. Die Namen der an diesen Treffen Beteiligten wurden ebenso wenig protokolliert wie die Orte, an denen sie zusammengesessen hatten. Innerhalb der Kirche mussten sie sich weder an Regeln noch an juristische Abläufe halten. Diese Intransparenz hatte Remigus geholfen, den Fall der kleinen Bettina jahrzehntelang unter Verschluss zu halten. Diakon Weiß wurde nach Bayern versetzt. Kurz vor seinem Umzug verunglückte er dann allerdings tödlich mit seinem Fahrrad. Die Taten von damals waren verjährt, doch Remigus' schlechtes Gewissen währte lebenslänglich.

Die Polizei hatte heute Nachmittag von mehreren Toten gesprochen. Nervös stemmte er sich aus seinem Sessel hoch und ging im Wohnzimmer auf und ab. Bewegung, Bewegung. Das sagte ihm nicht nur der Arzt. Wie heute Morgen erkannte er sich in der Spiegelung des Fensters. Einem Impuls folgend löschte er das Licht, schlich zum Fenster und spähte hinunter auf die Straße. Von seiner kleinen Wohnung aus hatte er den Eingangsbereich des Leonhard-Stifts gut im Blick. Es war fast 18 Uhr, wie ihm die Anzeige seines Anrufbeantworters mitteilte. Nichts Auffälliges da unten. Menschen eilten in den Feierabend, auf dem Platz vor dem Eingang, den sie intern den kleinen Petersplatz nannten, spielten zwei ehemalige Vikare mit riesigen Figuren auf einem aufgemalten Schachfeld. Die Würde des Menschen ist unantastbar, dachte Remigus.

Er hatte Hunger. Trotz seiner schwelenden Angst musste er etwas essen. Er ging zur Küchenzeile hinüber und schmierte sich ein Brot, riss allerdings mit der zu kalten Butter aus dem Kühlschrank ein Loch in die Scheibe Bauernbrot. Es klingelte an

der Tür. Er hielt die Luft an. Nein, nie im Leben würde irgendjemand unten am Empfang vorbeikommen, der hier nichts zu
suchen hatte. Man musste sich anmelden oder hier wohnen. Er
biss von seiner Stulle ab. Vielleicht war es Manfred von nebenan. Noch einmal klingelte es. Hastig kauend schlich Remigus
auf Zehenspitzen zur Tür, wobei sich die Stützstrümpfe, die er
zuvor bis zu den Knöcheln heruntergezogen hatte, weiter über
seine Füße rollten. Vorsichtig linste er durch den Spion. Eine
Frau mittleren Alters stand davor. Die braunen Haare hatte sie
zu einem lockeren Pferdeschwanz gebunden. Er versuchte, das
Gesicht der Frau aus Hildes Garten über das freundliche Ant-
litz der geschminkten Dame auf seiner Fußmatte zu schieben.
Völlig abwegig. Sie sah sicher nicht aus wie eine Wasserleiche.
Trotzdem blieb er misstrauisch. «Wer ist da?», fragte er durch
die Tür und linste durch den Spion.

«Sandra Breuninger. Ich komme vom medizinischen Dienst.
Silvia ist leider krank.»

«Welche Silvia?»

«Wurden Sie denn nicht informiert, Herr Pfarrer? Ich komme wegen der Lymphdrainage.»

«Ach, *die* Silvia.» Er biss noch einmal von seinem Brot ab,
blieb aber misstrauisch. «Die war doch gerade erst gestern hier.»

«Das tut mir aber leid, wenn ich jetzt Verwirrung stifte», sagte die Frau, die er immer noch durch den Spion beobachtete. Sie
schien ehrlich irritiert. «Momentchen, ich rufe mal schnell im
Büro an.» Er beobachtete sie dabei, wie sie ihr Handy aus der
Tasche zog.

Sie hielt das Telefon ans Ohr, dann sagte sie: «Freitag um
die Uhrzeit. Leider nur der Anrufbeantworter. Ich probiere es
gleich noch mal.» Das Treppenhauslicht erlosch. Sie betätigte

den Schalter und wirkte überaus freundlich. Remigus warf sein Misstrauen über Bord und öffnete die Tür einen Spaltbreit.

Die Frau lächelte. «Guten Abend, Herr Pfarrer», sagte sie und schaute an ihm herunter. «Das geht so aber nicht.» Er folgte ihrem Blick hinunter zu seinen Füßen, über die sich die Thrombosestrümpfe gewickelt hatten.

«Ich habe die aber den ganzen Tag getragen. Gott ist mein Zeuge.»

«Herr Pfarrer, Herr Pfarrer», scherzte sie mit erhobenem Zeigefinger. Remigus warf jetzt seine Zweifel endgültig über Bord und gab die Tür frei. Allerdings irritierte ihn der Rollstuhl, den sie in die Wohnung schob.

Es war stockfinster, als er vor Kälte zitternd erwachte. In seinem Rücken spürte er eine Wand. War er im Sitzen eingeschlafen? Was war passiert? Er musste ohnmächtig gewesen sein. Von den Zehen bis hinauf zum Hals war sein Körper eine einzige Verspannung. Als er sich mit dem Rücken an der Wand hochzuschieben versuchte, strudelte Wasser um ihn herum. Plötzlich war er hellwach. Wasser? Panik stieg in ihm auf. Sofort setzte er sich zurück auf seinen Hintern. Der Gleichgewichtssinn spielte nicht mit. Er tastete. Fühlte etwas Hartes, gegen das er stieß. Mit der flachen Hand fuhr er den Boden entlang und ertastete einen Gegenstand, der sich wie eine Uhr anfühlte.

Ich soll Sie auf Ihre Taufe vorbereiten, hatte der Drogensüchtige im Beichtstuhl zu ihm gesagt. Noch ein Gedankenblitz. Die Frau hatte ihn hereingelegt! Der Schmerz war höllisch gewesen, dann hatte er die Besinnung verloren. Remigus fischte einen weiteren Gegenstand aus dem Wasser, befühlte einen Schuh. Nicht sonderlich groß, flacher Absatz, weit ausgeschnitten, eine

Art Ballerina. O Gott, bitte hilf mir. Panisch fasste er die Wände um sich herum an. Kalt, rau, er kratzte daran. Er war eingeschlossen von Metall. Angst machte sich so heftig in ihm breit, dass er den Urin nicht mehr halten konnte. Remigus pinkelte ins Wasser. Aus lauter Verzweiflung begann er zu singen. *Beim Herrn bin ich geboren, wie ein Kind so rein …*

Er befand sich mitten in seiner Taufe! Er würde hier drinnen verrecken, wie vermutlich all die anderen Opfer. Dann aber mit der Lobpreisung des Herrn Jesus Christus auf seinen Lippen. Er sang noch lauter. Plötzlich horchte er auf. Sein letzter Ton war verhallt, aber außerhalb des Tanks … Er presste sein Ohr fest auf die kalte Wand, da wurde die Melodie gesummt. Dann hörte er Schritte. Jemand kletterte den Tank hinauf. Außen musste sich eine Leiter befinden. Über ihm wurde plötzlich eine Luke aufgerissen. Licht fiel herab, dass er die Augen zusammenkneifen musste. «Wer bist du?», fragte er blinzelnd. Statt eine Antwort zu bekommen, setzte plötzlich eine furchtbare Vibration ein, die ihm durch den gesamten Körper fuhr. Zügig stieg der Wasserspiegel bis zur Hüfte.

«Bettina?» Wieder Schritte über sich. «Bist du das?»

Wieder schaute er nach oben. «Bitte, ich flehe dich …» Eine Schaufelladung Sand regnete auf ihn herab. Das Zeug brannte ihm in den Augen und rieselte in seinen Mund, da begriff er, dass er Salz schmeckte, das mit einer weiteren Ladung auf ihn herabfiel. Er hustete, spuckte aus. Reflexartig tauchte er unter Wasser und spülte sich den Mund aus. Er kam zurück an die Wasseroberfläche und unterdrückte einen Würgereflex. Immer noch brannten seine Augen wie Feuer. Um das Zeug auch aus den Lidern zu schwemmen, tauchte er den Kopf erneut unter Wasser und riss die Augen weit auf, als ihm im einfallenden

Licht die trüben Pupillen von Barbara Hänel entgegenblickten. Sein Kopf schoss nach oben. Er japste nach Luft, schrie seine Angst aus voller Kehle heraus. Dann begriff er, dass er im Dunkeln die ganze Zeit gegen ihren toten Körper gestoßen war. «Kehre um zum Herrn, damit er dir vergibt!», flehte Remigus. «Denn unser Gott ist reich an Güte und Erbarmen! Mädchen, mach keinen Fehler!»

Krachend fiel der Deckel auf den Tank, er hörte die Verriegelung über sich einrasten. Von totaler Finsternis umgeben, begann das Bassin erneut zu vibrieren. Er fühlte das Wasser ansteigen. In seiner Angst fischte er nach der toten Frau. Ein Fuß. Ein Bein. Er zog den Körper fest zu sich heran und hielt sich daran fest wie an einem rettenden Strohhalm. Im Moment seines Todes wollte er nicht allein sein. O Herr! Er weinte. Er begann zu singen.

In ihm liegt all mein Ursprung, sein Name wird nun mein.

43 Samstag, 8. November, morgens

«Sie hatten es sehr eilig, Frau Achilles», sagte Franka und nippte an ihrem Kaffee. «Gibt es so früh am Morgen einen Grund dafür?»

«Ich hatte die Geschwindigkeitsbegrenzung nicht gesehen.»

«Ganz offensichtlich. Sie waren siebenundzwanzig Stundenkilometer drüber. Bei Ihrem Punktestand in Flensburg dürfte das Konsequenzen haben. Übrigens ist Ihr TÜV im Oktober abgelaufen.» Doch Sabine Achilles zuckte unbeeindruckt mit den Schultern. Vermutlich stand ein Fachanwalt für Verkehrsrecht ganz oben in ihren Kontakten.

«Sie haben mich sicher nicht herbringen lassen, um mich über meinen Fahrstil zu belehren.»

«Wir haben Sie gesucht», übernahm jetzt Alpay, «damit Sie uns einige Fragen beantworten. Wo waren Sie am Mittwochabend zwischen 18 Uhr und Mitternacht?»

«Zu Hause.»

«Dafür gibt es Zeugen, nehme ich an? Oder wieder nur Ihr Telefon?»

«Eine Freundin. Wir haben uns Sushi bei einem Lieferservice bestellt. Hören Sie, Herr Eloğlu. Sie haben Richard am Mittwoch verhaftet. Ich war so durch den Wind, dass ich nicht allein sein wollte.»

«Und gestern Abend?»

«Die Durchsuchungen meiner Filialen, die Fragen, die Sie meinen Mitarbeitern gestellt haben, ich bin zu meiner Schwester gefahren.»

«Warum sind Sie nicht einfach ans Telefon gegangen?»

Alpay schien einen wunden Punkt getroffen zu haben, denn Achilles zögerte einen Moment. «Ich … ich hatte Angst. So einfach ist das. Ich denke mal, Sie verdächtigen mich, irgendetwas mit dieser Sache zu tun zu haben, für die Richard in U-Haft sitzt. Ich weiß nicht, was hier los ist, aber ich bin nur eine Frau, die vor einigen Monaten einen Mann im Netz kennengelernt und sich ernsthaft in ihn verliebt hat. Aber das Ganze ist ein Albtraum geworden.»

«Ihr Mädchenname lautet?»

«Wie bitte?»

Alpay schaute sie unbeeindruckt an.

«Buchwald.»

«Gibt es noch einen *Herrn* Achilles?»

«Ich bin glücklich geschieden.»

«Aufgewachsen sind Sie in Schleswig-Holstein, richtig?», erkundigte sich Franka.

«In Heide, ja.»

«Da wohnt auch Ihre Schwester.»

Achilles nickte.

«Waren Sie als junges Mädchen in einer Jugendgruppe engagiert?»

«Was ist denn das für eine Frage? Ja, ich war mal kurz bei den Pfadfindern. Himmel, da war ich elf.»

«In einer katholischen Jugendgruppe?», hakte Alpay nach.

«Ich bin evangelisch. Also, ich *war* evangelisch. Als diese ganzen furchtbaren Missbrauchsfälle auch in meiner Kirche ans Licht kamen ...» Sie verzog das Gesicht. «Da tue ich lieber eine gute Tat und spende meine Kirchensteuer an wohltätige Organisationen.»

«Waren Sie schon mal auf Amrum?»

«Auf Amrum?» Für Frankas Geschmack lächelte sie eine Spur zu spöttisch. «Ich fahre lieber nach Sylt.»

«Frau Achilles, Sie werden gleich von einer Kollegin abgeholt, wir benötigen Ihre Fingerabdrücke.»

«Ich habe es mir überlegt», sagte sie abrupt und setzte sich kerzengerade auf. «Ich will jetzt doch einen Anwalt sprechen.» Sie hatte wohl begriffen, dass die Lage ernster war, als sie zunächst angenommen hatte.

Als das Diensttelefon auf dem Tisch klingelte, zuckte die Frau vor Schreck zusammen. Offensichtlich lagen ihre Nerven blank. Franka nahm den Hörer ab.

«Könnt ihr mal rauskommen?», bat Kurt.

Franka gab Alpay ein Zeichen, der sich ohne Zögern erhob und mit ihr den Befragungsraum verließ. Zwei Beamte in Uniform nahmen solange ihre Plätze ein.

«Wir haben sie», sagte Sybille.

«Die Sekretärin aus der Abundus-Gemeinde?» Alpay setzte sich auf die Tischkante.

«Franziska Roicke.»

«Nicht wahr!» Er ballte die Faust, und Franka spürte ihren beschleunigten Puls. «Elbe ist klar, nehme ich an. Aber wo?»

«Wieder im Hafen», sagte Kurt. «Die Bergung der Leiche wird sich allerdings schwierig gestalten.»

«Der Körper klemmt in der Antriebswelle eines Schaufelraddampfers», schob Sybille nach. «Und zwar unterhalb der Wasserlinie. Im Moment blockiert der Rumpf das Schaufelrad.

Nur eine Hand und ein Fuß schauen raus. Poppy sagt, so was Grausames sieht man selten. Er wartet jetzt auf die Tauchereinheit.»

«Eine Hand und ein Fuß? Und woher weiß er dann, dass es sich um Frau Roicke handelt?», fragte Alpay.

«Sophie van Ackern hat an der Hand der Toten, die oberhalb der Wasserlinie in dem Schaufelrad klemmt, den Ehering von Frau Roicke sichergestellt.»

«Was passiert mit Frau Achilles?» Kurt zeigte auf den Monitor, über den er mit Sybille der Befragung beigewohnt hatte.

«Wir brauchen ihre Fingerabdrücke, und jemand müsste sich mit ihrer Bekannten in Verbindung setzen, mit der sie Mittwoch bei sich zu Hause Sushi gegessen hat. Und mit der Schwester.»

«Glaubt ihr immer noch, sie hat Harry Meyer getötet?» Sybille jedenfalls wirkte wenig überzeugt. Franka war auf Alpays Antwort gespannt, denn auch sie fing langsam an zu zweifeln. Stattdessen erhoffte sie sich wichtige Informationen von dieser Bettina Assmuth, die 1994 Amrum frühzeitig verlassen hatte. Mittlerweile hieß sie Westphal und wohnte im feinen Winterhude. Vielleicht brachte sie etwas Licht ins Dunkel.

«Wenn das Alibi von Frau Achilles wasserdicht ist», sagte Alpay, «und sich ihre Fingerabdrücke nicht in dem Auto von Franziska Roicke befinden, dann lassen wir sie gehen. Die Frau soll sich aber zur Verfügung halten.»

Eine halbe Stunde später stiegen sie vor einer Jugendstilvilla unweit der Hamburger Außenalster aus dem Wagen. Schon zur Mittagszeit brannten elegante Tischlampen auf den Fensterbänken. In der gesamten Straße gab es keinen einzigen Neubau, dafür eine Menge Kastanien, die zum Glück für den Dienstwagen bereits ihre Früchte abgeworfen hatten.

Als Alpay die Türverriegelung betätigte, hielt er es anscheinend nicht mehr aus. «Bevor wir da jetzt reingehen …»

Franka wusste, was jetzt folgte. Schon vor der Befragung von Sabine Achilles hatte er einige Anmerkungen in Bezug auf ihren Termin beim Polizeidirektor gemacht. Immer war sie ihm ausgewichen. «Hat das eigentlich irgendeinen tiefergehenden Grund, dass du bisher nix von deinem Termin gestern Abend erzählt hast?»

«Was soll ich da erzählen? Du, es ging um meine Pläne wegen Pension und so. Lindgens hat Sorge, dass ich wie Kurt früher aussteigen könnte. Personalplanung, nehme ich an.» Alpay war bei diesem Thema immer so impulsiv, und Franka glaubte eh nicht daran, das Rennen zu machen, und rechtfertigte so vor sich selbst ihre kleine Notlüge.

«Hä? Du bist Anfang sechzig, was fragt der denn jetzt schon?» Sie betraten den Vorgarten der Westphals durch eine kleine Pforte, hinter der eine Reihe akkurat auf Kniehöhe getrimmter Hecken einige kahle Rosenstöcke einrahmte. So ein Garten im Herbst ist trostlos, dachte Franka.

«Lindgens hat also nicht rein zufällig mit dir über die Leitung der Abteilung gesprochen?»

«Alpay.»

«Ich bin dein Partner. Ich meine, mit wem, wenn nicht mit mir, würdest du so was besprechen? Ich sag dir, wenn ich herausfinde, dass Sybille mehr weiß als ich, bin ich angepisst.» Er deutete mit Zeige- und Mittelfinger erst auf seine Augen, dann auf Franka und sagte damit *Ich habe dich im Blick*.

«Fertig?»

Er schaute sie irritiert an.

«Dein Fall, deine Klingel», sagte Franka und erkannte hinter Alpays übergriffiger Ansage eher seine Befürchtung, sie als Ermittlungspartnerin zu verlieren. Vielleicht ging sie deshalb zur Tagesordnung über. Nicht im Traum dachte sie daran, ihm zu erzählen, dass Lindgens mit offenen Karten gespielt hatte. Nicht nur Jörg hatte sich als Martin Suttmanns Nachfolger beworben. Es gab wohl noch einen Kollegen aus Baden-Württemberg, der auf eine freie Planstelle in der Besoldungsgruppe in Hamburg wartete. Trotzdem freute sich Franka darüber, dass der Polizeidirektor sie auf dem Zettel hatte.

Alpay klingelte. Ein Hund bellte. Ein Mädchen öffnete die Tür. Vielleicht dreizehn, vierzehn Jahre alt.

«Hallo», sagte Alpay. «Ist deine Mutter zu Hause?»

«Die ist auf dem Goldbekmarkt.»

«Kleine, wer ist da?», rief eine Männerstimme.

«Ein Freund von Mama!»

Im Vorflur erschien ein Mann. Angegrauter Lockenkopf, Brille. Sein Blick war interessiert. «Guten Tag», sagte er. «Bettys Freunde sind auch meine.»

«Eloğlu, LKA Hamburg. Das ist meine Kollegin Erdmann.» Alpay wies sich aus. «Wir würden gerne Ihre Frau sprechen.»

Westphal schaute irritiert an ihnen vorbei hinunter zur Gartenpforte, durch die eine Frau ein Hollandrad mit vollgepackten Satteltaschen schob.

Kurze Zeit später saßen Franka und Alpay in der geräumigen Altbauküche der Westphals. Während die Frau die letzten Einkäufe verstaute, bereitete ihr Mann eine Kanne Tee. Bettina

Westphal war eine schlanke, natürlich wirkende Frau Mitte vierzig. Zu Jeans und dunkelblauem Pullover trug sie Gesundheitslatschen, die in krassem Kontrast zu der eleganten Einrichtung der Villa standen. Ihr Gesicht zierte eine feiste Schramme auf der linken Wange. Wie sie ohne Aufforderung erzählte, war ihr bei der Gartenarbeit ein kleiner Ast wie ein Peitschenhieb durch das Gesicht geflitscht.

«Sie sagten, dass Sie wegen einer Mordserie mit mir sprechen wollen. Das klingt ja gruuuuselig.» Sie versuchte, locker zu wirken, doch das feine Porzellan, das sie aus dem Büfett holte, klapperte etwas zu sehr. Dann nahm sie die Teekanne und goss in die dünnen Porzellantassen ein.

«Frau Westphal», sagte Alpay und legte das Gesangbuch von Franziska Roicke auf den Küchentresen. «Kommt Ihnen das bekannt vor?»

Die Antwort war ein so starkes Zittern, die Frau stellte umgehend die Teekanne ab und wurde von ihrem Mann in den Arm genommen. «Geht schon wieder», sagte sie und wandte sich an Alpay. «Woher haben Sie das?» Die Frau fuhr mit dem Zeigefinger die ins Leder geprägten Buchstaben entlang.

«Sie sind 1994 mit einer katholischen Jugendgruppe nach Amrum gereist, ist das richtig?», beantwortete Alpay ihre Frage ruhig mit einer Gegenfrage.

Sie nickte.

«Laut unseren Ermittlungen sind Sie aber nach wenigen Tagen wieder nach Hamburg zurück. Sie waren vierzehn Jahre alt. Erinnern Sie sich?»

«Klar und deutlich.» Nach einer anfänglichen Schrecksekunde hatte sich Frau Westphal gefangen.

«Mögen Sie uns erzählen, warum Sie früher gefahren sind?»

Franka nippte an ihrem Tee. Bettina Westphal setzte sich auf die Arbeitsplatte, gegen die sich ihr Mann mit verschränkten Armen gelehnt hatte, um der Unterhaltung zu folgen. Kurz schaute sie ihn an. Franka entging der Blick nicht, den die beiden zum wiederholten Male wechselten. «Ich war viele Jahre in einer katholischen Jugendgruppe aktiv. Sankt Abundus», sagte Westphal und atmete durch. «Ich war gerade vierzehn Jahre alt geworden, da bin ich auf einer Jugendfahrt missbraucht worden.» Die Antwort kam ohne Zögern. Ohne das Grauen zu umschreiben. Weder zitterte ihre Stimme, noch nestelte sie unsicher mit ihren Händen irgendwo herum. Die Frau begegnete Franka und Alpay trotzdem mit offenem Blick.

«Sie wirken erstaunlich gefasst.»

Bettina Westphal lächelte bemüht. «Sie haben meine Tochter kennengelernt. Ich habe noch zwei Söhne. Ich wollte immer eine Familie, wissen Sie? Und für diesen Wunsch habe ich jahrelang gekämpft. Ich hatte sehr gute Therapeuten und die Unterstützung meiner Familie. Natürlich kann sich niemand vorstellen, was es wirklich bedeutet, als Kind sexuelle Gewalt erfahren zu müssen. Welchen Einfluss das auf die gesamte Biografie hat. Gerade wenn man selbst Kinder haben möchte, Verantwortung als Mutter übernehmen will. Ich weiß, es gibt immer wieder Opfer, die drücken das einfach weg. Die wollen keine Hilfe oder wollen Hilfe und bekommen keine. Irgendwann wird man immer von einem emotionalen Tsunami mitgerissen.» Sie lächelte tapfer. «Ich engagiere mich seit vielen Jahren in einem Selbsthilfeverein, der sich um Opfer sexualisierter Gewalt und von Missbrauch betroffene Kinder und Jugendliche kümmert.» Sie rutschte von der Arbeitsplatte und schenkte sich etwas Tee nach. «Und was die Kirchen betrifft …

noch heute ist der Wille zur Aufklärung in vielen Gemeinden und Diözesen beschämend. Ich weiß, was Rückschläge bedeuten, glauben Sie mir. Aber ich wollte mein Leben nicht als Opfer verbringen.» Sie nahm einen Schluck Tee und sammelte sich, bevor sie fortfuhr. «Wissen Sie, ich habe für mein Leben immer von einem Happy End geträumt, auch wenn die Diözese damals alles getan hat, diesen Übergriff zu vertuschen. Erfolgreich, wohlgemerkt. Aufgrund des öffentlichen Drucks sind die Kirchen ja heute gezwungen, sich endlich ernsthaft damit auseinanderzusetzen.»

«Erinnern Sie sich an den Namen Harald Meyer?»

«Das war der Leiter des Landschulheims.»

«War er derjenige?»

«Nein. Ich wurde vom damaligen Diakon der Sankt-Abundus-Kirche im Maschinenraum eines Ausflugsdampfers …» Nun kämpfte sie doch mit ihren Emotionen. Die Stärke von Bettina Westphal, die Auseinandersetzung mit der Tat und die Konsequenzen, die sie daraus für ihr Leben gezogen hatte, nötigten Franka höchsten Respekt ab.

Und dann begann Bettina zu erzählen. Wie sie damals auf diese Reise nur hatte mitfahren können, weil zwei andere Mädchen an Scharlach erkrankt waren. Erst Jahre später hatte sie erfahren, dass die Eltern die Infektion vorgeschoben hatten, weil sie bereits einen Verdacht gegen den Diakon gehegt hatten. Bereits im Sommer 94 soll Diakon Weiß die Mädchen unsittlich berührt und beiden danach gedroht haben, direkt in der Hölle zu landen, sollten sie sich irgendwem anvertrauen. Und auch Bettina wurde nach der Tat unter Druck gesetzt. Sie erinnerte, wie sie sogar von der damaligen Gemeindesekretärin regelrecht in die Mangel genommen worden war. Diese Frau hätte damals alles für den Diakon getan. Heute war Bettina Westphal überzeugt, der Geistliche hatte ihre Zuneigung sogar ausgenutzt, um einigermaßen unbeschadet aus dieser Geschichte herauszukommen. Glauben würde man Bettina nicht, hatten ihr die beiden gedroht. Sie erzählte so lebhaft, als wäre es gestern passiert. Völlig traumatisiert war Bettina nach der Tat zu ihren Freundinnen an Deck zurückgekehrt. Wie sie sich angezogen hatte, erinnerte sie schon auf dem Weg zurück nach oben nicht mehr. Sie hatte kaum ein Wort gesagt, sich damit herausgeredet, dass ihr schlecht geworden sei. Nach der Rückkehr ins Landschulheim war sie sofort ins Bett gegangen. In der Nacht hatte sie Schüttelfrost bekommen und sich mehrmals übergeben. Eine junge Betreuerin kümmerte sich um Bettina. Ihr hatte sie sich schließlich am nächsten Morgen unter Tränen anvertraut.

«Sprechen wir hier von Lilija Girdauskas?», erkundigte sich Franka, und Westphal schaute sie perplex an. «Ja. Woher …»

«Hat Frau Girdauskas anschließend den Diakon zur Rede gestellt?»

Bettina nickte. «Da ist ihm dann die Sekretärin zur Seite gesprungen. Abends ist der Pfarrer aus Hamburg angereist, vier Tage früher als geplant. Getrennt voneinander wurden Lilija und ich ins Gebet genommen. Drei Erwachsene redeten auf mich ein.» Sie lächelte bitter. «Der Studentin haben sie gedroht, dafür zu sorgen, dass sie nirgendwo eine Anstellung als Lehrerin erhalten wird. Wissen Sie, ich bin danach hin und her zwischen *Ich habe mir das alles eingebildet* und *Ich bin selbst schuld*. Heute weiß ich, was mir die Kirche angetan hat. Unsere Kinder sind nicht einmal getauft.» Wieder wechselte sie einen Blick mit ihrem Mann. Obwohl sich Pfarrer Remigus damals vor seinen

Diakon gestellt hatte, erzählte Bettina weiter, waren ihre Eltern kurz davor gewesen, Anzeige zu erstatten. Doch Lilija Girdauskas hatte nicht mehr bezeugen wollen, dass Betty sich ihr weinend anvertraut hatte. Sie wollte mit der Sache nichts zu tun haben. Und nach einem Gespräch mit dem Geistlichen hatten Mutter und Vater dann endgültig begriffen, dass Pfarrer Remigus sogar so weit gegangen wäre, ihre pubertierende Tochter als frühreif und moralisch verwerflich hinzustellen. Um ihrer Tochter eine weitere Bloßstellung vor Gericht zu ersparen, hatten die Eltern schlussendlich von einer Anzeige abgesehen. Ein Akt der Hilflosigkeit, und das war auch der Austritt der gesamten Familie aus der Kirche gewesen.

Nun nahm Bettina Westphal das Gesangbuch vom Küchentresen. Sie blätterte es auf und lächelte, als sie die Kinderschrift darin erkannte. Mit Tränen in den Augen schaute sie auf.

«Es gehörte einer Franziska Bosse», sagte Alpay einfühlsam. «Haben Sie den Namen schon mal …» Bettina unterbrach ihn und wandte sich an ihren Mann. «Enno, weißt du, wo mein Amrum-Karton ist?»

Im selben Moment schien es ihr einzufallen, und schon einen Augenblick später kehrte sie in die Küche zurück und präsentierte einen alten Schuhkarton, aus dem sie ein Gesangbuch herausnahm. Die goldenen Buchstaben darauf waren verblasst. «Wissen Sie, ich habe damals lange überlegt, ob ich diese Sachen vernichten soll. Aber für mich hätte das bedeutet, dass ich vor der Erinnerung an die Tat kapituliert hätte, verstehen Sie? Ich wollte einfach stärker sein.» Sie lächelte tapfer und zog zwei Fotos zwischen den Seiten des Gesangbuchs hervor, die sie auf den Küchentresen legte. Darauf war ein Mädchen zu sehen, das mit ausgebreiteten Armen an Deck eines

Ausflugsdampfers steht. Ihre geflochtenen Zöpfe liegen im Wind wie zwei steife Taue. «Das ist Franziska. Sie kam aus einer Gemeinde bei Ahrensburg, glaube ich. Ich habe sie nie wiedergesehen. Ist sie der Grund, warum Sie hier sind, Frau Erdmann?»

«Ja.»

«Ich war ganz sicher nicht das einzige Mädchen, das von Herrn Weiß angefasst wurde. Er mochte Franziska.»

«Frau Westphal», sagte Alpay, und Franka bemerkte, wie unwohl er sich fühlte. «Das ist jetzt reine Routine, aber was haben Sie vorgestern Abend gemacht?»

Kurz stutzte sie. «Wir hatten Freunde zum Abendbrot hier», schaltete sich ihr Mann zum ersten Mal ein.

«Ich sagte ja, reine Routine. Und am 25. September beziehungsweise 3. Oktober?»

«Da fragen Sie mich was …» Bettina Westphal öffnete den Kalender auf ihrem Smartphone. «Oh je … in der Woche war ich völlig ausgeknockt. Ich habe zwei Implantate bekommen.» Sie zuckte kurz zusammen, weil sie sich auf die Wange mit der Schramme gefasst hatte.

Ihr Mann nickte. «Du hast die Tage mehr oder weniger im Bett verbracht.»

«Haben Sie etwas dagegen, wenn ich die Aufnahme abfotografiere?», fragte Franka, und als Bettina verneinte, zückte Franka ihr Handy. «Dieser Diakon Weiß, ist der irgendwann mal für seine Taten zur Rechenschaft gezogen worden?»

«Ja.» Die Hände von Frau Westphal begannen wieder zu zittern, und sie errötete. «1995 ist er von einem Bus überrollt worden.»

Franka nickte nur knapp. Sie maß sich kein Urteil darüber

an, wie die Frau den Tod des Mannes einordnete, der ihr als Kind so etwas Schreckliches angetan hatte.

Schließlich bedankte sie sich und merkte, dass sie Alpay erneut in die Parade gefahren war. Auch sie musste sich erst noch daran gewöhnen, dass er das Tempo der Ermittlungen bestimmte. Gemeinsam wurden sie vom Ehepaar Westphal an der Haustür verabschiedet. Es berührte Franka ein wenig, wie schützend Enno Westphal seine Frau im Arm hielt.

#

«Ich brauche einen Cognac», sagte Betty, als sie die beiden Polizisten von der Küche aus in den Dienstwagen einsteigen sah. «Guck mal.» Sie hielt ihrem Mann ihre ausgestreckten Hände entgegen. Ihre Nervosität war nicht zu übersehen.

Enno fuhr sich durch die ersten grauen Locken. «Alter, ich hab mir fast in die Hose gemacht», sagte er und nahm einen kräftigen Schluck Cognac aus Bettys Glas. Dann zog er seine Frau zu sich heran und küsste sie. «Ich liebe dich», sagte er zärtlich.

Sie hielt sein Gesicht mit beiden Händen, schaute ihm tief in die Augen, um die sich in den letzten dreißig Jahren kleine Fältchen gebildet hatten. «Ich liebe dich auch.»

Sie hielten sich fest, sprachen kein Wort und waren sich immer noch so nah wie damals, als sie auf das Gelände der Abundus-Kirche geschlichen waren. Im Schutz der Dämmerung hatten sie nicht nur die Bremse am Fahrrad des Diakons gelöst, Enno hatte gleich den gesamten Zug gelockert und die Griffe so manipuliert, dass die fehlende Spannung erst auffiel, wenn man die Bremsen benutzte. Peter Weiß hatte sich auf die Nase packen, vielleicht einen Arm oder ein Bein brechen sollen. Das hätte Bettys und Ennos jugendlicher Wut schon gereicht. Nachdem es passiert war, hatten sie nie wieder ein Wort über diesen Abend verloren.

44 Samstag, 8. November, mittags

Das Blaulicht fiel durch das gläserne Schiebedach ins Wageninnere. Das Horn hatte Alpay stumm geschaltet, als er zügig Richtung Barmbek fuhr. Er wollte, dass sie sich noch einmal mit Pfarrer Remigus unterhielten, von dem auch Franka fürchtete, ihn könnte es als Nächsten treffen. Er war überzeugt, der Geistliche erinnerte sich nicht nur an Bettina Assmuth, sondern auch an ein Mädchen mit geflochtenen Zöpfen. Er beschleunigte nun.

Das Telefon klingelte.

«Sybille, schieß los.» Er hielt vor einer roten Ampel.

«Achilles ist raus», sagte die Kollegin. «Ihr Alibi für Mittwoch ist wasserdicht, auch war sie gestern tatsächlich in Heide bei ihrer Schwester – und ihre Fingerabdrücke finden sich nicht in dem Wagen von Franziska Roicke. Die Frage wäre jetzt, von wem ist Harry Meyer dann getötet worden? Seid ihr auf dem Weg ins Präsidium?»

«Wir fühlen noch mal diesem Pfarrer auf den Zahn.» Franka beugte sich zum Mikrofon im Rückspiegel. «Harry Meyer war hundertpro Mitwisser eines sexuellen Missbrauchs, den ein Diakon aus Remigus' Kirche auf Amrum begangen hat. Vermutlich hat er den ganzen Stress mitbekommen. Vielleicht Gespräche. Spätestens als Remigus überraschend früher angereist ist, um sicherzugehen, dass die Tat vertuscht wird.»

Alpay bedankte sich bei einer geschockten Sybille und legte auf.

«Sie hat die richtige Frage gestellt», sagte Franka und schob sich einen Kaugummi in den Mund. «Wenn Achilles raus ist, wer hat dann diesen Rentner getötet? Und dass Remigus unter Polizeischutz gestellt werden muss, ist jedem vermutlich klar.»

Alpay drückte aufs Gas. Er ahnte, dass ihnen die Zeit davonlief.

Franka trommelte nervös mit ihren Fingern auf die Mittelkonsole. «Franziska Roicke wächst in einem strenggläubigen Elternhaus auf», sagte sie, «und erfährt in ihrer Jugend einen sexuellen Missbrauch in ihrer Kirche und gerät als erwachsene Frau an einen Typen, der sie in der Ehe psychisch und physisch misshandelt. Ganz ehrlich? Selbst als ermittelnde Polizeibeamtin ist das kaum auszuhalten.»

«Und dann wird sie auch noch ihren Job los.» Alpay drängelte sich an einem Bus vorbei, der aus der Haltebucht in den Verkehr einfädeln wollte. Sie hatten es eilig.

«Es sind schon Menschen mit weit weniger krassen Biografien zu Tätern geworden», sagte Franka. «Wie hat Frau Westphal das ausgedrückt? Meistens werden die Opfer irgendwann von einem emotionalen Tsunami mitgerissen. Aber anscheinend besitzt Franziska Roicke eine große Leidensfähigkeit.»

«Besaß», korrigierte Alpay.

Schweigend fuhren sie Richtung Barmbek. Mehrmals schaute Alpay zu Franka hinüber, die nun begonnen hatte, mit dem Finger eine Haarsträhne aufzudrehen, bis ein kleiner Knoten entstanden war, den sie nur mit Mühe wieder gelöst bekam. «Ich denke gerade», fuhr sie fort, «jetzt, da wir durch die Geschichte von Bettina Westphal Gewissheit über einen sexuellen

Missbrauch haben, scheidet für mich eine klassische Bullying-Geschichte unter Kindern irgendwie aus. Ich glaub nicht mehr an Mobbing. Nicht, nachdem Frau Westphal eben angedeutet hat, dass dieser Diakon auch ein Interesse an der kleinen Franziska gezeigt hat.»

Alpay hielt vor einer roten Ampel. Er teilte ihre Auffassung.

«Nur mal in die Tonne», sagte sie und wickelte erneut eine Haarsträhne um ihren Finger. «Stellen wir uns vor, bei Franziska hat dann doch die Leidensfähigkeit irgendwann ein Ende gehabt.»

«Du meinst, der Tropfen, der das Fass zum Überlaufen gebracht hat, wie bei einem Amoklauf?» Er fuhr wieder an.

«Nicht so ganz. Auch wenn man für solche Taten ebenso psychosoziale Entwurzelungen verantwortlich macht. Kränkungen, Partnerschaftskonflikte. Da spielen unterschiedlichste Faktoren eine Rolle», sagte Franka. «Im Fall von Franziska Roicke kommt sogar alles zusammen, und was die Situation noch verschärft, ist der Verlust ihrer beruflichen Integration. Ihre Firma macht dicht. Und wahrscheinlich ist der Arbeitsmarkt nicht gerade mit Jobs für Umweltingenieurinnen gepflastert. Weiterer Frust.»

«Dann ist deiner Meinung nach ihre Kündigung der berühmte Tropfen gewesen?» Er war wenig bis gar nicht von diesem Auslöser überzeugt. «Oder waren nicht vielmehr Richards sexuelle Übergriffe der Trigger für diese Taten?»

«Sprich es ruhig aus, Alpay. Das waren Vergewaltigungen. Ich glaube aber», sagte Franka, «mit dem Jobverlust hat das nichts zu tun, und hier geht es auch nicht um den klassischen Trigger, wie du sagst. Dass es der *eine* Moment war, nach dem sie freidreht. Vielleicht haben die Vergewaltigungen in der Ehe schon recht früh begonnen. Vielleicht passierte es phasenweise, immer wieder gibt es in Franziskas Augen ‹schöne› Zeiten, in denen sie denkt, vielleicht wird alles gut. Wir kennen die Gründe, aus denen Frauen bei gewalttätigen Männern bleiben. Sie schämen sich, mit Freunden und Familie darüber zu sprechen, fühlen sich aufgrund der jahrelangen Übergriffe ohnmächtig, hilflos und unterliegen der fatalen Fehleinschätzung, dass seine ‹guten Seiten› wieder zum Vorschein kommen. Aber stellen wir uns mal vor, irgendwann kann Franziska nicht mehr, der Akku ist leer. Und als die Frau wirklich am Ende ist, fällt sie eine Entscheidung. Ruhig, leise. Sie, die fast demütig durchs Leben geht, wählt eine spektakuläre Art, ihren Mann dranzuhängen und die Wurzel allen Übels gleich mit. Nämlich die Personen, die sie für ihr furchtbares Leben verantwortlich macht. Melanie Klumpe, Lilija Girdauskas, Harry Meyer, die vermutlich alle die Klappe gehalten haben, obwohl sie wahrscheinlich über das Treiben des Diakons damals Bescheid wussten. Ich will nicht wieder das Tsunami-Bild bedienen. Aber hier passt es. Vielleicht hat sich Franziska ruhig zurückgezogen, um dann mit unvorstellbarer Kraft zurückzuschlagen.»

«Boah, Franka.»

«Ich sage dir: Die Frau lebt noch. Nur so würde für mich an dieser ganzen Geschichte nichts mehr klappern.»

«Ernsthaft jetzt? Du meinst, die Tote unter dem Schaufelraddampfer ist nicht Franziska Roicke.»

Franka nickte.

«Scheiße.» Er schaute sie besorgt an. «Dann ist es hoffentlich Barbara Hänel und nicht jemand, den wir noch gar nicht auf dem Schirm haben.» Er wusste, nur ein DNA-Abgleich konnte die Identität zweifelsfrei klären.

Alpay parkte vor dem Leonhard-Stift, vor dem zwei Männer mit Schachfiguren spielten, die fast so groß waren wie ihre Rollatoren.

Stille im Wagen.

«Okay, beim Motiv würde ich noch mitgehen», sagte Alpay nach kurzem Überlegen. «Aber die Ausführung? Ihre eigene DNA im Kofferraum? Der Sand vom Parkplatz im Auto.»

«Dafür hätte Franziska vor ihrem Verschwinden selbst sorgen können. Diese Taten hat sie von langer Hand geplant. Auch später hätte sie noch jederzeit unbemerkt an das Auto gekonnt, um das Stück Fingernagel von Girdauskas, Blut und Haare dort zu deponieren. Als sie in den Walddörfern verschwunden ist, hatte die Frau ihren Autoschlüssel dabei.»

Er schlug mit der flachen Hand auf das Lenkrad. «Ich habe es gewusst! Erinnerst du dich an das Handyvideo der Nachbarn? An dem Abend, als sie verschwunden ist, hat man das Auto im Hintergrund bei den Roickes unter das Carport fahren sehen. Warum habe ich mich von Kurt bequatschen lassen? Natürlich hatte ich recht. Sechsundzwanzig Minuten reichten für Richard Roicke nicht aus, seine Frau zu begrüßen, sie hoch ins Badezimmer zu locken, zu töten und ihre Leiche unbemerkt von der Gartenparty der Nachbarn in ihren Wagen zu verfrachten.» Und plötzlich wurde er sich des gesamten Ausmaßes bewusst. «Dann hat sie sich auch selbst diese Postkarte von Amrum geschickt?»

Franka nickte. «Damit es so aussieht, als wäre sie Opfer einer Mordserie, die sie selbst begeht.»

«Krasse Scheiße.» Er blies die Wangen auf.

«Wir wissen, die Handschrift auf der Karte ist nicht ihre», sagte Franka. «Die Frau hatte mindestens einen Helfer, vielleicht war sie nicht mal auf Amrum.» Sie löste ihren Sicherheitsgurt. «Auch wenn Franziska Roicke diesen Plan von langer Hand vorbereitet hat, muss sie gewusst haben, dass sich die Indizien gegen ihren Mann vielleicht nicht ewig halten lassen. Und weißt du, was? Sie ahnt, dass wir ihr draufkommen.»

«Weil was?»

«Weil die Frau unter dem Schaufelraddampfer nicht Franziska ist. Jede Wette. Franziska Roicke will Zeit gewinnen. Denn noch ist ihr Plan nicht aufgegangen. Nach den Erzählungen von Frau Westphal denkst du doch auch, es fehlt noch Pfarrer Remigus und – vielleicht sogar ihr Ehemann. Wie gut, dass der in U-Haft sitzt!»

«Und was ist, wenn Bruhns und seine Leute doch Franziska unter dem Raddampfer herausziehen?»

«Dann mache ich es wie Kurt und gehe früher in Pension.» Franka stieg aus dem Wagen. Alpay folgte.

«Okay. Aber eine Sache noch: Dieses viele Blut im Badezimmer in Farmsen. Wir sind die ganze Zeit davon ausgegangen, dass Franziska nicht mal einen Lappen halten konnte.»

«Ich habe keine verdammte Ahnung, Alpay.» Sie zuckte mit den Schultern. «Ich weiß nur eins: Bevor die Frau noch jemanden von ihrer Liste streichen kann, müssen wir sie so schnell wie möglich aus dem Verkehr ziehen. Und wir wissen beide, wer ganz oben auf ihrer Liste stehen müsste.»

Gemeinsam betraten sie das Foyer des Leonhard-Stifts. Die freundliche Dame am Empfang rief den Pfarrer in seinem Apartment an, doch er meldete sich nicht. Selbst Franka nahm die Treppe in den dritten Stock, und Alpay war beeindruckt, dass sie kaum hinter ihm zurückfiel. Früher, als sie noch heftig rauchte, war das anders gewesen. Sie klingelten und klopften gleichzeitig. «Warum hat der Mann gestern nicht einfach den Mund aufgemacht», sagte Alpay, als der eilig herbeigerufene Hausmeister mit einem Zweitschlüssel die Wohnungstür öffnete. Das Wohnzimmerfenster war gekippt. Auf dem Fußboden lag ein einzelner Thrombosestrumpf, im Spülbecken ein benutztes Messer. Waren sie zu spät gekommen? Bei dem Gedanken zog es Alpay den Magen zusammen, und als er die Postkarte auf dem kleinen Beistelltisch neben dem Lesesessel entdeckte, hielt er die Luft an. «Du hast recht, Franka. Er ist der Nächste.»

«Warte mal. Ich glaube, Remigus ist in der Kirche», sagte sie und reichte ihm einen Notizzettel, den sie unter einem Magneten am Kühlschrank entdeckt hatte. «Da stehen seine Beichtdienste drauf.»

Sie waren gerade dabei, die Wohnung zu verlassen, da meldete sich Sybille erneut. «Es ist so grausam, das kann sich kein Mensch vorstellen.» Geschockt berichtete die Kollegin, wie Taucher und Mechaniker zunächst das Schaufelrad des Dampfers aufwendig von der Antriebswelle hatten lösen müssen, weil Gefahr bestanden hatte, den Körper bei einsetzendem Motor auseinanderzureißen. Laut Sybilles Beschreibungen war die Tote schließlich per Rückwärtsgang langsam an die Wasseroberfläche transportiert worden. «Aber jetzt haltet euch fest», sagte sie.

«Es handelt sich um Barbara Hänel», verdarb Alpay ihr den Cliffhanger.

45 Samstag, 8. November, mittags

Alpays Blaulichtfahrt hatte es in sich. Franka vertraute ihm, hielt sich aber trotzdem am Griff über der Beifahrertür fest. Mehrmals wechselte er die Spur und überfuhr rote Ampeln in Vorausschau. Wenn er das Tempo hielt, legten sie die knapp acht Kilometer zwischen Barmbek und dem Münzviertel in unter fünfzehn Minuten zurück, obwohl sie über die Leitstelle bereits einen Ruf an alle Streifenwagen herausgegeben hatten, die in der Nähe des Hauptbahnhofs unterwegs waren. Gegen den Lärm des Horns drehte Franka den Ton der Freisprechanlage auf und merkte selbst, wie laut sie dagegen antelefonierte. «Alpay möchte, dass wir Franziska Roicke mit Nachdruck suchen. Sybille, bitte ein aktuelles Foto der Frau auf die Facebook-Seite der Polizei hochladen, unser Pressesprecher soll Kontakt mit den Medien aufnehmen. Jede Tageszeitung soll ihr Bild drucken, die Lokalsender nicht vergessen. Franziska soll merken, dass wir hinter ihr her sind.»

Nicht nur Sybille hockte vor der Telefonanlage. Die Kollegen redeten wild durcheinander, bis sich Kurt durchsetzte. «Alles schön und gut, Leute, aber wir suchen nach der Frau bereits seit Ende September. Wenn sie eurer Meinung nach nicht tot ist, hat sie sich in Luft aufgelöst?»

Plötzlich ging Alpay in die Eisen. Er hupte. Frankas Tasche flog von ihren Knien in den Fußraum. Scharf scherte er nach rechts aus. Die Angst, die Täterin könnte Pfarrer Remigus bereits in der Kirche auflauern, brannte ganz offensichtlich auch ihm auf den Nägeln, dachte Franka. Zudem als Leiter seiner ersten Soko.

«Bei allem, was ihr euch da zusammengepuzzelt habt», sagte Ina, «fehlt aber noch die Antwort auf die Frage, wie hat sie's gemacht? Ich meine, vorhin haben wir noch darüber gesprochen, dass unsere Toten vielleicht irgendwo in Hamburg in einem Tank ertrunken sind. Woher soll die Roicke Zugang zu so einer Anlage haben?»

«Sag mal», Alpay benutzte die Busspur, «was macht man eigentlich so als Umweltingenieurin?»

Stille. «Ich glaube», sagte Kurt dann, «du überprüfst technische Verfahren, damit die Industrie die Umwelt nicht versaut.»

«Aha. Auch Tanks?», fuhr Alpay fort. «Ich will wissen, was hat die Frau studiert, und was war das für eine Firma, bei der sie gearbeitet hat?»

Als er in die Straße *Bei der Abunduskirche* einbog, sahen sie durch den Zaun fünf Personen vor der Kirche stehen. «Scheiße», sagte Franka. Alpay parkte. Sie liefen zur Kirche. Das Portal war abgeschlossen, also rannten sie zum Gemeindehaus hinüber. Das Kirchenbüro war samstags nicht besetzt. Vergebens klingelten sie an der Dienstwohnung. Alpays Telefon meldete sich.

«Eloğlu.»

«Staatsanwaltschaft Hamburg, Julian Forster. Hallo, Herr Eloğlu», hörte Franka den Mann aus Alpays Smartphone. «Ja, ich habe Wochenenddienst, und nach erneuter Akteneinsicht hat jetzt ein Herr Dr. Banzaf bei mir richterliche Haftprüfung für Herrn Roicke beantragt.» Der Junge klang so überfordert, dass er Franka fast leidtat. «Ich erreiche Frau Moro leider nicht.» Franka überlegte, ob Roickes Anwalt bereits wusste, dass es sich bei der Toten an den Landungsbrücken nicht um Franziska handelte. Kurz schilderte Alpay dem Staatsanwalt die neuesten Entwicklungen, nach denen hinter dem Tatvorwurf gegen Roicke vermutlich ein Komplott seiner Ehefrau steckte.

«Der darf auf keinen Fall entlassen werden. Verstehen Sie, Herr Forster? Wenn wir davon ausgehen, dass Frau Roicke sich bereits den Pfarrer geholt hat, dann wird ihr Mann draußen zu Freiwild.»

Frankas Aufmerksamkeit wurde plötzlich von einem Hund geweckt, der auf der anderen Straßenseite zwischen den geparkten Autos herumstromerte. Ein Taxi bog in die Straße ein und hielt sich nicht an die vorgeschriebene Schrittgeschwindigkeit. Franka warnte den Fahrer gestisch und lief hinüber zum Park. «Koooommmm», sagte sie, schnalzte mit der Zunge, um das Tier einzufangen, und musste plötzlich an die Frau denken, die hier gestern Nachmittag in der Dämmerung entlanggeschlichen war und *Wo ist denn meine Süße?* gerufen hatte. Dem Tier hingen einige Kastanienschalen im Fell, und während Franka auch etwas Herbstlaub daraus entfernte, dämmerte ihr plötzlich, wo sie diesen Hund mit dem weißen Lätzchen am Hals schon einmal gesehen hatte.

«Ich hätte dich eher für eine Katzenlady gehalten.» Alpay hatte das Gespräch mit Forster beendet und grinste, doch kehrte schlagartig der Ernst in sein Gesicht zurück.

«Ist das nicht …»

Sie nickte. Auch Alpay hatte die Fotos des Hundes gesehen, den Harry Meyer am Abend seines Verschwindens Gassi geführt hatte. Er verständigte sofort eine Streife, die sich um die

Identität des Hundes kümmern sollte, und verfrachtete das Tier bis dahin auf die Rückbank des Dienstwagens. Franziska Roicke hatte zwar den Rentner getötet, sich aber anscheinend um das Tier seiner Nachbarin gekümmert, bis es ihr hier im Park weggelaufen war.

«Ich hatte recht», sagte Franka. «Franziska weiß, dass wir ihr auf die Schliche gekommen sind. Erinnerst du dich an die Frau, die gestern hier nach ihrem Hund gesucht hat?»

«Die in dem abgerissenen Mantel?»

«Das war sie. Da bin ich sicher. Und deswegen finden wir sie auch nicht. Die Frau ist in ein Milieu abgetaucht, in dem einige nicht mal mehr Papiere besitzen, geschweige denn ein Dach über dem Kopf. Die ist clever. Statt genau hinzusehen, schauen wir reflexartig weg, weil uns Elend immer unangenehm ist.»

Alpay rief im Präsidium an und bat darum, auch in Notunterkünften für Wohnungslose mit einem Aushang nach Franziska zu suchen. «Habt ihr schon Informationen zu Ausbildung und letztem Arbeitgeber der Frau? … Ja, ich weiß, dass Samstag ist, Marcel.» Alpays Anspannung war nicht zu überhören, dachte Franka.

Anschließend sah sie, wie er ein Browserfenster auf seinem Smartphone öffnete. «Das kann doch nicht so schwer sein. Was hat Richard Roicke gesagt, wann die Firma seiner Frau dichtgemacht hat?» Er scrollte konzentriert auf seinem Telefon.

«Ich glaube, vor einem Dreivierteljahr», gab Franka zurück.

«Ich bin hier auf einer Seite über Insolvenzbekanntmachungen.» Er tippte und scrollte. «August, Hamburg. Kids@play GmbH, Burmester & Schilling GbR, KTV-Zeitschriftenverlag …» Er verdrehte die Augen. «Das hört ja gar nicht wieder auf. KB MassivBau GmbH, Luttering und Walter, Schimonek-

Tischlerei. Tim-Tankbau GmbH, Ulrich & Söhne, Voss-Bad-einrichtung ...»

Alpay schaute zu Franka. «Tim-Tankbau GmbH?»

46 Amrum, 1994, Herbst

Irgendwie war die Stimmung am Morgen merkwürdig. Es kam Franziska so vor, als wäre die Unbeschwertheit dieser Kirchenfahrt verflogen, vielleicht lag es aber auch daran, dass sie zum Frühstück schon wieder allein am Tisch saß. Sie biss von ihrem Brötchen ab und wickelte sich einen ihrer Zöpfe um den Finger. Schade, Betty war gestern überraschend abgereist, nachdem sie vorgestern den ganzen Tag krank im Bett gelegen hatte. Anscheinend war ihr die Fahrt auf dem Schiff doch nicht so bekommen. Nach der Morgenandacht hatte Franzi aufgeschnappt, dass Betty sich am Abend nach der Ausflugsfahrt ständig übergeben und mit Schüttelfrost flachgelegen hatte. Franzi erinnerte sich, wie Betty an Deck zurückgekommen war, sich in ihre Jacke eingemummelt und kein Wort gesprochen hatte. Wirklich, sie hatte einfach stumm auf der Bank gesessen und vor sich hin gestarrt. Als Franzi gefragt hatte, warum Betty Tränen über die Wange liefen, hatte sie gesagt, das sei der kalte Wind. Sie war blass wie die Wand gewesen. Franzi hatte noch versucht, ihre neue Freundin ein wenig aufzumuntern, hatte wieder ihre Zöpfe fliegen lassen, aber selbst die Seehundkolonien auf den Sandbänken hatten Betty nicht aufmuntern können. Wahrscheinlich war sie da schon krank gewesen. Blöd, Franzi hätte das Mädchen aus Hamburg gerne näher kennengelernt.

«Sag mal, hast du nur diese eine Jacke eingepackt?» Melanie ging hochnäsig mit ihrem Frühstückstablett an ihr vorbei, hinüber zu den Kids ihrer Hamburger Jugendgruppe. Irgendwie war die kein bisschen besser als die Kinder aus Franzis Klasse auf dem Gymnasium, die sie oft hänselten, weil sie sich für Mathe und Physik interessierte. Sie nahm noch einen Bissen von ihrem Brötchen und schielte hinüber zu dem Tisch, an dem Bettys Freunde tuschelten und auch Sabine Mühlbach saß, die ja eigentlich mit Franzi aus Ahrensburg angereist war.

Als es neben ihr an der Scheibe wummste, zuckte sie vor Schreck zusammen. Eine Möwe hatte sich nicht von den schwarzen Aufklebern abhalten lassen und war mit voller Wucht gegen die große Scheibe des Frühstücksraums geknallt. Franzi sprang auf und sah den abstehenden Flügel. Das völlig panische Tier wurde von Herrn Meyer eingefangen, den sie seit vorgestern kaum gesehen hatte.

Vielleicht holte Franzi sich auf den Schreck noch einen Saft? Sie ging zum Büfett, an dem die junge Betreuerin aus Hamburg eine Platte mit Aufschnitt nachlegte. Alle mochten Lilija, nur diese Frau Hänel fand Lilija wohl blöd. «Wir haben uns verstanden, Lilija?», hörte Franzi die Sekretärin sagen. Sie goss sich ihren Saft extralangsam ins Glas. Worum es zwischen den beiden wohl ging?

«Wissen Sie, was Sie da von mir verlangen?», fragte die Studentin zurück, und ihre Stimme klang so, als hätte sie ein ziemliches Problem damit, was Frau Hänel von ihr wollte.

«Du hast die Wahl, Mädchen. Wäre schade um die vielen Semester, die du studiert hast. Brauchst du noch was?», fragte Frau Hänel, die sich abrupt zu Franzi umgedreht hatte. Vor Schreck nahm sie sich einen Joghurt vom Büfett. Sie hasste Kiwi, wollte aber nicht in Frau Hänels Schusslinie geraten. Sie ging zurück an ihren Tisch und beobachtete Lilija, die nun mit dem Hamburger Pfarrer nach draußen verschwand. Irgendwie lag so eine merkwürdige Anspannung über allem. Franzi wusste nicht, was hier los war. Wirklich schade, dass Betty weg war. Franzi brachte ihr Tablett zur Geschirrrückgabe und verließ den Speisesaal. Bis zum Beginn des Bibelkreises hatte sie noch genügend Zeit, hinunter zum Strand zu laufen und vorher an dem kleinen Kiosk am Hafen einige Postkarten zu kaufen.

Kurze Zeit später rannte sie dann allein über den verwitterten grauen Bohlenweg, der direkt hinter dem Landschulheim begann und sich kilometerweit durch die Natur bis ans Meer schlängelte. Sie hatte sich am Postkartenständer nur schwer entscheiden können und darum einfach mehrmals dieselbe Postkarte gekauft. Das Motiv mit Amrum aus der Vogelperspektive hatte Franzi am besten gefallen.

Der Wind auf dem Bohlenweg wehte kräftig. Sie trug ihre Zöpfe unter der Mütze, weswegen sie mancher in der Schule *Wasserkopf* nannte. Sie konnte das Meer schon hören, das gewaltig an den Strand brandete, schäumend auslief und zurück Richtung Horizont gesogen wurde. Sie war fast eine halbe Stunde gelaufen. So weit vom Schuss waren ihr nicht einmal mehr Hundebesitzer mit ihren Vierbeinern begegnet. Dann entdeckte sie einen Mann, der sich im Windschatten einer Düne mit angezogenen Beinen auf den Rücken gelegt hatte und vermutlich die tanzenden Wolken beobachtete. Als sie näher kam, erkannte sie Herrn Weiß, den Hamburger Diakon.

«Hallo», sagte sie und winkte.

«Hallo», sagte Herr Weiß und winkte zurück.

«Heute ohne Gitarre? Sie spielen sehr schön.»

«Danke.»

Das fand Franzi wirklich. Der Gemeindehelfer ihrer Jugendgruppe konnte exakt drei Griffe und genauso wenig Lieder.

«Möchtest du dich vielleicht zu mir setzen?» Er klopfte neben sich in den Sand. Sie setzte sich. Die meisten Leute gingen
ihr aus dem Weg. So saßen sie still eine Weile nebeneinander.
Dann spürte sie, wie er seinen Arm um ihre Schulter legte, so
wie vor drei Tagen, als er auf dem Ausflugsdampfer mit ihr und
Sabine *Hohe See* gespielt hatte. Leise begann er zu singen. *Beim
Herrn bin ich geboren, wie ein Kind so rein.* Franzi stimmte mit
ein. *In ihm liegt all mein Ursprung, sein Name wird nun mein.* Er
legte seinen Kopf auf ihre Schulter, was sie komisch fand. Nicht
einmal ihre Eltern nahmen sie in den Arm. Und als sie plötzlich
seine Hand dort spürte, wo sie nicht hingehörte und er langsam
den Reißverschluss ihres Anoraks öffnete, bekam sie es mit der
Angst. «Es ist alles gut», sagte er. «Alles gut. Schschsch.»

Als er endlich von ihr abgelassen hatte, starrte sie immer noch
in den Himmel, sah die Wolken, die Vögel und wusste, dass das,
was er mit ihr gemacht hatte, nicht richtig war. Sie traute sich
nicht, sich aufzurichten, hörte den Wind und das Meer und
wünschte sich, es würde sie mit hinaus auf die offene See ziehen. Er streichelte ihr über den Kopf, half ihr beim Anziehen
und schwieg.

«Niemandem darfst du was erzählen.» Er packte sie fest an
den Schultern und schaute sie eindringlich an. «Hast du verstanden?» Sie war unfähig, etwas zu erwidern. Dann riss er sie
plötzlich nach oben. Ihr Anorak fiel in den Sand. Er zog sie über
den Strand. «Ob du mich verstanden hast, will ich wissen. Zu
niemandem ein Wort. Der Teufel wartet auf Kinder wie dich.»

Immer wieder schaute er sich um. Noch nie in ihrem ganzen Leben hatte sie eine solche Angst gehabt. Sie stolperte hinter ihm her und fing sich, strauchelte erneut und fiel auf die Knie. Er riss sie empor und zog sie direkt hinein in die kalte Nordsee. Sie schrie, doch der Wind übertönte ihre Angst. Ihre Stiefel liefen voll Wasser, kalt zog es in ihre Hose, immer weiter zerrte Herr Weiß sie hinaus, bis sie den Halt unter den Füßen verlor. Und schon im selben Moment zog er ihren Oberkörper nach hinten und drückte ihren Kopf unter Wasser. Es schlug dunkel über ihr zusammen, lief ihr kalt in die Ohren, von rückwärts in die Nase. Er zog sie zurück an die Luft, sie japste und hustete. «Hast du mich verstanden?», schrie er sie wieder an, und noch bevor sie ihn anflehen konnte, sie gehen zu lassen, ihm versprach, niemandem etwas zu erzählen, riss er sie erneut zurück – doch dieses Mal hielt er sie unter Wasser gedrückt.

Sie schmeckte das Salz, das ihr die Kehle hinunterrann. Dann verlor sie das Bewusstsein.

Als sie wieder zu sich kam, lag sie klatschnass am Strand. Sie zitterte. War es vorbei? Und als sie die Augen öffnete, kniete er über ihr. Sie spürte seine Lippen auf ihren, seinen Atem, den er ihr in die Lunge drückte. Dann erst begriff sie langsam, was er tat. Wie durch Watte hörte sie, wie Herr Weiß den umstehenden Kindern erklärte, dass er sie aus dem Wasser gerettet habe, weil ihr eine Welle die Füße weggehauen und sie ins Meer gezogen habe. In ihren Ohren klopfte es. Melanie lachte. Franzi sei noch blöder, als sie gedacht hatte. Wieder klopfte es, diesmal lauter und schneller. Franzi wusste, sie würde nicht eine einzige der Postkarten schreiben, die in ihrem Anorak steckten, der noch in den Dünen lag. *«Sie können hier nicht stehen bleiben!»*

Wieder klopfte es. Franziska schreckte auf. Fast wäre ihr das Herz stehen geblieben, als der Motorradpolizist zum Fenster hereinschaute. «Sie stehen im absoluten Halteverbot», hörte sie den Mann sagen, dann bediente sie die Zündung und fuhr das Fenster herunter.

«Entschuldigen Sie, ich warte auf jemanden.» Sie richtete das Kopftuch und ließ hinter ihrer Sonnenbrille den Haupteingang des Untersuchungsgefängnisses am Holstenglacis nicht aus den Augen.

«Passen Sie auf», sagte er unbeeindruckt. «Ich steige jetzt auf mein Motorrad, und wenn ich mich umdrehe, dann läuft Ihr Motor. Ansonsten», er klopfte dreimal gegen die Tür, und ihr schlug das Herz ebenso laut bis zum Hals. Doch statt auf seinem Motorrad davonzufahren, ging er nun langsam um den Wagen herum. Scheiße. Hatte er sie erkannt? Vorhin hatte Franziska die Suchmeldung mit ihrem vollen Namen im Autoradio gehört.

Eine Hand umklammerte das Lenkrad, die andere den Zündschlüssel, als der Polizist wieder neben ihrem Fenster auftauchte. «Dass der TÜV vor über einer Woche abgelaufen ist, wissen Sie?»

«Ich habe schon einen Termin in meiner Werkstatt», log sie. Würde er sie nach ihren Papieren fragen, wäre sie erledigt. Einige Stunden zuvor hatte sie die Hänel im Hamburger Hafen neben dem Schaufelraddampfer ins Wasser gekippt.

Ein Handy klingelte in dem kleinen Kofferraum, und ihr lief plötzlich der Schweiß unter Sabine Achilles' Mantel den Rücken hinunter. Die Frau lag gefesselt und geknebelt unter einem Deckel, den sie fast nicht zubekommen hätte.

«Wollen Sie nicht rangehen?», fragte der Polizist.

«Ich lasse die Mailbox anspringen. Nachher bekomme ich noch einen Punkt von Ihnen», versuchte sie die Situation scherzhaft aufzulösen, obwohl ihr der Arsch in dem tiefergelegten Sportwagen regelrecht auf Grundeis ging.

«Na dann, gute Fahrt.» Endlich ging der Polizist zu seinem Motorrad zurück. Umgehend startete sie den Wagen und fädelte nervös in den Verkehr ein. Der Schweiß lief ihr jetzt auch aus den Haaren. Sofort machte sie an der nächsten Möglichkeit einen U-Turn und fuhr zurück. Ihr blieb nicht mehr viel Zeit. Wenige Minuten später parkte sie wieder in gebührender Entfernung vor dem Untersuchungsgefängnis. Sie beobachtete den Haupteingang, weil ihr Sabine Achilles unter Androhung eines weiteren Taserschusses gestanden hatte, dass Richard heute Morgen entlassen werden sollte.

Monatelang hatte Franziska ihr Verschwinden geplant, und ebenso lang hatte sie davon geträumt, diese Gesellschaft auch von Richard zu befreien.

47 Samstag, 8. November, nachmittags

Die Tim-Tankbau GmbH wurde 1937 in Hamburg gegründet», sagte der Insolvenzverwalter, als er Alpay und Franka um 16.30 Uhr über das dunkle Firmengelände führte, vorbei an einer Reihe geparkter Sprinter. Hier waren im wahrsten Sinne des Wortes bereits die Lichter ausgegangen. Alpay konnte nur an Remigus denken. Lebte er noch?

«Diese Fahrzeuge», erkundigte sich Franka, «gehören die auch zur Insolvenzmasse?»

«Wenn Sie den Teil des Fuhrparks nehmen, der hier parkt, die zehn Fahrzeuge, mache ich Ihnen einen guten Preis», scherzte er, und während er nun darüber referierte, dass die Firma in den Sechzigern Marktführer im deutschen Tankbau gewesen war, bis sie in den Zweitausendern nicht mehr gegen die billigere Konkurrenz aus Asien ankam, hatte Alpay nur neun Kleintransporter gezählt.

«Einer fehlt», sagte er.

«Bitte?»

«Du hast recht.» Franka wandte sich an den Insolvenzverwalter. «Den Überblick haben Sie aber schon noch?»

«Sicher. Wir sind nur in der Übergangsphase zwischen Firmenschließung und der Verkündung eines Insolvenzverfahrens», winkte er ab. «Sie würden sich wundern, was die Ratten alles mitnehmen, wenn sie das sinkende Schiff verlassen.»

Die Art und Weise, wie der Mann in grüner Outdoorjacke und Hornimitatbrille über Menschen sprach, die ihre Lebensgrundlage verloren, widerte Alpay an. «Ich will wissen, welches Fahrzeug fehlt», sagte er, und sein Tonfall ließ keinen Zweifel daran, dass es ihm egal war, wie der Insolvenzverwalter diese Information beschaffte.

Sie erreichten die Halle. Der Mann tippte einen Code ins Tastenfeld neben dem gewaltigen Eingangstor, durch das ein mittelgroßer Learjet gepasst hätte. Zitternd fuhren die elektrischen Schiebetore auseinander. So etwas hatte Alpay noch nie gesehen und auch Franka entwich ein «Oha». Hier standen riesige Tanks in überdimensionalen Industrieregalen oder wurden vor ihrem Einbau und der Montage auf Sockelkonstruktionen gelagert, wie der Mann ihnen erklärte. Es gab sogar Modelle, die im Zwei-Schalen-System angefertigt und hier mit modernster Schweißtechnik verbunden worden waren.

Aber weder Alpay noch Franka hatten ein Ohr für die Ausführungen des Juristen, wonach die zum Teil riesigen Behälter einst darauf gewartet hatten, als oberirdische Tanks, unterirdische Tanks, als Drucktanks, Chemietanks oder Wasserstofftanks oder Tanks für Schiffsdiesel in alle Welt verkauft zu werden. Alpay zog den Mann ein Stück aus dem Weg, weil Bruhns und Sophie nun mit dem großen Team anrückten und ihr Equipment ausluden.

«Hier ist es!», rief Sophie schließlich aus dem hinteren Teil der Halle. Um die Spurenlage nicht zu verunreinigen, forderte sie alle Nichttechniker auf stehen zu bleiben. Zumindest konnte Alpay einen schwarzen Tank auf einem Sockel erkennen. Vielleicht so groß, dass man einen Elefanten darin hätte versenken können. Über der geöffneten Luke hing der Ausleger eines Minikrans, und überall standen leere Eimer herum. Es knirschte unter Alpays Sohlen. Eine aufgerissene Packung Salz lag auf dem Boden.

«Diese Halle hier», sagte er an den Insolvenzverwalter gewandt, der sich sichtlich irritiert umschaute, «die hatte keiner von Ihnen auf dem Schirm?»

«Ich wickle den Betrieb mit meinen Mitarbeitern ab, verstehen Sie? Ich öffne nicht täglich jede Tür und jedes Tor auf diesem Gelände, um einen Flohmarkt zu veranstalten.»

Sophie machte Alpay und Franka auf ein Schlauchsystem aufmerksam, das vom unteren Teil des Tanks in eine Art Kompressor führte, vielleicht eine Pumpe, durch die das Wasser in einen weiteren Tank gefüllt wurde. Dann kletterte sie über die Leiter auf den riesigen Behälter und leuchtete mit einer Taschenlampe hinein. «Sorry, aber das will keiner von euch sehen.» Sie verzog das Gesicht. Alpay ahnte, wer dort im Wasser trieb. Mit einer Greifzange zog sie ein Stück Stoff ans Licht, und als das Wasser herausgelaufen war, nahm es die Form eines Thrombosestrumpfes an.

«Ich will noch mal mit Richard Roicke sprechen.»

Franka schaute Alpay fragend an.

«Seine Frau ist seit September wie vom Erdboden verschwunden. Vielleicht ist sie in der Obdachlosenszene abgetaucht, vielleicht hat sie sich in Luft aufgelöst. Wenn wir davon ausgehen, dass sie noch den Autoschlüssel für ihren Wagen besitzt, dann hat sie ganz sicher auch noch den Schlüssel für das Haus in Farmsen-Berne.»

«Sind Sie irre?» Eine Stunde später schlug Richard Roicke im Befragungsraum der Haftanstalt auf seine kleine Reisetasche ein. Vergebens versuchte sein Anwalt, ihn zu beruhigen, und wieder wurde Alpay bewusst, welche Tortur das Zusammenleben mit diesem Mann gewesen sein musste.

«Meine Frau ist doch verrückt, irre, total geisteskrank.» Er steckte seine persönlichen Gegenstände ein, deren Erhalt er bereits quittiert hatte. «Obwohl Sie glauben, ich schwebe in Gefahr, entlassen Sie mich?»

«Bedanken Sie sich bei Ihrem Anwalt», sagte Alpay.

«Ich habe nur versucht, meinen Mandanten so schnell wie möglich aus der Haft zu bekommen. Frau Achilles hat mich gebeten, alle Hebel in Bewegung zu setzen», sagte Banzaf und wirkte ob der Entwicklungen des Falls selbst geschockt.

«Wir werden Sie aber unter Polizeischutz stellen, Herr Roicke. Meine Kollegin und ich gehen davon aus, dass Ihre Frau neben Ihrem Autoschlüssel auch noch den Hausschlüssel besitzt.»

«Was ist das für eine Kacke?» Der Mann raufte sich die Haare.

«Hatten Sie seit dem Verschwinden Ihrer Frau irgendwann einmal das Gefühl, dass jemand bei Ihnen zu Hause gewesen ist, als Sie zum Beispiel im Büro oder auf Geschäftsreise waren? Vielleicht fehlten Nahrungsmittel im Kühlschrank, oder Ihnen ist sonst etwas merkwürdig vorgekommen?»

«Oh Gott.» Roicke begriff das ganze Ausmaß seiner Entlassung. «Meine Frau kann also einfach bei mir reinspazieren? Dann holt sie mich im Schlaf, oder was?» Seine Überheblichkeit war Angst gewichen.

«Wir werden Ihr Haus verwanzen, Herr Roicke. Sie werden engmaschig überwacht. Kameras, Mikrofone. Wir observieren Sie rund um die Uhr», sagte Franka.

«Sie benutzen mich als Köder», sagte er fassungslos, und Alpay dachte, dass er nicht ganz unrecht hatte.

«Wir können Sie nicht zwingen, Herr Roicke. Dann blasen wir die ganze Sache wieder ab», pokerte Alpay. «Allerdings ziehen wir dann auch den Polizeischutz ab.»

Roicke atmete durch, schaute kurz zu seinem Anwalt, der ihm zunickte, und gab dann sein Einverständnis zur Überwachung.

«Ich begleite Sie nach Hause.» Roickes Anwalt wandte sich an Franka. «Und warte dort, bis Ihre Techniker eintreffen.»

«Was für ein Lutscher», sagte Alpay, als sie die Haftanstalt verließen. «Jetzt hat er die Hosen voll.» Er stieg in den Wagen und fluchte, weil er sich den Zipfel seines Parkas in der Tür eingeklemmt hatte, die er noch einmal öffnete.

Plötzlich schrie eine junge Frau auf, wich um Haaresbreite auf ihrem Fahrrad der Tür aus. Mit schlingerndem Hinterreifen und quietschenden Bremsen kam sie zum Stehen und pöbelte sofort los.

«Alter, hast du den Arsch offen?»

«Ich habe dich nicht gesehen.»

«Ja, ganz offensichtlich», sagte sie und pustete sich eine Locke aus dem Gesicht.

«Auf dem Rad nie ohne Helm.»

«Sag mal, was bist'n du für'n Klugscheißer? Beim nächsten Mal trete ich dir gegen die Karre.» Sie zeigte ihm den Mittelfinger und radelte davon.

Alpay stieg zurück in den Wagen. «Die war ja krass drauf.»

«Autotür und nicht gucken – Alpay, das ist eine Todsünde. Außerdem hast du dich nicht mit einem Wort bei der Frau entschuldigt», sagte Franka, und ihm wurde schlagartig bewusst, dass er das vor lauter Schreck total vergessen hatte.

«Hast du gehört, wie die mich gleich angepampt hat? Ich kam ja gar nicht dazu», redete er sich heraus.

«Schau mal», sagte Franka plötzlich und deutete auf den kleinen roten Sportwagen, der in einiger Entfernung auf der anderen Straßenseite in eine Parklücke zurücksetzte. Gleichzeitig trat Roicke mit seinem Anwalt aus dem Untersuchungsgefängnis. Alpay schnaubte verächtlich. «Anscheinend ist Frau Achilles nicht zu helfen.» Er startete den Wagen. Bevor er am Sievekingplatz nach links abbog, sah er im Rückspiegel, wie Richard Roicke seinen Anwalt einfach stehen ließ und über die Straße zum Auto zu seiner Geliebten lief.

48 Samstag, 8. November, nachmittags

Als sie Richard im Rückspiegel über die Straße laufen sah, schlug ihr Herz so wild, dass es die Vorfreude in großen Wellen durch ihren Körper pumpte. Sie stellte das Radio an und drehte die Lautstärke auf, wippte im Takt der Musik und hielt in der rechten Hand die Taserpistole.

Richard musste in der Mitte der Straße kurz stehen bleiben, weil ihn eine wild gewordene Fahrradfahrerin anranzte. Dann verschwand er am rechten Rand des Rückspiegels, um im nächsten Augenblick die Beifahrertür zu öffnen. Er warf seine Tasche hinter den Beifahrersitz. Sie roch sein Parfüm. Umständlich stieg er in den tief auf der Straße liegenden Zweisitzer ein, zog die Tür ins Schloss und strahlte sie an.

«Guten Tag, mein Schatz», sagte Franziska und nahm die Sonnenbrille ab.

Dieser Moment, als seine Angst stärker roch als sein Parfüm, war allein schon die vielen Wochen voller Entbehrungen und klammer Anziehsachen wert gewesen, in denen sie auf der Pritsche des Lieferwagens gesessen und kalte Ravioli aus der Dose gelöffelt hatte. Bevor er in seiner Panik den Türgriff zu fassen bekam, schoss sie ihm die Projektile der Taserpistole direkt in den Hals. Er schrie. Als der Strom seine Muskeln zusammenzog, drehte sie das Radio noch etwas lauter. Er hielt die Luft an, zitterte. Seine Zähne schlugen aufeinander, er wirkte jämmerlich und hilflos. Die elektrische Ladung der achtzehn Impulse pro Sekunde sollte sich wie eine Ewigkeit anfühlen. Er war gesund. Franziska drückte noch ein zweites Mal ab, bis er vor Schmerz in sich zusammensackte.

Dann zog sie ihn an den Haaren zurück, drückte seinen Oberkörper gegen die Rückenlehne, beugte sich über seine Oberschenkel und zog ihm die Fußgelenke mit einem Kabelbinder zusammen. Er stöhnte. Sie fixiert auch seine Handgelenke, und damit er ihr auf der Fahrt nicht ins Lenkrad fiel, zog sie einen extralangen Kabelbinder um Hals und Kopfstütze. Dann wechselte sie die Akkus des Tasers und ließ die Projektile in seinem Hals stecken. Das Gefühl von Macht euphorisierte sie. Es fühlte sich noch intensiver an, als sie es sich in ihren kühnsten Träumen ausgemalt hatte.

Franziska startete den Wagen und parkte aus. Die Musik im Radio wurde unterbrochen. Und als sie noch einmal ihren Namen, ihre natürliche Haarfarbe und die Beschreibung ihrer Statur hörte, fühlte sie sich plötzlich so befreit und unbeschwert wie damals als kleines Mädchen an der Nordsee, als ihre Zöpfe im Wind wehten.

49 Samstag, 8. November, nachmittags

Alpay hatte im Aquarium eine Art Kommandozentrale eingerichtet, und er hörte Franka Kurt fragen, warum in den heißen Phasen großer Ermittlungen vorher niemand auf diese Idee gekommen war. Wie oft hatten sie sich oben im Büro zusätzlich zur Anspannung auch noch auf den Füßen gestanden. Hier im größten Konferenzraum hatten jetzt nicht nur die Whiteboards mit sämtlichen Informationen zum Fall ausreichend Platz, sondern die Kollegen der Spurensicherung konnten auch den eingebauten Beamer nutzen, den Sybille bediente.

«Ich habe gerade mit einer Mitarbeiterin der Sozialstation in der Feldstraße telefoniert», sagte Marcel. «Die hat sich bei uns gemeldet, weil sie Frau Roicke auf dem Fahndungsaufruf wiedererkannt haben will. Die soll jetzt aber graue bis weißblonde Haare haben. Vor ein paar Tagen ist sie da mit einem Hund aufgekreuzt, für den sie etwas Futter erhalten hat.»

«Dann war also nicht der Leiter des Landschulheims der Täter», hörte Alpay Jörg im Hintergrund zu Ina sagen, «sondern dieser Diakon? Zumindest hat er dann seine gerechte Strafe schon erhalten.»

«Ich finde so eine Aussage grenzwertig, Jörg.» Offensichtlich hatte auch Franka seine Bemerkung mitbekommen. Es war nicht das, *was* Franka sagte, sondern *wie* sie es sagte. Alpay teilte nicht nur ihre Ansicht, sondern erkannte auch die Schärfe in ihrer Stimme.

«Was denn? Eine persönliche Meinung darf ich ja wohl äußern», verteidigte sich Jörg.

«Ich muss dich nicht an deine Neutralitätspflicht als Polizeibeamter erinnern.»

Auch das noch. Während Alpay hoch konzentriert versuchte, die Fäden zu verknüpfen, bekamen sich Franka und Jörg jetzt auch noch in die Haare. Eigentlich ließ Franka sich selten von ihm provozieren. Vielleicht fürchtete sie aber auch, er könnte ihr demnächst als neuer Chef sagen, wo es in der Abteilung langging.

«Ich finde nur, wenn dieser Diakon vom Bus überfahren wird», sagte Jörg, der es anscheinend nicht sein lassen konnte, «entbehrt das nicht einer gewissen Fügung. Also, für die, die an Gott glauben.»

«Oder für einen Teil unserer Gesellschaft, der bei solchen Taten an Selbstjustiz glaubt», sagte Franka. «Sollten wir Franziska Roicke tatsächlich fassen, und davon gehe ich aus, werden hoffentlich Sachverständige dem Gericht dabei helfen, ein *gerechtes* Urteil zu fällen, und nicht der liebe Gott. Dabei werden die Misshandlungen durch ihren Mann ebenso Einfluss auf das Strafmaß haben wie der hohe Grad an krimineller Energie, den die Frau für die Durchführung der Morde aufgebracht hat.»

Poppys Timing hätte nicht besser sein können. Alpay war dankbar, als er in diesem Moment mit Sophie den Konferenzraum betrat. Ohne Umschweife präsentierten die beiden ihre Ergebnisse. Als Erstes projizierte der Beamer ein Foto vom Inneren des leer gepumpten Tanks. Darin hatten sie zwei Armbanduhren, diverse Schuhe und eine goldene Kette mit goldenem Kreuz sichergestellt, darauf die Gravur *Mana sirds pieder Latvijai*. «Das ist Lettisch», sagte Sophie, «und bedeutet so viel wie *Mein Herz gehört nach Lettland*.» Außerdem war das Material der Innenwände mit dem Abrieb identisch, den die Opfer unter ihren Fingernägeln trugen. Nun erschien ein Foto des toten Remigus an der Wand. Augen und Mund weit aufgerissen. Wie ein Fisch an Land. Warum hatte der Mann nicht gesagt, was damals auf Amrum wirklich geschehen war und dass er an der Vertuschung des sexuellen Missbrauchs durch seinen Diakon maßgeblich beteiligt gewesen war? Dann würde Remigus ganz sicher noch leben. Der verzweifelte Todeskampf des Mannes fasste Alpay an. Auch wenn er wusste, dass ihn selbst keine Schuld traf, machte er sich insgeheim Vorwürfe.

«Was ich erstaunliche finde», sagte Ina, «ist die Tatsache, dass Frau Roicke bei ihrem ehemaligen Arbeitgeber ungehindert ein- und ausgehen konnte.»

«Mich wundert das überhaupt nicht», sagte Marcel. «Laut unserer Recherche war sie dort elf Jahre beschäftigt. In ihrer Funktion kannte sie sich nicht nur in allen Abteilungen aus, wahrscheinlich wusste sie auch wichtige Zugangscodes.»

«Sie haben den Lieferwagen!», rief Kurt plötzlich. «Einer Streife ist das Logo der Firma aufgefallen. Abgestellt in der Semperstraße in Winterhude. Der Sprinter ist aber leer.»

Winterhude … Alpay überlegte. «Marcel, in welcher Straße wohnt noch mal Frau Achilles?»

«Großheidestraße.» Er checkte seinen Computer. «Die geht tatsächlich von der Semperstraße ab.»

«Scheiße!», sagte Alpay und sein ungutes Gefühl verstärkte sich noch, als der Kollege von der IT-Forensik auf seinem Handy anrief.

«Matze. Was gibt's?»

«Hör zu, Alpay. Ich sitze immer noch mit den Kollegen in Farmsen-Berne vor dem Haus der Roickes im Auto. Der Mann hätte doch längst hier sein müssen.»

Zwanzig Minuten später stand Alpay mit einem kleinen Team, bestehend aus Franka, Sybille und Marcel, in der Semperstraße vor einem weißen Lieferwagen mit dem Logo der Tim-Tankbau GmbH. Der Herbst hatte Hamburg fest im Griff. Der Wind wirbelte immer wieder am Straßenrand zusammengekehrtes Laub auf, das im Schein der Laternen golden leuchtete. Dass Richard Roicke verschwunden war, ließ sie alle das Schlimmste befürchten. Sophie van Ackern trug Einweghandschuhe und einen Spurensicherungsanzug, als sie das Türschloss mit wenigen Handgriffen öffnete. Keine große Sache, war doch die linke Seite der beiden Ladetüren des Hecks verbeult, wodurch das Schloss nicht richtig funktionierte. Sie zog Überschuhe an und stieg ein. In der Fahrerkabine fand sie diverse Notizblöcke in den Ablagefächern der Türen, auf denen Franziska Roicke Informationen zu den Lebensgewohnheiten der getöteten Personen niedergeschrieben hatte.

Die Ladefläche wirkte wie ein unaufgeräumtes Zimmer. Einige Damenklamotten waren mit Wäscheklammern an einer quer durch den Wagen gespannten Leine befestigt. Eine einfache Matratze lag hinten auf dem Boden. Daneben war mit Spanngurten ein Rollstuhl an der Wand befestigt. Kekstüten, leere Wasserflaschen und ein Dosenöffner, soweit sich das erkennen ließ, denn um keine Spuren zu vernichten, durften sie den Wagen nicht betreten, bis Sophies Kollegen sich der Sache angenommen hatten.

«Das ist doch kein Zufall, dass der nur einen Steinwurf von der Privatwohnung von Frau Achilles parkt.» Alpay versuchte, die Frau auf ihrem Handy zu erreichen. Mailbox. «Fuck. Franziska Roicke hat sich *beide* geschnappt? Ihren Mann *und* seine Geliebte?»

«Aber mit Frau Achilles hat sie keine Agenda», sagte Franka. «Ich glaube nicht, dass sie der was tut. Vielleicht hat sie die Frau aber benutzt, um an Richard ranzukommen.»

«Aber wo wird sie ihren Mann töten?», fragte Marcel. «Um die Halle wird sie einen Bogen machen. Die weiß, dass wir ihr auf der Spur sind.»

In Alpays Auftrag schickte Sybille zur Sicherheit sofort zwei Streifenwagen zum Gelände.

«Schaut mal», sagte Sophie und präsentierte ein kleines Briefchen aus Alufolie, einen verbogenen Löffel und eine Einwegspritze. «Die Frau hängt doch nicht an der Nadel, oder?»

50 Samstag, 8. November, abends

D u sollst nur ehrlich sein, weißt du?», flüsterte Franziska. «Wenn du nicht ehrlich bist, kann Gott dir nicht vergeben, Richard.»

«Du bist verrückt», sagte er, und sie war froh, dass sie sein Gesicht durch das Lochblech im Beichtstuhl nicht sehen musste. «Du bist absolut verrückt.»

An Füßen und Armen gefesselt, hörte sie ihn auf seiner Sitzschale hin und her rutschen. «Damit kommst du nicht durch. Sie wissen, dass du es warst, dass du diese ganze kranke Geschichte zu verantworten hast. Sie kriegen dich.» Seine Stimme überschlug sich.

«Weißt du, an dieser Stelle ist es üblich, das Reuegebet zu sprechen. Wollen wir das gemeinsam tun, Richard?»

«Lass mich hier raus! Ich bitte dich, Franzi. Wir hatten doch auch gute Jahre.»

Sie konnte sich an keins erinnern und setzte die Taserpistole auf das Lochgitter. Dann drückte sie ab. Er schrie. Es rummste, vermutlich war er gegen die Trennwand gekippt. Er stöhnte, dann tat er keinen Mucks mehr.

«Richard?» Hatte sie es übertrieben? Sie trat aus dem Beichtstuhl und schaute in die gegenüberliegende Kammer. Der dritte Schuss hatte ihn tatsächlich aus dem Sitz geholt. Er war auf die Knie gekippt und ungebremst mit dem Kopf gegen die Wand

geschlagen. Eine kleine Platzwunde klaffte auf der Stirn, weil er
auf die betenden Hände aus Bronze gefallen war, die die Trennwand auf Büßerseite verzierten. Er wimmerte tatsächlich um
Gnade. So wie sie selbst es viele Male in den letzten Jahren getan hatte. Wenn er sie schlug, nicht aufhören konnte, weil er
Gefallen an ihrer Schwäche fand, weil er die Macht genoss, oder
weil er einfach ein Sadist war, dem das Quälen seiner Frau Be-
friedigung verschaffte.

«Bitte Franziska. Meine Brust … Du bringst mich um mit
dem Strom.»

Ja, das hatte sie vor, aber für die vierzehn Jahre ihrer Ehe, die
schon wenige Monate nach der Hochzeit zur Tortur geworden
waren, ganz sicher nicht mit einer Taserpistole.

Sie ließ ihn liegen, setzte sich auf eine Kirchenbank und legte
den Kopf in den Nacken. Ihr war vorhin fast das Herz in die
Hose gerutscht, als sie die Polizeiwagen auf dem Gelände ihrer
ehemaligen Firma entdeckt hatte. Es entbehrte nicht einer gewissen Tragik, dass sie Richard nun in dieselbe Kirche gebracht
hatte, in der Franziskas persönliches Leiden vor über dreißig
Jahren von einer Handvoll Männer besiegelt worden war. Vielleicht schloss dieser Ort einen Kreis.

Der vom Licht des Beichtstuhls erleuchtete Richard, auf
den Knien in Büßerhaltung in einer ansonsten dunklen Kirche wirkte wie ein Schlaglicht auf Franziskas Vergangenheit. Es
wurde Zeit für ihre Zukunft.

Wie oft hatte sie bei Regen hier gesessen und den Hand-
werkern bei der Arbeit zugeschaut. Sie straffte sich, stand auf,
riss ihm die Widerhaken aus dem Hals und zerrte ihn aus dem
Beichtstuhl. Er ließ sich einigermaßen gut ziehen über den alten glatten Steinboden, aber vielleicht hätte sie ihn doch lieber

noch einmal in die Schubkarre verfrachten sollen, mit der sie ihn vom Auto in die Kirche geschoben hatte.

Nun schleifte sie ihn bis zum Altar und ließ vor dem auf Holzböcken lagernden Holzkreuz von ihm ab. Sein Blick verriet Panik.

«Steh auf.» Sie riss an den Kabelbindern seiner Hände. «Na los!» Mit gefesselten Füßen kam er mit ihrer Hilfe auf die Knie, verlor das Gleichgewicht, kippte um. «Ich sagte, du sollst aufstehen, Richard.» Wieder das gleiche Spiel. Dieses Mal allerdings blieb er knien. Sie half ihm auf die Füße, setzte ihn auf dem aufgebockten Holzkreuz ab. Blut lief ihm aus der Stirnwunde über das Gesicht, Rotz aus der Nase. Nur ein kleiner Schubs reichte, und er kippte rücklings nach hinten. Mit einem weiteren Kabelbinder fixierte sie die bereits gefesselten Füße am unteren Ende des Kreuzes. «Du bist verrückt, Franziska», murmelte er. «Bitte, ich bitte dich, mach keinen Scheiß.» Bevor sie ihm die Handfesseln aufschnitt, schnürte sie zur Sicherheit seinen Hals oben auf der Senkrechten fest. Er schlug kraftlos nach ihr. Sie wich aus. Er wimmerte, als sie ihm nacheinander die Arme auf der waagerechten Kreuzachse festband.

Sie schaute sich um. Überall lagen Tischlerwerkzeuge. Bohrmaschinen und Schwingschleifer, verschiedene Sägen – dann entdeckte sie, wonach sie gesucht hatte.

Sie nahm den Koffer mit dem Druckluftnagler zur Hand.

Jetzt ahnte er, was auf ihn zukam. Franziska überflog die auf der Innenseite des Deckels aufgedruckte Anleitung für die schnelle Bedienung in fünf Schritten und schaltete das Gerät ein. Dann testete sie den Hebel der Druckluftanzeige und öffnete das Magazin mit den sechzehn Zentimeter langen Nägeln. Sie löste den Sicherungsmechanismus.

«Ich kriege keine Luft mehr», stöhnte er. Sie wusste, wie sich das anfühlte. Vierzehn Jahre Ehe, vierzehn Nägel.

«Bitte. Ich flehe dich an. Franziska.»

Wo sollte sie beginnen? An den Händen? Oder sollte sie ihm zuerst die Schienbeine durchschießen? Nur eins wusste sie, der letzte Nagel gebührte seinem Herzen.

Und während sie vor ihrem inneren Auge ihr Leben in Schwarz-Weiß vorbeiziehen sah, nahm sie das Gerät entschlossen in beide Hände.

Und wie es die Werbung auf dem Gerätekoffer versprach, erreichte der Druckluftnagler auch enge und schwer zugängliche Stellen. Den ersten Schuss setzte sie in das rechte Fußgelenk. Ein gellender Schrei fuhr bis zur Decke empor. Er atmete hechelnd gegen den Schmerz. Schrie sie an, beleidigte sie, weil er wohl begriffen hatte, dass sie nicht von ihm ablassen würde. Ein zweiter Schuss. Ein zweiter Fuß. Der Rückstoß, als der Nagel den Fußknochen durchschoss, war beachtlich. Wieder drückte sie ab. Der dritte Nagel durchschlug seine linke Hand. Vermutlich hatte sie den Winkel nicht so gut getroffen, denn der Metallstift schaute einige Zentimeter aus der Handfläche heraus. Etwas Blut sickerte aus der Fleischwunde hervor. Hatte Richard bereits vor dem ersten Schuss geschrien, hechelte er ab dem fünften Nagel nur noch. So wie Franziska irgendwann aufgehört hatte zu weinen, wenn er sie geschlagen hatte. Sie nagelte seine Oberarme und war gespannt, ob die Länge der Stifte auch für die Oberschenkel reichte. Sie musste aufpassen, nicht die Hauptschlagader zu treffen. Noch hatte sie nicht alle vierzehn Nägel versenkt. Dieses Gerät war ein Profiwerkzeug. Und plötzlich blitzte für einen kurzen Moment so etwas wie Wirklichkeit auf. Sie schaute zur Schwingtür, als hätte der Schwarz-Weiß-

Film vor ihrem geistigen Auge eine Pause eingelegt, wegen Überlänge oder zu viel Gewalt in ihrem Leben. Aber Franziska war so klar wie in dem Moment, als sie Lilija Girdauskas getötet hatte. Erneut zog sie den Abzug durch. Der wievielte Nagel war das jetzt? Plötzlich hielt sie wieder inne.

Was war das für ein Geräusch? Sie lauschte. Da quietschte doch was? Jemand rüttelte an der Türklinke des Hauptportals! Sie hörte Schritte, ja. Ganz deutlich hörte sie Schritte an der westlichen Fassade entlanglaufen. Sie blickte zu den Fenstern, auf die Empore, rechnete jeden Augenblick damit, dass eine Spezialeinheit der Polizei die Kirche durch die Fenster enterte. Sie drehte sich panisch zur Tür der Sakristei. Sie musste sich beeilen. Mit einem Ruck riss sie das Hemd über Richards Brust auseinander, kein Millimeter Stoff sollte den Nagel behindern. Hektisch setzte sie das Gerät auf seine Brust, spürte den Finger am Abzug. Er schrie auf. Es würde das letzte Mal sein. Sie fühlte bereits den kleinen Widerstand des Abzugs – dann hörte sie den scheppernden Husten und erkannte den schlurfenden Schritt.

Gebeugt, klein und zerbrechlich wirkte der junge Mann, als er zitternd hinter dem Altar auftauchte. Als er näher kam, glänzte sein verschwitztes Gesicht. Sofort wusste sie, was mit ihm los war. Sie legte die Nagelpistole auf den Boden und eilte ihrem süchtigen Freund entgegen, half ihm, sich auf eine Bank zu setzen.

«Bitte», sagte er leise, wobei die Reste seiner Zähne aufeinanderschlugen, dass sie ihn kaum verstehen konnte. «Bitte, hilf mir.»

Seine gesamte Motorik geriet außer Kontrolle, er kippte von der Bank ungebremst auf die Knie, und hätte Franziska ihn

nicht rechtzeitig aufgefangen, wäre er mit dem Gesicht vornüber auf den Steinboden geschlagen. Hatte er sich etwa eine
Überdosis gespritzt oder verunreinigten Stoff?

«Ich hab was gekauft.» Er war kaum zu verstehen, krümmte
sich und rutschte auf die Seite. «Kannte den Typ nicht.»

Was sollte sie denn jetzt tun? Richard so festgenagelt auf
dem Kreuz, ihr Freund, der in dieser Kirche ganz offensichtlich
verreckte, wenn sie nicht sofort Hilfe holte? Sein Zustand war
ernst, das war ihr klar. Nein, dieser Junge hatte ihr geholfen,
und damit meinte sie nicht den Umstand, dass er Remigus im
Beichtstuhl Angst eingejagt hatte. So lächerlich das vielleicht
klingen mochte, dachte sie, aber er hatte vor ihr gesessen und
ihr einfach nur zugehört. Hatte nicht ihre Taten, sondern das,
was ihr angetan worden war, verurteilt. Seine Umarmung war
voller Trost gewesen. Sie konnte ihren Freund doch jetzt nicht
einfach sterben lassen.

Und plötzlich gab es einen so gewaltigen Knall, dass ihre Ohren fiepten und die Druckwelle sie von der Bank katapultierte.
Das Licht so gleißend und hell, sie schlug sich die Hände vor
das Gesicht. Aber sofort riss sie sich wieder zusammen. Nicht
nachdenken, befahl sie sich. Sie musste es zu Ende bringen,
denn nach all der Mühe, nach den wochenlangen Strapazen in
der Anonymität, nach den Gefahren, denen sie sich beim Töten
ihrer Opfer ausgesetzt hatte, würde sie so kurz vor dem Finale
ganz sicher nicht kapitulieren! Halb blind und taub robbte sie
auf allen vieren über den Fußboden. Sie war nur zwei, drei Meter entfernt von dem Druckluftnagler. Wie durch Watte hörte
sie die schweren Stiefel. Spürte den Luftzug durch die aufge-
brochenen Türen. Sie kam zurück auf die Füße, taumelte, jemand schrie, sie solle sich auf den Boden legen. Sie griff nach

dem Druckluftnagler und zog sich mit der anderen Hand an dem Kreuz in die Senkrechte. Blitzschnell setzte sie Richard das Werkzeug auf die nackte Brust, zog den Abzug durch, spürte den klickenden Mechanismus, der den Nagel aus dem Magazin zog und hörte das Auslösen der Druckluft. Doch statt Richards Schrei hörte sie nur ihren eigenen. Der Schmerz war so gewaltig, dass sie keine Luft mehr bekam. Das Letzte, was sie spürte, bevor sie ohnmächtig in sich zusammensackte, war das warme Blut, das aus einem Loch in ihrer Kleidung aus ihrem Bauch pulsierte.

51 Montag, 10. November, morgens

Es war diese Art von feinem Novemberniesel, der sich wie ein grauer nasser Schleier über die Stadt legte, als Franka vom Hof ihrer Kfz-Werkstatt in Barmbek rollte und am Stadtpark entlang Richtung Präsidium fuhr. Der Montagmorgen hatte nur mit halbguten Nachrichten begonnen. Als der Schrauber ihr Konto mit 367,31 Euro für einen neuen Anlasser über ihre EC-Karte belastete, hatte Franka sich geschworen, den alten Nissan beim nächsten Mucks zu verschrotten.

Was für ein Wochenende. Sie fuhr ihr Fenster ein Stück herunter und rauchte doch keine Zigarette, weil sie es mittlerweile ganz gut ohne aushielt. Sie schaute zur Buchse in der Mittelkonsole, in der einst ein Zigarettenanzünder mit bewegter Geschichte geklemmt hatte. Sie schmunzelte. Die Art, wie Alpay die Ermittlungen geleitet hatte, verdiente Anerkennung. Er hatte seine Feuertaufe bestanden. Und er war es schließlich gewesen, der am Samstag den entscheidenden Hinweis darauf gegeben hatte, wo Franziska Roicke ihren Mann töten würde. Weil sie keine Möglichkeit mehr gehabt hatte, auch Richard in dem Tank zu ermorden, würde sie vielleicht den Ort wählen, an dem ihr Schicksal vor über dreißig Jahren besiegelt worden war. Als Sybille gestern das Fixerbesteck und die Drogen im Lieferwagen gefunden hatte, erinnerte sich Alpay an den Junkie, der die Kirche am Freitag aufgesucht hatte, als sie mit Remigus sprachen.

Die Erstürmung der Kirche durch das SEK war martialisch gewesen.

#

«Ist jetzt wahrscheinlich egal und nicht wirklich eine Überraschung», sagte Ina, als sie im Großraumbüro auf ihrem Stuhl zu Alpay an den Schreibtisch rollte. «Ich habe hier die Auswertung vom Tierarzt, wegen des gechippten Hundes. Tatsächlich hatte Herr Meyer bei seinem Verschwinden diesen Cockerspanier dabei.»

«Danke», sagte er und verkniff sich, Ina zu korrigieren.

«Ich kümmere mich mal um den Abtransport in die Asservatenkammer.» Marcel stand in Frankas Büro, in dem aus einer der Kisten mit Franziskas persönlichen Gegenständen zwei Porzellangliedmaßen herausschauten.

Alpay gab ihm die Daumen-hoch-Geste und nahm einen Anruf aus dem Universitätsklinikum Hamburg-Eppendorf entgegen. Ein Arzt informierte ihn über den unverändert schlechten Gesundheitszustand von Franziska. Der Kollege des SEK, der den Schuss am Samstag abgegeben hatte, wurde von einem Polizeipsychologen betreut.

Nachdem sich ein Notarztteam um den lebensgefährlichen Bauchschuss der Frau gekümmert hatte, entfernten drei Ärzte insgesamt acht Nägel, die Richard Roickes Körper fest auf dem Kreuz hielten. Dann hatten sie das Holz auf Höhe seiner Oberschenkel auseinandergesägt, um ihn damit sofort ins Krankenhaus zu transportieren. Zu nah hatte der Metallstift an der Beinschlagader gesessen, um zu riskieren, dass er in der Kirche verblutete. Roicke konnte zudem froh sein, dass der Nagel für den

Herzschuss blockiert gewesen war. Was an dem gerissenen Führungsdraht gelegen hatte, der die Nägel im Magazin in Stellung hielt, wie die Polizeitechniker ihnen mitgeteilt hatten. Richard Roicke hatte schon gestern das erste Mal Besuch von seiner Geliebten erhalten, die sie am Samstag nach dem Einsatz aus dem Kofferraum ihres vor der Kirche abgestellten Autos befreit hatten.

Vermutlich würde Jörg so viel Glück mal wieder als ungerecht ansehen, dachte Alpay, als der Kollege das Büro betrat und freundlich in die Runde grüßte. Kaum vorstellbar, dass Jörg neuer Chef der Abteilung werden könnte.

«Morgen», hörte Alpay nun auch Franka sagen. «Kann sich mal jemand um die Kisten hier kümmern?» Sie schaute ins Großraumbüro. War das ein Lächeln?

«Marcel hat das bereits in die Wege geleitet», sagte Alpay, was Franka nicht davon abhielt, die Kartons von ihrem Büro zu ihnen herüberzutragen.

«Eins verstehe ich aber immer noch nicht», sagte Sybille und setzte sich mit einem Becher Kaffee in der Hand auf Alpays Schreibtisch. «Wie hat Frau Roicke das mit dem vielen Blut in ihrem Badezimmer angestellt? Wir haben gedacht, die ist tot, bei der Menge, die wir unter Luminol gefunden haben.»

«Ich hoffe sehr», sagte Alpay, «dass die Frau das packt. Vielleicht verrät sie es uns dann.»

«Was ist das für eine verdammte Scheiße?!» Franka stand mit einem Karton in den Händen im Türrahmen, dessen Boden unter dem Inhalt nachgegeben hatte. Vor ihren Füßen lagen Kochbücher, die hässliche Puppe und allerlei anderer Kram, wie Franziskas viele Tablettenblister. Franka fluchte weiter leise vor sich hin, faltete den Karton wieder zusammen und räumte ihn mit Alpays Hilfe wieder ein.

«Krass», sagte er. «Was hat die Frau für viele Pillen geschluckt.»

«Das sind unter anderem Präparate gegen Eisenmangel …» Sie schien zu überlegen. «Hat mir meine Ärztin auch mal eine Zeit lang aufgeschrieben. Die Einnahme wird auch nach Blutspenden empfohlen.»

Und plötzlich fiel bei Alpay der Groschen. Er sprang auf und leerte nun die anderen Kartons auf dem Fußboden aus. «Der alte Blutspendeausweis! Hier fliegt irgendwo so ein Blutspendeausweis herum. Deswegen hat die Frau auch diese ganzen Kreislaufmittel geschluckt. Die wusste vermutlich, wie man sich Blut abnimmt und auch, was man dagegen tun muss, um nicht gleich aus den Latschen zu kippen, wenn man sich innerhalb kürzester Zeit so viel abzapft, dass alle Welt glaubt, man hat die brutale Misshandlung seines Mannes nicht überlebt. Holy crap.»

«Franziska Roicke hat das Badezimmer selbst präpariert?» Sybille und Ina waren im Türrahmen aufgetaucht. Alpay nickte. «Krasse Scheiße, und für so eine Aktion reichen dir sechsundzwanzig Minuten! Als ihr Mann bei seiner Geliebten war, hat Franziska ihn drangehängt. Dann ist sie abgetaucht. Die DNA von Girdauskas in dem Kofferraum, der Akku im Keller. Das Tagebuch im Küchenschrank. So krass, die wollte, dass wir das alles finden, um ihn zu verhaften.»

«Aber die Misshandlungen waren echt, Alpay. Diese Frau ist ihr Leben lang durch die Hölle gegangen», sagte Franka. «Hoffentlich kommt sie durch.» Alpay wusste, bei aller Empathie für das Schicksal der Frau, wollte Franka Franziska für ihre grausamen Taten bestraft wissen.

Das Telefon klingelte. «Biggi Seitzer hier. Guten Morgen,

Herr Eloğlu. In zehn Minuten die ganze Mannschaft bitte ins Aquarium. Der Herr Lindgens möchte Sie alle sprechen.»

Niemand sagte ein Wort, als sich alle an den Konferenztisch setzten; nur Jörg lief angespannt vor dem Fenster auf und ab. Alpay fühlte sich wie nach den letzten Prüfungen auf der Polizeihochschule, als er mit den Kommilitonen auf die Ergebnisse wartete. Der Polizeidirektor betrat den Raum in Begleitung seiner Assistentin und noch eines Mannes, den er als Leiter der Personalabteilung vorstellte und den Alpay noch nie zuvor gesehen hatte.

«Guten Morgen», sagte Lindgens und lächelte in die Runde. «Als Allererstes möchte ich Sie zu dem Einsatz am Samstag beglückwünschen, Herr Eloğlu, und das gesamte Team. Hoffen wir, dass die Frau durchkommt.» Lindgens applaudierte, und die Kollegen stimmten mit ein. «So, ich will hier niemanden auf die Folter spannen. Sie werden wissen, warum ich Sie als Team einbestellt habe. Vorab, Martin Suttmanns Tod ist ein herber Verlust. Beruflich wie menschlich. Doch ich kannte Martin lange, er hätte gewollt, dass wir seine Nachfolge zügig regeln.» Alpay fing Sybilles Augenroller auf, weil Jörg sich bereits straffte. Aufgeblasener Schaumschläger. Alpay hätte kotzen können, als er nun auch noch sah, wie Lindgens Assistentin Biggi Seitzer Jörg immer wieder anlächelte. Das konnte nur eins bedeuten. «Die Abteilung 4 des LKA Hamburg leitet ab sofort …»

Frau Moro betrat den Raum. «Störe ich?» Lindgens winkte sie herein, und Jörgs Brust schwoll noch um weitere Zentimeter.

«Glückwunsch, Frau Erdmann.» Der Polizeidirektor reichte Franka die Hand. Biggi Seitzer zauberte ein paar Blümchen hervor, die Kollegen applaudierten – Jörg vielleicht etwas weniger, doch auch er gratulierte Franka nun. Sein Lächeln wirkte aufgesetzt. Es gab Menschen, die brauchten die Erhöhung ihrer Person durch eine Beförderung, weil sie andere dadurch kleiner machen konnten. Jörg gehörte dazu.

Alpay war total baff: Seine Ausbilderin wurde zur Chefin der Abteilung! Und als er Frankas eigene Überraschung erkannte und sie ihn anlächelte, deutete er mit Zeigefinger und Mittelfinger auf seine Augen, dann auf Franka. *Ich habe dich im Blick.* Sie hatte ihn also angeflunkert. Lindgens hatte mit ihr nicht über eine frühzeitige Pensionierung, sondern über eine mögliche Beförderung gesprochen. Alpay konnte diese Frau nach drei Jahren anscheinend immer noch nicht richtig lesen, trotzdem freute er sich gewaltig. Und er war stolz. Franka Erdmann hatte ihm alles beigebracht, was ihn zur Leitung einer Soko befähigt hatte. Und nun hatte sie die verdiente Beförderung erhalten.

«Bitte noch einmal herhören.» Der Polizeidirektor klatschte in die Hände. «Es gibt zwei Neuzugänge in Ihrer Abteilung. Wenn Kurt zum Jahreswechsel in Pension geht, erhalten wir Verstärkung von einem erfahrenen Kollegen aus NRW, und weil Frau Erdmann in die zweite Etage umzieht, stößt ab sofort eine junge Kollegin zu uns. Lina Engelhard ist gerade mit dem Studium fertig. Klasse Frau. Herr Eloğlu, wäre toll, wenn Sie sich der jungen Kollegin gleich annehmen, jetzt, da Frau Erdmann aus dem aktiven Dienst ausscheidet.»

#

«Was machst du da?», fragte Franka, als Alpay eine halbe Stunde später ihren Schreibtisch in die Mitte des Raums schob, die Tür zum Großraumbüro schloss und das Fenster öffnete. Er deutete zum Rauchmelder. «Ich dachte, zum Abschied nehme ich die Batterie raus und du quarzt noch einmal heimlich eine Kippe in deinem alten Büro.»

«Wirst du jetzt sentimental?»

«Quatsch.»

«Alpay. Ich bin nicht tot. Ich ziehe nur eine Etage nach unten.» Sie lächelte schief. «Ich weiß jetzt nicht, ob das der richtige Weg auf der Karriereleiter sein sollte.»

Es klopfte am Türrahmen. Lindgens schaute herein. «Noch mal Glückwunsch, Frau Erdmann.»

«Danke. Ehrlich gesagt, bin ich immer noch ziemlich überrascht. Ich habe nicht wirklich damit gerechnet.»

«Danken Sie nicht mir, Frau Erdmann, oder nicht nur. Bedanken Sie sich lieber bei der Oberstaatsanwältin. Frau Moro hat sich vehement für Sie ausgesprochen. Sie bringen alles mit, um diese Abteilung zu managen. Da hat die Frau Moro recht. Viel Glück, Frau Erdmann. Ich freue mich auf die Zusammenarbeit und darauf, Ihnen am Nachmittag Ihr neues Büro zu übergeben.» Er verabschiedete sich auf später.

Franka war hart im Nehmen, aber das haute sie jetzt doch um. Ausgerechnet ihre *Spezialfreundin* war anscheinend wirklich ihre Freundin, zumindest ihr Fan.

Vielleicht wäre Martin ein ganz klein bisschen stolz auf Franka. Der Gedanke an ihn versetzte ihr einen Stich. Gleichzeitig wusste sie aber, dass sie das Dezernat im Geiste ihres früheren Chefs weiterführen und den Kollegen den Rücken freihalten würde, damit sie sich auf ihre Ermittlungsarbeit konzentrieren konnten. So hatte Martin es getan, so würde es Franka tun. Darin würden sie sich nicht unterscheiden.

«Hi. Ich bin Lina Engelhard», hörte Franka eine junge Frauenstimme im Großraumbüro sagen, und sie bemerkte, wie Alpay interessiert nach nebenan zu seiner neuen Kollegin schielte, die ihm Lindgens an die Seite gestellt hatte. «Ich bin die Neue. Wo finde ich denn Frau Erdmann?»

Als eine hübsche Frau mit Lockenkopf im Türrahmen auftauchte, nervös an einem Fahrradhelm in ihren Händen fummelte, hatte Franka das Gefühl, sie schon einmal irgendwo gesehen zu haben. «Frau Erdmann? Guten Tag. Lina Engelhard. Freut mich.» Als sie Alpay entdeckte, gefror ihr Lächeln allerdings. Sie pustete sich eine Locke aus dem Gesicht. «Ach nee. Sieh an.» Plötzlich wirkte sie nicht mehr ganz so freundlich.

«Wenigstens hast du meinen Rat befolgt», sagte Alpay und verzog keine Miene. «Wie ich sehe, hast du dir einen Fahrradhelm besorgt. Frau Erdmann freut sich bestimmt, wenn du gegen ihren Dienstwagen trittst.» Nun endlich fiel bei Franka der Groschen. Lina Engelhard war die junge Frau auf dem Fahrrad, die Alpay am Samstag fast mit der Autotür hopsgenommen hatte. Schweigend standen sich die beiden nun gegenüber. Freunde wurden sie jedenfalls nicht so schnell. Plötzlich dachte Franka an den eigenen ziemlich holprigen Start mit Alpay zurück.

Vielleicht gab es Geschichten, die irgendwann auserzählt waren, dachte sie. Vielleicht gab es aber auch Geschichten, die sich wiederholten. Franka war jedenfalls gespannt, wie sich die Sache zwischen Alpay Eloğlu und Lina Engelhard entwickeln würde.

Sie lächelte.

Danke

Auch für dieses Buch geht mein Dank an Ilze Cipulis-Levits von der Staatsanwaltschaft Berlin, die mich in allen vier Bänden der «Erdmann und Eloğlu»-Reihe beraten hat. Der Rechtsmediziner Philipp Möller vom Landesinstitut für gerichtliche Medizin in Berlin war mir ebenfalls wieder eine große Hilfe. Ein großes Dankeschön geht raus an Christian Werle vom Hamburger LKA. Wie immer nehme ich alle Ungenauigkeiten auf meine Kappe!

Selbstverständlich ist diese Geschichte frei erfunden. Alle Ähnlichkeiten mit realen Ereignissen und Personen wären also rein zufällig.

Danke an Tobias Schumacher-Hernández, der meinem Text im Feinlektorat mit sehr viel Fingerspitzengefühl begegnet ist und der einfach besser rechnen kann als ich. Und was wäre die «Erdmann und Eloğlu»-Reihe ohne die Zusammenarbeit mit meiner wunderbaren Lektorin Anne Tente? Strukturiert, klar, analytisch ist ihr Blick von außen und trägt mich so durch jedes Finale. Danke, Anne.

Mein letzter Dank geht raus an meine Freunde. Ich weiß, ihr habt es nicht immer leicht mit mir.

Weitere Titel

Franka Erdmann und Alpay Eloğlu

Das Profil

Die Klinik

Die Strafe

Hubertus Borck
Die Strafe

Bei einem Brand im Müllkeller eines
Hochhauses kommt eine Frau ums
Leben. So verzweifelt sie auch versucht
zu entkommen, die Tür lässt sich nicht
mehr öffnen. Kurz vor ihrem Tod ent-
deckt sie eine Botschaft über sich an der
Decke: «Ich sehe, was du tust». Kurze
Zeit später verbrennt ein erfolgreicher
Rechtsanwalt in einem Bordell auf der
Reeperbahn, eingesperrt in einen
Käfig. Beide Brände scheinen nichts
miteinander zu tun zu haben, doch dann

384 Seiten

entdecken Hauptkommissarin Franka Erdmann und Alpay Eloğlu
vom LKA Hamburg eine besorgniserregende Spur. Wurden die Feuer
absichtlich gelegt, um Menschen im Namen der Umwelt zu bestrafen?
Dann könnte es jede und jeden als nächstes treffen.

Ich sehe, was du tust. Dafür wirst du bestraft. Ein sensationeller Fall
für das Hamburger Ermittlerduo Erdmann und Eloğlu.

Weitere Informationen finden Sie unter **rowohlt.de**

Nikolas Kuhl, Stefan Sandrock
Das Dickicht
Juha und Lux vom LKA Hamburg ermitteln

Ein smartes Ermittlerduo, ein rasanter Kriminalfall in und um Hamburg und ein Twist, bei dem sich die Nackenhaare aufstellen.

336 Seiten

Juha Korhonen und sein Kollege Lucas «Lux» Adisa vom LKA Hamburg werden zu einem Entführungsfall hinzugezogen. Schnell merkt Juha, dass der Fall frappierende Parallelen zu einem fast zwei Jahrzehnte zurückliegenden Verbrechen aufweist, einem seiner ersten Einsätze beim LKA, der ihn bis heute nicht loslässt. Damals wurde der vierzehnjährige Daniel Boysen in einer Kiste im Wald vergraben und konnte nur noch tot geborgen werden. Der Täter beging Suizid. Bei den Ermittlungen entdeckt Lux Unstimmigkeiten in der Akte Boysen. Warum hat der damalige Kommissar nach Abschluss des Falles weiterermittelt, bevor er kurz darauf starb? Juha und Lux folgen seinen Hinweisen immer tiefer ins Dickicht der Vergangenheit. Hat man sich seinerzeit vorschnell mit der falschen Lösung zufriedengegeben? Stück für Stück offenbart sich eine Tragödie, in der Opfer zu Tätern wurden und umgekehrt – und die ihren Schatten bis in die Gegenwart wirft ...

Weitere Informationen finden Sie unter **rowohlt.de**